Drei radikale Geschichten über die Liebe oder das, was man dafür hält. ›Ecstasy‹ führt den Leser an Orte, wo das Herz flattert und der Puls rast: Heather, seit fünf Jahren mit einem Spießer verheiratet, geht heimlich auf die Piste. In einem Club begegnet sie Lloyd, einem abgefahrenen Typen. Ein paar Pillen, eine durchtanzte Nacht, ein spontaner Entschluß ... Auch Dave und Samantha lernen sich auf einem Rave kennen. Was ganz romantisch anfängt, nimmt einen dramatischen Verlauf: Die beiden machen sich auf die Jagd nach dem Mann, dem Samantha, ohne Arme geboren, ihre Behinderung verdankt ... Ganz in die sentimentale Welt ihrer Kitschromane versunken ist die Bestsellerautorin Rebecca, doch sie wird von den perversen Umtrieben ihres Ehemannes in die krasse Gegenwart katapultiert ... »Irvine Welsh wird vielleicht einer der bedeutendsten Schriftsteller Großbritanniens. Er schreibt mit Eleganz, Phantasie, Witz und Kraft. Selbst wer den meisten heutigen Romanen skeptisch gegenübersteht – diese Stimme wird er mit Sicherheit hören wollen.« (Nick Hornby in ›Times Literary Supplement‹)

Irvine Welsh, geboren 1958, lebt in Amsterdam, London und Schottland. Sein Debütroman ›Trainspotting‹ (1993, dt. 1996) wurde für den Booker Prize nominiert, als Theaterstück aufgeführt und von Danny Boyle verfilmt. Außerdem sind auf deutsch erschienen: ›Der Durchblicker‹ (1995, dt. 1997), ›The Acid House‹ (1994, dt. 1999) und ›Drecksau‹ (1998, dt. 1999).

Irvine Welsh

Ecstasy

Drei Romanzen
mit chemischen Zusätzen

Deutsch von
Clara Drechsler und
Harald Hellmann

Deutscher Taschenbuch Verlag

Ungekürzte Ausgabe
Dezember 1999
2. Auflage Mai 2001
Deutscher Taschenbuch Verlag GmbH & Co. KG,
München
www.dtv.de
© 1996 Irvine Welsh
Titel der englischen Originalausgabe:
›Ecstasy‹ (Jonathan Cape, London)
Zeilen aus ›I Need More‹ und ›The Undefeated‹ von Iggy Pop
mit freundlicher Genehmigung von James Osterberg © 1997
© 1997 der deutschsprachigen Ausgabe:
Verlag Kiepenheuer & Witsch, Köln
Umschlagkonzept: Balk & Brumshagen
Umschlagfoto: © Tony Latham, London/Random House UK, Ltd.
Gesamtherstellung: C. H. Beck'sche Buchdruckerei,
Nördlingen
Gedruckt auf säurefreiem, chlorfrei gebleichtem Papier
Printed in Germany · ISBN 3-423-20458-3

Sandy MacNair gewidmet

Es heißt immer, man stirbt am Tod, aber am Tod stirbt man nicht. Man stirbt an Langeweile und Gleichgültigkeit.

I Need More, Iggy Pop

Meine ekstatische Liebe an Anne, meine Freunde und meine Familie und all die guten Leute – ihr wißt ja, wer gemeint ist.

Dank an Robin bei Jonathan Cape für seine Unermüdlichkeit und Unterstützung.

Dank an Paolo für die Marv-Raritäten, besonders »Piece of Clay«; an Toni für den Eurotechno; an Janet und Tracy für den Happy House; und an Dino und Frank für den Gabber. Danke, Antoinette für die Anlage und Bernard fürs Reden.

Liebe an alle Posses in Edinburgh, Glasgow, Amsterdam, London, Manchester, Newcastle, New York, San Francisco und München.

Hoch die Hibees.

Macht's gut.

Inhalt

15   Die Unbesiegten:
Eine Acid-House-Romanze

167   Fortune's Always Hiding:
Eine Risiken-und-Nebenwirkungen-Romanze

263   Lorraine geht nach Livingston:
Eine Rave-und-Regency-Romanze

Die Unbesiegten

Eine Acid-House-Romanze

Für Colin Campbell und Dougie Webster

We're the undefeated
TV in the shade
girls at all our parties
we have really got it made

Iggy Pop

Prolog

Mir stinkt's gewaltig, weil sich überhaupt nichts tut und ich wahrscheinlich ne Paracetamol geschmissen hab, aber scheiß drauf, man braucht positive Vibes, und die süße Amber massiert mir gerade den Nacken und erzählt, es würde schon noch kommen, und plötzlich kommt dieser bombastische Synthibrocken wie in 3D, und ich merke, daß ich tierisch draufkomme, weil diese unsichtbare Hand mich packt und rauf aufs Dach setzt, weil die Musik in mir ist, um mich rum, einfach überall, nur so aus meinem Körper strömt, jetzt geht's los, jetzt geht's los, und ich seh mich um, und wir machen alle »boh ey«, und unsere Augen sind tiefe schwarze Seen voll Liebe und Energie, und mein Magen macht eine volle Drehung, die Übelkeit schießt durch meinen Körper, und dann sind wir einer nach dem anderen auf der Tanzfläche, und ich meine schon, ich müßte scheißen, aber ich reiß mich zusammen, und es geht vorüber, und dann reite ich auf der Rakete nach Rußland...

– Kein schlechter Stoff, was? sag ich zu Amber, während wir uns langsam reintanzen.

– Ja, ist in Ordnung.

– Kann man nicht meckern, wie, sagt Ally.

Dann steht mein heißer Favorit am Mischpult, und er ist heute abend in der Form seines Lebens und zerrt an unserem kollektiven psychischen Geschlechtsorgan, das da vor uns ausgebreitet liegt, und ich krieg ein breites, rosiges Lächeln von dieser Göttin im Lycra-Top, die mit ihrer gebräunten Haut und einer Politur aus Schweiß so einladend aussieht wie ne Flasche Becks aus dem Kühlregal an einem heißen, schwülen Tag, und mein Herz macht bumm, bumm, bumm, Lloyd Buist meldet sich zum Dienst, und die Tanz-NRG und die Tanzeuphorie packen mich, und ich leg nen heißen, kleinen Shuffle mit Ally und Amber und Hazel hin, und diese große, behämmerte Pimmelfresse stolpert in mich rein, umarmt mich und entschuldigt sich, und ich geb ihm nen Klaps auf seinen brettharten Bauch und danke dem Herrn, daß wir auf E und in diesem Club sind, und nicht besoffen und im The Edge oder sonstwo hirntot, nicht daß ich den Scheißdreck anrühren würde... boah, knallt das... boah, es kommt immer noch, und ich denke, jetzt ist der Moment gekommen, sich zu verlieben, jetzt, jetzt, jetzt, aber nicht in die ganze Welt, sondern in diese eine besondere Sie, tu's einfach, tu's einfach auf der Stelle, ändere dein ganzes verficktes Leben mit einem einzigen Herzschlag, tu's *jetzt*... aber nee... das hier ist nur Zeitvertreib...

Danach wird es Zeit, in Hazels Bude auszuchillen. Ally bedient uns mit Slamsound, was alles schön und gut ist, aber er will groß rumlabern, und ich bin eher in Tanzlaune, nee, ehrlich gesagt, eher in Ficklaune. Diese Amsterdam Playboys wirken ganz schön auf die Weichteile. Wow!

Hängen jede Menge Mädchen hier rum. Ich liebe Mädchen, einfach weil sie so scheißgenial aussehen, vor allem, wenn man auf E ist. Ist aber auch nicht *ganz* so originell, der Gedanke, denn die meisten Typen sehen das so. Irgendwo habe ich sowas gelesen, daß Frauen entweder als Heilige oder als Huren angesehen werden. Wenn's so einfach wär... hört sich für mich nach Scheiße an. Vielleicht ging's auch um Kerle, die so über Weiber denken. Ich frag mal eben Ally.

– Nee, ist doch Scheiße, Alter, viel zu simpel, meint er. Ally hat ein Wahnsinnslächeln, und seine Augen scheinen jedes Wort zu schlucken, das einem von den Lippen kommt.

– Ich hab da meine eigenen Kategorien, Lloyd. Frauen sind entweder erstens: Partychicks; zweitens: Muttis; drittens: Klunten; viertens: Partychicks...

– Partychicks hattest du aber schon, sag ich zu ihm.

– Warte... Partychicks, Muttis, Klunten oder Fickdosen, das sind die vier Kategorien Schnepfen, strahlt er und läßt den Blick durch den Raum schweifen. – Hauptsächlich Partychicks hier, gottlob.

– Und welche sollen die Partychicks sein?

– Weiß der Larry... hängt natürlich alles von der Einstellung ab, die ganze Unterteilung... gut... hör mal, Lloyd, hast du die andere Pille schon geschluckt?

Hab ich nicht. Ein paar siffige Langhaarige brennen in der Ecke Räucherstäbchen ab, und mir weht ne kräftige Wolke in die Nase, und ich nicke ihnen zu. – Nee...

– Und tust du's gleich noch?

– Nee... ich bin immer noch drauf, Mann. Vielleicht hebe ich sie für morgen beim Fußball auf.

– Also, ich weiß ja nicht, Lloyd... schmollt Ally und guckt wie n Kleinkind, dem man den Schnuller weggenommen hat.

– Scheiß auf den besonderen Anlaß, sag ich zu ihm, denn er oder ich oder irgendeine andere Fotze sagt sowas jedes Wochenende, weil eben jedes Wochenende ein besonderer Anlaß ist. Wir hauen also unsere Pillen weg, und der Adrenalinkick von frisch eingeworfener Chemie bringt Ally wieder in Fahrt.

– Partychicks kann man nochmal unterteilen, Alter, so in zwei Untergruppen: Na-Du-Mädchen und sexy Feministinnen. Muttis sind Mädchen, die die Finger von Drogen lassen, nee danke, und sie ficken nur mit Schleimscheißern, die genauso so sind wie sie, die auf den ganzen Schöner-Wohnen-Scheiß stehen. Das sind die Mainstream-Muttis, Alter, kinderleicht zu erkennen. Dann gibt es die alternativen Muttis, diese Sorte verkniffene Feministinnen, die den *Guardian* oder den *Independent* lesen und Karriere machen wollen und den ganzen Scheiß. Auf die mußt du ein Auge haben, Alter; wenn sie keine Lesben sind, kann man sie schonmal mit sexy Feministinnen verwechseln. Nicht immer, aber manchmal.

Das ist ja klasse. Ally rotiert. – Boylie-Boy ist *ausgeklinkt!* rufe ich, und ein paar mehr Leute kommen rüber, während Ally weiterschwafelt.

– Na-Du-Mädchen sind die besten, Alter, aber da komm ich gleich zu. Klunten saufen wie die Löcher und bumsen Blödmänner. Sie ziehen sich krass an und rühren Class A's selten an, wenn überhaupt, obwohl's mittlerweile mehr Klunten gibt, *die* sie nehmen. Das sind die Frauen, die in Discos gehen und mit ihren Handtäschchen tanzen. Fickdosen sind das Letzte vom Letzten, Alter; ficken mit allem und sind oft Alkoholikerinnen. Na-Du-Mädchen heißen so, weil sie immer »Na, du« sagen, wenn man sie trifft.

– Du sagst das doch dauernd, Amber, meint Hazel.

– Und? meint Amber und fragt sich, was hier abgeht.

– Aber du mußt aufpassen, erklärt mir Ally, – weil Klunten das manchmal auch sagen. Es kommt auf die *Art* an, wie sie es sagen.

– Nennst du mich ne beschissene Klunte, Kleiner? fragt Amber Ally.

– Quatsch…du sagst immer so cool »Na, du«, erklärt er ihr, und sie schmilzt dahin. Scheiße, wir kommen hier alle wieder mächtig drauf. – Du bist ein Na-du-Mädchen, und das sind lässige, junge Partychicks, das Salz der Erde. Die Besten kriegen diesen speziellen Kick und werden sexy Femistinnen; die Schlimmsten bleiben an nem verklemmten Arschgesicht hängen und werden Muttis. Und ich sag dir noch was, Lloyd, meint er und wendet sich mir zu, – in achtzig Prozent aller Fälle wird der Mann vor der Frau spießig und langweilig.

– Ist doch gequirlte Scheiße, Ally.

– Von wegen, Ally hat recht, wirft jemand ein. Es ist Nukes.

– Siehst du? Das kommt nur davon, daß du dich dein ganzes Leben lang an langweilige Frauen gehalten hast, blöder Wichser! Ally grinst und umarmt mich herzlich.

Puuh... ich bin am Arsch, ich fühle mich, als würde ich mir die Seele aus jeder Pore des Gesichts schwitzen. – Ich muß bei dieser Nummer tanzen oder ich sumpf hier die ganze Nacht rum... Nukes... hilf mir auf die Tanzfläche, Alter...

– Ich bin blind, Alter... *blinded by the fuckin light*... war das nicht n Song von so nem Arsch... muß mich setzen, stöhnt Nukes, den eine großartige Aura umgibt. Ich stolpere Richtung Boxen.

– He, Lloyd, Alter, bleib hier und laß uns quatschen, sagt Ally, dessen Pupillen größer, dessen Lider aber schwerer werden.

– Gleich, Ally. Der Discovibe hat mich gepackt. Rock die Disco-tek.

Ich lasse Ally stehen, um mit Amber und ihrer Freundin Hazel zu tanzen, zwei coole Partychicks in jeder Hinsicht, die so köstlich frisch und bunt aussehen wie zwei verlockende Happy-Hour-Cocktails auf der Theke im Old Orleans. Nach einem Shuffle kommen meine Beine in Schwung und ich in Laune. Hinter meinen Genitalien tun sich wieder seltsame Sachen. Mir fällt ein, daß ich's im letzten Jahr auf ner Party Amber besorgt hab, und wenn ich sie so ansehe, frage ich mich, warum ich das nicht wiederholt hab. Ich sag erstmal zu Amber, – Hör mal, wie wär's mit Schlafzimmer und Gedanken und den ganzen Rest austauschen?

– Nein, auf Sex mit dir steh ich nicht. Ich hab Lust, es Ally nachher zu besorgen, er sieht zu verdammt geil aus.

– Stimmt, stimmt, stimmt, grinse ich, werfe einen Blick auf Ally mit seiner Teneriffabräune und muß zugeben, daß das Fickgesicht wirklich noch nen Tick besser als vorzeigbar aussieht; kein Kunststück, das tut jeder Arsch auf E. Er winkt rüber und ich winke zurück. Peng, jetzt kommt der Kreislaufhammer

Nee, doch nicht, obschon Herzschlag, Schwitzen und Hitze deutlich angestiegen sind. Her mit dem Volvic. Spürt ihr's, Leute?

– Verdammt gutes Tape, Amb... nimm's mir mal auf... ist das Slam? Isses?

Sie schließt die Augen, öffnet sie dann kurz und nickt mir dann bedeutsam zu, – Nur ein Yip-Yap-Mix-Tape, wa.

Wow, Fick heil...

– Ich bin dabei, sagt Haze zu mir.

– Hä?

– Na, ficken. Darüber hast du doch mit Ambs gesprochen, oder? Wir beide dann eben. Im Schlafzimmer.

Ich war schon drauf und dran gewesen, sie zu fragen, als ich abgelenkt wurde von... äh, wie war das... bevor ich von Ambers Abfuhr abgelenkt wurde; wow, Scheiße, das nennt man Entscheidungsfreude, was, aber das geht in Ordnung, und ich rufe, – He, Ally, du weckst Sexualneid bei mir, und er zieht einen Schmollmund, kommt rüber, drückt mich an sich, und Amber tut das gleiche, also sollte ich mich gut fühlen, aber ich komme mir wie n kleiner Arsch vor, weil ich ihnen ein schlechtes Gewissen gemacht hab, denn ich stelle fest, daß ich gar nicht wirklich eifersüchtig auf Ally bin, der ein Pfundskerl ist, wie es Gordon McQueen auf Scotsport ausdrücken würde, nur, daß der zur Zeit gar nicht dran ist, also müßte es dieser Sack von Gerry McNee sagen, und diese andere Pflaume, die über Fußball und alles, was so damit zu tun hat, schreibt, aber wie die Jungs sagen würden: es gibt niemandem, dem ich den Erfolg mehr gönnen würde, etc. etc.

– Amber sagt, sie hätte Lust, mit dir zu ficken, erzähle ich Ally.

Amber grinst und gibt mir einen Klaps vor die Brust. Ally dreht sich zu mir um und sagt, – Das Entscheidende daran, Alter, ist, daß ich Amber liebe, und er nimmt sie in den Arm. – Das Sexuelle… das ist nur Beiwerk. Das Entscheidende, Alter, ist, daß ich jeden liebe, den ich in diesem Raum kenne. Und ich kenne jeden! Abgesehen von den Jungs da, und er zeigt auf die Langhaarigen, die sich in der Ecke ne Tüte rollen. Aber auch diese Pimmelfressen würd ich lieben, wenn ich sie kennen würde. Neunzig Prozent aller Menschen sind liebenswert, Alter, wenn man sie erstmal kennt… wenn sie fest genug an sich selbst glauben… wenn sie sich selber lieben und respektieren und so…

Ich fühle mein Gesicht aufgehen wie ne Sardinenbüchse, als ich Ally ein Lächeln schenke, und dann wende ich mich an Hazel und sage, – Packen wir's an…

Im Schlafzimmer pellt sich Hazel aus ihren Klamotten, ich mich aus den meinen, und dann sind wir unter der Decke. Eigentlich ist es zu heiß für unter der Decke, aber das ist nur für den Fall, daß einer von den Pissern reinkommt, was sie immer tun. Wir arbeiten heftig mit der Zunge, und ich muß wohl ziemlich salzig und verschwitzt schmecken, denn sie schmeckt genauso. Es dauert ewig und drei Tage, bis ich ne Erektion kriege, aber das kann mich nicht kratzen, denn auf E steh ich halt mehr auf Schmusen als auf Penetration. Sie ist trotzdem ziemlich heiß geworden, und ich schaffe es, es ihr mit der Hand zu besorgen. Ich liege einfach da und seh ihr beim Orgasmus zu, als würde ich zusehen, wie sie ein Tor für die Hibs macht. Das sehen wir uns nochmal in der Zeitlupe an, Archie… Ich will, daß sie siebenmal kommt. Nach einer Weile spüre ich allerdings, daß sich was tut, und ich muß unterbrechen, aufstehen und in meiner Jeans rumwühlen.

– Was ist los? fragt sie, – Ich hab ein Kondom dabei…

– Nee, ist wegen dem Nitrat, den Poppers. Da ist das

Fläschchen. Ist mittlerweile so, daß mir Ficken ohne Amylnitrat nichts bringt. E's sind mehr sinnlich als sexuell, aber
das Nitrat gehört unbedingt dazu, echt, das ist kein schmük-
kendes Beiwerk mehr, sondern eine Grundvoraussetzung
wie Schwanz oder Muschi.

Na also, na also, wir befummeln uns immer noch, und das
ist zu geil, weil das E immer noch reinknallt und die Be-
rührungsempfindlichkeit gut verzehnfacht hat, und unsere
Haut ist so hochsensibel, als könnten wir ineinander rein-
fassen und die ganzen Einzelteile drinnen liebkosen, und
wir arbeiten uns rum in die 69er-Position, und als ich zu
lecken anfange und sie auch, kann mich nichts mehr davon
abhalten, schnell zu kommen, und deshalb brechen wir das
ab, und ich lege mich auf sie und steck ihn rein, und dann ist
sie auf mir, und dann bin ich auf ihr, dann sie auf mir, auch
wenn ich den Verdacht hab, daß sie n bißchen zu dick auf-
trägt; kann mich auch irren, vielleicht ist sie nur zu unerfahren, denn sie kann erst achtzehn oder so sein, während ich
verfickte einunddreißig bin, was vielleicht schon zu alt dafür
ist, so weiterzumachen, wo ich doch mit einer netten, fetten
Tante verheiratet sein könnte, in einem netten Vororthäus-
chen mit Kindern und einem richtigen Beruf, in dem ich
wichtige Berichte abfassen muß, um die Geschäftsleitung
davon in Kenntnis zu setzen, daß die Firma ernsthaften
Schaden nehmen könne, falls nicht entsprechende Maßnahmen getroffen werden, aber hier sind wir, ich und Purple
Haze, Fuck nochmal

und jetzt wird es besser, entspannter, seelenvoller. Es
wird prima...

es ist toll, toll, toll, und Haze und ich verteilen Körper-
flüssigkeiten in und über uns, und ich halte das Amylnitrat
unter ihre Nase und unter meine Nase, und wir schwimmen
zusammen auf der steilen Brandungswelle des Orgasmus

WHOA HO HO
HO HO
HO

OOOHHHHHOOOOOOOOOOOOOOOOOOHHHHH
HHHHHHHHHHHHHHHHHHHOOOOOOOOOOOO
OOOOOOOOOHHHHHHHHHHHHHHHHH!!!!!!!!!!!!!!!!
!!!

Ich mag das anschließende Gefühl, wenn mein Herz vom
Orgasmus und dem Nitrat rast. Es ist toll zu spüren, wie sich
mein Körper wieder beruhigt, mein Herzschlag langsamer
wird.

– Das war einmalig! sagt Hazel.

– Es war... ich suche nach den passenden Worten, – saftig. Saftig und fruchtig-frisch.

Ich frage mich, ob irgendwer später am Tag oder morgen
abend, oder ist das jetzt heute abend, bei Cocktails im Old
Orleans dabei ist.

Wir reden noch ein bißchen und gehen dann wieder zu
den anderen. Ist echt verrückt, wie man auf E so intim mit
jemandem sein kann, den man gar nicht richtig kennt. Ich
kenne Hazel nicht richtig, aber man kann auf E ne Super-
nummer mit ner völlig Fremden machen. Im Reich der Dro-
gengegner kann's dauern, bis man so intim wird. Da kann
sowas in Arbeit ausarten.

Ally kommt direkt an. – Die kleine Hazel, voll die süße
Maus. Ein alter Sausack bist du, ey. Heilige Scheiße, Lloyd,
ich wünschte, ich wär erst sechzehn und könnte das hier
alles mitnehmen. Punk und so, das war ja ein Dreck verglichen hiermit...

Ich gucke erst ihn an und seh mich dann im Zimmer um,
– Aber du nimmst doch alles mit, du blöder Irrer, genau wie
du Punk mitgenommen hast und wie du das nächste, was an-
liegt, wieder mitnimmst, weil du dich einfach weigerst, er-

wachsen zu werden. Du willst deinen Kuchen behalten und aufessen. So läuft der Hase, Alter.

– Was soll ich mit Kuchen, wenn ich nicht abbeißen darf, hä, na?

– Schön gesagt... wie war's übrigens auf Teneriffa? Hast ja bis jetzt nicht viel erzählt.

– Spitze, Alter. Besser als Ibiza. Im Ernst. Hättest mitkommen sollen, Lloyd. Du wärst begeistert gewesen.

– Wär ich echt gerne, Ally, aber die Kohle stimmte nicht. Kann nicht sparen, das ist mein Problem. Und John Bogweed letzte Woche? Wie war das?

– John Bockmist? Scheiße.

– Tja.

– Kommt aber an, oder?

– Tja... konnte nie viel anfangen mit dem Kram, den er spielt... trotzdem, war stellenweise ganz ok... du bist ein alter Ficker.

– Ich weiß, ich weiß. Du solltest Amber flachlegen. Die ist scharf auf dich, Alter.

– Scheiße, Lloyd, für nen Fick mit Amber bin ich nicht zu haben. Langsam komm ich mir mies vor, kleine Mädchen abzuschleppen, sie mit Scheiße zuzulabern und durchzubumsen und dann bis zum nächsten Wochenende auf Tauchstation zu gehen, Alter. Ich fühl mich, als wär ich wieder zwischen vierzehn und sechzehn, als es hieß, einmal drauf und abgehakt. Bin auf dem besten Weg zurück ins erste Stadium der sexuellen Entwicklung, echt, Alter.

– Ah ja, und was wär das nächste Stadium?

– Man läßt sich Zeit, geht auf das Mädchen ein, versucht, sie zum Orgasmus zu bringen, probiert Oralsex... so war ich etwa zwischen sechzehn und achtzehn drauf. Und danach, so zwischen achtzehn und einundzwanzig, gab's für mich nur noch Stellungen. Mal was Neues ausprobieren, von hinten, auf Stühlen, in den Arsch und all sowas, so Sexakrobatik. Der nächste Schritt war, ein Mädchen zu finden und unsere inneren Rhythmen in Einklang zu bringen. Zusammen Musik zu machen. Die Sache ist, Lloyd, daß ich die Phase hinter mir hab und wieder von vorne anfange, wo ich mich doch weiterentwickeln will.

– Vielleicht hast du jetzt einfach alles durch, wage ich ne Vermutung.

– Quatsch, schnauzt er, – nie im Leben. Ich will diese telepathische Vereinigung, sich gegenseitig direkt in die Rübe sehen, wie Astralreisen oder sowas. Er drückt mir seinen Zeigefinger auf die Stirn. – In der Phase bin ich jetzt, so lange, bis ich das erreicht hab. Ist mir noch nie gelungen, Alter. Der innere Gleichklang ja, aber nicht die Verschmelzung der Seelen. Nichtmal annähernd. Die E's helfen zwar, aber die Verschmelzung der Seelen kann nur klappen, wenn du sie in deinen Kopf und sie dich in ihren läßt, und zwar gleichzeitig. Kommunikation, Alter. Sowas erreicht man nicht mit Partychicks, nichtmal wenn ihr beide auf E seid. Es muß echte Liebe sein. Das ist es, wonach ich wirklich suche, Lloyd: Liebe.

Ich lächle in seine riesigen Augen und sage, – Sie sind ein verdammter Sexphilosoph, Mister Boyle.

– Von wegen, ich mach keinen Spaß. Ich suche nach Liebe.

– Vielleicht suchen wir die alle, Ally.

– Das Problem, Alter, ist nur, daß du sie vielleicht gar nicht finden kannst. Vielleicht muß sie dich finden.

– Gut, aber bis es soweit ist, will man doch zum Schuß kommen, oder?

Später heult mir Amber vor, daß Ally sie hat abfahren lassen und nicht mit ihr schlafen will, weil er sie nicht als Lover, nur als Freundin liebt. Nukes ist bei uns in der Küche und wirft bloß die Arme in die Luft, als wär ihm das alles zu hoch, und erklärt, – Ich bin weg… man sieht sich… Aber mir fällt auf, daß diese Fotze zusammen mit dem einen Mädchen weg ist, und das ist das Signal für alle, sich auf den Weg zu machen, aber ich bleibe noch da und versuche, Amber und Hazel Allys Standpunkt klarzumachen, zieh mir ein paar Lines Koks mit ihnen rein, und wir beobachten den Sonnenaufgang und reden über alles. Hazel geht nach hinten ins Bett, aber Amber will aufbleiben und reden. Schließlich schläft sie doch auf dem Sofa ein. Ich gehe ins hintere Schlafzimmer, hole ne Bettdecke und breite sie über sie. Sie sieht friedlich aus. Sie braucht einen Freund: einen netten jungen Typ, der sich um sie kümmert und um den sie sich kümmern kann. Ich spiele mit dem Gedanken, mich zum Pennen zu Hazel ins Bett zu legen, aber ich kann spüren, wie die Distanz zwischen uns wächst, je mehr MDMA in unseren Körpern abgebaut wird. Ich mach mich auf nach Hause, und obwohl ich nicht religiös bin, bete ich um einen Freund für Amber und um eine ganz spezielle Freundin für Ally und für mich. Ich bin nicht religiös, aber mir gefällt einfach die Vorstellung, daß Freunde sich das Beste für einander erhoffen; ich mag die ganze Vorstellung von lauter guten Wünschen, die telepathisch durch die Gegend schwirren.

Wieder zu Hause, klinke ich zwei Valium ein und spüle sie mit ner Flasche Becks runter. Ich taumele ins Bett, wo mich ein seltsamer, unruhiger Schlaf überkommt. Ich bin in Koma-Citys wohlvertrautem Stadtteil Leckt-mich-alle-mal.

Teil eins

Die unbändige Liebe zu Ecstasy

1 Heather

Da sitzt man und tippt den Bericht auf dem Textverarbeitungsprogramm des Großrechners, und Brian Case, Mister Case, grinst einen anzüglich an und sagt: – Wie geht's meinem Sonnenschein? Man würde am liebsten antworten, daß man nicht sein Sonnenschein ist, oder wenn doch, dann muß du es aber verdammt nötig haben, du jämmerlicher, schwachsinniger Scheißer, aber man braucht den Job und nicht den Ärger, also lächelt man nur und versucht, weiter seine Angaben auf den Monitor zu tippen.

Aber im Inneren tut es weh.

Es tut weh, weil man etwas genannt wird, für etwas gehalten wird, was man nicht ist. Deswegen tut's weh.

Auf dem Heimweg mache ich Zwischenstation in einem Pub. Eine Bar im East Port. Die letzten zwei Wochen habe ich hier reingelinst und versucht, den Mut aufzubringen, reinzugehen. Mir die ganzen Säufer angesehen, den Lärm gehört, das gelegentliche ordinäre Lachen, den Qualm gerochen. Als ich endlich durch die Tür spazierte, dachte ich, es würde ein großartiger, kathartischer Moment werden. Aber ich merke nicht mal, daß ich an der Theke stehe, bis ich bei einem alten Knaben mit faltigem Gesicht einen Gin Tonic bestelle. Was mache ich hier?

Nie gehe ich in

Nie gehe ich

Weil Liz mich drum gebeten hat. Liz. Und jetzt ist sie nicht da.

Anscheinend sind hier zur Dinnerzeit ausschließlich Männer in der Bar, obwohl man sie auf schick renoviert hat. Einer von den Säcken guckt mich an, als ginge ich anschaffen. Hier. In der East Port Bar. Dunfermline. Hier! Das wär ja zum Totlachen. Es sollte zumindest zum Lachen sein.

Aber es hat sich ausgelacht. Ich habe zu lange gelacht. Gelacht, ohne zu wissen, warum.

Liz kommt rein. Ich bestelle ihr einen Gin Tonic und mir noch einen mit. Liz und ich. Immer noch Freundinnen, obwohl wir in verschiedene Abteilungen versetzt wurden. Offizielle Begründung: gut für unsere berufliche Entwicklung, wenn wir mit verschiedenen Leuten in verschiedenen Teams in verschiedenen Bereichen arbeiten. Gelegenheit, unsere Kenntnisse zu erweitern. Das ist ein Zugeständnis, das unsere Gewerkschaft neulich den Bossen gemacht hat: gesteigerte Flexibilität. Die Gelegenheit, Daten in verschiedene Computer in verschiedenen Büros einzugeben. Der wahre Grund, aus dem wir versetzt wurden, war, daß wir gut miteinander auskamen und Spaß zusammen hatten, und sie mögen Leute nicht, die auf der Arbeit *zuviel* Spaß haben.

Liz ist älter als ich. Sie raucht wie ein Schlot und trinkt Unmengen Gin. Ich lebe zusammen mit Hugh *in einem Haus*, aber eigentlich *lebe* ich für meinen Spaß mit Liz. Und mit Marie, meiner besten Freundin Marie.

2 Lloyd

Ich hab ne Matschbirne; hauptsächlich, weil ich n paar Jellies eingeklinkt hab, um runterzukommen. Stumpfsinn und Schmierige Angewohnheiten, nicht mehr. Sozialghettoaugen. Ich seh die Welt durch Sozialghettoaugen. Das Telefon neben dem Bett klingelt. Nukes ist dran.

– Ich bin's, Lloyd.

– Nukes. Alles klar. Letzte Nacht gut verkraftet, oder war's heute morgen? Ich komm nicht in die Gänge, Alter. Hab zwei von den verfickten Jellies genommen, um runterzukommen...

– Mußt du *mir* erzählen. Gehst du zum Fußball?

– Nee... hätte Lust, was trinken zu gehen.

– Ich wollte mal sehen, wie der Blick von der neuen Tribüne ist und so.

– Neue Tribüne, du meine Scheiße, Alter.

– Sieht aber ganz ok aus... tausendmal besser als der Scheiß von den Jambos.

– Stimmt, Heimwerker-Billigschrott. Hat Gary MacKay neulich hingezimmert, als abends mal kein Fußball auf Sky lief. Aber keine Ahnung, ob ich's durchstehe, neunzig Minuten auf einem Fleck zu sitzen, Nukes...

– Also dann, Bruder, das entscheiden wir später...

– Alles klar.

– Schön, wir sehen uns in ner halben Stunde im Windsor. Ally hab ich aber nicht angerufen. Wenn ich mir von dem Sack nochmal anhören muß, wie toll John Digweed letzte Woche war, oder wie super Teneriffa ist, schmeiß ich die Fotze vor nen Bus.

– Genau... der verlogene Sack hat mir erzählt, Digweed wär scheiße gewesen.

– Das sagt der Arsch auch über Tony Humphries. Jeden

Abend erzählt er erstmal, alles wär scheiße. Später hörst du ihn dann irgendnem Arsch erzählen, es wär nicht schlecht gewesen, und schließlich, wenn's dann spät ist, hörst du von ihm nur noch, wie geil es war.

Ich geh duschen und versuche, in die Gänge zu kommen. Die verfickten Jellies: nie wieder. Ich wanke raus zum Leith Walk, um Nukes zu treffen. Wir zischen einen. Wir schmeißen beide n paar Jellies, um Geld zu sparen. Nukes hat ein überzeugendes Argument: – Ein paar Valium und vier Pints bringen dieselbe Wirkung wie dreißig Pints. Wozu den Brauereiärschen Geld nachschmeißen und Zeit verplempern?

Der Nachmittag geht nahtlos in einen tranigen Abend über. – Ich bin im Arsch, Alter, erklär ich Nukes. Ich drifte weg in die Stadt der Vollgedröhnten, Pannemannland, und werde vom Barkeeper mit kräftigem Rütteln auf den Planeten Leith zurückgeholt. Er sagt was, aber ich kann nichts verstehen. Ich tattere zum Ausgang. Ich hör wohl, daß Nukes Hibs-Gesänge intoniert, seh die Fotze aber nirgendwo. Ich hab keinen Schimmer, wo wir sind, in der Stadt anscheinend. Ich hör Leute über mich lästern, irgendwie so Schnöselstimmen. Dann bin ich in nem Taxi und schon in einem anderen Pub in Leith. Ich höre, wie n Typ brüllt, – Das ist das Schwein, das seine eigene Schwester gefickt hat, und ich versuche, was zu sagen, bin aber zu betrunken, und höre, wie n anderer Typ sagt, – Ne, das ist Lloyd Buist, Vaughan Buist sein Bruder, Alter. Du meinst den andern Lloyd da, Lloyd Beattie, so hieß der Knabe.

– Sag bloß noch, hier laufen zwei verfickte Lloyds in Leith rum, sagt einer.

Als nächstes weiß ich noch, daß ich mit meinem Kumpel Woodsy rede, den ich seit Ewigkeiten nicht gesehen hab, und er labert über Gott, Trinken und E. Er nimmt mich mit zu sich, und ich mach mich lang.

3 Heather

Hugh ist zu Hause. Er muß länger arbeiten als ich. Er hat eine verantwortungsvollere Stellung. Er trägt Verantwortung. Verantwortung für was? – Schönen Tag gehabt? fragt er lächelnd und hört einen Moment auf, den Dire-Strait-Song »Money For Nothing« zu pfeifen.

– Ja, sage ich. – Ging so. Was möchtest du zum Essen? Ich hätte längst was vorbereiten sollen. Ich hab nur keine Lust gehabt.

Ich habe über eine Stunde damit verbracht, mir die Fingernägel zu machen: schneiden, feilen, lackieren, das dauert seine Zeit. Die Zeit vergeht im Flug.

– Was halt da ist, meint er und schaltet die Nachrichten an.

– Bist du mit Toast und Rührei einverstanden?

– Fantastisch.

Ich gehe die Eier machen. – Wie war dein Tag? rufe ich.

– Gar nicht schlecht, höre ich seine Stimme aus dem Nebenzimmer, – Jenny und ich haben für die Bezirksdirektion eine Präsentation der Bebauungspläne gemacht. Schien gut anzukommen, er steckt seinen Kopf durch die Tür, – ich glaube, wir überzeugen sie.

– Gut gemacht, sage ich und versuche, einigermaßen begeistert zu klingen.

Hugh und ich sind zur gleichen Zeit von der Universität abgegangen und haben bei verschiedenen Kommunalbehörden angefangen. Er ist mittlerweile Geschäftsführer einer Bausparkasse, und ich bin genau dort, wo ich auch vor sechs Jahren war.

Das ist ganz allein meine Schuld.

Wenn ich ihn lieben würde, wäre es gar nicht so schlimm. Früher dachte ich mal, ich täte es. Er war das, was ich mir un-

ter einem Rebellen vorstellte: Arbeiterkind, politisch engagiert. Wie blöd darf man sein?

– Ich gehe heute abend aus, erkläre ich ihm.

– Oh... macht er.

– Mit Liz. Von der Arbeit. Wo wir jetzt in verschiedenen
Abteilungen arbeiten, sehen wir uns kaum noch. Ich gehe
nur rüber zu ihr. Vielleicht holen wir uns was vom Imbiß
und eine Flasche Wein.

– Heute kommt ein guter Film im Zweiten, sagt er.

– Ach ja?

– *Wall Street.* Michael Douglas.

– Ach, stimmt. Aber ich hab Liz schon zugesagt.

– Ach so. Verstehe.

– Also dann.

– Schön.

Schön. Ich treffe Liz bei MacDonald's, dann sind wir wieder
in der East Port Bar und haben ein paar Gin intus, dann rein
ins Taxi nach Kelty und in den Club. – Was habt ihr denn in
Kelty verloren, Mädels? Aus Kelty kommen nur Nutten und
Bergarbeiter, sagt der Taxifahrer zu uns.

– He, jetzt langt's aber, Pflaume! Ich bin aus Kelty! protestiert Liz.

– Auf welcher Zeche hast du denn malocht, altes
Mädchen? fragt der Fahrer, ehe er uns auf dem Parkplatz
des Clubs rausläßt.

Wir gingen rein und fanden einen Platz in der Ecke. Mitten über der Tanzfläche hing eine große, verspiegelte Kugel.
Liz warf einen Blick auf einen Tisch in der Nähe der Bar.

– Da ist mein Ex, meinte sie, – Davie. Hübscher Knabe,
was? Sie wies mit dem Kopf auf einen Typ, der sich auf seine
Bingo-Karte konzentrierte. Kurz darauf steuerte er auf uns
zu.

Ich nickte zu Liz' Bemerkung mit soviel Begeisterung,

wie ich aufbringen konnte, aber richtig teilen konnte ich ihre Ansicht nicht. Man konnte Davies früheres gutes Aussehen zwar noch ahnen, aber der Eindruck war eher seinem siegessicheren Aufreißercharme zu verdanken als irgendwelchen körperlichen Vorzügen, die womöglich die Verheerungen von Zeit und Alkohol überstanden hätten. Er starrte zu mir rüber und grinste halbdebil. Er hatte trotzdem was.

– Die blauen Augen hatten es mir angetan, erklärte Liz, als Davie sich einen Weg durch die Menge bahnte und sich zu uns setzte.

– Wie geht's, Schätzchen? Und wer ist diese hübsche junge Lady?

– Das ist Heather von der Arbeit.

– Hallo, sagte ich.

– Schön, dich kennenzulernen, Heather. Kann ich euch zwei Hübschen was zu trinken holen?

– Zwei G & T wären nicht schlecht, meinte Liz.

– So gut wie erledigt, strahlte Davie und steuerte die Bar an.

Davie strapazierte nicht nur seine schönen blauen Augen, er zog alle Register der Verführungskunst. Seine vielsagenden Blicke ließen ihn bald mehr als nur leicht bescheuert aussehen.

– Das Problem war nur, bestätigte Liz meinen Verdacht, als er zum Klo ging, – daß sich hinter diesen blauen Augen nicht viel tut.

4 Lloyd

Ich wurde auf Woodsys Sofa wach und fühlte mich wie
Scheiße. Mir war schlecht, ein Zahnarztbohrer heulte in
meinem Kopf, meine Lippen waren aufgeplatzt und ge-
schwollen, und unterm rechten Auge hatte ich sowas wie
fiese, verschmierte schwarz-violette Wimperntusche. Jetzt
wußte ich wieder, warum Class A's mir lieber waren als
Alkohol. Mir dämmert sowas, daß Nukes und ich uns ge-
ledert haben. Weiß der Henker, ob untereinander oder mit
irgendnem anderen Ficker. So leicht, wie ich verletzt bin,
war's wahrscheinlich irgendein anderer Ficker, denn Nukes
ist n ziemlicher Brocken und hätte mich viel übler zugerichtet.

– Ganz schön auf die Kacke gehauen gestern, was? sagte
Woodsy, der mir einen Tee brachte.

– Klar, sage ich, immer noch viel zu fertig und nicht in
Stimmung für große Selbstanklagen, – Nukes und ich haben
gestern Valium geschmissen und mit n paar Pints runter-
gespült. Am Schluß gab's ne Klatscherei.

– Ihr Fotzen seid total bescheuert. Alkohol ist das Werkzeug des Satans, Alter. Und die Jellies... ich red ja nicht
gern wie der schwule Toryarsch aus der Glotze da... aber
Scheiße, so n Benehmen erwarte ich von Nukes als altem
Fußballhool und so, dich hätte ich für vernünftiger gehalten, Lloyd.

– Mann, Woodsy, stöhnte ich. Der Arsch von Woodsy war
immer noch auf seinem Religionstrip. Immerhin blieb er
sich treu, letzten Sommer war das losgegangen. Der Sack
hat doch behauptet, er hätte nach zwei Supermarios und
zwei Snowballs beim Outdoor Rezurrection Gott gesehen.
Wir hatten ihn zum Auschillen im Garage Room abgelie-
fert, weil er total dehydriert war. Ich drückte ihm ein Volvic

in die Hand und überließ ihn den rosa Elefanten. Schwerer Fehler, aber ich war so hart drauf, und die Light-Show im Hauptzelt war so irre, daß ich schnellstens zurück ins Geschehen wollte. Zwei mütterliche Partychicks hatten ein nachsichtiges Auge auf ihn.

Das Betreungsprojekt scheiterte daran, daß eine plötzliche Übelkeit Woodsy nötigte, die Partychicks zu verlassen und zum Gespräch mit dem großen Alutelefon die Mobilscheißhäuser aufzusuchen. Und in einem dieser stinkenden Löcher traf er den Großen Boß.

Das Schlimmste war, daß Gott ihm anscheinend erzählte, Ecstasy sei sein Geschenk an die Erleuchteten, die wiederum die Pflicht hätten, seine Botschaft zu verkünden. Dann muß er Woodsy wohl befohlen haben, einen Rave-Gospel-Club ins Leben zu rufen.

Ich weiß ja nicht, ob Woodsy einen an der Waffel hatte oder ob er auf nem größenwahnsinnigen Herrschaftstrip war; vielleicht so ne Koresh-Masche, um so viele Partychicks abzuschleppen, wie er wollte. Könnt ihr mich in euch aufnehmen, Mädchen? Seid ihr wirklich bereit, mich in euch aufzunehmen und die ganze hirnfickende Scheiße, Merde, Kacke. Wie auch immer, für nen Kontrollfreak hatte er sich die falsche Droge ausgesucht. Der einzige Mensch, den man auf E kontrollieren kann, ist man selbst. Koresh hätte keine fünf Minuten durchgehalten, wenn seine Waco-Posse auf E gewesen wär. Laß doch den arschlangweiligen Bibelscheiß, Davey, alter Junge, wir sind zum Tanzen hier...

– Hör mal, Lloyd, hast du noch diese Technics-Decks bei dir rumstehen?

– Ja, aber die gehören Shaun. Nur bis er aus Thailand zurück ist.

Shaun wollte für n Jahr wegbleiben, aber wenn er wußte, was gut für ihn war, würde er nie zurückkommen, und Shaun war ein cleverer Hund. Er hatte sich mit nem Typen aus Lancashire, der sich The Crow nannte, zusammengetan, und sie hatten sich n kleines Vermögen damit verdient, in die Hütten von irgendwelchen Geldsäcken einzusteigen. Sie waren so schlau gewesen, sich via Goa nach Thailand abzusetzen, ehe ihnen der eine Job zuviel den Hals brechen konnte. Schön für sie und schön für mich, denn ich erbte Shauns Decks und seine Plattensammlung, die ein paar eiskalte Soulraritäten zu bieten hatte.

– Du bist bestimmt mittlerweile ziemlich gut an den Decks, oder?

– Aber klar, log ich. Ich hab ja nur n paar Monate auf die Dinger aufgepaßt. Ich hatte kein Gespür für Timing, keine geschickten Finger und nicht besonders viel Vinyl im Haus. Ich hatte mehr an ihnen üben wollen, aber mit meinem Kumpel Drewsy hatte ich n paar Tischlerarbeiten unter der Hand gemacht und dealte außerdem nicht zu knapp für die Ätzfotze.

– Hör mal, Lloyd, ich hab da diesen Gig im Reck-Tangle Club in Pilton organisiert. Ich will dich im Programm haben. Du zuerst, dann ich. Was hältst du davon?

– Wann wär das?

– Nächsten Monat. Am vierzehnten. Also noch was hin.

– Prima. Ich bin dabei.

Ich war beschissen an den Decks, aber ich dachte mir, ein fester Termin würde mich zwingen, das auf die Reihe zu kriegen. Ich war nicht gerade begeistert, als Woodsy mir erklärte, daß er Samplings von Kirchenliedern und Gospelmusik mit Techno-, House-, Garage– und Ambient-Sachen mixen wollte, aber ich war trotzdem nicht abgeneigt.

Egal, ich beschloß, viel Zeit zu Hause mit den Decks zu verbringen. Eine Menge meiner Freunde, besonders Nukes, Ally und Amber, halfen mir tatkräftig. Sie kamen auf nen Joint vorbei und brachten oft Dance-Platten mit, die sie sich ausgeliehen hatten. Ich rannte in ein paar Clubs, nur um den DJs zuzusehen und zu beobachten, wie sie es machten.

Mein Lieblings-DJ war Craig Smith, der DJ aus Edinburgh im Solefusion, der bei allem, was er machte, Riesenspaß zu haben schien. Aber es gab zu viele, die wie arrogante Säcke ohne Seele aussahen, und das merkte man auch ihrem Mix an. Du kannst von den anderen Säcken nicht erwarten, Spaß zu haben, wenn du selber keinen hast.

An einem Nachmittag wollte ich gerade gemütlich n bißchen Mixen, als es an der Tür klingelte. Ich hatte die Musik leise laufen, aber ich dachte trotzdem, es wären die Yuppie-fotzen vom Flur gegenüber, die sich über alles und jedes beschwerten.

Ich machte die Tür auf, und vor mir stand die alte Mrs. McKenzie von unten. – Suppe, keifte sie mit verkniffenem Gesicht.

Jetzt fiel's mir wieder ein. Ich hatte vergessen, in den Supermarkt zu gehen und die Zutaten für meinen Eintopf zu holen. Ich mache donnerstags immer nen Riesenpott Suppe, bevor das exzessive Wochenende anfängt, damit ich immer was Nahrhaftes im Haus hab, falls ich zu fertig oder pleite für was anderes bin. Dann bring ich der alten Mrs. McKenzie in einer Tupperware-Schüssel was runter. Sie ist ein braves altes Mädchen, aber was als einmalige Geste des guten Willens gedacht war, hat sich zur Dauereinrichtung entwickelt und geht mir langsam auf den Senkel.

– Tut mir leid, Mrs. Mack, bin noch nicht dazu gekommen, sie zu machen.

– Ja... ich dachte nur... Suppe... der Junge von oben bringt am Donnerstag immer eine Schüssel Suppe runter... ich sag gerade zu Hector. Suppe... ich sag's neulich erst zu Hector. Suppe. Der Junge von oben. Suppe.

– Ja, ich mach sie gleich.

– Suppe Suppe Suppe... ich dachte, wir kriegten nen Teller Suppe.

– Ist schon in Arbeit, Mrs. Mack, das kann ich Ihnen versichern.

– Suppe…

– DIE SUPPE IST NOCH NICHT SOWEIT, MISSUS MCKENZIE. WENN ICH SIE FERTIG HAB, WAS NOCH 'N BISSCHEN DAUERN KANN, BRING ICH IHNEN WELCHE RUNTER, OKAY?

– Suppe. Später…

– GENAU, MISSUS MCKENZIE. SUPPE. SPÄTER.

Ich mußte nen Heidenlärm gemacht haben, denn die Spießerkuh von gegenüber kam an ihre Tür, um zu gucken, was der Krach sollte. – Ist alles in Ordnung, Mrs. McKenzie? Hat Sie die laute Musik auch gestört? fragte sie das alte Schätzchen, die verfickte, egozentrische, intrigante, seelenlose Fotze.

– Die Suppe ist in Arbeit, erklärte Mrs. Mack fröhlich und besänftigt, während sie quälend langsam den Flur lang und die Treppe runter schlurfte.

Ich ging wieder rein, schminkte mir das Mixen ab und ging schnell raus in die Geschäfte, um die Sachen für die Suppe zu holen. Als ich ging, hatte ich ne Nachricht auf dem Anrufbeantworter. Es war ne endlos weitschweifige Erklärung von Nukes, aus der eigentlich nichts weiter zu entnehmen war, außer daß er die Polizei im Haus gehabt hatte.

5 Heather

Als ob.

Als ob die physische Nähe die emotionale Distanz ausgleichen könnte.

Er hält mich fest umschlungen, aber darin liegt weder Liebe noch Zärtlichkeit, nur Verzweiflung. Vielleicht hat es mit dem Wissen zu tun, daß ich ihm entgleite, der Welt entgleite, in der ich für ihn leben soll: seine Welt, die nicht unsere gemeinsame Welt ist.

Es ist nicht unsere gemeinsame Welt, weil ich ihm gehöre, sein Eigentum bin, das er nicht so ohne weiteres aufgeben wird. Ich bin ein Trostspender, ein Teddybär für einen erwachsenen kleinen Jungen. Nur daß die anderen ihn nie so zu sehen bekommen, und wenn sie die unfaßbare Unreife dieses angeblich so erfolgreichen Mannes durchschauen würden, würden sie sie nur liebenswert finden, so wie ich früher auch. Aber das ist vorbei, denn sie ist traurig und erbärmlich.

Er ist ein verdammter Schwachkopf.

Was hat er davon, sich so aufzuführen?

Er blüht auf, während ich innerlich sterbe.

Er sollte auch sterben, aber tut es nicht.

Das hat er nicht nötig, das überläßt er mir.

Was will ich? Liebe genügt nicht. Es hat mit Verliebtsein zu tun. Ich liebe meine Mutter, meinen Vater. Ich will keine neue Mama und keinen neuen Papa. Früher schon. Früher wollte ich das, weil ich nichts anderes kannte, weil ich nicht wußte, was ich wirklich wollte.

Ich will nicht beschützt werden. Hugh ist ein Beschützer.

Früher brauchte ich das auch.

Aber ich bin innerlich gewachsen, Hugh, mehr gewachsen, als dir lieb ist. Du hast mir oft gesagt, ich solle erwachsen werden. Du hättest Angst vor mir, wenn du mich sehen könntest, wie ich wirklich bin. Ich glaube, die hast du jetzt schon. Deswegen klammerst du dich fest, klammerst dich an mich, wie ans liebe Leben.

Innerlich sterben.

Innerlich wachsen.

Bring das mal unter einen Hut.

6 Lloyd

Ich kam mit den Suppenzutaten vom Supermarkt zurück und war kaum durch die Tür, als hinter mir penetrant die Klingel ging. Es war die Ätzfotze, und sie hatte Das Opfer im Schlepptau, auf deren Zifferblatt ein nervöser, krampfiger Blick gefroren war, den selbst mein freundlichstes Lächeln nicht auftauen konnte.

Das Opfer war eine notorische Jammergestalt. Solche Leute schien die Ätzfotze magisch anzuziehen. Im Gegenzug hielt sie deren Selbstachtung auf Sparflamme und sorgte dafür, daß sie in einem Zustand seelischer Verelendung verharrten. Sie war ein Kurator toter Seelen. Ich machte mir Sorgen, weil es mir so vorkam, als würde ich immer mehr Zeit mit der Ätzfotze verbringen; wir schusterten uns gegenseitig Drogen und gute Deals zu. Einmal hatte ich mit dem Opfer gefickt, sie an nem Abend, als ich dicht war, ins Bett gelockt … ins Bett, schön wär's, eigentlich war es auf dem Boden, dem Boden hinter dem Sofa, auf dem Ally diese Perle fickte, die er im Pure aufgerissen hatte. Egal, das Opfer ging mir noch Wochen danach auf den Wecker, mit Anrufen, in Clubs etc. Sie war so veranlagt, sich alles bieten zu lassen, und war dankbar für jede Form von Zuwendung. Deswegen blieb sie dauernd in Beziehungen hängen, in denen sie nur ausgenutzt wurde.

– Halli hallo, zwei schöne Frauen, trällerte ich sie mit einer Herzlichkeit an, die ich gar nicht empfand, als ich sie nach drinnen schob, und bekam zum Dank eisige Kälte. Die Ätzfotze stülpte ihre Unterlippe vor wie nen auf links gerollten roten Teppich. Sie hatte die müde, gereizte Ausstrahlung einer jungen Frau, die schon mehr gesehen hat, als gut für sie war, nur immer noch nicht das, was sie sehen wollte, und sich gerade entschlossen hatte, sich das alles abzuschminken, anstatt sich weiter umzusehen.

– Warte hier, schnauzte sie das Opfer an, das leise zu blubbern anfing. Ich wollte hingehen und pro forma einen filmreifen Tröstungsversuch starten, aber die Ätzfotze bog mir den Arm um und zerrte mich in die Küche, schloß die Tür hinter uns und senkte ihre Stimme so weit, daß ich nur noch ihre Lippenbewegung sehen konnte.

– Was? fragte ich sie.

– Sie ist total daneben.

– Erzähl mir was Neues, sagte ich mit einem Schulterzucken, aber ich glaube nicht, daß die Ätzfotze mich verstand.

– Ich hab ihr gesagt, daß sie sich was vormacht, erklärte sie, während sie an einer Kippe sog und ihr Gesicht zu einer Maske haßerfüllter Geringschätzung verzog. – Du lebst verdammtnochmal in ner Traumwelt, altes Mädchen, hab ich ihr gesagt, Lloyd. Aber sie wollte nicht hören. Jetzt hat sie den Ärger. Und zu wem kommt sie als erstes angerannt?

– Verstehe… verstehe… nickte ich so teilnahmsvoll, wie ich konnte, während ich meine Lebensmittel aus der Einkaufstasche in den Schrank und den Kühlschrank packte.

– Ständig setzt ihre verfickte Periode aus und sie macht sich mit ihrem ›Ich bin schwanger‹-Scheiß verrückt. Am liebsten hätte ich ihr gesagt: Du kannst nicht davon schwanger werden, daß er dich in den Arsch fickt. Hab ich aber nicht. Am liebsten hätte ich ihr gesagt: Deine Tage setzen dauernd aus, weil du n Rad ab hast, Schätzchen; dein Leben ist ein Chaos, und wenn du n dermaßenes Rad abhast, muß sich das auf den Körper auswirken.

– Verstehe… verstehe… sie und Bobby wieder.

Der momentane Hauptausbeuter des Opfers war ein irrer Bikertyp namens Bobby, den ich schon ewig kannte. Bobby hatte ne gespaltene Persönlichkeit: ein Teil von ihm war abgrundtief böse, der andere ein totales Arschloch.

– Aber ich hab's mir verkniffen. Sache ist, daß er rüber-

kam und anfing, Psychospielchen mit ihr abzuziehen, Lloyd.
Solo lachte bloß bescheuert, also mußten wir da raus. Wir
wollen hier bloß n bißchen sitzen und chillen, bis dieser
Arsch von Bobby weg ist.

– Hör zu, gar kein Problem, aber das müßt ihr alleine machen, ja? Weißt du, ich muß diesen Knaben treffen, der die
Pink Champagnes, die Speedballs, haben soll.

– Besorg mir fünf... nee, sechs... krächzte sie und kramte
in ihrer Tasche nach dem Portemonnaie.

– Wenn er überhaupt welche hat, meinte ich und nahm ihr
Geld. Ich wollte gar nicht los und was besorgen, ich wollte
nur zu meinem Bruder und was essen. Es war nicht nur,
weil's nicht cool genug klang, um der Ätzfotze das zu erzählen; es war, weil sie ne üble, neugierige Ratte ist, und ich
nicht wollte, daß sie zuviel von mir weiß.

Ich überließ sie sich selbst und warf beim Rausgehen nen
Blick auf den Arsch des Opfers in den schwarzen Stretch-
Leggings, seltsam erfreut und gleichzeitig enttäuscht dar-
über, daß ich keinerlei Reaktion verspürte.

Ich nahm unten am Walk den Bus zu meinem Bruder
Vaughan. Ich war ein bißchen spät dran. Als ich ankam,
mußte ich ewig klingeln. Vaughan war weg, und Fiona,
meine Schwägerin, war hinten und spielte mit meiner
Nichte Grace, die zwei und ein bißchen gaga ist, wie Zwei-
jährige so sind.

– Lloyd! Hab mir schon gedacht, daß du das bist. Immer
rein mit dir.

Ich sah direkt, daß Vaughan kräftig renoviert hatte, hielt
aber meinen Mund. Das Haus war in geschmacklosem Ha-
bitat-Landhausstil eingerichtet, einfach lachhaft in einem
Vorortreihenhaus. Das war typisch Vaughan und Fiona. Ich
liebe sie auf seltsame Weise – eine angespannte, pflichtbe-
wußte Liebe, aber Fotzen wie denen kann man nichts über

Geschmack erzählen. Das ist für sie gar keine Frage. Der kommt aus dem Katalog.

Ich fragte Fiona, ob ich mal telefonieren könnte, und sie verstand den Wink und ging mit Grace in den Garten. Ich rief Nukes an. – Was liegt an? fragte ich ihn.

Mit den Hools und den Drogen bin ich fertig. Ich steh auf der Abschußliste, Lloyd. Hab letzte Nacht die Polizei hier gehabt, die wollten mir alles Mögliche anhängen. Total linke Aktion.

– Mußt du vor Gericht?

– Nee, aber ich hab Muffe. N paar von den Jungs sagen, ich soll mich nicht anscheißen, aber Mann, Alter. Ich deale ja ab und zu, und das kann mich drei verfickte Jahre meines Lebens kosten, nur für n bißchen Klatscherei beim Fußball.

– Ich wollte dich eigentlich fragen, ob du n bißchen Stoff für mich absetzen kannst.

– Vergiß es. Schön unauffällig für die nächste Zeit, so heißt die Devise.

– Na schön. Komm nächste Woche auf nen Joint vorbei.

– Alles klar.

– Bis dann, Nukes... ach, weißt du noch, was neulich nachts passiert ist? Hatten wir irgendwie Trouble?

– Das willst du nicht wirklich wissen, Lloyd.

– Nukes...

Der Hörer wurde aufgelegt.

Jetzt hatte ich die Paranoia, aber lange nicht so heftig wie Nukes. Irgendwas setzte der Fotze schwer zu. Ich wußte, daß es Nukes momentan nicht so mit den Hools hatte, aber für ne kleine Klatscherei zwischendurch war er immer noch zu haben. Mir war der Reiz dabei nie klargewesen, aber er schwor auf den Kick. Wenn er allerdings polizeibekannt war, sah's übel aus; man braucht nur n paar Drogen für sich und seine Freunde bei sich zu haben, um für die schon ein Dealer zu sein. Er war im Moment empfindlich, und ich nahm mir vor, es für ne Weile easy angehen zu lassen und so.

– Gefällt dir die neue Farbe? fragte Fiona.

Grace krabbelte an mir hoch und versuchte, mir ein Auge auszudrücken. Ich schob ihre Hand weg, ehe sie auf mein anderes losgehen konnte, das lädierte. – Ja, prima. Echt angenehm. Wollte grad schon sagen, log ich. – Da hast du Vaughan ganz schön ans Arbeiten gekriegt, wie? Wo steckt er?

Grace kletterte wieder runter, rannte zu Fiona und schlang sich um ihr Bein.

– Dreimal darfst du raten, sagte Fiona mit einem Lächeln, mit dem sie sich von der jungen Hausfrau in ein Luder verwandelte.

– Zum Boulespielen? fragte ich.

– Ein Schuß, ein Treffer, nickte sie müde. – Ich soll dir sagen, du sollst ihn da auf ein Bier treffen. Das Essen ist nicht vor fünf fertig.

– Super… meinte ich. Oder auch nicht. Ich wär lieber bei Fiona und Grace geblieben, als mir Vaughans Scheiß anzuhören.

– … oder ich relaxe hier einfach n bißchen.

– Lloyd, ich hab alle Hände voll zu tun. Ich will dich nicht auch noch zwischen den Füßen haben; ein Kleinkind reicht, grinste sie.

– Na besten Dank, lachte ich bitter, als wär ich tief getroffen. Wir nahmen unser altes Spielchen wieder auf. Es war armselig und behämmert, aber es gibt mir oft ein merkwürdiges, flaues Glücksgefühl, totalen Stuß mit Leuten zu reden und mich nicht drum kümmern zu müssen, auf saucool zu machen, weil man sich einfach irgendwie verbunden fühlt. War schon ein wilder Trip.

Aber zuviel von dem Scheiß macht weich im Kopf, also ging ich nach ner Weile lieber, um mich mit Vaughan zu treffen.

Draußen auf der Straße wartete ein herrlicher Sommerabend. Ich ertappte mich bei einem seltsam beschwingten Gang. Klar, es war Donnerstag. Die Drogen vom letzten Wochenende waren mittlerweile gründlich verdaut, die Gifte abgebaut: ausgeschwitzt, -geschissen und -gepißt; der Hangover hat sich erledigt; der psychologische Selbstekel verfliegt, sobald sich die Chemie im Kopf entsifft, und die Erschöpfung ist vergessen, wenn die alte Adrenalinpumpe langsam wieder anläuft, um sich auf die nächste Runde Raubbau an der Gesundheit einzustellen. Dieses Gefühl, wenn man über den depressiven Hangover weg ist und Körper und Geist wieder durchstarten, wird nur noch vom Draufkommen auf gutes E übertroffen.

Im Club spielt Vaughan Boule mit so nem alten Scheißer. Er nickt mir zu, und der alte Scheißer guckt mit leicht gereiztem Blick hoch, und ich merke, daß ich ihn aus der Ruhe gebracht habe, weil mein Schatten seine Sicht gestört hat. Der alte Knacker strafft sich wieder, läßt die Kugel rollen, rollen, rollen, und ich denke, er kommt zu weit raus, aber nichts da, der raffinierte alte Scheißer hat den Bogen raus, denn die Kugel beschreibt einen brasilianischen Paß, genau das ist es, ein beschissener brasilianischer Paß, und sie kommt wie n beschissener Bumerang zurück, schiebt sich wie ein mieser Vordrängler hinter Vaughans massive Verteidigungslinie, rollt bis zur Zielkugel und kassiert sie ein.

Ich gratuliere dem alten Scheißer zu seinem Wurf. Vaughan hat noch einen gut, aber ich geh lieber rein und hole was zu trinken. Ich stelle fest, daß ich noch ein Briefchen Speed in der Tasche hab, weiß der Henker seit wann. Ich geh damit auf den Pott und teile es auf dem Spülkasten in mehrere Lines. Wenn ich schon über Boule reden muß, kann ich auch gleich voll zuschlagen... Ich komm ultrageladen wieder raus. Der Stoff kommt mir bekannt vor, als hätte ich letzte Woche ein paarmal die Finger drin gehabt. Ist allerdings sehr viel besser durch die Nase, das Zeug.

– Bist nicht bis zum großen Finale geblieben, meint Vaughan mit frustrierter Miene. – Hätte deine Unterstützung beim letzten Wurf gebrauchen können.

– Tschuldige, Vaughan, ich mußte ne Stange Wasser wegstellen. Hat's noch geklappt?

– Nee, der war Meilen daneben! blökt der alte Sack. Der alte Sack trägt weiße Hosen, ein blaues Hemd mit offenem Kragen und nen Strohhut.

Ich haue dem alten Sack auf die Schulter, – Schön gemacht, Kollege! Klasse Wurf übrigens, der kleine Dreher, der's am Schluß rausgerissen hat. Ich bin Lloyd, Vaughans Bruder.

– Hallo Lloyd, ich heiße Eric, er streckt die Hand aus und gibt mir einen kernigen Freimaurerhändedruck, – spielst du selber auch?

– Nee, Eric, tu ich nicht, Kumpel; nicht so ganz mein Ding, verstehst du. Nicht, daß ich dir das Spiel miesmachen will oder so, ein tolles Spiel... ich mein, hab neulich erst vor der Kiste gehangen und mir diesen Knaben Richard Corsie angesehen... der war doch früher Postler, oder? Der Typ weiß, wie man die Kugel schiebt...

Leck mich, mein Lou Reed haut aber zügig rein.

– He, was wollt ihr haben? ruft Vaughan, dem mein Gelaber etwas peinlich ist.

– Nee, nee, nee, ich geh schon holen. Drei Lager, oder?

– Schwuchtelpisse, meint Eric verächtlich, – ich nehm ein Special.

– Ein ganz spezielles Bier für einen ganz speziellen Sieg, was Eric? grinse ich. Der alte Sack grinst zurück. – Vaughan hat's ganz schön die Laune verhagelt!

– Na großartig, unterbricht Vaughan, – holst du jetzt was zu Trinken oder wie?

Ich steuere die Theke an, und der Typ dahinter meint, man müßte n Tablett haben, um bedient zu werden, und ich sag scherzhaft, ich hätt so schon genug zu schleppen, und er murmelt irgendwas über Hausregeln, aber da reicht mir n kleiner Scheißer aus der Schlange eh schon eins. Ich hatte ganz vergessen, was sie für blöde, verfickte Vorschriften in solchen Läden haben, die pomadigen Fotzen in ihren Blazern mit Clubabzeichen, und wenn die Sperrstunde naht, rieselt mehr Kalk als beim Luftangriff auf Coventry... und jetzt bin ich wieder an meinem Platz.

– Prost, Jungs! sage ich und hebe mein Glas. – Weißt du, Eric, ich wußte, daß du den Bogen raus hast, als ich dich in Aktion gesehen hab. Der Knabe hat Eier, sagte ich mir. Der brasilianische Paß da, Alter! Wow, was für n ausgekochtes Schlitzohr!

– Stimmt schon, meinte Eric selbstgefällig, – ich denk so bei mir, ich versuch mal diesen netten kleinen Trick. Vaughan hat seine Verteidigung aufgebaut, sag ich mir, aber ich dachte, versuche mal klammheimlich von hinten reinzukommen, und siehe da, es hat geklappt.

– Stimmt, war n guter Wurf, räumte Vaughan ein.

– Der war absolute Spitze, erklärte ich ihm. – Du hast bestimmt vom totalen Fußball gehört, den die Holländer erfunden haben, ja? Und dieser Mann hier, ich wies mit dem Kopf auf Eric, – ist totales Boule. Da hättest du die Bombe platzen lassen können, Eric, den Gegner großkotzig vorführen wie in der Premier League, aber von wegen, nur ein bißchen Klasse, ein bißchen hohe Kunst.

Die Gläser waren leer. Vaughan ging zur Bar.

Das war immer so mit Vaughan, wenn er mich traf. Er hatte Verantwortungsbewußtsein, trug die Verantwortung eines Ehemanns und Vaters, darum kippte er immer, wenn er mal Freizeit hatte, so viel Alkohol in sich rein, wie irgend möglich. Und er konnte was vertragen. Gott sei Dank trank ich Becks vom Faß. Um nichts in der Welt würde ich irgendwelchen schottischen Mist anrühren, vor allem nicht McEwans Lager, diese eklige, giftige Pisse. Der Nachschub rollte an, und das Speed haute immer noch rein; ich war kurz vorm Hyperventilieren. Irgendwie war es so, als würde Eric, der alte Knabe, von den Vibes, der Hochstimmung mitgerissen, als hätte der alte Sack selber ein paar Lines gezogen.

Nach einer schnellen nächsten Runde kam er mit neuem Bier und ein paar Kurzen zum Nachspülen an.

– Scheiße im Kanonenrohr! meinte ich, – Immer für ne Überraschung gut der Mann, was?

– Nur zu wahr, grinste Vaughan. Vaughan schaute uns beide mit diesem breiten, nachsichtigen Die-sind-bescheuert-aber-ich-liebe-sie-Lächeln an. Das brachte mich ihm nahe.

– Du solltest mal Ma und Dad besuchen gehen, riet mir Vaughan.

– Stimmt, gab ich schuldbewußt zu, – ich wollte ihnen schon die ganze Zeit mal so n Tape vorbeibringen, das ich ihnen aufgenommen habe. Motown und so.

– Schön. Das wird sie freuen.

– Ja, Marvin, Smokey, Aretha und sowas, meinte ich, um dann abrupt das Thema zu wechseln und mich an Eric zu wenden, – Hör mal, Eric, der Kniff, den du da beim Boule abgezogen hast, fing ich an.

– Genau, unterbrach Eric, – hat Vaughan sofort den Wind aus den Segeln genommen, falls ich das so sagen darf, Vaughan! Eric lachte, – Immer für ne Überraschung gut!

– Do-do-do-do, do-do-do-do, ich begann, die Titelmelodie von »Twilight Zone« zu summen, dann fiel mir was ein, – Hör mal, Eric, dein zweiter Name ist nicht zufällig Cantona, oder?

– Äh, nein, Stewart, meinte er.

– Weil nämlich dein letzter Wurf schon Cantona'sche

Qualitäten hatte, kicherte ich los, ich hatte nen schweren Lachkrampf, und Eric auch, – der hat Vaughan glatt vom Platz gefegt...

– Jetzt ist aber gut, ihr Arschgeigen, schmollte Vaughan.

– Ha ha, Cantona, begann ich, und Eric stimmte ein. Ein paar Gäste und ältere Pärchen sahen zu uns rüber.

Angespornt johlten der alte Eric und ich den Can-Can: na, na, na, na na na na na na, na na, na na na na na...

– He, jetzt reicht's aber wirklich. Es gibt hier einige Leute, die in Ruhe einen trinken wollen, beschwert sich ein muffiger alter Arsch in Blazer mit Abzeichen.

– Jaja, nur keine Panik! schnauzt Eric zurück und fragt uns dann mit leiserer Stimme, aber immer noch laut genug, daß der Arsch es hören kann, – Was hat der denn für n Scheißproblem?

– Laß gut sein, Eric... meint Vaughan, – Lloyd ist hier nicht Mitglied.

– Na und, der Junge ist aufgenommen. Aufgenommen als Gast. Alles wasserdicht. Tut doch keinem weh. Ich sag immer, tut doch keinem weh, meint Eric kopfschüttelnd.

– Alles streng nach Vorschrift, was Eric? grinse ich.

– Alles wasserdicht, bestätigt Eric stoisch.

– Ich glaub, an einem gewissen Monsieur Vaughan Buist nagt wohlmöglich eine kürzlich erlittene sportliche Niederlage, n'est-ce pas, Monsieur Cantona? Er iste, wie sackt man, un peu verbiestärt?

– Je suis une Bowler, prustet Eric.

– Hat damit nichts zu tun, Lloyd, mosert Vaughan, – Ich sag ja nur, daß du hier nicht Mitglied bist. Du bist Gast. Wer dich mitgebracht hat, trägt die Verantwortung. Mehr wollte ich gar nicht sagen.

– Ja, ja... tut doch keinem weh... murmelt Eric.

– Genauso wie in dem Club, in den du immer gehst, Lloyd. Dieser Laden über dem Venue. Wie heißt der nochmal?

– The Pure.

– Genau. So als wärst du im Pure, und ich wollte mit rein und du müßtest für mich bürgen ...

– Als mein Gast, prustete ich und mußte bei der Vorstellung hysterisch loslachen. Eric fiel mit ein. Wir bepißten uns fast.

– Als dein Gast ... fing Vaughan wieder an. Ich dachte: Mann, bin ich breit. Lachfeuerwerk über Pannemanntown, der trostlosen Metropole ... Eric, der alte Knabe, kriegte kaum noch Luft, als Vaughan weiterredete, – als Gast seines werten Bruders Lloyd, in dem exklusiven Club in der Stadt, den er mit seiner Mitgliedschaft beehrt ...

Wir wurden durch ein würgendes Geräusch unterbrochen, als Eric dünnflüssige Bierkotze über den Tisch verteilte. Der Tattergreis mit dem Blazer und dem Abzeichen ging sofort auf ihn los und nahm ihm sein Bier weg. – Das war's jetzt! Raus! Aber dalli!

Vaughan nahm ihm das Glas wieder ab. – Das war's jetzt noch lange nicht, Tommy.

– Und ob's das war! Und ob! blaffte der Tattergreis zurück.

– Du kannst verdammt nochmal nicht einfach hier an den Tisch kommen und sagen, das wär's jetzt, meinte Vaughan, – weil, das war's noch lange nicht.

Ich klopfte Eric auf die Schulter und half dem alten Sack auf die Beine und nach hinten aufs Klo. – Nee, nee, man macht was mit, hörte ich ihn zwischen Würgekrämpfen japsen, während er in die Schüssel kotze.

– Alles klar, Eric, alles in Ordnung, Kumpel. Kein Grund zur Panik, meinte ich aufmunternd. Ich kam mir vor, als wäre ich im Rez und versuchte, Woodsy zu beruhigen, als er seinen Aussetzer hatte, aber hier stand ich mit nem bescheuerten alten Sack in einem Bouleclub.

Wir brachten Eric nach Hause. Er wohnte in einem alten Haus, bei dem die Haustür direkt auf die Straße ging. Wir lehnten ihn dagegen, klingelten und traten zurück. Eine Frau öffnete, zog ihn rein und knallte die Tür zu. Ich hörte Schläge und Erics Schreie hinter der Tür, – Nicht, Betty… es tut mir leid, Betty… nicht mehr hauen…

Wir gingen dann zurück zu Vaughan. Das Essen war ein bißchen verkocht, und Fiona war von unserem Zustand nicht gerade begeistert. Ich hatte gar keinen Appetit, spachtelte aber mit geheuchelter Begeisterung.

Ich fühlte mich schwerfällig und unwohl und brach früh auf; ich hatte vor, runter zum Hafen zu gehen. Als ich Leith Walk runterkam, sah ich die Ätzfotze auf der anderen Straßenseite. Ich ging zu ihr rüber.

– Wo willst du hin? fragte ich.

– Bloß zurück zu dir. Ich hab Solo angerufen, und der wollte, daß ich was für ihn abhole. Du bist blau!

– Naja, n bißchen.

– Hast du die Speedballs bekommen?

Ich glotzte sie nen Moment lang an. – Nee… hab den Knaben nicht erwischt. Hab jemanden getroffen und so. Ich hatte plötzlich ein ungutes Gefühl. – Wo ist das Opfer?

– Immer noch bei dir.

– Scheiße!

– Wieso?

– Das Opfer hat Bulimie! Die frißt mir meine ganzen verfickten Vorräte weg! Du hättest sie nicht alleinlassen dürfen!

Wir hetzten nach Hause und mußten feststellen, daß das Opfer alle drei Blumenkohlköpfe, die ich für Mrs. McKenzies Suppe vorgesehen hatte, roh gefressen und wieder ausgekotzt hatte.

Ich mußte für ein paar gammelige, überteuerte Zutaten zum Asiaten – schätze aber, das geht in Ordnung, denn die Fotzen haben uns oft genug mit Sprit und Blättchen aus der

Klemme geholfen –, und dann brauchte ich halbbesoffen ewig und drei Tage, die Suppe zu machen. Die Ätzfotze hatte ein paar Trips, die gab sie mir statt der Kohle, die mir die räudige Hure noch schuldete. – Paß auf mit dem Zeug, Lloyd, das sind echte Bringer.

Sie spielte n bißchen mit den Kopfhörern an den Plattenspielern rum. Ich mußte gestehen, daß die Ätzfotze das nicht mal schlecht machte, sie hatte ein Gespür dafür. Ich bemerkte, daß sie einen Ring durch den Bauchnabel hatte, der unter ihrem kurzen T-Shirt zu sehen war. – Cooler Ring, rief ich ihr zu, und sie hob den Daumen, führte einen merkwürdigen, kleinen Tanz auf und zeigte mir ein unheimliches, häßliches Grinsen. Wenn je eine Special-Effects-Abteilung in Hollywood dieses Mensurgrinsen hinbekommen hätte, hätten sich ein paar Leute ne goldene Nase dran verdienen können.

Das Opfer hing schluchzend und ketterauchend vor dem Fernseher. Sie sagte nichts weiter zu mir als – Hast du Zigaretten, Lloyd? ... mit einer heiseren, atemlosen Stimme. Schließlich gingen sie, und ich brachte die Tupperware-Schüssel runter zu Mrs. McKenzie. Ich wollte übers Wochenende nach Glasgow, um da ein paar Kumpels zu treffen. Ich freute mich drauf, so wie ich von Edinburgh die Schnauze voll hatte. Das Problem war nur, daß ich meinem Kumpel Drewsy neulich versprochen hatte, ihm morgen früh auszuhelfen, worauf ich eigentlich keinen Bock hatte, aber das gäb Bares, und ich konnte die Asche für das Wochenende brauchen.

7 Heather

Familienglück.

Ich und Hugh und meine Mum und mein Dad. Mein Dad und Hugh reden über Politik. Mein Dad erklärt, er sei für die staatliche Gesundheitsfürsorge, während Hugh erklärt, wir bräuchten:

– ... eine Gesellschaft, die auf Eigenverantwortung setzt. Darum sollten die Leuten frei entscheiden können, welche Art von Krankenversorgung und welche Ausbildung sie wollen.

– Das ist doch nur Torygewäsch, meint mein Dad.

– Ich meine, wir müssen den Tatsachen ins Auge sehen: der althergebrachte Sozialismus, so wie wir ihn kannten, ist längst passé. Heute heißt es, den unterschiedlichsten Interessengruppen in einer komplizierter gewordenen Gesellschaft gerecht zu werden; das Beste aus den traditionellen linken und rechten Philosophien zu übernehmen.

– Tja, ich fürchte, ich werde immer ein Labour-Mann bleiben ...

– Ich bin auch für Labour, immer schon gewesen, erklärt Hugh.

– Du gehörst allerdings zur Neuen Labour, Hugh, sage ich. Meine Mum sieht mich mißbilligend an.

Hugh schaut ein wenig verwirrt. – Was?

– Du gehörst zur Neuen Labour. Tony-Blair-Labour. Was das gleiche ist wie Tory, nur daß Major wahrscheinlich linker ist als Blair. Blair ist bloß eine billige Kopie von Michael Portello, aus dem Grund wird er es auch weiter bringen, als der es je könnte.

– Ich denke, ein klein wenig komplizierter ist es doch, Heather, sagt Hugh.

– Nein, das glaube ich nicht. Was wird Labour für die Arbeiterschaft in unserem Land tun, wenn sie wieder an die Macht kommen? Nichts.

– Heather... meint Hugh müde.

– Tja, ich fürchte, ich werde immer Labour wählen, verkündet mein Dad.

– Labour und Tory sind heutzutage ein und dasselbe, erkläre ich ihm.

Mit Blick zu meiner Mum verdreht Hugh die Augen, als wolle er sich für mein Benehmen entschuldigen. Wir kommen schweigend überein, das Thema zu wechseln, und mein Dad sagt, – Es wäre ja auch schlimm, wenn wir alle einer Meinung wären, oder?

Der Rest des Abends verläuft recht ereignislos. Als wir gehen, sagt Hugh draußen im Wagen zu mir, – Waren wir heute abend ein bißchen in Revoluzzerstimmung?

– Ich habe nur gesagt, was ich denke. Was soll der Aufstand?

– Ich mache keinen Aufstand. Du hast den gemacht. Es gab keinen Anlaß, so streitsüchtig zu sein.

– Ich war nicht streitsüchtig.

– Ein bißchen schon, fand ich, Liebling, lächelt Hugh kopfschüttelnd. Er guckt wieder wie ein kleiner Junge, und ich könnte ihn umbringen für die widerliche Zuneigung, die ich tief in mir drin für ihn empfinde. – Du bist mir ein Weibsstück, Baby, sagt er dann in amerikanischem Gangstertonfall und drückt mein Bein. Es freut mich richtig, wie es in mir kocht, während mein Anflug von Zärtlichkeit verpufft.

8 Lloyd

Drewsy und ich sind in irgendnem Gumleylandghetto. Ich glaub, es ist Carrick Knowe, aber es könnte auch Colinton Mains sein. Ich saß fertig und verkatert im Kombi. – Sind nur die Fußleisten zu machen, Lloyd. Das und neue Türen. Geht ruckzuck, hatte er mir erklärt.

Drewsy scheint immer zu lächeln, weil er lachende Augen hat und eine Brille aus Glasbausteinen. Tatsache ist, daß er n ausgesprochen gutgelaunter Scheißer ist und gute Vibes verbreitet. Vor Ewigkeiten hab ich mit ihm draußen in Livingston in so nem Ausbeuterladen gearbeitet, wo wir Fertigbauteile herstellten, und seit er als selbständiger Handwerker arbeitet, schustert er mir so oft es geht ein paar Jobs zu; was für Doppel-L. Oh. Y. D. soviel bedeutet wie den Esel, der Dukaten scheißt.

Im Haus macht uns der alte Knabe, ein Mr. Moir, nen Tee. – Wenn ihr was braucht, Leute, einfach melden. Ich bin im Garten, sagte er fröhlich zu uns.

Wir kommen jedenfalls mit den Zimmern zügig voran, und ich fühl mich langsam besser und freu mich schon auf den Abend mit den Fotzen aus Glasgow. Drewsy und ich sind in nem Zimmer, das nach Kleinmädchenzimmer aussieht. Ein Poster von dem Knaben von Oasis hängt an der einen Wand, eins von dem Kerl von Primal Scream und eins von dem Typen von Blur an der anderen. Aber gleich neben dem Bett hängt der Junge von Take That, der, der seine Sachen gepackt hat und ausgestiegen ist. Es liegen auch ein paar Tapes und so rum. Ich picke Blurs *Parklife* raus, weil ich das Titelstück ziemlich mag, wo man den Knaben aus *Quadrophenia* labern hört. Das war ein verdammt guter Film.

Ich fange an mitzusingen, während ich die alten Fußleisten rausreiße.

– Hey! Boh ey,... guck dir das an! brüllt Drewsy. Er wühlt in der Kommode des Mädchens rum, und ich weiß schon, welche Schublade er sucht. Er lokalisiert ziemlich zielsicher die Schublade mit der Unterwäsche, zieht ein Höschen raus und schnüffelt am Schritt. – Ich würd wahnsinnig gern den Korb mit der schmutzigen Wäsche finden, lacht er, und geht dann aus einer plötzlichen Eingebung raus auf den Flur und öffnet ein paar Wandschränke. Allerdings ist da nichts drin – Bastard. Immerhin, n paar niedliche kleine Slips hier, was?

– Scheiße, Mann, ich bin total verliebt in die kleine Torte, sag ich zu ihm, halte einen knappen Slip gegens Licht und versuche mir ein nettes Fickhologramm als Füllung vorzustellen. – Was schätzt du, wie alt die ist?

– So zwischen vierzehn und sechzehn, tippe ich, grinst Drewsy.

– Was für ein verfickt geiles Schätzchen, sage ich, während ich die durch die Bank sexy aussehende Unterwäschekollektion durchsehe. Ich nehme Blur raus und lege Oasis ein, die unheimlich abgehen, und eigentlich mag ich ja keine Bands, wo ich doch mehr von der Clubfraktion bin, aber im Moment ist mir danach. Ich mach mich wieder an die Fußleisten, aber Drewsy kann sich immer noch nicht losreißen.

Ich schaue hoch und zucke zusammen, denn Drewsy tanzt zu der Musik, hat aber ein Höschen des Mädchens über dem Kopf und darüber seine Brille. Im selben Moment glaube ich, draußen jemand kommen zu hören, und bin mir dann hundertprozentig sicher, und bevor ich Drewsy warnen kann, geht die Tür auf und da steht dieser Typ, Mr. Moir, vor Drewsy, während der weitertanzt. – Was geht hier vor! Was treiben Sie da! Das ist... das ist...

Der arme Drewsy zieht sich das Höschen vom Kopf. – Äh, Entschuldigung, Mr. Moir... kleiner Scherz am Rande und so. Ha ha ha ha, schiebt er ein munteres Bühnenlachen hinterher.

– Ist das Ihre Vorstellung von Humor? Anderer Leute persönliche Sachen zu durchwühlen? Sich in der Unterwäsche meiner Tochter wie ein Tier aufzuführen?

Dieser Spruch schaffte mich. Ich fing hysterisch an zu lachen. Ich kriegte mich nicht mehr ein. Ich krümmte mich, als hätte ich einen Anfall und konnte spüren, wie ich rot anlief. – Wäck, wäck, wäck, wäck...

– Und was finden Sie so komisch? Er wandte sich mir zu, – Finden Sie das verdammtnochmal komisch? Wie dieser... perverse Scheißschwachsinnige in den privaten Sachen meiner Tochter wühlt?!

– Entschuldigung... lispelte Drewsy kläglich, bevor ich antworten konnte.

– Entschuldigung? Scheiß auf Entschuldigung! Haben Sie Kinder? Hä?

– Ja, ich hab zwei Jungs, sagte Drewsy.

– Und Sie meinen, ein Vater sollte sich so aufführen?

– Ich sag doch, es tut mir leid. War blöd von mir. War nur ein kleiner Witz. Jetzt können wir hier rumstehen und ausdiskutieren, wie Väter sich zu benehmen haben, oder ich und mein Kollege machen weiter und erledigen die Arbeit. Wie auch immer, die Rechnung kriegen Sie auf jeden Fall. Also, wie hätten Sie's gern?

Ich fand Drewsy ja cool, aber der Saftarsch Moir war anderer Ansicht.

– Nehmen Sie Ihr Werkzeug und verschwinden Sie. Ich bezahle das, was Sie bis jetzt geschafft haben. Sie sollten froh sein, daß ich Sie nicht anzeige!

Wir packten zusammen, wobei der Arsch ab und zu reinkam und uns beschimpfte, ohne sich bewußt zu sein, daß er das Höschen seiner Tochter mit sich rumschleppte und in der Hand zusammenknüllte.

Drewsy und ich zogen in den Pub. – Tut mir leid, daß ich dich nicht rechtzeitig warnen konnte, Drewsy. Es lag an der

Musik. Ich hab die hinterhältige Fotze nicht gehört. Erst weit und breit kein Mensch, und im nächsten Moment steht die Fotze schon da und sieht sich deine kleine Tanznummer an.

– Kann passieren, Lloyd, grinst Drewsy. – Immerhin ein verdammt guter Spaß, was? Hast du die Fresse von der Fotze gesehen?

– Hast du deine gesehen?

– Kalt erwischt! prustet er los.

Drewsy bezahlte mich, und wir tranken aus. Ich nahm ein Taxi zum Haymarket und dann den Zug nach Schmutzfuß-City. Als ich an der Queen Street ausstieg, nahm ich ein Taxi zu Stevos Wohnung im West End, was für die gleiche Strecke nur ein Drittel soviel wie in Edinburgh kostete. Das erinnerte mich wieder dran, was für Pisser die Taxifahrer in Edinburgh sind. Ich war schon fast blank. Ich mußte wohl versuchen, die beschissenen E's von der Ätzfotze loszuschlagen.

Claire, Amanda und Siffsy waren bei Stevo, und alle warfen sich gerade in Schale. – Was soll die Scheiß-Modenschau hier, Alter? mosere ich nervös, als ich mir meine unzulängliche Garderobe ansehe.

– Wir gehen jetzt doch nicht in den Sub Club, weil Roger Sanchez heute im Tunnel ist, erklärte Claire.

– Scheiße, Mann ... stöhnte ich.

– Du siehst okay aus, meinte Stevo.

– Meinst du?

– Na klar, bestätigte Claire.

Siffsy latschte ständig rein und raus aus dem Zimmer, als wär's n beschissener Laufsteg. Er brauchte ewig und drei Tage. – Ich weiß nicht, ob die Schuhe und die Hose zu dem Oberteil passen, meinte er.

– Ne, meinte ich, die Hose paßt nun wirklich nicht zum Oberteil, echt nicht.

– Aber ohne das Shirt geh ich nicht raus, Mann. Fünf-undsechzig Eier bei X-ile. Die Sache ist bloß, wenn ich die braune Hose anzieh, beißt sie sich mit den Schuhen.

– Wir müssen los, sagte Claire und stand auf, – kommt jetzt.

Amanda und Stevo machten es ihr nach. Ich schaffte es einfach nicht, aufzustehen, denn das Sofa war ein Witz, man versank einfach drin.

– Ne Sekunde noch! bettelte Siffsy.

– Arschlecken, Stevo schüttelte den Kopf. – Komm schon, Lloyd, du verfickte Ostküstenschwuchtel. Bist du soweit?

– Klar, sagte ich und stand auf.

– Dauert keine Minute… bettelte Siffsy.

– Man sieht sich im nächsten Leben, sagte Stevo schon beim Rausgehen, wir hinterher. Siffsy kam uns nach, immer noch unsicher wegen der Klamotten.

Seine Unsicherheit legte sich im Tunnel. Die E's, die Stevo hatte, waren sensationell, viel besser als der Müll, den ich mitgebracht hatte, um die Wahrheit zu sagen. Roger S war in Bestform, und wir waren ziemlich geschafft, als wir am nächsten Morgen nach Haus zu Stevo gingen. Siffsy wurde wieder unsicher, als das E nachließ, und verpißte sich nach Haus, um sich umzuziehen. Zurück in der Bude warf ich einen der ›Bringer‹-Trips der Ätzfotze ein, in der Annahme, so scheiße, wie ihr Ecstasy war, könnte mit ihren Trips auch nicht viel los sein.

Ich zog meinen Plastikbeutel mit E unter meinen Eiern raus. – Die sind beschissen, meinte ich und hielt sie gegen das Licht. Die werd ich nie los. Ich packte sie auf den Tisch.

Keine von den schwulen Weedgiefotzen stand auf Trips. Stevo klebte vor der Glotze, während Amanda und Claire anfingen, Tüten zu bauen.

Der Trip ging nicht besonders heftig los. Dann knallte er rein. Dann knallte er noch mehr rein.

9 Heather

Ich will kein Kind.

Hugh ist bereit. Er hat die Frau, den Job, das Haus, den Wagen. Etwas fehlt noch. Er glaubt, es sei ein Baby. Viel Phantasie hat er nicht.

Echte Kommunikation findet zwischen uns nicht statt, und so kann ich ihm auch nicht wirklich sagen, daß ich kein Baby will. Natürlich reden wir, reden in dieser merkwürdigen Sprache, die wir allein zu dem Zweck entwickelt haben, jede Kommunikation zu vermeiden. Diese Unsprache, die wir erfunden haben. Vielleicht ist das ein Zeichen, daß unsere Zivilisation vor die Hunde geht. Irgendwas hier tut's jedenfalls. Irgendwas.

Das einzig Gute daran ist, daß Hugh mir auch nicht gradeheraus sagen kann, er hätte gern ein Kind von mir. Ihm bleibt nichts weiter übrig, als verzückt zu lächeln, wenn wir draußen kleine Kinder sehen, und viel Getue um die Nichten und Neffen zu machen, für die er früher nie Zeit hatte. Wenn er doch nur sagen könnte: Ich möchte ein Baby.

Könnte er das doch nur sagen, damit ich dann sagen könnte: Nein, ich will keins.

NEIN.

NEIN.

Ich will kein Baby. Ich will leben. Ein eigenes Leben.

Jetzt hat er seine Finger an meiner Möse. Wie ein Kind, das mit den Fingern ins Bonbonglas will. Es ist keine Sinnlichkeit dabei, es ist nur ein Ritual. Ich empfinde eine kranke Spannung. Jetzt versucht er, seinen Schwanz in mich reinzubekommen, zwängt sich zwischen meine trockenen, engen, verkrampften Scheidenwände. Er grunzt. Er grunzt immer. Ich weiß noch, wie ich an der Universität das erstemal mit ihm geschlafen habe. Meine Freundin Marie hatte gefragt, – Wie ist er?

– Nicht übel, meinte ich, – ein kleiner Grunzer.

Sie lachte laut und lange darüber. Sie hatte gemeint, *wie er als Mensch sei.*

Ich dachte oft in solchen Bahnen. Ich war ganz schön kess, auf meine eigene, stille Art. Das sagten alle. So bin ich einmal gewesen. Heute bin ich nicht mehr so. Doch ich bin es. Ich bin es tief innen.

Meine Mutter sagte immer, ich hätte Glück gehabt, jemand wie Hugh zu finden. Einen mit Ehrgeiz. Einen, mit dem man gut versorgt ist. – Bei dem wirst du gut versorgt sein, prophezeite sie mir, als ich Hughs Klunker hochhielt, damit sie ihn begutachten konnte, – genau wie bei deinem Vater.

Wenn Hugh für alles sorgt, was bleibt mir dann.

Umhegen.

Hughey-Schätzchen umhegen.

Kleines, feines Hughey-Schätzchen umhegen.

Groll hegen.

– ...Ahh...du geiler Fick...japst er, spritzt seine Ladung in mich, rutscht von mir runter und fällt in tiefen Schlaf. Geiler Fick. So nennt er mich, mich, die ich wie ein Stück totes Fleisch unter ihm liege und mich ans Bettzeug klammere.

Geiler Fick.

Ich lasse schon gewohnheitsmäßig eine *Cosmo* aufgeschlagen und strategisch gut plaziert auf dem Couchtisch liegen, um dann zu beobachten, wie Hugh verstohlen auf die Überschriften schielt und dann zusammenzuckt:

Vaginaler und klitoraler Orgasmus
Ist Ihr Partner gut im Bett?
Wie ist Ihr Sexleben?
Ist Größe wirklich wichtig?
Mehr Spaß am Sex

Ich blätterte ganz gerne mal in *Woman's Own*. Ein Abschluß in Englischer Literatur ist sicher nicht viel wert, befähigt aber doch zu mehr, als in *Woman's Own* zu blättern. Hugh fragte dann immer – Warum liest du diesen Mist, Liebling? mit halb geringschätziger, halb herablassendbeifälliger Stimme.

Macht sich dieser Provinz-Industriekapitän aus Dunfermline klar, daß er das Boot unserer Beziehung an die Klippen steuert? Weiß er, welche Wirkung er auf seine hochgeschätzte Gattin Heather Thomson hat, in ersten Kreisen auch als Geiler Fick bekannt? Nein, da sieht er lieber weg.

Sein giftiges Sperma ist in mir und versucht sich zu einer Ei-zelle durchzukämpfen. Dem Himmel sei gedankt für die kleinen Pillen. Ich ertaste meine Klitoris und reibe hinge-bungsvoll, während ich von meinem geheimnisvollen Lieb-haber träume.

Es geschieht.

Während Hugh tief schläft, geschieht es. Ich werde Geiler Fick.

10 Lloyd

Mir klingelt's in den Ohren, und ich höre irgend ne Fotze sowas sagen wie, »vielleicht begreifen sie eines Tages, warum die Dinge nunmal anders bleiben«, in einem Tonfall, der ein bißchen nach The Crow klingt: nicht direkt Manchester, eher East-Lancashire-Provinz.

Wer hat das gesagt? Ich kriege Panik, denn es ist völlig zusammenhanglos, und keiner hier kann es gesagt haben. Hier sind waren sind waren vier von uns im Zimmer: ich, ja, ich bin da, und dann Stevo, der sich Golf ansieht oder vielmehr den blauen Arsch von diesem Typ, der Golfspieler sein oder auch nicht sein könnte; Claire, die laut lachend auf dem Sofa liegt und darüber redet, warum Leute aus der Gastronomie scheiße ficken (Erschöpfung durch unsoziale Arbeitszeiten und alkoholbedingte Impotenz, zu dem Schluß kam sie, glaub ich – ein bißchen ungerecht, muß ich denken, aber scheiß drauf); und Amanda ist auch da und ißt mit mir Erdbeeren.

Wir essen Erdbeeren mit Frischkäse.

Die beste Methode ist, die Erdbeere aufzuschneiden, quer in der Mitte durch. Das offenbart einen Aspekt der Frucht, den man selten zu Gesicht bekommt. Schön gesagt, du blöder Sack. Dann genießen wir einfach das Spiel von Rot und Weiß und beobachten, wie der braune Teppich im Zimmer sich in glänzende Marmorfliesen verwandelt und sich opulent in die Unendlichkeit erstreckt, und während ich mich einfach der Laune hingebe, sehe ich, wie ich mich von Amanda und Claire auf dem Sofa und Stevo entferne, der immer noch Golf guckt, und dabei schreie: BOH EY, DU FOTZE, DU, SCHEISSE NEE, ALTER und ich lasse die Erdbeere fallen, und das Zimmer nimmt in etwa wieder seine normale Größe an, und alle sehen sich zu mir um, und Stevo schürzt seine Lippen, die wie riesige Erdbeeren aussehen, und Claire lacht noch lauter, was mich veranlaßt, in keuchendes, zerhacktes Maschinengewehrlachen auszubrechen, und jetzt fällt auch Amanda ein, und ich: – Alle Mann an Bord! Das sind verfickt gute Trips, und ich bin total ab von allem, Leute...

– Dich hat's ja wohl voll erwischt, lacht Stevo.

Das ist wahr. Hat es.

Um mich abzuregen, mach ich mich an die Meisterkoch-Vorbereitung für die Erdbeeren, eine Mission, die in meinem Kopf ungeheure Wichtigkeit angenommen hat. Nicht weil ich die Paranoia hab oder irgendso n Scheiß, sondern weil da ein Vakuum ist, ein Leerraum in meinem Kopf, der sich mit bösen Gedanken füllen wird, wenn ich nicht ruckizucki schnipp schnapp die Beeren teile, und der Trick dabei ist, dieses scharfe Messer elegant einzusetzen, um in eine von den kleinen Fotzen zu stechen...

Ähm

Nein, nein, nein, verdammt, der Trick dabei ist... warum habe ich das gesagt, nein, nein, nein, böse Gedanken kann man nicht erklären, was sie noch schlimmer macht, man kann sie nur ignorieren, weil, mit dem Messer nimmt man nämlich das Weiße aus den Erdbeeren raus und füllt dann das entstandene Loch mit Frischkäse, mit einem Klecks Frischkäse, mit einem Schlag Kuppenkäse von

Scheiße

Ich weiß nicht, ob ich das denke oder sage oder beides gleichzeitig, aber manchmal kann man das eine sagen, während man das andere denkt. Wenn ich dies also sage, wirklich laut ausspreche, was denke ich dann? Hä? Ah ha!

– Hört mal, hab ich was über die Erdbeeren erzählt, ich meine, habe ich laut drüber gesprochen? frage ich.

– Du hast laut gedacht, erklärt mir Stevo.

Denken. Das hab ich wohl getan, aber was hab ich laut gedacht? Die Fotzen wollen mich hier verfickt nochmal auf den Arm nehmen, aber es bräuchte schon mehr als ein winziges LSD-Pillchen, um Lloyd Buist aus den Latschen zu hauen, darauf kannst du einen lassen, Sportsfreund. – Laut denken, sagte oder dachte ich.

Sagte ich, denn Claire meint, – Drogenpsychose, Lloyd, das ist es. Das erste Anzeichen.

Ich lache bloß und wiederhole dauernd: – Drogenpsychose Drogenpsychose Drogenpsychose

– Ist ja sehr nett von dir, Lloyd, daß du uns langsam alle Erdbeeren wegißt, sagt Amanda.

Ich blicke in das Schälchen, und verdammt, ja, die Überreste der Erdbeeren sprechen eine deutliche Sprache, grüne Stielchen und so, aber Früchte in ihrer ganzen Schönheit glänzen durch Abwesenheit. Du Freßsack, Lloyd, denke ich mir.

– Du Freßsack, sagt Claire.

– Verdammte Scheiße, Claire, genau das hab ich grad gedacht... das ist wie Telepathie... oder hab ich's gesagt... diese Trips sind wirklich irre, und die Erdbeeren, ich hab die ganzen Erdbeeren gegessen...

Mich erfaßt leichte Panik. Was mich aufregt, ist, daß ich jetzt, wo die Erdbeeren weggefressen sind, mein Vehikel zur Raum-Zeit-Reise verloren hab. Die Erdbeeren waren mein Raumschiff und meine Zeitmaschine; nein, das ist zu einfach, zu simpel, letzte Zeile bitte streichen und nochmal von vorn: Die Erdbeeren waren mein Transportmittel von dieser Dimension oder Ebene in eine andere. Ohne die Erdbeeren bin ich verdammt, in ihrer abgefuckten Welt zu leben, was komplett scheiße ist, denn ohne optische oder akustische Halluzinationen ist Acid ziemlicher Dreck; ich mein, man kann dann genausogut hackedicht besoffen sein und den Brauereien und den Tories sein Geld nachschmeißen, was man ja jedesmal macht, wenn man ein Glas von der Scheiße an die Lippen setzt, aber ohne die Halluzinationen ist der einzige Vorteil bei gutem altem Aceeed die Kicherei, was immer noch besser ist als Saufen, weil man bloß wie n miesgelaunter Arsch rumsitzt, wenn man dieses Sedativum namens Alkohol trinkt, also scheiß drauf, mir reicht's, es waren ERDBEEREN...

– Ich geh zum Deli runter und hol neue Erdbeeren, oder? verkündete ich. Irgendwas an Claires Gesicht brachte mich zum Lachen. Ich kriegte die volle Ladung Lachgas ab.

– Sei vorsichtig, so wie du drauf bist, sagte Claire.

– Ja, paß auf, stimmte Amanda zu.

– Wahnsinn, so rauszugehen, riß Stevo sich vom blauen Arsch des Golfers los.

– Nee, Leute, alles klar, meinte ich. – Ich fühl mich toll.

Aber echt. Ist toll zu wissen, daß es Leute gibt, denen wirklich was an einem liegt. Zwar nicht genug, um mich davon abzuhalten, nach draußen zu gehen oder »Ich komm mit« zu sagen, aber das ist vielleicht einfach Paranoia. Ich sagte, daß ich allein sein wollte, hab ich gesagt

ich wollte wirklich

Ich geh vorher nochmal pissen. Auf Acid zu pissen hasse ich, denn man hat nie das Gefühl, fertig zu sein, und die veränderte Zeitwahrnehmung gibt einem das Gefühl, man würde schon viel länger pissen, als man's wirklich tut, und dann wird's langweilig, und ich packe meinen Schwanz schon wieder ein, bevor ich richtig fertig bin, naja, fertig schon, ich hab nur nicht richtig abgeschüttelt, aber scheißnochmal, ich hab schließlich keine Jeans an, sondern ne Flanellhose, bei Jeans wär's ja halb so wild, aber mit der Flanellhose hab ich gleich ne Landkarte von Südamerika oder Afrika vorm Bauch, wenn ich nicht schnellstens was dagegen unternehme, und das mache ich, indem ich Klopapier in meine Hose stopfe. Meine Hose. Stopfen. Unhaltbare Vorwürfe. J'accuse. Verpiß dich. Hier ist Lloyd Buist.

Ich heiße Lloyd Buist, nicht Lloyd Beattie. B.U.I.S.T. Ein weiterer schwerer Lachkrampf. Langsam atmen…

Muß man sich mal vorstellen, mich, Lloyd Buist, *mich*, für Lloyd Beattie zu halten, den Sack, der angeblich seine kleine Schwester gefickt hat. Ich hab nicht mal ne kleine Schwester. Und hiermit schließe ich mein Plädoyer, Euer Ehren; Hohes Gericht, werte Jury und psychopathischer Vollstrecker, der jedes Kneipengespräch in Leith mit den Worten anfängt: Dich kenn ich doch. Du bist doch der Scheißkerl, der…

Ich meine, wie zum Henker kann man uns verwechseln? Ja, wir sind beide aus Leith und etwa im gleichen Alter. Na schön, wir heißen beide Lloyd… ein etwas ausgefallener Vorname für Leith, stimmt schon. Okay, ich und der andere Lloyd haben beide Nachnamen, die mit B anfangen. Oh, und da gibt's eine weitere kleine Gemeinsamkeit, Euer Ehren; okay, machen wir reinen Tisch: wir haben beide unsere Schwester gebumst. Was soll ich sagen? Bleibt alles in der Familie. Keine Zeitverschwendung mit ewig langen Anmachsprüchen und Bacardis. Einfach nur, na Schwester, alles klar? Ficken? Hä? Ja? Super. Tja, nur in meinem Fall war's die Schwester von nem anderem. Alles klar? Alles klar, ihr Fotzen? Die Rockoper, die ich über Lloyd Beattie komponiere, den anderen Lloyd:

In seiner Heimatstadt sitzt Lloyd herum und stiert
Lloyd masturbiert

An der Fensterscheibe
drückt sich Lloyd die Nase platt
die leeren Straßen hat er satt.

Das ist totale Scheiseee, weil's zu persönlich ist, es ist nämlich über mich, mich als kleinen Teenager vielmehr, und
sollte doch eigentlich über Lloyd Beattie sein, und ich muß
versuchen, die komplizierten Zusammenhänge zu begreifen, die Lloyd Beattie in diese inzestuöse Affäre mit seiner
Schwester verstrickt haben, denn solche Dinge passieren
nicht einfach, nicht einfach so, aber Moment mal... wenn
Lloyd B. Numero Uno, den ich den Kleine-Schwestern-
nicht-fickenden Lloyd nennen möchte, d. h.: meine Wenig-
keit, als gelangweilter, sexuell frustrierter Teenager in seinem Schlafzimmer in Leith rumgesessen und gewichst hat,
was hat dann Lloyd Numero Zwei getan; er, der sich in blut-
schänderischer Weise an seiner eigenen jüngeren Schwester
vergangen hat oder vergangen haben soll. Wahrscheinlich das Gleiche wie Lloyd Eins, wie alle Vierzehnjährigen
in Leith zur Tatzeit. Aber er hat nicht bloß gewichst, die
dreckige Sau, er hat's noch ne Ecke schlimmer getrieben
und ein kleines Mädchen mit reingezogen, das zu diesem
Zeitpunkt erst zwölf gewesen sein soll, ein ziemliches
Debakel für die Sozialarbeiter...

Aber ich bin verfickt nochmal nicht besser als dieser
Freak, wir haben den gleichen Namen... mehr nicht...
nimm's leicht, es kommt nur von dem beschissenen Acid.
Wieder rein zu meinen Freunden, um ordentlich tschüs zu
sagen, bevor ich endlich, wirklich und wahrhaftig zum Deli
gehe.

– Ich hab niemals mit meiner kleinen Schwester gefickt,
sag ich zu ihnen, als ich wieder ins Wohnzimmer komme.

– Du hast gar keine kleine Schwester zum Ficken, sagt
Stevo, – aber wenn du eine hättest, hättest du's wahrscheinlich gemacht.

Darüber muß ich nachdenken. In meinem Magen regt
sich leichte Übelkeit. Ich hab seit Tagen nichts im Bauch,
abgesehen von Ecstasy, Amphetaminen und Acid. Immer-

hin hatte ich einen isotonischen Durstlöscher getrunken, bei Amanda ein Stück von einer Birne gegessen und natürlich den Frischkäse und die ERDBEEREN. Jetzt aber los.

Ich verließ die Wohnung und titschte, ja, titschte die Great Western Road runter. Lloyd Buist, sagte ich mir vor. Schien mir wichtig, das nicht zu vergessen. Leith. Ein Party-Flüchtling. Von der am schlimmsten unterdrückten Sorte. *Fight for the right to party*; Blödsinn, seine Energien für überflüssigen Nonsens wie Essen und Arbeit und sowas zu verschwenden. Langweilig langweilig scheißlangweilig. Party-Flüchtling Lloyd, gestrandet in Glasgows West End. *Ah was lost in France, in love.* Nee, nee, du blöder Sack. Du gehst bloß ne simple Besorgung machen, ne simple Besorgung...
– Hallo, Chef!
Zwei junge Typen sind neben mir, sie atmen schwer und gucken sich um, ohne mich richtig anzusehen, während sie ihre Köpfe drehen. Es sind diese Jungs... Robert und Richard, von der Maryhill-Posse. Ständig begegne ich denen, im Metro, im Forum, Rezurrection, The Tunnel, The Arches, The Sub Club... große Slam-Gänger, nee, Terry und Jason... Industria... – Hallo, Jungs!
Ihre Gesichter sind verzerrt, und sie entfernen sich schon wieder mit großer Eile von mir.
– Sorry, Chef, keine Zeit, wir haben Fressen und Flitzen gespielt... Scheiße, muß man auch, verstehst du, Bruder... ich meine, man kann ja nicht das Clubbing aufgeben, bloß damit man essen kann... schnauft Robert, während er wie ein Schiedsrichter rückwärtsläuft. Das nenne ich gute Technik.
– Genau, Jungs! Ist verdammt richtig! Gute Technik, Roberto! Gute Technik, Roberto, mein Sohn! brülle ich anfeuernd hinterher, als sie die Straße runterrasen. Ich dreh mich um, und dieser riesige Kleiderschrank geht auf mich

los, und ich wappne mich, denn der irre Scheißer will nach mir schlagen, will den harmlosen Lloyd aus Leith angreifen, den armen Zwangsvertriebenen, dem die Bräuche von euch Glasgowern fremd sind, aber nein, er ist auf und davon die Straße runter, Richard und Robert dicht auf den Fersen, die zur U-Bahn-Station Kelvin Bridge rennen, und dieser aufgedunsene Alkoholiker wird die jüngeren, sportlicheren Jungs nie einholen, denn ihre Körper sind gestählt von Tanz und Ecstasy; diese Jungs starten durch wie der Blitz, und der schwerere, fleischige Kollege (ganz so fett ist er auch wieder nicht) begreift das und gibt auf. Unsere Helden entkommen und lassen ihren atemlosen Verfolger, der sich die Seiten hält, heftig schnaufend zurück.

Ich lache. Der Knabe kommt zu mir rüber, aber ich kann nicht aufhören. Gestatten, mein Name ist Lachsack. – Wo find ich die Wichser?! japst und schauft er irgendwie raus. Als könnte man Lloyd aus Leith, einen guten Jungen, einen braven, hart arbeitenden Handelsschüler aus Edinburgh, der Squash spielt und nichts mehr liebt, als großen Rugbyereignissen im Murrayfield beizuwohnen, in einen Sack stecken mit Ricardo und Roberto, zwei Sozialghettoheinis aus nem Glasgower Slum.

Ist ja fast so wie beschuldigt zu werden, ne Schwester zu ficken, die ich gar nicht hab.

– Hä? kann ich grad noch husten.

– Die Wichser da sind deine beschissenen Kumpels. Wo find ich die, verdammt nochmal?

– Verpiß dich, sage ich und will gehen. Dann spür ich seinen Arm auf meiner Schulter. Der will mich hauen. Nein. Der will mich festhalten. Das ist schlimmer. Gewalt in Form von Prügeln kann ich wegstecken, aber der Gedanke, meiner Freiheit beraubt zu werden, nicht mit mir... ich schlage ihn, vor die Brust, was für eine Stelle, um so ne Fotze zu schlagen, aber ich will ihn ja nicht richtig schlagen, ich will nur, daß er losläßt, und grade das ist falsch, denn jeder Penner kann einem sagen, daß man ne Fotze entweder richtig haut oder gar nicht, und daß man mit blöden, schlappen, halbherzigen Klapsen und Schubsern wie n Idiot aussieht, also fang ich an, den Knaben richtig zu schlagen, aber das fühlt sich an, als schlüge ich ne Matratze, und er brüllt: – Ruft die Polizei! Ruft die Polizei! Dieser Mann ist ohne zu zahlen aus meinem Restaurant geflohen, und ich brülle: – Laß mich los, du Fotze, das war ich nicht, verflucht, und schlag nach dem Sack, aber ich fühl mich wie Wackelpudding und bin außer Atem, und er hält fest, das Gesicht vor lauter Angst und Sorge ganz verkniffen und entschlossen

und

und es steht ein Polizist neben uns. Er hat uns auseinandergezerrt.

– Was ist hier los? fragt er.

Ich hab vier Trips in meiner Hose. Meinen Taschen. In der kleinen Tasche, meiner Uhrtasche. Ich kann sie spüren. Die Fotze sagt: – Die Kollegen von dem Typ hier haben ne Rechnung für Speisen und Getränke für fast hundertzwanzig Pfund gemacht und sind dann geflitzt! Ich fische die kleinen präparierten Löschpapierquadrate raus.

– Stimmt das? fragt der Polizist zu mir gewandt.

– Woher zum Teufel soll ich das wissen, hä? Ich meine, ich hab die zwei Typen nur die Straße langlaufen sehen. Ich denk, den einen kennst du aus dem Sub Club, also quatsch ich ihn an. Und dann der Arsch hier, ich nicke in Richtung Gastwirt, – hinter den Jungs her. Dann kommt er zurück und vergreift sich an mir.

Der Polizist wendet sich wieder an den Gastwirt. Ich krieg die Trips zwischen Zeigefinger und Daumen und schlucke alle, ich saubescheuerter Arsch; ich hätt sie behalten können, die Bullen hätten sie nie gefunden, die hätten mich gar nicht durchsucht, ich hab nichts angestellt, aber ich hab die ganze verfickte Ladung genommen, obwohl ich sie auch einfach hätte wegschnipsen können. Nicht nachgedacht...

Lloyd Beattie ward getauft ihr Schatz
ach, war der Arsch ein süßer Fratz

Lloyd Eins ruft Lloyd Zwei, hörst du mich, Lloyd Zwei?
Hörst du mich, Lloyd Zwei? Hörst du

Mann, fliege ich ab

Der Kleiderschrank ist nicht begeistert. – Die Ratten haben mich bestohlen! Da rackert man sich ab, damit der Laden läuft, und so n paar miese Hosenscheißer...

Ein paar Leute waren stehengeblieben, um sich das Spektakel anzusehen. Ich bekam es erst mit, als eine Frau, die uns beobachtet hatte, sagte: – Bist einfach auf den Kleinen losgegangen! Einfach auf ihn losgegangen! Dabei hat der Kleine nichts getan...

– Das stimmt, bestätigte ich dem Polypen.

– Ist das wahr? fragte der Polizist.

– Naja, wär möglich, sagt der aufgedunsene Gastwirt und guckt blöd aus der Wäsche, soll er doch, schließlich hat er sich unrechtmäßigerweise an nem gewissen Lloyd Buist aus Leith vergriffen, der ein Nichtsnutz ist und in scharfer Opposition zum faschistischen englischen Staat steht, jetzt aber zu seiner größten Beschämung erlebt, daß ein Büttel des Systems auf seiner Seite ist und einem kapitalistischen Unternehmer, der besagten Leith-Mann zu stellen versuchte, einen Rüffel erteilt.

Eine andere Frau erklärt, – Typen von deiner Sorte haben sowieso schon Geld zuviel!

– Das ist doch echt das Letzte. Geld, Geld, Geld, was anderes haben die nicht im Kopf, lacht die andere, die sich auf meine Seite geschlagen hatte, empört.

– Das und Sexgeschichten, meint die andere Frau. Dann sieht sie zu dem Gastwirt und grinst verächtlich.

Der Typ guckt zurück, aber sie macht ihn mit einem Blick zur Schnecke, will dann was sagen, läßt es aber bleiben.

Der Polizist verdreht auf eine Art die Augen, die offenbar Verzweiflung andeuten soll, doch als Geste übertrieben theatralisch wirkt. – Hören Sie, meint unser Ordnungshüter mit gelangweilter Miene, – wenn Sie's streng nach Vorschrift haben wollen, heißt das, daß ich Sie beide mit zur Wache nehme und die Sache in die Akten kommt. Er sieht den Wirt, der aussieht, als würde er sich einscheißen, mit hochgezogenen »Wie-hätten-Sie's-denn-gern«-Augenbrauen an.

– Also wirklich ... nun mal halblang, protestiert der Restaurantfritze.

– Sie haben eine Ordnungswidrigkeit begangen, Freundchen, sagt der Bulle tadelnd und zeigt mit dem Finger auf den Typ, – indem Sie diesen Mann festzuhalten versuchten, während die eigentlichen Schuldigen zwei andere Männer waren. Sie geben zu, daß dieser Mann Ihr Restaurant gar nicht betreten hat?

– Naja, gestand der Typ. Er sieht ziemlich beschämt aus.

– Nur zu wahr, fange ich an. Dreister Bastard. – N harmloser Passant bin ich, sagte ich zu dem Bullen. Er sieht aus wie ne Zeichentrickfigur.

Er dreht sich zu mir um und zieht offizielle Ordnungshüter-Saiten auf, – Und Sie, fängt der Bulle an, Sie stehen ja ganz schön unter Strom. Ich weiß nicht, auf was Sie drauf sind, und ich hab zuviel um die Ohren, als daß ich's wissen will. Noch so ein kesser Spruch von Ihnen, und es wird mich interessieren. Also halten Sie die Klappe. Er blickt wieder den Wirt an. – Jetzt geben Sie mir eine Beschreibung der anderen beiden Männer.

Der Typ macht seine Aussage und gibt der Polizei ne Beschreibung der beiden Heranwachsenden, wie sie es nennen. Dann müssen wir uns die Hand geben wie Kinder auf dem Schulhof. Ich spiel mit dem Gedanken, mir dieses herablassende Verhalten zu verbitten, aber es fühlt sich merkwürdig gut an, großherzig zu sein, und ich seh schon, wie sich langsam blaue Flecke und Schwellungen im Gesicht der armen Sau bilden. Ich hab's ja wirklich übertrieben, so auf den Jungen einzuprügeln, der arme Arsch war sauer, weil sie ihn beschissen haben, und wollte nur sein gutes Recht, hat aber im Zustand der Erregung nicht klar denken können, als er sich den besagten Mann aus Leith gegriffen hat. Dann fährt der Ordnungshüter weg und wir glotzen uns an. Die Frauen sind weitergegangen.

– Blöde Sache, was? lacht der Typ.

Ja, scheiß drauf; ich würdige den Arsch nur eines Schulterzuckens.

– Tut mir leid, Alter... hättest mir da echten Ärger machen können. Wenn du auf der Anzeige bestanden hättest. Ich weiß das zu schätzen.

Ihm echten Ärger machen können... – Hör zu, du Arschgesicht, ich war voll auf Trip, als der Bullenarsch kam, und ich mußte noch n paar Trips, die ich mithatte, nachschmeißen. In ner Minute spätestens bin ich total von der Rolle.

– Scheiße... Acid... Acid hab ich jahrelang genommen... meinte er, und dann: – Hör zu, Kollege, komm mit mir die Straße rauf. Zum Restaurant. Ruh dich da n bißchen aus.

– Gut, ich brauch was zu trinken.

Er nickte.

– Weißt du, ist das einzige, was hilft, n kräftiger Schluck. Ist die einzige Möglichkeit, den Trip zu kontrollieren: soviel Alkohol wie möglich runterkippen. Beruhigt die Nerven, weißt du.

– Ja, in Ordnung. Ich hab was zu trinken im Restaurant. Ich würd dich ja auf ein Bier in die Kneipe einladen, aber ich muß zurück und alles für den Abend vorbereiten. Samstagabend, Stoßgeschäft und so.

Ich bin kaum in der Verfassung zu widersprechen. Die Trips erwischen mich wie ein Schlag ins Gesicht mit nem nassen Fisch. Unmengen kleiner Explosionen krachen gleichzeitig in meinem Kopf los, und ich merke, daß ich nicht mehr das geringste sehen kann, nur ein großes, goldenes Licht und ein paar obskure Gegenstände, die um mich rumwirbeln, ohne daß ich sie zu fassen kriegen könnte. – Verfickte Scheiße… Alter, ich kratz ab, gehen wir da in die Straße rein…

– Alles in Ordnung, Kumpel, ich stütz dich ab…

Der Typ hält mich wieder fest, diesmal klammere ich mich an ihn, auch wenn er aussieht wie so n verfickter Dinosaurier aus Jurassic Park, wie einer von den flinken, kleinen Scheißern, na gut, was klein für nen Dinosaurier, nicht so groß wie ein T. Rex; T. Rex, das war ein Brocken: – *Ah love to boogie on a Saturday night*… kennt der Arsch T. Rex noch?

– Nur die Ruhe, Alter, ist direkt da vorne… gleich da vorn ist es… aber bloß weil ich ein Restaurant hab, heißt das noch lange nicht, daß ich so n reicher Sack bin, der alles auf dem silbernen Tablett serviert bekommen hat, Kollege. Ich bin genau wie die Jungs, die Kumpels da von dir. Die eigenen Leute zu beklauen! Das haben die gemacht. Das regt mich am meisten auf. Ich wollte sagen, ich bin aus Yoker. Kennst du Yoker? Sozialer Wohnungsbau, das bin ich.

Er quasselt sich nen Haufen gottverdammte Scheiße zusammen, und ich bin total blind und ich atme so komisch oh nein nicht an das verfickte Atmen denken keinen schlechten Trip sinnlos wenn man über das verfickte Atmen nachdenkt die meisten schlechten Trips passieren wenn man übers Atmen nachdenkt aber

aber wir unterscheiden uns von, sagen wir, Delphinen, denn die blöden Fotzen müssen über jeden Atemzug bewußt nachdenken, wenn sie auftauchen, um Luft zu holen und so. Das geht mir am Arsch vorbei!

Aber nicht ich, nicht Lloyd Buist. Ein menschliches Wesen mit überlegenem Atemmechanismus, dem Acid nichts anhaben konnte. Übers Atmen mußte man nicht nachdenken, das passierte einfach. Jawoll!

Was wäre wenn

Was wäre, wenn, aber, nein, nein, nein, aber was wäre, wenn, nein nein, nein, nicht grade ein umwerfender Trip; jetzt hebe ich ab und sehe den buist'schen Körper unter mir: eine leere Hülle, die in die Höhle des perversen Massenmörderwirts gezerrt wird, wo dieser Körper mit in den Arsch appliziertem Gleitmittel über einen Tisch geworfen und penetriert wird, gerade als die Halsschlagader des Opfers mit einem Küchenmesser durchtrennt wird. Das Blut wird mit kundiger Hand abgezapft und in einem Eimer aufgefangen, um daraus Blutwurst zu kochen, dann wird der zuvor mit Yoker-Sperma vollgepumpte Körper mit kundigen Schnitten zerteilt, und in jener Nacht werden ahnungslose Glasgower in diesem angesagten Speiselokal im West End plaudernd beim Essen sitzen, nicht ahnend, daß sie, statt sich an ihren gewohnten toten Ratten zu delektieren, die Überreste von Lloyd A. Buist mampfen, einem unattraktiven, geschiedenen Mann aus der Gemeinde Leith, eingemeindet in die Stadt Edinburgh neunzehnranzig, ne, ne, Augenblick, neunzehnzwanzig, denn ich kenn meine Geschichte und es reicht, um einem das Herz zu brechen, oh lala, ich hätte Lust auf einen Fick, denn gerade hat irgendwas oder irgendwer Tolles wirklich verfickt Tolles hier oben in den Wolken meinen Blick gekreuzt, aber yeah, sie haben Leith zu Edinburgh geschlagen, ungeachtet einer Volksbefragung, die die Eingemeindung mit einer Quote von irgendwas wie sieben Billionen zu eins ablehnte, aber ja, sie taten's trotzdem, weil diese blöden Sozialghetto-Fotzen ja einen Scheiß wissen und ne gütige Zentralverwaltung brauchen, die ihnen sagt, was gut für sie ist, und so gedieh Leith von da an wie hahaha nichts Gutes... abgesehen von ein paar zugezogenen Yuppies, aber selbstverständlich hat die Geschichte von Leith eine tiefere Bedeutung

– Ich hab auch schwere Zeiten hinter mir, mehr will ich gar nicht sagen, meint mein Kumpel, der Sozialwohnungs-Boy, als ich mit einem heftigen Ruck wieder in meinen Körper fahre.

Es kommt mir vor, als würde ich immer noch ausschließlich ausatmen. Einzuatmen hat gar keinen Sinn, und wenn die Atmung vom Unterbewußtsein gesteuert wird, wie's ja wohl zu sein scheint, ist das nicht genau das, was Acid durcheinanderbringt?

Genau, Holmes. Das heißt, du steckst in der Scheiße, du blöder Sack. – Ha ha ha ha ha ha ha ha ha ha ha ha ha ha ha ha ha ha ha ha ha ha ha ha ha ha ha ha ja Lachen ist die beste Medizin. Hab ich Ihnen schon gesagt, daß sich Ihr Atem ganz schön gequält anhört, er macht fuck fuck fuck fuck

– Keine Hektik, Bruder, da wären wir.

Nicht atmen.

Nein nein nein denk an eine paradiesische Landschaft, in der jede Menge lüsterne nackte Frauen rumliegen, und wer platzt da plötzlich rein wenn nicht Lloyd, aber die Gesichter, ich krieg die verfickten Gesichter nicht hin, und was wäre, wenn diese grausamen Mistkerle in den Forschungslaboratorien den Delphinen LSD geben würden? Ich wette, das haben sie schon gemacht, diese miesen Fotzen. Amanda hat mir dieses Zeugs gezeigt, das sie zugeschickt kriegt, da steht drin, was diese Fotzen Katzen, Hunden und Mäusen und Kaninchen alles antun, aber das wär noch gar nichts, wirklich grausam wäre es, Delphinen LSD zu geben.

Jetzt bewegen wir uns nicht. Keine Bewegung jetzt. Wir bewegen uns jetzt nicht. Wir sind irgendwo anders. Irgendwo drin.

– Scheiße, was läuft hier?

– Ganz ruhig, du hyperventilierst... Ich mach dir nen kleinen Drink.

– Wo zum Teufel sind wir?

– Bleib cool, Kollege, in meinem Restaurant. Gringo's. Gringo's Mexican Cantina. Hodge Street. Wir sind hier in der Küche.

– Diesen Laden kenn ich doch. Ich war mal hier. Tolle Cocktails. Mit meiner damaligen Freundin. Wir tranken Cocktails. Ich liebe Cocktails. Haben haben haben haben... oh, 'tschuldigung, Kumpel, der Scheißtrip gibt mir den Rest. Boh ey. Verdammte Fotzenscheiße! Genau... meine Ex-Freundin. Sie hieß Stella und war nett. Allerdings liebten wir uns nicht, nee, echt nicht, Kumpel. Ohne wahre Liebe bringt's das alles nicht, oder? Man soll sich nie mit dem Zweitbesten zufriedengeben. Wie steht's denn mit den Cocktails, Junge? Hä?

– Kommt gleich, Junge. Ich mach dir einen. Was darf's denn sein?

– Ein Long Island Iced Tea wär nett.

Nett. Ich kann nicht aufhören, das Wort aufzusagen, das Wort zu denken. Nett.

Der Knabe mixt also die Cocktails, und ich bin in dieser Küche, und alles rauscht an mir vorbei, aber er schwadroniert immer noch darüber, ein Sozialbau-Boy zu sein, der sich um Geld nicht schert...

– ... vom Sozialen Wohnungsbau geprägt. Ich bin bestimmt nicht geldgeil, und ich weiß, daß viele Menschen in Glasgow hungern müssen und obdachlos sind, aber das ist die verdammte Regierung schuld, nicht ich. Ich versuche nur, zurechtzukommen. Ich kann nicht die ganzen Armen verpflegen, das hier ist keine Suppenküche. Weißt du, was die verschissenen Verbrecher im Rathaus für diesen Laden an Steuern verlangen?

– Nee...

Der Knabe sollte ne militante Basisgruppe in Yoker gründen und sie Sozialer Wohnungsbau nennen. Klingt doch gut. Sozialer Wohnungsbau.

– Nicht, daß ich Tory bin, Himmel nee, erklärt Sozi. – Aber der Stadtrat ist ein verfickter Tory-Stadtrat unter anderem Namen und nichts anderes. Ist es in Edinburgh genauso?

Das ist ja zu geil. – Äh, klar, Edinburgh. Leith. Lloyd. Ich hab niemals, ich meine, ich war das nicht, der seine Schwester gefickt hat, das war ein anderer Lloyd... netter Cocktail, Kollege...

Ein Long Island Iced Tea.

Der Cocktail haut rein wie nichts Gutes. Gleich explodiert er : ﾐ

– Prost. Also, wenn ich zum Beispiel irgendnen Arsch wählen würde, was ich nicht tue, dann würd ich SNP wählen... nee, würd ich nicht, ich werd dir sagen, wen ich wählen würde, wenn ich jetzt irgendwen wählen müßte; erinnerst du dich an diesen Knaben, den sie eingesperrt haben, weil er die Poll Tax nicht bezahlt hat?

Dieser Cocktail ist nicht der richtige. Ich brauch Erdbeer-Dingsda, Erdbeeren, einen Erdbeer-Daiquiri.

– Wie hieß der Knabe noch?

– Erdbeer-Daiquiri.

– Nein… der Junge mußte in den Knast, weil er seine Poll Tax nicht bezahlt hat. Dieser militante Junge.

Ich brauch Erdbeeren… – Ein Erdbeer-Daiquiri, Kumpel… den könnte ich jetzt vertragen.

– Erdbeer Daiquiri… ja, geht klar. Aber mach erstmal den Iced Tea leer. Ich nehm noch n kleines Bierchen, ein San Miguel, nee, zu stark, vielleicht einfach ein Sol.

– Kein Becks da, Kollege?

– Nein, nur Sol.

Der Sozialbau-Boy erhebt sich von seinem Platz mir gegenüber, um die Drinks zu holen, und es ist der reinste Vulkanausbruch, und – verdammte Scheiße! – die Decke stürzt ein… nein, ha ha ha, kleiner Irrtum, aber das Fenster ist hin, soviel ist mal klar.

– Tut mir leid, Partner, keine Erdbeeren mehr. Einer mit Limone muß es auch tun.

Keine verdammten Erdbeeren… was für eine verdammte Scheiße, Alter… keine verdammten Erdbeeren da, meint der Typ, also sage ich, – Schon okay, Mann, schon okay. Und, äh, vielen Dank für die Mühe.

– Ach wo, ich mach mir Vorwürfe, daß du die ganzen Trips nehmen mußtest und so. Wie fühlst du dich?

– Spitze.

– Weil, wie schon gesagt, ich brauch nur genug zum Leben. Aber diese Typen, die sind einfach scheiße. Um jede Nacht in ihre beschissenen Clubs zu rennen, dafür haben sie Geld, aber ihr Essen klauen sie bei Leuten wie mir. Das ist ja wohl voll daneben.

– Überhaupt nicht, Alter, von wegen; ich bewundere die Jungs... Sie wissen, daß sie verarscht werden. Sie wissen, daß in der Regierung nur stumpfe, langweilige Wichser sitzen, die auf uns alle scheißen und von uns erwarten, daß wir genauso mies drauf sind, wie sie selbst. Und sie hassen es, wenn man trotz ihrer ganzen beschissenen Bemühungen nicht so wird. Diese Fotzen werden nie begreifen, daß Geld für Drogen und fürs Clubbing kein verdammter Luxus ist. Es ist lebensnotwendig.

– Wie kannst du sowas behaupten?

– Weil wir verdammt nochmal soziale, kollektive Wesen sind und zusammensein und unseren Spaß haben müssen. Das ist eine Grundbedingung des Lebendigseins. Ein verdammtes Grundrecht. Diese Regierungsärsche sind einfach unfähig, ihren Spaß zu haben, weil sie süchtig nach Macht sind, also sollen alle anderen ein schlechtes Gewissen haben, in winzigen Schuhkartons wohnen und ihr wertloses Leben darauf verwenden, die nächste Generation von Fließbandfutter, Soldaten oder Arbeitslosen für den Staat aufzuziehen. Diese Jungs tun nur ihre verdammte Pflicht als menschliche Wesen, wenn sie ausgehen und mit ihren Freunden einen draufmachen. Klar müssen sie von Zeit zu Zeit was essen, das liegt auf der Hand, aber das ist weniger wichtig, als seinen Spaß zu haben.

– Man kann doch solche Typen nicht bewundern. Ist doch kompletter Blödsinn, das.

– Aber ich bewundere diese Jungs. Größte Hochachtung von Lloyd an dieser Stelle; Lloyd aus Leith, der, der niemals seine Schwester gefickt hat: größte Hochachtung für Robert und Richard aus Glasgow... gutes, altes Glasgow...

– Hast du nicht gesagt, du würdest die nicht kennen? Das gekränkte Gesicht des Sozialbaumanns schmollt mich an, umgeben von einer Kakophonie aus Schepperlauten und pulsierenden Lichtern...

– Ich weiß, daß sie Richard und Robert heißen, mehr nicht, Kumpel. Ich hab mit den Jungs in Chill-Out-Räumen und so gelabert. Mehr war da nicht... hör mal, ich bin im Arsch. Ich kratz gleich ab. Ich muß mich langmachen oder so, oder noch ein Sol...

Das Sol und der Daiquiri und der Long Island Iced Tea sind leer und ich hab keine Ahnung, wer sie getrunken hat, ich würde doch nie, ich meine

Der Knabe geht weg, um ein paar Tische im vorderen Restaurantteil zu decken. Ich klettere über das Spülbecken, mitten durch schmutziges Geschirr, und gleite wie ein Aal durch das offene Fenster, falle auf ein paar überquellende Müllcontainer und rolle dann in eine Abflußrinne auf nen asphaltierten Hinterhof. Ich versuche aufzustehen, schaffe es aber nicht, also krieche ich einfach auf dieses grüne Tor zu. Ich weiß nur, daß ich weg muß, in Bewegung bleiben muß, aber ich hab mir die Hose zerrissen und das Knie aufgeschlagen, und ich kann die Fleischwunde pulsieren sehen wie eine aufgeschnittene Erdbeere, und nun bin ich wieder auf den Beinen, was seltsam ist, denn ich kann mich nicht erinnern, daß ich aufgestanden wäre, und dann bin ich auf einer belebten Straße, vielleicht die Great Western oder Byre's oder vielleicht Dumbarton, und ich sehe nicht, wohin ich laufe, nach Hause wäre am besten, aber das kann wohl kaum Stevos Wohnung sein, ganz bestimmt nicht.

Die Sonne geht über den Mietskasernen auf. Ich werd einfach mitten reinfliegen.

Ich rufe irgendwelchen Leuten auf der Straße, zwei Mädels, etwas zu. Ich sag zu ihnen, – Die Sonne, gleich flieg ich da mitten rein.

Sie sagen nichts und merken nichtmal, wie ich einfach aus dieser Welt mit ihren trivialen und banalen Zwängen davonfliege, mitten in den riesigen, verfickten, goldenen Bastard oben am Himmel rein.

11 Heather

Ich vermute, was mich an Hugh angezogen hat, war sein Engagement. Als Student bewies er unglaublich viel Engagement. Das hat sich im Laufe der Jahre verändert, weiterentwickelt, würde er sagen. Wie hat sich Hughs Engagement verändert?

Name: Hugh, Student.
Engagiert sich für: Befreiung der Arbeiterklasse von der Terrorherrschaft des Kapitals.

Name: Hugh, Arbeitsloser Universitätsabsolvent.
Engagiert sich für: Sicherung der Arbeitsplätze bei gleichzeitiger Veränderung des Systems.

Name: Hugh, Festangestellter auf der ersten Sprosse der Karriereleiter.
Engagiert sich für: Verteidigung und Verbesserung der Leistungen, auf die die arbeitende Bevölkerung Anspruch hat.

Name: Hugh, Supervisor.
Engagiert sich für: Optimierung der Qualität der Dienstleistungen für die Nutznießer der Dienstleistungen.

Name: Hugh, Manager in der öffentlichen Verwaltung.
Engagiert sich für: Optimale Qualität der Dienstleistungen durch Steigerung der Kosteneffizienz und Kosteneffektivität. (Das bedeutete Arbeitsplatzverlust für viele der arbeitenden Menschen, die diese Dienstleistungen erbrachten, aber wenn dies der Vielzahl jener zugute kam, die sie nutzen, war es den Preis wert.)

Name: Hugh, Manager in der Privatwirtschaft.
Engagiert sich für: Profitmaximierung durch Kosteneffizienz, Ressourceneffektivität und Erschließung neuer Märkte.

Wir haben schon einiges bewegt seit 1984, Heather, pflegte er dann hinter seiner *Independent* hervorzulächeln.

Nur, daß es ja doch immer auf dem Rücken der kleinen Leute ausgetragen wurde. Für Hugh ist aus der »letzten Konsequenz« »unterm Strich« geworden. Die Semantik ist schon aufschlußreich. Die platten Phrasen der Revolution und des Widerstandes sind noch platteren Phrasen von wirtschaftlicher Leistungsfähigkeit, Rechnungswesen und Sport gewichen; progressive Leistungsprämien, Transfersummen, gute Investitionen, veränderte Zielvorgaben, Kontermöglichkeiten. Unsere Träume sind währenddessen auf der Strecke geblieben. Mögen die revolutionären Phrasen auch naiv gewesen sein, wenigstens wollten wir etwas Großes, etwas Wichtiges. Heute ist unsere Perspektive so begrenzt. Mir genügt das nicht. Manchen genügt es, sollen sie glücklich damit werden. Aber mir genügt es einfach nicht.

Es genügt nicht, weil ich mittlerweile fast siebenundzwanzig bin und seit vier Jahren keinen einzigen verdammten Orgasmus gehabt habe. In den vier Jahren hat er seinen Tapetenkleister in mich reingespritzt, mich konsumiert, während ich dalag und ans Konsumieren dachte.

Während er mich fickt, mache ich meine Einkaufslisten:
Zucker
Marmelade
Brot
Milch
Bohnen
Reis

Kräuter
Pizza
Wein
Tomaten
Zwiebeln
Grüne Paprika

... dann tat ich etwas wahrhaft Visionäres: Ich hörte auf, des Konsums willen zu konsumieren.

Das Fett schmolz von meinem Körper. Es schmolz von meinem Verstand. Alles war leichter. Über einen richtigen Fick phantasieren war der Anfang. Dann darüber, allen anderen zu sagen, sie sollen mich gefälligst am Arsch lecken. Da waren die Bücher, die ich zu lesen begann. Die Musik, die ich anfing zu hören. Die Fernsehprogramme, die ich mir anzusehen begann. Ich merkte plötzlich, daß ich wieder zu denken begann. Ich versuchte es sein zu lassen, weil es nur wehtat. Aber ich konnte es nicht.

Wenn all dies in deinem Kopf passiert, muß es auch nach draußen. Geschieht das nicht, bleibt man auf der Strecke. Ich werde nicht auf der Strecke bleiben.

12 Lloyd

Ich brauchte ganz schön lange, um von Schmutzfuß-City heimzukommen. Acid, Alter, scheiß drauf, nie wieder, auf jeden Fall nicht bis zum nächstenmal. Als ich nach Hause komme, kommt die Ätzfotze gerade die Treppe runter. – Wo hast du gesteckt? fragt sie vorwurfsvoll. Die Ätzfotze wird mir langsam zu verdammt besitzergreifend.

– Glasgow, erkläre ich ihr.

– Weswegen? fragt sie.

– Slam-Nacht auf der Renfrew Ferry, lüge ich. Ich will nicht, daß die Ätzfotze meinen Modus Operandi kennt...

– Und wie war's?

– Ganz nett, meine ich.

– Ich hab noch ein paar von den Doves, die du für mich verticken sollst, aber die sind in meiner Wohnung, sagt sie.

Na klasse. Noch mehr Schrott-E verkaufen. Mein Ruf wird bald so verheerend sein, daß die Leute ihre Drogen lieber von Brauereien in Schottland oder Newcastle beziehen. Die anderen hatte ich in Glasgow bei Stevo gelassen, der nicht sehr optimistisch war, aber gemeint hatte, er würde tun, was er konnte.

– Gut. Ich komme am Abend vorbei, sag ich zu ihr. Ich will nur kurz rein, mir nen Tee machen und ne Tüte bauen. Dann fällt mir ein, daß ich mein Dope zusammen mit den E's in Schmutzfuß-City gelassen hab. – Hast du irgendwas zu rauchen? Ich brauch jetzt sofort was zu rauchen. Ich bin total kaputt nach dem Trip. Mein Kiefer fühlt sich an wie gebrochen. Ich muß erstmal ausspannen. Ein paar Scheißvalium würden's auch tun. Irgendwas muß her. Muß her, Punkt und Schluß.

– Klar. Ich hab Schwarzen und Soapbar, meint sie.

– Na schön, ich komm mit zu dir.

Wir gehen zur Ätzfotze rauf, und Solo ist da, sowie zwei Kumpels namens Monts und Jasco. War mir peinlich, als Solo mit uns zu reden anfing. Ich verstand kein einziges Wort. Es klang, als würde er die Silben langsam durch seine Nase pressen. Als die Ätzfotze in die Küche ging, um den Kessel aufzusetzen und was zu rauchen zu holen, stellte sich Monts mit fiesem Grinsen im Gesicht hinter Solo und beulte mit der Zunge eine Backe aus, die Schwanzlutschergeste. Er und Jasco erinnerten verdammt an zwei Geier, die über einem großen verwundeten Tier ihre Kreise ziehen. Ich fand das deprimierend, und Solo tat mir leid. Irgendwie erinnerte mich das an nen Filmausschnitt mit Muhammad Ali, den ich im Fernsehen gesehen hatte, von der wahrscheinlich durch den Kampfsport verursachten Parkinsonschen Krankheit seiner wortgewaltigen Präsenz beraubt. Und die Ätzfotze erinnerte mich, als sie wieder reinkam, an Don King, schurkische Skrupellosigkeit, die einen aus einem breiten, sengenden Grinsen anspringt.

– Was ist, bringst du den Stoff für mich zu Abdab? wollte sie wissen.

– Klar, sagte ich ihr. Abdab ist ein alter Kumpel von mir unten aus Newcastle. Die Ätzfotze drehte ihm irgenwelchen Mist an, den ich ausliefern durfte. Das war ein Botendienst, auf den ich wirklich keinen Durst hatte. Ich machte es nur, um Abdab und seine Kohlenpottkumpels wiederzusehen und mir da unten nen schönen Abend zu machen. Für Newcastle hab ich immer schon was übrig gehabt. Die Geordies unterscheidet von uns Schotten bloß, daß sie's nicht den Engländern in die Schuhe schieben können, daß sie kein Bein auf die Erde kriegen, die armen Säcke.

Jasco geht mir langsam auf die Nerven. Ist sonst ein ganz cooler Typ, aber in letzter Zeit wird er etwas zänkisch. Sollte nicht soviel freebasen, der Arsch. – Hör zu, Lloyd, wenn ich Kopfschmerzen hab, dann nehm ich Paracetamol.

– Hä? mache ich.

– Und wenn ich Bauchschmerzen hab, dann nehm ich Kaisernatron.

Bin heute etwas schwer von Begriff und kapiere nicht gleich, worauf der Spinner rauswill.

– Jetzt nerv ihn nicht, Jasco, du Arsch, sagt Monts.

– Nein, hör zu, machte Jasco weiter, – Tatsache ist, daß ich neulich weder Kopf– noch Bauchschmerzen hatte. Nicht die Spur. Vielmehr wollte ich mir mit Ecstasy das Hirn wegblasen. Warum hat uns dann das Fotzengesicht da Paracetamol und Kaisernatron verkauft? Dabei zeigte er auf mich.

– Jetzt reg dich ab, Jasco, sage ich abwiegelnd, – zugegeben, die E's waren nicht grandios, das hab ich ja gleich gesagt, aber so scheiße waren sie auch wieder nicht. Ich hielt mich zurück, weil sich Jasco, so wie er drauf war, offenbar nicht entscheiden konnte, ob er ernst machte oder mich nur n bißchen hochnehmen wollte.

– Hat absolut Null gebracht, Alter, meckerte er.

– 120 Milligramm MDMA waren drin, hat der Junge behauptet, meinte die Ätzfotze.

Das war der blanke Schwachsinn. In diesen Doves waren vielleicht fünfzig Milligramm, wenn's hochkam. Man mußte schon zwei auf einmal schmeißen, um den kleinsten Kick zu spüren.

– Aber sicher, meinte Jasco.

– Und ob. Rinty hatte sie aus Holland, beteuerte die Ätzfotze. Cool, daß sie sich einmischte, denn es hielt Jasco davon ab, auf mir rumzuhacken.

– Da träumst du wohl von. Schottische Fußballmannschaften haben mehr Zeit auf dem Festland verbracht als jede Pille, die ihr Pisser verdealt habt, schnauzte er sie an.

Ich wußte, daß die Diskussion die ganze Nacht so weitergehen würde und kratzte bei nächster Gelegenheit die Kurve. Als ich raus auf die Straße kam, sah ich ein junges

Pärchen die Straße langgehen, offensichtlich richtig ver-
knallt, ohne Drogen und alles. Ich dachte, wann war ich das
letztemal so mit nem Mädchen zusammen, ohne voll auf E
zu sein? In einem scheißverdammten früheren Leben. Ich
trat gegen einen Stein, und er sprang hoch und knallte an
die Windschutzscheibe eines parkenden Autos, ohne sie ein-
zuschlagen.

Teil zwei

Die unbändige Ekstase der Liebe

13 Heather

Gleich wird er etwas sagen. Brian Case. Sowas wie jeden Morgen. Gleich sagt er bestimmt irgendwas Schleimiges. Mister Case. Was werde ich dann tun? Ich werde lächeln wie an jedem Morgen. Als hätte ich einen Löffel quer im Mund. Lächeln. Lächeln, wenn man das Gefühl hat, nackt ausgezogen, bloßgestellt, zum Gespött gemacht zu werden. Nein. Ich reagiere übertrieben. Ich muß die Verantwortung für meine Reaktionen übernehmen. Ich muß mich dazu erziehen, nicht derart körperlich zu reagieren, mich nicht im Inneren buchstäblich zusammenzukrümmen. Das *nicht* zu tun. Es ist mein Fehler. Ich muß meine Reaktion beherrschen.

– Wie geht es meinem Sonnenschein heute? Die übliche Frage von Case.

Ich mache mich bereit, meine übliche Antwort aufzusagen: Danke, gut, aber es geschieht etwas. – Wie kommen Sie darauf, ich sei Ihr Sonnenschein?

Scheiße. Was sage ich da? Das kann ich nicht sagen... warum kann ich nicht? Natürlich kann ich. Eigentlich kann ich alles sagen. Wenn er eine merkwürdige, deplazierte Bemerkung macht, kann ich ihn auffordern, deutlicher zu werden, mir zu erklären, was zum Teufel er eigentlich meint. Was steckt hinter dieser Bemerkung?

– Na ja, Sie jeden Tag zu sehen, bringt definitiv Sonne in mein Leben.

Ich kann machen, was ich will, die böse Heather läßt sich nicht zum Schweigen bringen. Vorher hat sie nur gedacht. Jetzt redet sie. Ich bin schizophren, und die böse Heather gewinnt die Oberhand... – Wenn das nicht seltsam ist; daß es auf keinerlei Gegenseitigkeit beruht, meine ich. *Sie* jeden Tag zu sehen, hat absolut keine wie immer geartete positive Auswirkung auf mein Leben.

Der entscheidende Moment: wenn etwas, das ich nicht aussprechen konnte, zu etwas wird, das ich unmöglich gesagt haben kann. Meine Rebellion hat sich aus dem Inneren meines Kopfs in die Welt hinaus verlagert. Gut! Nein! Gut! Scheiße.

– Oh, sagt er verletzt, nicht gespielt gekränkt diesmal, dieses jämmerliche Etwas ist wirklich tief verletzt, – so ist das also, ja?

– Ich bin mir nicht sicher, wie *das* ist, sage ich ihm, – so sehe ich es, und so empfinde ich es.

– Hören Sie, meint er im Tonfall betroffener Vertraulichkeit, – wenn irgend etwas nicht stimmt, können Sie mit mir darüber reden. Sie müssen mir nicht gleich den Kopf abreißen, wissen Sie. So schlimm bin ich auch nicht, säuselt er.

– Wie gut oder schlimm Sie sind, geht mich nichts an. Darüber können Sie sich den Kopf zerbrechen. Mit mir stimmt alles. Es könnte gar nicht besser sein.

– Tja, Sie verhalten sich nur etwas eigenartig...

Ich gebe mich immer noch gelassen, – Sehen Sie, Ihr Verhalten mir gegenüber beruhte auf der irrigen Annahme Ihrerseits, es würde mich tatsächlich interessieren, was Sie von meinem Aussehen halten. Aber darauf kommt es überhaupt nicht an. Sie sind mein Chef in der Firma, einer Firma, der hauptsächlich daran gelegen ist, daß der Job gemacht wird, und nicht an Aussehen oder Sexualität oder was auch immer. Es ist nicht mein Problem, und ich habe nicht vor, es zu meinem Problem zu machen, aber wenn mein Aussehen Sonne in Ihr Leben bringt, wie Sie sagen, würde ich an Ihrer Stelle einmal lange in den Spiegel sehen und mich fragen, was für ein Leben ich eigentlich führe.

– Oh, herzlichen Dank, daß Sie mir die Augen geöffnet haben, sagt er eingeschnappt. – Ich wollte nur freundlich sein.

– Stimmt, ich bin es, die sich zu entschuldigen hat. Mit

Ihnen hat es gar nichts zu tun. Indem ich Ihr kindisches und nervtötendes Verhalten stillschweigend geduldet habe, habe ich Ihnen den Eindruck vermittelt, ich würde es billigen, was falsch von mir war. Das bedaure ich wirklich.

Er nickt und guckt leicht belämmert, aber dann lächelt er schüchtern und sagt, – Schön... ich muß dann mal weiter.

Er lächelt verlegen. Mister Case. Heilige Mutter Gottes.

Ich wandte mich wieder meinem Computer zu und fühlte mich wie berauscht. In der Mittagspause schlendere ich in die East Port Bar und belohne mich mit einem Gin Tonic. Ich sitze alleine da, aber ich fühle mich nicht einsam.

Ich fühle mich rundum high und happy an diesem Nachmittag und als ich nach Hause komme, hat Hugh eine Nachricht auf dem Anrufbeantworter hinterlassen: Liebling. heute abend wird es etwas später. Jenny und ich sitzen an einer neuen Präsentation für das Team.

14 Lloyd

Mit Abdab unten in Newcastle war's richtig nett gewesen, aber ich ging auf dem Zahnfleisch. Er hatte mir einiges mehr als ein paar Gramm Koks für die Ätzfotze mitgegeben, und das Päckchen brannte mir auf der Rückfahrt im Bus ein Loch in die Tasche. Es war reine Hangover-Paranoia, aber ich mußte immerzu an Nukes denken und rechnete an jeder Haltestelle halb damit, die Drogenfahndung einsteigen zu sehen. Ging aber alles gut. Ich kam nach Haus und kochte Suppe.

Später am Abend ging ich mit Ally ins Tribal. Ich wollte mich nur noch hinhauen, aber der Sack bestand drauf, daß ich mitkam. Ich mußte sogar n paar von meinen eigenen E's nehmen, das hatte gerade noch gefehlt. Die Sorte war wieder anders, etwa so wie Ketamin. Ich war total im Eimer, konnte nicht tanzen. Ich saß im Chillout, und Ally quatschte mit mir. – Wie fühlst du dich, Lloyd?

– Im Arsch, sagte ich.

– Du solltest mal das Meth probieren, das ich zu Hause hab. Ich hab nicht mal mehr blinzeln müssen, nachdem ich das gesnieft hatte. Alter, ich hab drei Tage lang nen Steifen gehabt, ey. Ich war fast so weit, meine Suche nach der Liebe aufzugeben, mein Gelübde zu brechen und Amber anzurufen, daß sie rüberkommt und sich auf mein Gesicht setzt. Ich wollte sie bloß nicht noch mehr fertigmachen.

– Ist sie heute abend hier?

– Ja, oben. Sie, diese Hazel und Jasco. Jasco hat diese Hazel gebumst, konstatierte er mit reuevoller Bitterkeit, atmete scharf durch die Zähne aus und strich sein Haar zurück, – Sieht aus, als müßte ich mich da selbst mal blicken lassen, Mann.

Amber brauchte nicht lange, um mich aufzuspüren. Sie

erlöste Ally, der einen Abstecher rauf auf die Tanzfläche machen konnte. – Du brauchst nicht bei mir rumzusitzen, lallte ich. – Mir geht's gut. Bin nur n bißchen geschlaucht...

– Schon okay, blaffte sie, nahm meine Hand in ihre und meinte dann nachdenklich, – ach ja, diese Veronica hat dich gesucht.

Wie üblich dauert es ein, zwei Sekunden, ehe ich kapierte, wen sie meinte. Dann klingelte es. Veronica war der geschmacklose Spitzname, mit dem manche Leute gelegentlich die Ätzfotze titulierten.

– Ist sie heute abend hier? fragte ich einigermaßen besorgt und spähte auf ihre Uhr, um zu sehen, ob wir es vor der Sperrstunde ins Sublime oder Sativa schaffen könnten, falls die Antwort Ja sein sollte.

– Nein, sie war vorhin im City Cafe.

Schwein gehabt. Ich nahm eine weitere Pille, und Ally, Amber und ein junger Typ, der Colin hieß, kamen mit zu mir. Ich versuchte mich an den Decks, war aber zu daneben, um irgendwas zustandezubringen. Wo dieser Gig doch vor der Tür stand und so weiter. Wir mußten leiserdrehen, weil der Yuppie-Abschaum von gegenüber, der in Leith schon überhaupt nichts verloren hatte, sich über den Lärm beschwerte, und ich wollte nicht, daß die Polizei hier aufkreuzte, nach dem, was bei Nukes gelaufen ist. Es war ein bißchen peinlich, weil Amber sich an Ally ranschmiß und dieser junge Colin-Arsch versuchte, sich an sie ranzuschmeißen. Wäre ich sexuell ein winziges bißchen aufgeschlossener und enthemmter, dann hätte ich versucht, mich an den jungen Kerl ranzuschmeißen, nur um das Chaos perfekt zu machen. Schließlich ging er, und Ally gleich nach ihm, und mir wär's nur recht gewesen, wenn Amber auch gegangen wäre, aber sie saß die ganze Nacht lang rum und hörte Platten. Ich war im Arsch und sagte ihr, ich müßte mich hinhauen. Als ich am Morgen aufwachte, lag sie am anderen Ende des Betts, ihre Füße in meinem Gesicht.

– Wie geht's, Lloyd? fragte Amber.

Sie stieg in ihre Hose und sah dabei saujung aus, jetzt, wo ihr Makeup abgegangen war, und ich kam mir ein bißchen vor wie einer von diesen pädophilen Scheißern, aber hallo, und nicht zu knapp, du dreckiger, kleiner Kinderficker.

– Prima, meinte ich.

– Siehst mir gar nicht prima aus. Übrigens, deine Füße stinken.

– Gut, daß du das sagst. Dafür hat man Freunde. Willst du nen Kaffee?

– Ja ... okay. Jetzt werd bloß nicht gleich sauer, Lloyd. Nach ner Nacht in Turnschuhen hätte jeder Schweißfüße.

– Weiß ich. Du zum Beispiel. Verdammt gemieft haben die, sage ich, als ich aufstehe, um Kaffee zu kochen, während sie mir einen langen, finsteren Blick zuwirft.

Ich fühlte mich zum Kotzen. Der Kaffee brachte auch nichts. Ich mußte die Ätzfotze treffen. Ich hätte die Ätzfotze mal nicht treffen sollen. Das glitt mir langsam aus der Hand. Ally hatte was von dem Methedrin dagelassen, und ich war schwer dafür, es anzutesten. Ich brauchte einen Kick von irgendwas, ehe ich dahinging. – Willst du auch ne Nase ab? fragte ich Amber.

– Nee, fasse ich nicht an.

– Sehr vernünftig, meinte ich und zwackte ein paar Lines ab.

– Du bist verrückt, Lloyd. Warum tust du das?

– Keine Ahnung. Irgendwas fehlt in meinem Leben. Ich bin jetzt ein alter Sack, auf jeden Fall mit dir verglichen, und ich war noch nie richtig verliebt. Und das ist verdammt traurig, erklärte ich ihr, als ich mir die Lines reinzog. Sie kratzten und brannten auf meiner Nasenschleimhaut wie Sau.

Amber machte: – Ach, Lloyd ... und drückte mich, und ich wünschte, ich wär in sie verliebt, aber das bin ich nicht, und es hat keinen Sinn, sich was vorzumachen, denn das bringt keinem was, und das einzige, was für mich dabei drin ist, ist ein Fick, und ein Fick ist nie ne gute Freundschaft wert.

Sie ging genau in dem Moment, als mir die Schädeldecke wegflog.

15 Heather

Der Arzt hat mir Prozac verschrieben. Hugh ist auch dafür, daß ich Prozac nehme.

– Sie sind in letzter Zeit ein bißchen down, und das hilft Ihnen erstmal drüber weg, hat mir der Arzt erklärt. Oder ist es Hugh gewesen? Ich kann mich nicht erinnern. Sie beide waren es.

Über was weg?

– Mal sehen, sage ich zu Hugh, – mir gefällt der Gedanke nicht, in der Form Drogen zu nehmen, davon wird man abhängig. Man hört soviel darüber.

Ich bin spät dran. Wieder zu spät zur Arbeit. Ich komme nicht aus dem Bett.

– Lie-hieb-ling... die Ärzte sind Profis. Die wissen, was sie tun, belehrt er mich, als er sich seine Tasche voller Golfschläger über die Schulter schwingt. Er hat sich heute freigenommen: Gleitzeit. – Herrje, ich muß los. Billy-Boy fragt sich bestimmt schon, wo ich bleibe. Wir spielen heute in Pitreavie, nur weil ich ihn letzte Woche in Canmore geputzt habe. Typisch Bill, sagt Hugh achselzuckend. – Vielleicht gehen wir danach noch auf einen Sprung zu ihm und Moll. Hugh küßt mich und geht, – Tschüß, Schatz.

Ich rufe meine Freundin Marie an. Sie sagt mir, ich soll heute krankfeiern und mit dem Zug zur Haymarket Station nach Edinburgh kommen. Sie macht heute auch blau. Es scheint das Selbstverständlichste von der Welt zu sein, einfach ja zu sagen.

Am Bahnhof von Dunfermline frage ich mich, warum stündlich nur ein Zug nach Edinburgh geht, aber nach Inverkeithing, das gleich um die Ecke liegt, drei oder vier. Gottseidank geht der nächste schon in fünfzehn Minuten und kommt dann auch nur zehn Minuten zu spät, ein ziemlich guter Schnitt.

Marie und ich gehen einkaufen und dann zu ihr nach Haus, trinken gemütlich Tee und quatschen den ganzen Nachmittag. Sie dreht ein paar Joints, und ich bin richtig aufgekratzt. Ich will nicht nach Hause. Ich will nicht, aber ich muß langsam los Richtung Haymarket Station.

– Bleib über Nacht hier. Gehen wir doch aus. In der Stadt ist ein Rave. Komm, laß uns E schmeißen und ausgehen, nur wir beide, schlägt Marie vor.

– Ich kann nicht... Ich muß zurück... Hugh... höre ich mich blöken.

– Der ist alt genug, um eine Nacht für sich selbst zu sorgen. Komm schon. Wir tun's einfach. Du hast Prozac, das ist spitze. Die können wir nach den E's nehmen. Sie verlängern die Wirkung von Ecstasy und zerstören gleichzeitig die Toxine im MDMA, die im späteren Leben vielleicht Hirnschäden zur Folge haben können oder auch nicht. Prozac macht also aus E eine absolut sichere Sache.

– Ich weiß nicht... Ich habe seit Jahren keine Drogen mehr genommen. Ich habe so einiges über Ecstasy gehört...

– Zu neunzig Prozent Quatsch, wette ich. Es bringt einen um, genau wie alles andere, wie jeder Bissen Nahrung, den man zu sich nimmt, und jeder Atemzug. Ist wesentlich weniger schädlich als trinken.

– Okay... aber ich will keine Halluzinationen haben...

– Das ist nicht wie Acid, Heather. Man ist einfach für ne Weile mit sich und der Welt zufrieden. Dagegen ist doch nichts einzuwenden.

– Okay, willigte ich zögernd ein.

Feige, wie ich war, hinterließ ich für Hugh eine Nachricht zu Hause auf dem Anrufbeantworter. Dann gingen wir erst zum Warmlaufen in eine Bar und dann in den Club. Ich fühlte mich in den Sachen, die Marie mir rausgesucht hatte, etwas albern ausstaffiert. Wir haben eine Größe, und wir hatten immer unsere Sachen getauscht, als wir noch am College waren. Als wir noch das Gleiche trugen. Als ich mich im Spiegel ansah, kam ich mir in den Sachen, dem kurzen Rock, dem engen T-Shirt, wie ein Clown vor. Aber Marie standen sie, und sie war so alt wie ich. Ich dachte, im Club würden mich alle anstarren, aber keiner würdigte mich eines Blicks. Anfangs langweilte ich mich ein bißchen. Marie hatte mich im Pub nichts trinken lassen. Verdirbt dir nur das E, hatte sie mir gesagt. Ich lechzte nach einem Gin für die Nerven.

Ich nahm die Pille im Club. Zuerst wirkte sie ganz schön stark, und mir wurde flau im Magen. Ich fühlte mich ein bißchen mies, wenn auch nur halb so mies, wie ich Marie vormachen wollte. – Du fühlst dich nur mies, weil du dagegen ankämpfst, flüsterte Marie mir lächelnd zu. Dann spürte ich es, in meinen Armen, am ganzen Körper, entlang der Wirbelsäule: ein prickelndes, aufschießendes Gefühl. Ich sah Marie an, und sie war wunderschön. Ich hatte schon immer gewußt, daß sie schön war, aber mit den Jahren war ich dazu übergegangen, Spuren des Verfalls bei ihr zu suchen. Ich suchte nach Krähenfüßen, überflüssigen Pfunden, ersten grauen Haaren. Ob ich sie fand oder nicht, das spielte keine Rolle. Entscheidend war, daß ich bei Marie, und damit indirekt auch bei mir, danach gesucht und dadurch jeden Blick dafür verloren hatte, wie sie und ich wirklich, im Ganzen, waren.

Ich ging auf die Toilette, um mich im Spiegel zu betrachten. Mir schien, als würde ich gar nicht gehen, sondern in meiner eigenen mystischen Aura dahinschweben. Es war, als wäre ich gestorben und im Himmel. All diese wunderschönen Menschen lächelten und sahen aus, wie ich mich fühlte. Die Sache war, daß sie im Grunde gar nicht anders aussahen, man konnte ihnen nur die Freude ansehen. Ich schaute in den Spiegel. Was ich dort nicht sah, war die saudumme Ehefrau von Hugh Thomson. Sie war verschwunden.

– Na du, sprach mich ein Mädchen an, – kommt's gut?

– Ja... absolut unbeschreiblich! Ich war noch nie so glücklich! Ich bin zum erstenmal auf E... japste ich.

Sie drückte mich herzlich. – Das ist ja richtig süß. Nichts geht über das erste Mal. Es ist immer spitze, aber beim erstenmal...

Wir unterhielten uns ewig, dann fiel mir ein, daß ich zurück zu Marie mußte. Aber es war, als würde ich jeden kennen, all diese fremden Menschen. Wir teilten ein Verständnis und eine Intimität, die niemand, der das nie so und hier erlebt hatte, je kennenlernen würde. Als wären wir alle gemeinsam in unserer eigenen Welt, einer Welt frei von Haß und Furcht. Alle Furcht war von mir abgefallen, nur das war passiert. Ich tanzte, und die Musik war wundervoll. Menschen, Fremde, umarmten mich. Auch Jungs, aber nicht auf eine fiese Art. Als ich an Hugh dachte, tat es mir leid für ihn. Leid, weil er das hier nie kennenlernen würde, leid, weil er sein Leben definitiv verschwendet hatte. Leid, weil er mich verloren hatte, diesmal endgültig. Wir waren miteinander fertig. Dieser Abschnitt meines Lebens lag endgültig hinter mir.

Den nächsten Tag nahm ich mir auch frei.

16 Lloyd

Ally hatte recht mit diesem Stoff. Es stimmte: tagelang nichtmal ein Blinzeln. Es dauerte nicht lange, und ich schäumte über vor Energie und Einfällen. Ich konnte nicht blinzeln. Ich versuchte es, ich versuchte mit Gewalt zu blinzeln, als ich scheißend auf dem Klo saß. Dann passierte etwas: Ich konnte mit dem Blinzeln nicht mehr aufhören. Ich fühlte mich elend und dachte, ich würde ohnmächtig. Ich knallte auf das kalte Linoleum des Badezimmerbodens, und es ging mir besser, als ich mein gerötetes, pochendes Gesicht dagegen preßte. Das Blinzeln hörte auf, und ich war wieder hellwach.

Die Türklingel ging, es war ein Typ, der Seeker hieß. Er trat an mir vorbei in die Diele. Er hielt mir einen Beutel hin und hängte ihn dann an eine kleine Waage aus Metall, die er aus der Tasche gezogen hatte. – Zehn Gramm, sagte er. – Willst du mal antesten?

Das tat ich, obwohl ich daran auch nicht erkennen konnte, wie sauber das Kokain war, weil ich keine große Koksnase bin, aber es schien besser als das von Abdab zu sein. Ich fragte Seeker, ob ich mal ne Nase nehmen dürfte. Er verdrehte ungeduldig die Augen und zog dann für jeden von uns auf der Arbeitsplatte in meiner Küche eine Line aus. Ich spürte eine angenehme Taubheit, aber das Methedrin hatte mich so aufgeputscht, daß ne mickrige Line Koks auch keinen großen Unterschied mehr machte. Der ganze verfickte Beutel hätte keinen großen Unterschied gemacht. Egal, ich gab Seeker seine Kohle, und er verpißte sich. Er ist ein komischer Vogel und gehört zu keiner Szene, aber jeder kennt ihn.

Ich zweige ungefähr ein Fünftel von dem Stoff ab, tu dafür die gleiche Menge unparfümierten Körperpuder rein und vermische beides. Macht keinen großen Unterschied.

Ich fand in der Wohnung keine Ruhe. Ich rief jeden Arsch an und laberte Scheiße. Sie hatten mir sowieso schon gedroht, mein Telefon abzustellen, und ich hatte keine Knete, die Rechnung zu bezahlen, da kam's jetzt auch nicht mehr drauf an. Ich mußte dran denken, wie ich an die Ätzfotze geraten war. Es war ne Weile her und hatte hauptsächlich finanzielle Gründe. Ich machte den Kurier für sie und Solo, der ihr Freund oder Mann oder irgendsowas war. Solo war ein Scheißkerl, aber seit er von der anderen Firma so böse aufgeklatscht worden war, war er kein echter Gegner mehr. Er wirkte leicht behämmert, als hätte er nen Hirnschaden oder so, seit sie ihn bis zur Bewußtlosigkeit zusammengestiefelt hatten. Wie Jasco mal gesagt hatte: – Die Sanitäterfotzen, die Solo vom Asphalt gekratzt haben, haben wohl n Stückchen von der armen Sau vergessen.

Ich muß gestehen, daß es mir nicht gerade das Herz gebrochen hatte, aber wenn er auch ein mieser Knochen war, wußte man bei Solo immer, wo man dran war. Die Ätzfotze war ein ganz anderer Fall. Ich hätte mit dem Schlimmsten rechnen sollen, als ich bei ihr durchklingelte und sie nicht ans Telefon kam. Statt dessen sagte mir das Opfer, ich »müßte schon rüberkommen«.

Als ich eintraf, war das Wohnzimmer rappelvoll. In einer Ecke saß still das Opfer und starrte aus dem Fenster, gespannt und verstohlen, mit großen, schwarzen Augen, als versuchte sie, vorherzusehen, von wo der nächste vernichtende Schicksalsschlag kommen würde. Bobby war da und hatte ein Lächeln aufgesetzt, das vor finsterer Geringschätzung triefte. Dann war noch Monts da, völlig weggetreten, sogar zu weggetreten, um mit mir zu reden, ich entdeckte Paul Somerville, Spud Murphy und ne andere Fotze, die ich von irgendwo kannte. Solo saß in der Ecke in seinem Schaukelstuhl. Wenn das nicht das reinste Schreckenskabinett war.

– Die Ätzfotze hat sich letzte Nacht die Kante gegeben, informierte mich Bobby. – Crack. Sie kommt gerade brutal hart runter. Du bist nicht zu beneiden, Lloyd.

Den Scheiß brauchte ich wirklich nicht. Ich war nur hier, um was abzugeben. Ich ging durch zum Schlafzimmer der Ätzfotze, klopfte erst an und hörte ein rauhes Krächzen, das ›Herein‹ oder ›Verpiß dich‹ geheißen haben konnte, jedenfalls ging ich rein.

Die Ätzfotze lag in nem knallroten Trainingsanzug auf dem Bett. Der Fernseher stand auf einem Tischchen am Fußende des Betts. Sie rauchte Hasch. Aus ihrem Gesicht war jede Farbe gewichen, aber ihr schwarzes Haar sah frischgewaschen aus und hatte einen gewissen Glanz. Ihr Gesicht allerdings sah wüst, schorfig und ausgetrocknet aus, und der Kontrast zur gesunden Frische ihres Haars ließ sie aussehen wie ne alte Hexe mit Perücke. Aber sie hatte noch immer ihr schockierendstes Merkmal, das ich schon immer an ihr bewundert hatte: ihre kräftigen, schwarzen Augenbrauen, die in der Mitte zusammenwuchsen und mit denen sie ausah wie diese Sorte Celtic-Fans, die alle wie Paul McStay aussehen. Unter diesen Brauen hatte sie schmale, grüne Augen, die ständig im Schatten lagen und für gewöhnlich halb geschlossen waren. Ich erinnere mich, daß ich auf E mal beim Anblick ihrer unrasierten Achseln, die man unter einem weißen, ärmellosen Baumwolltop sehen konnte, eine Erektion bekam. Ich hab mir mal einen drauf runtergeholt, wie ich ihre Achseln ficke, keine Ahnung, was ich mir dabei gedacht hab, aber Sexualität ergründen zu wollen, ist ne verflixt harte Nuß. Ne Zeitlang hat es mir echt Sorgen gemacht, gut zwei, drei Minuten. Da gab es besonders einen Moment, als ich trippend unten im Imbiß am Ende der Straße stand, unfähig zu sprechen, unfähig zu sagen, was ich

114

wollte, unfähig, an irgendwas anderes zu denken als an die Achselhöhlen der Ätzfotze. Ally hatte mich überhaupt erst drauf gebracht. Er war auf Acid, in Glastonbury, und erklärte in geziertem Ton: – Diese Veronica: eine unwahrscheinliche Fülle von Haar hat das Mädel ... Danach konnten wir die Augen nicht mehr von den Achselhöhlen der Ätzfotze lassen.

Ihr Gesicht verzog sich erst angewidert, als sie mich erkannte, wurde dann zu einem Zerrbild der Mißbilligung, und mir war auf der Stelle klar, warum es im Grunde völlig unmöglich sein mußte, sie zu begehren.

Die Ätzfotze ficken: was für ein abstruser Gedanke.

– Also? schnauzte sie.

– Hab's gekriegt, meinte ich und gab ihr den Beutel Koks.

Sie stürzte sich drauf wie ein rasendes Raubtier auf einen Festschmaus, schnaubend und schlingend, mit exakt dem verzerrten Gesicht, mit dem ich sie mal den Inhalt meines Mülleimers nach Zigarettenkippen hatte durchstöbern sehen, die sie dann über Zeitungspapier zerbröselte, weil ihr die Fluppen ausgegangen waren. Damals schnauzte ich sie wütend an, und sie wurde richtig kleinlaut, während sie sich ne einsame Kippe aus altem Tabak drehte.

Es war das erste und letzte Mal, daß ich die Ätzfotze kleinlaut gesehen hab.

Den Spitznamen hatte ihr Monts verpaßt. Er hat mal mit ihr gefickt und es dann entweder nicht nochmal tun wollen oder hatte es getan, aber nicht zu ihrer Zufriedenheit, und deswegen hat sie den damals noch prä-senilen Solo veranlaßt, ihm die Fresse zu polieren. – Diese Ätzfotze Veronica, hatte er mit bandagiertem Gesicht verbittert gemurmelt, als ich ihn im Krankenhaus besuchte.

– Wie geht's dir? fragte ich. Ich starrte auf ihr Profil. Ich konnte den Ring an ihrem Nabel sehen, wo das Oberteil ihres Trainingsanzuges hochgerutscht war.

– Scheiße, zischte sie und saugte an ihrer Zigarette.

– Die Rocks, wa?

– Ja... sagte sie und wandte sich dann mir zu, – ich fühl mich völlig beschissen. Ich hab ganz hartes PMS. Das einzige, was mir in diesem Zustand helfen kann, ist ein guter Fick. Von den verfickten Saftsäcken da draußen krieg ich keinen. Mehr will ich gar nicht. Einen guten Fick.

Mir wurde klar, daß ich ihr direkt in die Augen schaute, dann zerrte ich schon an ihrer Trainingshose. – Stets zu Diensten...

– Lloyd! lachte sie und half mir, sie auszuziehen.

Ich steckte der Ätzfotze einen Finger in die Muschi, die klatschnass war. Sie muß an sich rumgespielt haben, oder es kam vom Crack oder sowas. Ich schob mich jedenfalls auf sie und steckte meinen Steifen in ihre Möse. Ich leckte ihr kantiges Gesicht wie ein verblödeter Köter einen trockenen, alten, ausgelutschten Knochen, während ich sie mechanisch stieß und mich über ihr Japsen und Stöhnen freute. Sie biß mir in den Hals und in die Schultern, aber mein Körper war von dem Methedrin gefühllos und steif wie ein Brett, und ich hätte den ganzen Tag ficken können. Die Ätzfotze hatte einen Orgasmus nach dem anderen, aber bei mir gab's keinerlei Anzeichen dafür, daß ich kommen würde. Ich hielt ein letztesmal das Poppers unter ihre Nase, stieß ihr einen Finger ins Arschloch, sie schrie wie ein verficktes Nachtgespenst, und ich rechnete schon damit, die anderen würden alle ins Schlafzimmer kommen, es kam aber keine Sau. Mein Herz hämmerte, und ich hatte Angst, ich würde ohnmächtig, weil ich ne Weile dieses heftige Blinzeln kriegte, aber ich bekam es wieder unter Kontrolle. – Das war's... das reicht... hörte ich die Ätzfotze keuchen, als ich ihn so steif und hart wie vorher wieder rauszog.

Ich saß auf dem Bett und versuchte, meinen steifen Schwanz auf wenigstens halbwegs bequeme Art in meiner

Jeans zu verstauen. Es fühlte sich an, als hätte man ein Stück Holz oder Metall in der Hose. Man hatte nur noch den Wunsch, es abzubrechen und wegzuschmeißen. Ich fröstelte bei dem Gedanken daran, wie hoch mein Blutdruck wohl sein mußte.

– Das war einfach irre... Die Ätzfotze ließ sich zurückfallen und schnappte nach Luft.

Ich mußte bei ihr liegenbleiben, bis ich hörte, wie die anderen gingen. Glücklicherweise fiel sie in tiefen Schlaf. Ich lag steif da, starrte an die Decke und dachte darüber nach, was zum Teufel ich aus meinem Leben machte. Ich überlegte, daß ich die Achselhöhlen der Ätzfotze hätte ficken sollen, solange ich noch Gelegenheit dazu hatte. Wenn man schon sowas Unappetitliches tut, das man bereut, sobald man es getan hat, sollte man wenigstens eine Sexphantasie ausleben, das würde es doch halbwegs akzeptabel machen.

Nach einer Weile ging ich ins Wohnzimmer und entdeckte, daß Solo und Jasco auf dem Sofa schliefen. Ich ging raus und schlenderte eine Zeitlang durch die Stadt, Ecstasyfresser, die lächelnd, Arm in Arm, aus Clubs kamen oder in Clubs gingen; Schluckspechte, die gröhlend die Straße runtertorkelten, und andere Fotzen, die die tollsten Drogencocktails im Leib hatten.

17 Heather

Mir schwirrte der Kopf, als ich über die Princess Street schlenderte. Marie hatte sich am späten Morgen zur Arbeit im Scottish Office schleppen müssen – aber ich? Nein Danke. An diesem Morgen hatte ich in ihrer Wohnung ein Buch mit Shelleys Gedichten zur Hand genommen. Ich konnte nicht aufhören, darin zu lesen, und danach Blake und Yeats. Mein Verstand war wie ausgehungert nach Anregung, ich konnte einfach nicht genug bekommen.

Ich schaute mich in einem Laden für Künstlerbedarf auf der Hanover Street um. Ich wollte malen. Genau das wollte ich tun: mir eine Auswahl Farben kaufen. Dann sah ich einen HMV-Plattenladen und ging rein. Ich wollte jede Platte kaufen, die ich sah, und überzog mein Konto bis zur Schmerzgrenze von dreihundert Pfund. Ich konnte mich nicht entscheiden, was ich kaufen wollte, also kaufte ich schließlich ein paar House-Compilations, die wahrscheinlich nicht besonders gut waren, aber alles war besser als Hughs Dire Straits und U2 und Runrig.

Ich ging zu Waterstone's. Ich sah mich um und kaufte Ian MacDonalds Buch über die Beatles und ihre Musik im Kontext der Sechziger. Auf der Rückseite stand etwas über einen Typen, der das Buch gelesen hatte und dann hingegangen war und sich alle Beatles-Platten auf CD gekauft hatte. Ich tat genau das gleiche. Hugh mochte die Beatles nicht. Wie kann man die Beatles nicht mögen?

Ich ging einen Kaffee trinken und blätterte im NME, den ich seit Jahren nicht mehr gekauft hatte. Ich las ein Interview mit einem Typ, der bei den Happy Mondays gewesen war und nun eine Band namens Black Grape gegründet hatte. Anschließend ging ich zurück zu HMV und kaufte ihr Album *It's Great When You're Straight... Yeah!*, und das nur, weil der Typ erzählt hatte, er hätte haufenweise Drogen genommen.

Ich kaufte noch ein paar Bücher und nahm den Zug nach Hause. Es war eine Nachricht auf dem Anrufbeantworter: – Liebling, ich bin's, Hugh. Ruf mich auf der Arbeit an.

Dann fand ich einen Zettel in der Küche:

> Du hast mir angst gemacht. Ich finde, du bist etwas selbstsüchtig gewesen. Ruf mich an, wenn du nach Hause gekommen bist.
>
> Hugh

Ich zerknüllte den Zettel. Hughs Dire-Straits-CD *Brothers in Arms* lag auf dem Couchtisch. Die spielte er immer. Besonders haßte ich die Nummer »Money For Nothing«, die er ständig sang. Ich legte meine Black-Grape-CD ein und steckte *Brothers In Arms* in die Mikrowelle, um zu beweisen, daß alles, was man über die Unzerstörbarkeit von CDs sagt, reiner Blödsinn ist. Nur um auf Nummer Sicher zu gehen, sah ich zu, wie *Love Over Gold* auf gleiche Weise der Garaus gemacht wurde.

Hugh ist beunruhigt, als er nach Hause kommt. Mittlerweile ist meine Stimmung umgeschlagen. Ich bin erledigt und deprimiert. Ich hatte gestern abend vier Ecstasies, viel zuviel für das erste Mal, meinte Marie. Ich wollte nicht aufhören, wollte nicht runterkommen. Sie warnte mich vor dem Runterkommen. Alles kommt mir so hoffnungslos vor.

Und Hugh ist beunruhigt.

– Hast du die *Brothers In Arms*-CD gesehen, Liebling? Ich kann sie nirgendwo finden... *we got the music n the colour te-veeeehhhh*

– Nein.

– *munneee for nothin...* hör mal, warum machen wir nicht ne kleine Spritztour?

– Ich bin wirklich müde, sage ich ihm.

– Zuviel getrunken bei Marie? Ihr seid mir ein Paar! Aber jetzt mal im Ernst, Heather, wenn du tagelang nicht zur Arbeit erscheinst, kann ich darüber nicht stillschweigend hinwegsehen. Nachdem ich meinen eigenen Mitarbeitern gegenüber immer betont habe, wie wichtig die regelmäßige Anwesenheit am Arbeitsplatz ist, stünde ich doch als Heuchler da, wenn sich das herumspräche; und Dunfermline ist keine große Stadt, Heather. Wenn die Leute erstmal erzählen, meine eigene Frau nähme es mit der Arbeit nicht so genau und ich sei auf diesem Auge blind...

– Ich bin müde. Ich habe ein bißchen zuviel getrunken... Ich sollte mich oben etwas hinlegen.

– Autofahren, sagt er, hält die Autoschlüssel hoch und winkt damit, als wäre ich ein Hund, und die Schlüssel wären die Leine.

Ich kann mich nicht mit ihm streiten. Ich fühle mich krank, benommen, müde und ausgelaugt, so als hätte ich einen Vollwaschgang in der Waschmaschine hinter mir.

– Ich dachte, eine kleine Runde drehen könnte uns ein wenig aufheitern, lächelt er, als er den Wagen aus der Garage setzt.

Neben ihm sitzt diese Frau mit dem strähnigen Haar und den dunklen Ringen unter den Augen. Irgendwoher kenne ich sie.

Ich setze eine Sonnenbrille aus dem Handschuhfach auf. Hugh ist besorgt bis verstimmt.

– Ich bin häßlich, höre ich mich mit schwacher Stimme sagen.

– Du bist abgespannt, sagt er. – Du solltest dir überlegen, Teilzeit zu arbeiten. Es ist der Streß, bei einer Firma zu sein, die rationalisiert. Ich kenne das; bei uns ist es genauso. Das macht sich auch auf einer Position wie deiner schon bemerkbar. Ein bißchen Schwund gibt's immer, leider. Du weißt ja, Hobeln, Späne, und so. Bob Linklater ist jetzt schon zwei Wochen nicht da. Streß. Hugh dreht sich zu mir um und verdreht die Augen. – Wie dem auch sei, ich denke, in deinem Fall ist er echt. Manche Menschen können eben in der heutigen Arbeitswelt nicht mithalten. Traurig, aber wahr. Egal, uns geht es gut, also besteht kein Grund für dich, dich in dem Laden aufzureiben, um irgend etwas Großes zu beweisen, Heather. Das weißt du doch, oder, Häschen?

Ich setze die Brille ab und sehe in das bleiche, kränkliche Gesicht, das mich als Spiegelbild aus dem Seitenfenster anstarrt. Meine Poren weiten sich. Und unter meiner Lippe ist ein Pickel.

– ... nimm nur mal Alan Colemans Frau ... wie heißt die noch? Sie ist das beste Beispiel. Ich bezweifle, daß sie heute nochmal einsteigen würde, nicht für alles Geld der Welt. In dieser Lage wären wir doch alle gerne, aber mit Handkuß! Iain Harker: der kommt gar nicht mehr vom Golfplatz, seit er in den vorzeitigen Ruhestand getreten ist ...

Ein Mann von siebenundzwanzig redet vom vorzeitigen Ruhestand.

– ... wohlgemerkt, Alasdair und Jenny haben die Abteilung ordentlich auf Vordermann gebracht. Eine Schande, daß einer von ihnen enttäuscht werden wird, wenn sie Iains Stelle endlich neu besetzen. Im Moment spricht alles für Jenny, aber ich vermute, daß sie sich ein unverbrauchtes Gesicht von draußen holen werden, damit sich keiner von beiden zurückgesetzt fühlt.

Ich fragte mich schon, wann Jenny in diesem Gespräch auftauchen würde.

– Willst du ihr die Fotze lecken?

– ... denn wenn man sich es so überlegt – und Profis sind sie ja beide – aber wenn der eine befördert wird und der andere nicht ... Entschuldige, Schatz, was sagtest du?

– Meinst du, sie hat die Nerven? Jenny? Ziemlich exponierter Posten, haufenweise PR, hast du immer gesagt, soweit ich mich erinnere. Ich zittere: lähmende Schauer durchlaufen in einem Rhythmus von digitaler Präzision meinen Körper, alle zwei Sekunden einer.

– Großer Gott, ja, ich glaube, ich habe noch nie mit jemand gearbeitet, der einsatzfreudiger ist, weder Mann noch Frau, lächelt Hugh zärtlich.

Fickst du mit ihr, fickst du sie seit vier Jahren, ich hoffe es um deinetwillen, denn du kannst mich nicht so erbärmlich ficken, es sei denn, du fickst eine andere... – Hat sie einen Freund? frage ich.

– Sie lebt mit Colin Newman zusammen, sagt Hugh und versucht erfolglos, den Namen ›Colin Newman‹ nicht klingen zu lassen wie ›Kinderficker‹, oder, schlimmer noch: ›Angestellter mit überdurchschnittlich vielen Fehltagen‹.

Der Ausflug ist natürlich bis ins kleinste inszeniert. Ich weiß, wohin wir fahren. Wir biegen in eine vertraute Auffahrt ein.

– Bill und Moll meinten, es wäre doch nett, wenn wir auf einen Drink vorbeischneien würden, erklärt Hugh.

– Ich... äh... ich...

– Bill kann von nichts anderem als von seinem Büroausbau mehr reden. Ich dachte, ich seh's mir mal an.

– Zu *meinen* Freunden gehen wir nie!

– Schä-hätz-chen... Bill und Moll *sind* deine Freunde! Erinnere dich!

– Marie... Karen... sie waren auch mal *deine* Freundinnen.

– Naja, das waren Uni-Freundschaften; typischer Studentenunsinn, Süße. Das Leben geht weiter...

– Ich will nicht mit reingehen...

– Was ist los, Süße?

– Ich glaube, ich sollte gehen...

– Gehen? Wohin gehen? Wovon sprichst du? Soll das heißen, du willst nach Hause?

– Nein, flüstere ich, – ich glaube, ich sollte gehen. Einfach gehen. Für immer, meine Stimme hat sich in Nichts aufgelöst.

Von dir weggehen, Hugh. Du spielst Squash, und trotzdem setzt du langsam an...

– Das ist die richtige Einstellung, Süße! So kenne ich dich! sagt er und springt aus dem Wagen.

Bill steht in der Einfahrt und bittet uns mit gespielter Überraschung hinein. – Sieh an, die Thomson Twins! Wie geht's der hübschen Heather? Sieht umwerfend aus, wie immer!

– Hugh ist eifersüchtig, sage ich und fingere zerstreut an einem von Bills Hemdknöpfen, – er sagt, dein Büroanbau ist größer als seiner. Stimmt das?

– Hahaha, lacht Bill nervös, und Hugh ist schon vorbei und hat Moll ein Küßchen aufgedrückt, und jetzt wird mir der Mantel vom Leib gezerrt. Mich friert, und ich fange wieder an zu bibbern, obwohl es warm im Haus ist. Auf dem Tisch im Wohnzimmer ist eine Art Buffet angerichtet. – Kommt und kostet Molls weltberühmten Knoblauch-Dip, sagt Bill.

Mir ist, als müßte ich an dieser Stelle zu Moll sagen: IHR HÄTTET EUCH NICHT SOVIEL MÜHE MACHEN SOLLEN, aber das schenke ich mir. Die Worte liegen mir schon auf der Zunge, aber es sind zuviele, und sie bleiben mir im Mund stecken; es fühlt sich an, als müßte ich sie gewaltsam mit den Fingern herausziehen. Aber Hugh kommt mir ohnehin zuvor: – Die Mühe hättet ihr euch doch nicht machen müssen, lächelt er sie an. Diese Mühe. Alles klar.

Moll erwidert, – Das war doch keine Mühe.

Ich setze mich hin, vornübergebeugt, und starre auf Bills Hosenstall. Ich komme zu dem Schluß, ihn aufzumachen und nach Bills Schwanz zu suchen, wäre so, wie eine zugeknotete Mülltüte zu öffnen und deren Inhalt zu durchwühlen: der üble Gestank, der einem in die Nase steigt, wenn man die schlappe, faulige Banane zu fassen kriegt.

– ... also hat Tom Mason bei dem Dienstleistungsabkommen eine Strafklausel auf Staffelbasis für verspätete Lieferung in den Vertrag aufnehmen lassen, was, wie ich wohl nicht betonen muß, ganz den erwünschten Erfolg brachte, unserem lieben Mister Ross Feuer unter dem Hintern zu machen...

– ... typisch Tom, alles wasserdicht zu machen, sagt Bill voll altersweiser Zuneigung.

– Versteht sich, daß unser Freund Mark Ross nicht gerade begeistert war. Tja, damit hatte er den Schwarzen Peter.

– Verdammt richtig! Bill grinst und Molly ebenfalls, und ich würde sie am liebsten anbrüllen: was zum Teufel hast *du* denn da zu grinsen, was geht *dich* das alles an, als Bill einwirft, – Ach, übrigens, ich habe die Karten.

– Klasse!

– Die Karten? frage ich. Was für Karten?

– Ich habe zwei Saisonkarten, eine für mich und eine für deinen fanatisierten Gatten, fürs Ibrox, auf der alten Tribüne.

– Wie bitte?

– Fußball. Glasgow Rangers FC.

– Hä?

– Ist doch immer für einen schönen Nachmittag gut, sagt Hugh verlegen.

– Aber du bist doch für Dunfermline. Du warst schon immer für Dunfermline! Aus irgendeinem Grund macht mich das wütend, ich weiß selbst nicht, warum. – Du hast mich immer zum East End Park mitgenommen... als wir...

Ich kann den Satz nicht beenden.

– Ja, Schatz... aber Dunfermline... ich meine, ein echter *Fan* war ich ja nie; das war halt die Lokalmannschaft. Aber das ist heute alles ganz anders, ortsansässige Teams gelten nicht mehr. Man muß Schottland auf europäischem Niveau unterstützen, eine richtige schottische Erfolgsstory. Abgesehen davon habe ich allergrößte Hochachtung vor David Murray, und im Ibrox wissen sie, wie besucherfreundliche Vereinspolitik aussehen muß. Die Pars... tja, das ist eine ganz andere Welt... abgesehen davon schlug mein Herz insgeheim schon immer für Glasgow.

– *Du* warst Dunfermline-Fan. Wir sind zusammen hingegangen. Ich weiß noch, wie sie in Hampden das Cup-Finale gegen die Hibs verloren haben. Du warst am Boden zerstört. Du hast geflennt wie ein kleiner Junge!

Moll lächelt an dieser Stelle, und Hugh wirkt nervös. – Liebling, ich glaube kaum, daß Bill und Moll hören wollen, wie wir über Fußball streiten... abgesehen davon hast du dich früher nie wirklich dafür interessiert... was soll das alles also?

Was das alles soll?

– Ach, nichts... gebe ich müde nach.

Jetzt reicht's. Einem Mann, der seinen Frauen untreu wird, kann man vergeben, aber einem Mann, der seinem Verein untreu wird... das zeugt von mangelndem Charakter. Das ist ein Mann, der jedes Gespür für die wichtigen Dinge des Lebens verloren hat. Mit so jemandem könnte ich nie zusammensein.

– Und Moll hat so ein Festmahl zubereitet! Dieser köstliche Knoblauch-Dip!

– Das war doch gar kein Aufwand, meint Moll.

– Es tut mir aufrichtig leid, Moll, ich habe einfach keinen Appetit, erkläre ich, während ich einen Butterkeks knabbere. Ich fahre fast aus der Haut, als Bill auf mich zustürzt und mir einen Teller auf die Titten rammt.

– Hoppla! Krümelpolizei! sagt Bill und quält seinem besorgten Gesicht ein Lächeln ab.

– Neuer Teppich, entschuldigt sich Moll.

– Ja, da hat man seine liebe Not, höre ich mich sagen.

– Schauen wir uns doch das neue Büro mal an, Bill, meint Hugh ganz zappelig vor Begeisterung.

Es ist Zeit zu gehen.

Nach einem Abend, an dem ich tausend Tode gestorben bin, sagt Bill: – Hugh, ich glaube, Heather geht es nicht gut. Sie zittert und ist schweißnaß.

– Fühlst du dich grippig, Heather? fragt Moll.

– Ja, Schatz, ich glaube, wir bringen dich lieber nach Hause, stimmt Hugh zu.

Zu Hause angekommen, mache ich mich ans Packen. Hugh bemerkt es nichtmal. Wir gehen zu Bett, und ich sage ihm, ich hätte Kopfschmerzen.

– Oh, macht er und ist schon eingeschlafen.

Ich werde gerade erst langsam wach, als er schon fix und fertig für die Arbeit ist. Er steht im Anzug vor mir, und ich bin groggy, und er sagt: – Du solltest dich zur Arbeit fertigmachen, Heather. Du kommst noch zu spät. Mach schon, Süße, keine Müdigkeit vorschützen. Ich zähle auf dich!

Damit verschwand er.

Ich ebenfalls.

Ich hinterließ eine Nachricht.

Lieber Hugh,

es stimmt schon länger nicht mehr zwischen uns. Es ist meine Schuld; ich habe die Veränderungen an dir und in unserem Leben jahrelang widerspruchslos hingenommen. Sie haben kontinuierlich zugenommen, und ich war wohl ein bißchen wie der »gekochte Frosch«, über den du so gerne in deinen Managementseminaren redest. Das Umfeld verändert sich so schleichend, daß man es erst merkt, wenn alles zu spät ist.

Keine Schuldzuweisungen, kein Bedauern, es ist einfach vorbei. Behalt alles Geld, das Haus, alle Sachen, etc. Ich will keinen Kontakt mit dir halten, da wir keine gemeinsame Basis mehr haben und deswegen nur Verlogenheit und Bosheit dabei herauskämen, aber ich trage dir nichts nach.

Heather

Plötzlich überkommt mich eine befreiende Welle der Wut, und ich schreibe: PS: Jedes Mal, wenn wir in den vergangenen vier Jahren gefickt haben, war es für mich wie eine Vergewaltigung; dann gucke ich es mir nochmal an und reiße diesen Teil als schmalen Streifen ab. Mit sowas will ich gar nicht erst anfangen. Ich will nur, daß es vorbei ist.

Ich nahm ein Taxi zum Bahnhof und dann einen Zug nach Haymarket und von da ein weiteres Taxi zu Marie nach Gorgie. Ich denke an Schallplatten, Bücher, Clubs, Drogen und frische Farbe auf Leinwand. Vermutlich auch an Jungs. Jungs. Nicht Männer. Von Männern habe ich die Nase voll. Die sind die größten kleinen Jungs überhaupt.

18 Lloyd

Ally ist alles andere als belustigt, und der Grund seines Unmuts heißt Woodsy. – Der blöde Sack, Alter; glaubt, er kann hier einfach reinrauschen, zugekokst wie Graeme Souness vorm Herzinfarkt, und Stories aus *Mixmag* zum Besten geben, wie wir's immer mit dem *NME* gemacht haben, als wir jünger waren, und jeder Arsch muß dann sagen: Wow, Woodsy, Alter, genau richtig, Kerl, wow, Alter, und sich anstellen, um ihm seinen schimmeligen kleinen Schwanz zu lutschen. So. Weit. Kommt's. Noch.

– Er ist ja jetzt schon schlimm, aber wart's ab, bis ihn erstmal eine rangelassen hat, sagt Monts.

– Da stehen die Chancen Gott sei dank schlecht, Alter, grinst Ally, – denn das steckt doch dahinter, hinter dieser Arroganz. Ist der reine Selbstschutz. Der hat seit Ewigkeiten keine abgekriegt. Das ist schlecht fürs Selbstbewußtsein. Dieser Egotrip, Alter, dient der Fotze nur dazu, damit klarzukommen. Wenn er erstmal zum Schuß kommt, regt er sich wieder ab. Mehr ist an diesem ganzen religiösen Scheiß nicht dran.

– Ich will's hoffen. Entweder das, oder ich hoffe, er wird so scheißarrogant, daß er mit Leuten wie uns gar nicht mehr spricht. Damit wär dann das Problem gelöst, meint Monts.

– Ich würd mit dem Hut rumgehen, Alter, um ne Nutte zu bezahlen, die es dem Arsch besorgt, wenn ihn das wieder zu Verstand bringen würde, sagte Ally.

– Woodsy ist schon in Ordnung, warf ich ein. Ich sollte morgen den Gig mit ihm machen, da war ich wohl verpflichtet, den Sack in Schutz zu nehmen. – Ich meine, mich nervt das nicht, wenn er dauernd DJs und Clubs runterbetet. Ist doch cool: brauch ich mir *Mixmag* und *DJ* nicht selber kaufen, wenn die Fotze mir alles vorkaut. Ich hab mehr Probleme mit dem Religionsscheiß. Aber eins kann ich dir sagen, Alter, ich respektiere den Arsch dafür.

– Hör bloß auf, Lloyd, sagt Ally abfällig.

– Nee, erst dachte ich, es wäre nur ne Masche. Dann hab ich so n Buch von diesem Sack gelesen, der über E schreibt, wo drin steht, daß er Mönche und Rabbis kennt, die es nehmen, um spirituelle Erfahrungen zu machen.

– Scheiße mit Reiße, grinst Ally, – du behauptest also, daß er im Rezurrection mit Gott gesprochen hat, Alter?

– Nein, ich behaupte, der Typ meint, er hätte, und das im guten Glauben. Das ist für ihn genauso, als wär's wirklich passiert. Ich persönlich glaube, daß er voll drauf war, nen kleinen Aussetzer hatte und Hallus bekam, aber jetzt glaubt, es wär mehr als das gewesen. Keiner von uns beiden kann dem anderen das Gegenteil beweisen, also muß ich akzeptieren, daß das, was der Sack sagt, *für ihn* real ist.

– Arschlecken. Nach der Scheißlogik könnte dir irgendne Sozialarbeiterfotze erzählen, er hält sich für Hitler oder Napoleon, und du würdest das glauben, Alter?

– Nee… meine ich, – hat ja nichts damit zu tun, *zu glauben*, was irgendein Arsch für seine Realität hält, sondern damit, seine Realität, wie er sie sieht, zu *respektieren*. Natürlich nur, solange er damit keinem anderen wehtut.

– Tu doch nicht so scheinheilig, Lloyd, du Fotze: du verteidigst den Arsch nur, weil du diesen Gig für den Knaben machst. The Rectangle. Pilton. An nem Dienstagnachmittag. Das wird ne schöne Scheiße, lacht Ally.

– Hört sich ja echt n bißchen dubios an, Lloyd, lacht Monts.

Nach dem Scheiß bin ich erst richtig angenervt und hektisch wegen dem Drecksgig.

19 Heather

Wir treffen uns im Tea Room des Carlton Hotels. Meine Mutter hat ihre Du-hast-uns-alle-schwer-enttäuscht-Miene aufgesetzt. Merkwürdig, wie ich mich davon immer habe einschüchtern lassen. Es löst immer noch ein seltsames, beklemmendes Gefühl in Brust und Magen aus: das eingerahmte, faltige Gesicht mit diesen abgespannten, leicht verschreckten Augen. Normalerweise reicht das, damit ich kusche, aber diesmal nicht. Ich bin mir meines Unbehagens voll bewußt. Die Erkenntnis allein macht schon siebzig Prozent der Lösung aus.

– Hugh war gestern abend da, sagt sie anklagend und läßt ein langes Schweigen im Raum stehen.

Beinahe beginne ich zu sprechen. Aber halt. Denk immer daran: laß dich nicht durch anderer Leute Schweigen manipulieren. Widersteh der Versuchung, die Gesprächspausen zu füllen. Achte auf deine Worte. Sei bestimmt!

– Er war untröstlich, fährt meine Mutter fort, – Da arbeitet man hart, hat er gesagt. Man gibt ihnen alles. Was wollen sie mehr? Was wollen sie mehr? Das weiß der Teufel, Hugh, habe ich nur gesagt. Sie hatte doch alles, habe ich ihm gesagt. Das war dein Problem, du hast alles auf einem silbernen Tablett serviert bekommen, junge Dame. Vielleicht war es unser Fehler. Wir wollten doch nur, daß du alles bekommst, was wir nie hatten...

Die Stimme meiner Mutter ist leise und flach geworden. Die Wirkung ist überraschend beruhigend und meditativ. Ich fühle, wie ich wegdrifte, zu all den Orten, die ich bereisen wollte, zu all den Dingen, die ich sehen wollte... vielleicht gibt es dort etwas für mich... Vergnügen... Liebe...

– ...weil wir immer fanden, kein Opfer sei zu groß. Wenn

du erst eigene Kinder hast, wirst du das verstehen, Heather... Heather, du hörst mir nicht einmal zu!

– Das kenne ich alles schon.

– Wie bitte?

– Das kenne ich alles schon. Mein ganzes Leben lang. Das besagt überhaupt nichts. Es ist nur ein trauriges Beispiel für euren Rechtfertigungszwang. Ihr müßt euer Leben nicht vor mir rechtfertigen, es ist eure Angelegenheit. Ich bin nicht glücklich. Hugh, das Leben, das wir zusammen führen, das ist nicht das, was ich will. Das ist nicht eure Schuld... und auch nicht seine...

– Ich finde dich sehr selbstsüchtig...

– Ja, das bin ich wohl, falls das bedeutet, daß ich zum erstenmal in meinem Leben an meine eigenen Bedürfnisse denke...

– Aber wir haben doch immer deine Bedürfnisse vorangestellt!

– Was ihr dafür gehalten habt, und ich danke euch und liebe euch dafür. Ich will die Chance haben, auf eigenen Beinen zu stehen, ohne daß du oder Dad oder Hugh alles für mich tun. Es ist nicht eure Schuld, es ist meine. Ich habe zu lange alles hingenommen. Ich weiß, daß ich alle verletzt habe, und das tut mir leid.

– Du bist so rücksichtslos geworden, Heather... Ich weiß nicht, was mit dir geschehen ist. Wenn du wüßtest, wie das deinen Vater mitgenommen hat...

Kurz danach brach sie auf, und ich ging zurück in die Wohnung und weinte. Dann geschah etwas, das alles veränderte. Mein Dad rief an.

– Hör mal, sagte ich, – falls du anrufst, um zu jammern...

– Nein, ganz im Gegenteil, sagte er, – ich bin mit allem einverstanden, was du tust, und ziehe den Hut vor deiner Courage. Wenn du nicht glücklich bist, hat es keinen Sinn, sich damit abzufinden. Du bist noch jung genug, um zu tun, was du willst, ohne dich zu binden. Es gibt zu viele Menschen, die sich mit dem Alltagstrott abfinden. Du hast nur ein Leben, also geh hin und gestalte es so, wie *du* willst. Auf unsere Liebe und Unterstützung kannst du immer zählen; ich hoffe, du weißt das. Deine Mutter regt sich furchtbar auf, aber das legt sich wieder. Hugh ist alt genug, um für sich selbst zu sorgen...

– Dad... du weißt nicht, wieviel mir das bedeutet...

– Sei nicht albern. Leb du dein Leben, wie du willst. Falls du etwas brauchst... falls du knapp bei Kasse bist...

– Nein... es geht schon...

– Schön, falls du etwas brauchst, du weißt ja, wo wir sind. Ich möchte nur, daß wir in Verbindung bleiben.

– Natürlich werden wir das... und danke, Dad...

– Okay, mein Mädchen. Paß auf dich auf.

Jetzt heulte ich noch mehr, weil ich begriff, daß alles nur an mir gelegen hatte. Ich hatte von der Welt eine Reaktion erwartet, die ganz und gar nicht dem entsprach, wie sie tatsächlich reagierte. Sie würde mich nicht verdammen – es juckte sie gar nicht.

In jener Nacht lag ich alleine in meinem Zimmer im Bett und dachte an Sex.

Siebenundzwanzig Jahre alt.

Vier bisherige Liebhaber, vor Hugh, heißt das, aber da Hugh jetzt auch ein bisheriger ist, sind es fünf bisherige Liebhaber vor meinem aktuellen liebhaberlosen Zwischenstadium.

Nr. 1: Johnny Bishop
Hart, mürrisch, sechzehn. Noch einer von diesen hübschen Jungs, die auf James Dean machten. Mir fiel wieder ein, daß ich angenommen hatte, in ihm stecke eine unentdeckte Zärtlichkeit, die ich zum Vorschein bringen könnte. Dem blöden, kleinen Macho-Arschloch fiel nichts Besseres ein, als mich viel zu schnell und einfallslos zu ficken, ihn rauszuziehen und mich dann zu verlassen, als sei ich Schauplatz eines Verbrechens. Er bediente sich bei mir, wie er sich in den örtlichen Geschäften bediente: ohne viel Aufhebens schnell rein und dann den Schauplatz des Verbrechens räumen, u.d.s.s.w.m.

Nr. 2: Alan Raeburn
Schüchtern, zuverlässig, öde. Das genaue Gegenteil von Johnny. Ein Schwanz, so groß, daß es wehtat, zu sehr Gentleman, um es nicht noch ein bißchen schmerzhafter zu machen. Ich verließ ihn, als ich auf die St. Andrews Universität ging.

Nr. 3: Mark Duncan
Ein Studentenwichser. Zweites Jahr, einer von der Fick-einen-Frischling-Fraktion. Ein Scheißfick, oder vielmehr, ich war damals zu beschissen drauf, um den Unterschied zu kennen.

Nr. 4: Brian Liddell

Phantastisch. Da war alles dran. Sexuell gesehen. Ich hatte immer noch ein bißchen Angst, Sex wirklich zu genießen, mir anmerken zu lassen, wie leicht ich zu haben war, und ich ließ ihn lange nicht ran. Nachdem er es endlich geschafft hatte, fraß er mir aus der Hand. Aber jeder Junge, der in diesem Alter so gut fickt, fickt niemals nur mit einem Mädchen, er auch nicht, und ich hatte meinen Stolz.

Dann Hugh. Hugh Thomson. Meine Nummer fünf. Habe ich ihn geliebt? Ja. Ich sehe ihn noch in der Bar der Studentenvertretung, wie er reaktionäre Argumente wegputzt, wie er literweise Bier wegputzt. Alles stets mit fester Überzeugung. Seine festen Überzeugungen gaben mir ein Gefühl der Sicherheit, bis daraus andere feste Überzeugungen wurden. Von da an fühlte ich mich mit festen Überzeugungen nicht mehr sicher. Ich fühlte mich nur noch verarscht.

Jetzt das.

Nichts.

Scheintod. Scheinleben.

So habe ich also innerhalb von vier Wochen einige Dinge getan, die mein Leben radikal veränderten. Das erste war, daß ich Hugh verlassen habe und zu Marie gezogen bin: in mein eigenes Zimmer bei ihr in Gorgie. Es war klischeehaft, aber um mich selbst zu finden, mußte ich die These um der Antithese willen aufgeben.

Als zweites kündigte ich meinen Job und meldete mich für ein Lehrerseminar an. Mir wurde plötzlich klar, daß ich 6500 Pfund in Bausparverträgen angelegt hatte – nicht in Hughs, in meinen: meine eigene kleine Bastion der Unabhängigkeit in unserer Ehe. Ich mußte für nichts Geld ausgeben, weil Hugh für alles aufkam. Ich hatte vor, mich arbeitslos zu melden, aber Marie sagte mir, das habe wenig Sinn, da sie feststellen würden, daß ich von mir aus gekündigt hatte und ich sowieso kein Arbeitslosengeld bekäme. Ich wurde für ein Seminar am Moray House zugelassen; ich wollte nicht Lehrerin werden, aber ich wollte irgend etwas tun, und mir fiel nichts anderes ein.

Die andere Sache, die ich tat und die mein Leben änderte, war, in diesen Club zu gehen und Ecstasy zu nehmen. Ich würde es wieder tun, aber vorher mußte ich mir erst über vieles klar werden.

Marie und ich flogen für vierzehn Tage nach Ibiza. Marie bumste mit vier Typen, während wir dort waren. Ich bumste jeden, den ich kriegen konnte, und nahm Unmengen Ecstasy... nein, stimmt nicht. Ich blieb im Hotel und heulte mir die Augen aus. Ich war entsetzlich deprimiert und verängstigt. Für mich war es alles andere als befreiend. Marie zog durch die Clubs und Bars in San Antonio, als würde ihr der Ort gehören, jeden Tag einen anderen jungen Hengst an der Seite. Sie lebte bei Nacht und kam spät am Morgen in einem wirklich merkwürdigen Zustand zurück ins Hotelzimmer: nicht betrunken, sondern erschöpft, klar, aufgeregt und positiv. Sie hörte mir viel zu, ließ mich von Hugh erzählen, wie ich ihn geliebt hatte, über all unsere Hoffnungen und Träume und meinen Schmerz. Ich ließ sie alleine zurück und flog vorzeitig nach Hause zurück. Sie wollte mitkommen, aber ich lehnte ihr Angebot ab, ich brauchte wohl etwas Zeit für mich, um nachzudenken. Schließlich hatte ich ihr den Urlaub schon genug ruiniert.

– Mach dir keine Sorgen, riet sie mir am Flughafen, – es war nur ein bißchen viel für den Anfang. Nächstesmal wird es dir gefallen.

Ich fuhr nach Hause, zurück in die Wohnung in Gorgie. Ich las weiterhin viel. Tagsüber ging ich zu Thin's und Waterstone's und las noch mehr. Ich setzte mich in Cafes. Ich hoffte, der Sommer wäre bald zu Ende – dann könnte ich endlich mit diesem Seminar anfangen und hätte etwas, das meine Gedanken von Hugh ablenken würde. Das Dumme war, ich wußte, daß ich da durch mußte. Ich wußte, es gab kein Zurück für mich. Dieser Schmerz, diese Beklemmung, die wie ein Gewicht auf meiner Brust lagen, wollten einfach nicht weggehen. Aber es konnte kein Zurück geben. Das kam gar nicht in Frage.

Ich weiß nicht, wie er an meine Adresse gekommen war, aber er spürte mich auf. Vielleicht war es ganz gut so. Es war an einem Abend um sechs. Ich zitterte, als ich erkannte, daß er vor der Tür stand. Es war seltsam – nie war er mir gegenüber gewalttätig gewesen, aber alles, was ich wahrnahm, waren seine Größe und Kraft verglichen mit mir. Das und den Zorn in seinen Augen. Ich hörte erst auf zu zittern, als er anfing, zu reden. Gott sei Dank begann er zu reden. Dieser erbärmliche Pisser, er hatte nichts dazugelernt. Sobald er den Mund aufmachte, spürte ich, wie er zusammenschrumpfte und ich wuchs.

– Ich dachte, du hättest dein dummes kleines Spielchen vielleicht mittlerweile satt, Heather. Dann kam mir der Gedanke, daß dir der Schmerz, den du uns allen zugefügt hast, womöglich peinlich ist und du dich zu sehr schämst, um heimzukommen. Schön, wir konnten immer über alles reden. Ich gebe zu, es gibt da eine Menge, was mir im Moment noch unbegreiflich ist, aber du hast deine kleine Show gehabt und kannst zufrieden sein. Ich hielte es für besser, wenn du einfach mit nach Hause kommst. Was hältst du davon, Süße?

Er meinte das tatsächlich ernst. Ich bin im ganzen Leben niemandem so dankbar gewesen wie Hugh in dem Moment. Er zeigte mir überdeutlich, wie dumm das war, was ich für ihn empfunden hatte. Der Knoten in meiner Brust löste sich einfach auf. Ich fühlte mich phantastisch: ganz frei und leicht im Kopf. Ich fing an zu lachen; lachte ihm lauthals in

136

sein dummes, albernes Gesicht. – Hugh... ha ha ha... hör mal... ha ha ha ha ha ha... ich denke, du gehst jetzt besser, ehe du...ha ha ha... ehe du dich noch mehr zum Idioten machst, als du es sowieso schon... ha ha ha... was für ein absoluter Wichser...

– Hast du irgendwas genommen? fragte er. Er sah sich im Zimmer um, als suche er nach Beweisen.

– Ha ha ha ha... ob ich irgendwas genommen habe! Ob ich was genommen habe! Scheiße, ich bin letzte Woche als seelisches Wrack von Ibiza zurückgeflogen! Ich hätte längst was nehmen sollen! Ich sollte mit Marie E fressen, bis mir die Schädeldecke wegfliegt, und den erstbesten Typen bumsen, der mir über den Weg läuft! Mich mal halbwegs anständig ficken lassen!

– Ich haue ab! brüllte er und ging. Im Treppenhaus krächzte er zu mir hoch, – Du bist ja durchgedreht! Du und deine Junkie-Freundin! Diese miese Nutte von Marie! Na gut, es ist aus! Es ist aus!

– MANN, DU MERKST ABER AUCH ALLES, WAS? DU BLÖDER ARSCH! SIEH ZU, WIE DU ALLEIN ZURECHTKOMMST! UND LERN VERNÜNFTIG FICKEN!

– UND DU BIST TOTAL FRIGIDE! DA LIEGT DEIN PROBLEM! brüllt er zurück.

– NEIN, ES WAR DEIN BESCHISSENES PROBLEM! DU HAST KEINE HÄNDE! DU HAST KEINE ZUNGE! DU HAST KEINE SEELE! DICH INTERES-SIERT DOCH NICHTS AUSSER DEINER SAUBE-SCHEUERTEN, VERFICKTEN BAUSPARKASSE, DU AUFGEBLASENES, BLÖDES ARSCHLOCH! VOR-SPIEL! GUCK MAL INS WÖRTERBUCH! VORSPIEL, SCHEISSE NOCHMAL!

– BESCHISSENE LESBE! BLEIB DOCH BEI MA-RIE, DU BESCHISSENE LESBE!

137

– LASS DICH DOCH VON DIESEM ANDEREN LANGWEILER BILL IN DEN ARSCH FICKEN! GENAU DAS HÄTTEST DU DOCH GERN!

Mrs. Cormack von gegenüber kommt aus ihrer Wohnung.
– Entschuldigung... ich hatte Lärm gehört. Ich habe euch schreien hören.

– Ein kleiner Zank zwischen Liebenden, sage ich zu ihr.

– Ah ja, das ist der Weg der wahren Liebe, was, Schätzchen? meinte sie und flüsterte dann: – Die Kerle machen doch bloß Ärger.

Ich reckte zustimmend den Daumen in die Luft, ging wieder rein und konnte es kaum abwarten, daß Marie zurückkam. Ich würde jede der Menschheit bekannte Droge nehmen und alles ficken, was sich bewegte.

Es war schon komisch, tagsüber in der Gegend herumzulaufen und sich frei zu fühlen, sich wirklich ungebunden zu fühlen. Die Malocher, die den Bürgersteig in der Dalry Road ausbesserten, pfiffen mir nach, aber anstatt rot zu werden, wie ich es noch vor ein paar Jahren geworden wäre, oder wütend, wie ich es noch gestern geworden wäre, tat ich genau das, was einer dieser dummen Ärsche mit alberner Grabesstimme vorgeschlagen hatte, und lä-hä-hächelte ein bißchen. Gleich darauf ärgerte ich mich ein wenig über mich selbst, weil ich den Arschgeigen den Gefallen getan hatte, aber das Lächeln galt mir, weil ich glücklich war.

Ich landete auf der Cockburn Street, ich war zwar nicht gerade auf Jungsfang, riskierte aber doch mal einen Blick. Ich kaufte für mindestens vierhundert Pfund Klamotten und Make-up. Die meisten meiner alten Sachen stopfte ich in Müllbeutel und brachte sie zum Laden der Krebshilfe.

Marie bekam gleich zu spüren, daß sich bei mir viel verändert hatte. Das arme Mädchen war völlig im Eimer, als sie zurückkam. – Ich will nur noch alle Viere von mir strecken, stöhnte sie, – und ich will nie mehr im Leben eine Pille oder einen Schwanz sehen.

– Nix da, erklärte ich ihr, – heute abend ist Tribal Funktion angesagt.

– Ich glaube, als brave Hausfrau hast du mir besser gefallen, lächelte sie.

20 Lloyd

Schon die Erwähnung von Woodsy ließ mir wegen des Gigs die Nerven flattern. Er erschien mir immer uncooler, je öfter ich drüber nachdachte. Woodsy plante an einem Dienstagnachmittag einen Rave im Rectangle (oder Reck-Tangle, wie er auf den Flyern geschrieben hatte) Club in Pilton. Das war an sich schon daneben genug. Ich versuchte jeden einzelnen von den Ärschen zum Kommen zu überreden, aber Ally meinte, ist nicht drin, nur wegen seiner Meinung über Woodsy.

Aber Amber und Nukes waren mit von der Partie, und Drewsy fuhr uns im Lieferwagen runter. Als wir ankamen, war kein Schwanz zu sehen, abgesehen vom Hausmeister. Woodsy hatte seine Decks, Mixer, Amps und Boxen schon aufgebaut. Seine Ausrüstung war besser als die von Shaun, darum wollte ich einen Testlauf machen, ehe ich anfing.

Woodsy kam kurz darauf mit dieser Pastorenfotze rein. – Das ist Reverend Brian McCarthy von der East Pilton Parish Church. Er unterstützt den Gig, erklärte uns Woodsy. Dieser Spießersack mit Pfaffenkragen grinst mich an. Ich fragte mich, ob er E geschmissen hatte.

Lange muß ich auf die Antwort nicht warten, denn Woodsy sagt: – Ich hab verdammt gute E's dabei, dann drückt er dem Reverend eine in die Hand und drängt ihn: – Runter damit, Bri.

– Ich fürchte, ich kann unmöglich ... *Drogen* ... nehmen, sagt die arme Sau mit entsetztem Blick.

– Wirf sie ein, Alter, wirf sie ein und finde den Herrn, sagt Woodsy.

– Mr. Woods, Drogenmißbrauch kann ich in meiner Gemeinde nicht dulden ...

– Ach ja? Wo sind denn ihre ganzen Schäfchen abgeblieben, hä? mosert Woodsy. – Ihre Kirche war nicht grade brechend voll, als ich letzten Sonntag da war. Meine schon!

Es kamen ein paar kleine Kinder und Mütter mit Babys in den Saal. – Wann fängt dieser Rave denn an? fragte eine der Frauen.

– Geht gleich los, sagte Amber zu ihr.

– Toll, daß ihr das für die Kleinen macht, meinte eine andere Mutter.

Der Pfaffenarsch geht und läßt Woodsy stehen, der ihm nachbrüllt: – Du beschissener Heuchler! Dir fehlt der wahre Glaube! Mir kannst du nichts erzählen! Satansjünger im Talar! Es gibt keine Kirche außer der Kirche des Ichs! Zwischen Mensch und Gott gibt es keinen Mittler außer MDMA! Gottverfluchter Scharlatan!

– Halt den Rand, Woodsy, sage ich, – los, laß uns anfangen. Ein Trüppchen Gäste sah mit an, wie der betretene Priester sich verzog.

Es kamen ne Menge junge Scheißer rein. – Die sollten alle in der Schule sein, fing Amber an.

Beim Reinkommen hatte ich gesehen, daß zwei brutale Schläger mitten auf der Tanzfläche ne Tischtennisplatte aufgebaut und zu spielen angefangen hatten. Woodsy klinkte aus, als er sie bemerkte. – Hi! Den Laden haben wir gebucht! blaffte er.

– Brauchst du n paar vors Maul, du Fotze? Ist nicht dein Revier hier! knurrte einer von den Spinnern.

– Da hat der Junge recht, Woodsy, ist ja nicht dein Club hier, ging ich dazwischen, – hier ist doch jede Menge Platz. Stört euch doch nicht, Jungs, wenn wie hier unsere Musik spielen und Party machen? Die Frage stellte ich dem oberharten von den zwei brutalen Schlägern.

– Mach hin, sagt der höchstwahrscheinlich oberharte Schläger darauf nur.

Ich stellte mich hin und fing an, aufzulegen. Anfangs

mixte ich nicht richtig, sondern spielte nur so meine Sounds runter, aber dann lief ich so richtig warm und probierte ein, zwei Sachen aus. War der absolute Scheiß, aber ich kam so in Fahrt, daß die ganzen anderen Säcke auch in Fahrt kamen. Die Mütter und die Babys hüpften, die kleinen Blagen ravten wie die Wilden, und sogar die zwei Brutalofotzen hatten mit dem Ping Pong aufgehört und amüsierten sich. Woodsys E's fanden dankbare Abnehmer, und Amber konnte sogar n paar von meinen Doves loswerden. Ein paar schmiß ich selber und schluckte ein kleines Briefchen von dem Methedrin. Innerhalb von einer Stunde war der Laden rappelvoll. Ich sah die Bullen erst gar nicht reinkommen, aber der Typ drehte uns den Saft ab und machte Schluß, bevor der arme, alte Woodsy was dagegen machen konnte.

Dann ging ich in die Stadt zu diesem Club, der heute stattfand, und dort traf ich sie.

21 Heather

Ich war im Club, mit Denise und Jane, zwei Freundinnen von Marie, die in der Zeit auch meine Freundinnen geworden waren, die es dauert, bis das erste Ecstasy durch den Körper geströmt ist, man mit ihnen getanzt, sie umarmt, mit ihnen zusammengesessen und ihnen darüber die Ohren vollgeheult hat, wie grausam man sich die letzten paar Jahre versaut hat. Wenn sich Menschen einander so öffnen, begreift man, daß wir im Grunde alle gleich sind und niemanden haben außer uns selbst. Die britische Politik der letzten zwanzig Jahre war eine verlogene Politik. Das Problem ist, daß wir von Schwachsinnigen und Engstirnigen regiert werden, die zu blöde sind, einzusehen, wie schwachsinnig und engstirnig sie sind.

Ich sitze also im Club im Chill-Out-Raum, unterhalte mich mit Jane, und das E beginnt bei uns gerade zu wirken. Ich merke, daß ich zuviel rede, aber ich lerne gerade wieder so viel, empfinde so viel. Dann kommt dieser Typ rein und setzt sich neben uns. Er sieht Jane an und fragt, ob da schon jemand säße. Sie sagt nein.

Er setzt sich hin, lächelt sie an und sagt: – Voll hinüber, und läßt seinen Zeigefinger an der Schläfe kreisen.

– Ja, wir auch, sagt sie.

– Ich heiße Lloyd, sagt er, dreht sich um und schüttelt ihr die Hand.

– Jane.

Er lächelt sie an und drückt sie kurz an sich. Dann sieht er zu mir rüber. Er sagt kein Wort. Seine Augen sind riesige schwarze Seen. Etwas in diesen Augen geht mir durch und durch. Es ist fast so, als fände ich mein eigenes Ich darin gespiegelt. Schließlich räuspere ich mich und sage, – Heather.

Jane schien zu spüren, daß sich etwas tat, und ging nach

oben, um zu tanzen. Lloyd und ich saßen nur da und redeten und alberten herum. Wir palaverten über alles: unser
Leben, die Welt, den ganzen Mist. Dann, nach einer Weile,
meinte er, – Hör mal, Heather, darf ich dich umarmen? Ich
würd dich einfach gern ein bißchen in den Arm nehmen.

– Okay, sagte ich. Es war geschehen. Etwas. Etwas war geschehen.

Wir umarmten uns lange. Wenn ich meine Augen schloß,
verlor ich mich in seiner Wärme und seinem Geruch. Dann
hatte ich das Gefühl, wir würden uns entfernen, zusammen
davonschweben. Ich spürte, wie seine Umarmung fester
wurde, und ich sprach darauf an. Wir spürten es beide. Dann
schlug er vor, wir sollten gehen. Als wir gingen, hielt er mich
fest an sich gedrückt im Arm und strich mir ab und zu die
Haare aus der Stirn, um mir in die Augen sehen zu können.

Wir gingen hoch zum Arthur's Seat und blickten auf die
Stadt hinab. Es wurde kalt, und ich trug nur ein dünnes Top,
darum zog er sein Zippertop aus und wickelte mich für-
sorglich darin ein. Wir unterhielten uns einfach noch ein
bißchen und schauten zu, wie die Sonne aufging. Dann gingen wir durch die Stadt nach Hause, und ich bat ihn noch
mit rein. Wir saßen in meinem Zimmer, hörten uns Tapes an
und tranken Tee. Dann kamen Marie und Jane zurück.

Wir plauderten ein bißchen. Ich glaube, ich bin nie glück-
licher gewesen.

Später machte Lloyd sich aufbruchsfertig. Ich wollte, daß
er blieb. An der Tür streichelte er meine Arme, als er sagte,
– Die Nacht war mehr als toll. Ich rufe dich an. Ich will noch
über soviel mit dir reden, denn unser Plausch heute abend
war richtig schön für mich. Hat mir viel Stoff zum Nachdenken gegeben, in jeder Hinsicht.

– Mir auch.

– Gut, ich ruf dich an.

Er küßte mich auf den Mund, dann trat er einen Schritt

zurück. – Hölle nochmal ... japste er kopfschüttelnd. – Morgen, Heather, sagte er schon auf der Treppe.

Mein Herz schlug wie wild. Ich wollte nur noch allein sein. Ich rannte durch in mein Zimmer und wickelte mich in meine Decke.

– Wow! sagte Marie. Ich hatte nichtmal bemerkt, daß sie noch im Zimmer saß.

– Was zum Teufel denke ich mir dabei? lachte ich.

Ich zählte den ganzen Tag die Sekunden, bis endlich das Telefon klingelte.

22 Lloyd

Daß sich in der emotionalen Stratosphäre was zusammen-
braut, das über den Kick der Drogeneuphorie hinausgeht,
merkt man daran, daß man seine privaten Gewohnheiten
ändert. Seit ich sie letzte Woche kennengelernt hab, dusche
ich auf einmal täglich und putze mir zweimal am Tag die
Zähne. Außerdem zieh ich jetzt neuerdings jeden Tag ne frische Unterhose und saubere Socken an, womit man sich
im Waschsalon zum armen Mann macht. Normalerweise
reichte eine Unterhose unter der Woche und die andere
zum Clubbing. Und ganz bezeichnend ist, ich hab mir peni-
bel den Schwanz gewaschen. Sogar die Bude sieht anders
aus. Nicht gerade blitzblank, aber besser.
 Nukes ist zum Quatschen aufgelegt. Ist schon komisch,
was Nukes, wenn's nicht um Fußball geht, für n friedfertiger
Mensch ist, der nie auf den Gedanken käme, Ärger anzufangen. Samstags, das ist ne andere Sache: da kommt ein anderer Nukes zum Vorschein. Aber derzeit auch nicht. Seit
ihn die Polizei im Auge hat, hält er sich bedeckt. Ich bin ein
bißchen stoned. Mit Ally redet sich's leichter über Herzens-
dinge, aber Nukes tut's auch.
 – Verstehst du, Nukes, mit sowas kenn ich mich nicht aus.
Ich meine, ich war noch nie richtig verliebt, woher soll ich da
wissen, ob das wahre Liebe oder sonstwas ist, die eingewor-
fene Chemie oder bloß Verliebtheit. Aber es scheint doch
mehr dran zu sein, Mann, was Tiefes, sowas Spirituelles...
 – Schon gepunktet? fragt Nukes.
 – Nein, nein, jetzt hör doch zu...um Sex geht's hier nicht.
Wir reden von Liebe. Das Knistern, die Chemie und sowas
alles – aber es ist mehr als das, denn das ist Sex, der Kick
halt. Aber ich weiß nicht, wie Liebe ist, Mann, *die wahre
Liebe*, um's genau zu sagen.

– Warst du nicht mal verheiratet?

– Ja, ist ewig her, aber damals hatte ich keinen Schimmer. Ich war erst siebzehn. Ich wollte bloß jede Nacht was zu Bumsen, das war der Heiratsgrund.

– Kein schlechter Grund. Ist doch gar nicht so falsch, jede Nacht zu seinem Fick zu kommen.

– Ja, logisch, aber ich hab ganz schnell entdeckt, daß ich klar jede Nacht wollte, aber nicht mit ein– und demselben Mädchen. Damit ging der Ärger los.

– Tja, genau das ist es vielleicht, Lloyd. Vielleicht hast du gerade die Definition von wahrer Liebe gefunden: Liebe ist, wenn man jede Nacht seinen Fick braucht, und zwar immer mit demselben Mädchen. Da hast du's. Und, hast du die Braut schon gefickt?

– Hör mal, Nukes: es gibt Mädchen, die fickt man, und dann gibt es Mädchen, mit denen man Liebe macht. Kapiert?

– Ist klar, ist klar. Liebe mach ich mit allen, du Arsch, ich sag bloß »ficken« dazu, weil's griffiger ist und nicht ganz so schwul klingt, ja? Wo hast du die Braut denn kennengelernt?

– Oben im Pure. Sie war zum erstenmal da.

– Etwa so n Babyficker-Job? Wär ganz dein Stil, du Sack!

– Red keinen Scheiß, Alter. Sie ist so um die sechsundzwanzig. Sie war mit nem Spießer verheiratet und hat gerade erst Schluß gemacht und ihn sitzen lassen. Sie war mit ner Freundin aus und gerade das erste– oder zweitemal auf E.

Nukes schlägt die Hände vors Gesicht. – Wow... jetzt mal ganz langsam, alter Junge... Scheiße, was erzählst du mir da? Du triffst diese Braut, die zum erstenmal ausgeht, nachdem sie ihrem Spießer entkommen ist, ihr erstes E genommen hat, du bist auch drauf, und erzählst dann was von Liebe? Klingt mir doch n bißchen nach der chemischen

Liebe. Ist nichts gegen zu sagen, aber wart lieber ab, ob's nach dem Runterkommen immer noch so aussieht, eh du an Kirche, Kutsche und kaltes Buffet denkst.

– Na schön, sehen wir mal, sage ich zu Nukes, wobei mir auffällt, wie unterschiedlich doch beide Seiten seines Profils sind. Die eine Gesichtshälfte sieht absolut scharf aus, die andere echt scheiße. Der Nukes fürs amerikanische Abendprogramm und der Nukes fürs amerikanische Nachmittagsprogramm. Ich versuche mir im Geist Heather als Ganzes vorzustellen. Ich erinnere mich nur noch an ihre Augen und ihr Gesicht. Mir wird plötzlich klar, daß ich nicht mal weiß, wie ihre Titten und ihr Arsch aussehen: Größe, Form, Beschaffenheit und sowas alles. Das überrascht mich; normalerweise checke ich solche Sachen ganz zuerst. Es kommt mir vor, als wäre mein Gesicht nie mehr als ein paar Zentimeter von ihrem weg, wenn wir zusammen sind. Das ist definitiv was Neues, aber es wäre verdammt grausam, jetzt zu sterben, den Löffel abzugeben, ohne je diesen umfassenden Eindruck von ihr gehabt zu haben.

– Immer schön vorsichtig, Lloyd, mehr sag ich ja gar nicht. Nukes dreht sich um und zeigt mir seine Schokoladenseite. Du weißt doch, wie schnell man irgendwen toll finden kann, wenn man auf E ist. Ich weiß noch, wie mal n paar von uns zu ner Slam-Party auf der Renfrew Ferry waren. Ich kam gerade auf Pille, da kommt Henzo angerannt und meint, Rotalarm auf allen Decks, du Sack, hier wimmelt's von Motherwell-Hools. Ich guck mich also um, und tatsächlich, der ganze Samstagnachmittags-Verein ist da, die großen Nummern und so, und feiern kräftig ab. Also dreh ich mich zu Henzo um und sag: reg dich ab, ja? Heute nacht ist jeder Arsch die Liebe selbst. Die Jungs sind in Ordnung. Hey, die sind genau wie wir; die holen sich ihre Kicks, wo sie sie kriegen können. Egal, ob es House-Kicks mit E sind oder Hool-Kicks mit Adrenalin, kommt aufs gleiche raus.

Ich also zu so nem fetten Arsch hin, den ich wiedererkenne, und wir zeigen bloß mit den Fingern aufeinander und grinsen uns erstmal einen, und dann gibt's die große Verbrüderung. Er stellt mich den anderen von seinem Trupp vor, und dann feiern wir zusammen ab. Er meint zu mir: der Kick hier ist nicht ganz so gut wie Randale, aber nach so n paar Nächten schläft man besser. Nach ner Klatscherei bin ich tagelang aufgekratzt, kann nicht schlafen und so. Jetzt sind wir dicke Kumpels, aber wart mal, bis wir das nächstemal in Fir Park sind. Da gibt's aufs Auge.

– Und das soll heißen?

– Soll heißen, daß wir bei nem Rave ein Milieu schaffen, und zwar nicht bloß durch E – wenn's auch hauptsächlich E ist – das einem die Art von Gefühlen leicht macht. Ist der gesamte Vibe. Aber das überträgt sich nicht so ohne weiteres auf die restliche Welt. Da draußen haben diese Fotzen für ne andere Umgebung gesorgt, und *die* Umgebung eignet sich besser für Randale-Kicks.

– Und trotzdem kann man Liebe, richtige Liebe, im Clubumfeld finden. Dort fällt es Leuten ja nur leichter, sich kennenzulernen, sich zu öffnen und Hemmungen abzubauen. Ist doch nichts Schlimmes.

– Ah, aber jetzt hör dir das mal an. Da kann man sich auch schwer vertun. Wenn man E genommen hat, sieht jede Braut absolut scharf aus. Da gibt's nur eins – den Acidtest: geh mit ihr am nächsten Tag auf Trip. Guck dir an, wie sie dann aussieht! Ich weiß noch, wie ich abends im Yip Yap mal n Auge auf diese kleine Schnecke geworfen hab. Verdammt süß und alles, kann ich dir sagen, Alter. Die Emotionen britzeln also, und als romantischer Sack, der ich nunmal bin, schlag ich nen kleinen Spaziergang rauf zum Arthur's Seat vor, Sonnenaufgang gucken, ja?

– Voll auf E, meinst du wohl.

– Scheiße, darum geht's doch gerade! Wär ich ganz ich

selbst gewesen, hätte ich einfach gesagt: was ist, kommst du mit zu mir, ja? Aber von wegen, weil ich auf E war, hab ich mich anders benommen als sonst. Das Blöde ist bloß, daß ich mittlerweile so oft auf E bin, daß ich mich dauernd so benehme! Aber egal, wo war ich nochmal?

– Die Braut, Arthur's Seat, erinnere ich ihn.

– Ah, ja . . . also, die Kleine, weil sie auf E ist und so, denkt sich: der ist ja voll romantisch. Wir also oben auf dem Arthur's Seat, und ich seh ihr in die Augen und sag: ich möchte jetzt wahnsinnig gerne Liebe mit dir machen. Sie hat auch Lust, also raus aus den Scheißklamotten, und los geht's, wir am Ficken, mit Ausblick auf die Stadt, war schon klasse. Das Blöde ist, nach zehn Minuten fühl ich mich auf einmal echt scheiße. Total widerlich, fickrig, krank; ich kam auf die ganz Miese runter. In der Beziehung sind die Flatliners echte kleine Biester. Egal, ich wollte nur noch schnell abspritzen und mich verpissen. Und das tat ich dann auch. Die Kleine war nicht so begeistert, aber da steckt man nicht drin. Man muß also aufpassen, ehe man von Liebe redet. Ist auch bloß ne Art, sich die Zeit zu vertreiben. Wart's ab, ob die Gefühle sich aufs tägliche Leben übertragen, dann kannst du's Liebe nennen. Liebe ist nicht nur was für Weekender.

– Nukes, Tatsache ist, ich wasch mir jeden Tag den Schwanz und zieh frische Unterhosen an.

Nukes zieht ne Braue hoch und grinst, – Dann muß es Liebe sein, meinte er, dann sagte er noch, – Zumindest von deiner Seite. Aber wie steht's mit ihr, Junge?

150

23 Heather

– Lloyd. Das glaubt man selbst nicht, daß man irgendwann mit einem ausgeht, der so heißt, erzähle ich Marie.

Marie sieht müde aus. Sie haßt ihren Job, und heute ist Dienstag. Sie kommt langsam runter, und sie ist ausgebrannt. Sie sagt, sie hätte gerne auch vor und nach den Wochenenden was vom Leben, könne aber deren Reiz nicht widerstehen. Und außerdem hätte der Achtstundentag in einer Arbeitswoche nichts Vergleichbares zu bieten. – Schon komisch, wie alles zusammenpaßt, stöhnt sie genervt.

– Das Problem mit Lloyd ist, sage ich, obwohl ich weiß, daß ich sie langweile, sie nerve, sie womöglich bis aufs Blut reize, aber ich kann den Mund nicht halten, – daß er überhaupt nichts zu wollen scheint.

– Irgendwas will jeder. Will er dich? fragt sie und zwingt sich, mir zuzuhören. Sie ist schon ein kleiner Schatz.

– Ich glaube schon, sage ich lächelnd. Die Wohnung ist das reine Chaos. Für Marie in ihrem Zustand muß sie noch viel schlimmer aussehen. Ich werd nachher ein bißchen aufräumen.

– Wann hast du vor, mit ihm zu bumsen? fragt sie und fügt hinzu, – Wird langsam Zeit, daß du mal ordentlich gefickt wirst.

– Ich weiß nicht. Ich komme mir in seiner Gegenwart ganz komisch vor. So richtig unerfahren und nervös.

– Naja, genau das bist du ja, sagt sie zu mir.

– Ich war fünf Jahre lang verheiratet, sage ich zu ihr.

– Eben! Wenn du fünf Jahre mit demselben Typ zusammen warst, der dich nichtmal befriedigend gefickt hat, dann ist das praktisch völlig unerfahren. Wenn Sex nur ein leeres Ritual ist, wenn er nichts bedeutet und sich nach nichts anfühlt, dann ist er nichts, das ist, als hätte man es nie gemacht.

Viele Männer sind solche Wichser, weil ihnen schlechter Sex nichts ausmacht, aber für eine Frau ist schlechter Sex schlimmer als gar kein Sex.

– Was wissen Sie denn über schlechten Sex, Fräulen Fickwachtel? Ich dachte, du pickst dir immer nur die Rosinen raus?

– Ich weiß viel mehr darüber, als du denkst. Weißt du noch, wie wir als Teenager immer unsere Witze über die Schnellschuß-Brigade gemacht haben? Tja, die gibt's immer noch. Vor ein paar Wochen habe ich einen richtig cool aussehenden Typ kennengelernt, ein richtiger Kerl, so um die fünfundzwanzig, sechsundzwanzig. Wir hatten beide ausgesprochen nette Pillen genommen, und im Yip Yap war ein fantastischer Liebesvibe. Egal, ich war ganz hin und weg von allem und bin mit ihm auf dem Arthur's Seat gelandet. Wir gingen in den Clinch, aber dann auf einmal wurde er ganz verkrampft und komisch, spritzte in mich ab und verschwand, so schnell er konnte. Er hat nicht mal auf mich gewartet. Hat mich da oben auf dem Scheißberg sitzen lassen. So ein dämlicher, beschissener Arsch in Lederweste, der seinen Hund ausführte, kam vorbei, während ich mir die Augen ausheulte. Also paß auf mit diesem Typ, wenn es eine Chemoromanze ist. Schön langsam voran. Sei auf der Hut.

– Weißt du, Lloyd hat mir neulich diese Platte von Marvin Gaye vorgespielt, eins von seinen weniger bekannten Stücken. Es heißt »Piece of Clay«. Da hieß es irgendwie, daß jeder jemanden sucht, der wie ein Stück Ton in seinen Händen ist, um ihn zu formen, wie er möchte, verstehst du? Aber Lloyd scheint nicht so zu sein. Bei Hugh war es von Anfang an, als würde er mich zurechtkneten. Alles, was ich sagte oder tat, hat er mit seinen Ansichten, Obsessionen oder Ideologien eingegrenzt und kontrolliert, von der sozialistischen Revolution bis zur Managerkarriere. Es gab immer irgendeinen Kampf, natürlich von ihm vorgegeben, der den

Ablauf unseres ganzen beschissenen Lebens diktierte. Es gab keinen Augenblick bei uns, in dem man sich mal wie ein Mensch benehmen konnte. Aber Lloyd, der hat Interesse an mir. Er hört mir zu. Wenn ich was sage, lacht er nicht oder macht eine höhnische Bemerkung oder unterbricht mich oder macht es mies oder weiß es besser, und wenn doch, dann weiß ich wenigstens, daß er mir zugehört hat. Ich fühle mich nicht ausgelacht oder herabgesetzt oder gönnerhaft behandelt, wenn er mir widerspricht.

– Lloyd ist also nicht Hugh. Du bist frei, du fühlst dich zu diesem Typen hingezogen, der sich für mich nach einem kleinen Taugenichts anhört. Keinen Job, dealt mit Drogen, keine Ambitionen zu irgend etwas anderem, behämmerte Freunde. Diese Welt muß dir ja ungemein verführerisch erscheinen, nach der, in der du gelebt hast, Heather, aber ich würde mich da nicht zu sehr reinsteigern. Der Reiz verliert sich mit der Zeit. Genieß es einfach als schönen Trip. Gib nicht zuviel von dir weg. Das ist das Problem mit dir, du verausgabst dich zu sehr. Behalt ein bißchen was für dich zurück, Heather. Sonst wirst du bald merken, daß sie immer nur nehmen. Sie nehmen alles, Mädchen. Seine Freiheit zu gewinnen, ist eine Sache, sie zu behalten eine andere.

– Du bist eine verdammt zynische Kuh, altes Mädchen.

– Ich versuche nur, realistisch zu sein.

– Ja, du hast Recht. Das ist ja das verdammte Scheißproblem. Du hast Recht.

24 Lloyd

Es war einfach so wunderschön, das überstieg alles, was ich mir je vorgestellt hätte, fühlen zu können. Das war Liebe, nicht nur Sex. Sex war nur die Initialzündung; das hier war die pure Liebesaction. Ich hab in ihr Innerstes gesehen, das weiß ich. Ich weiß, daß es ihr genauso ging, ich weiß, daß sie gekommen ist, wie noch nie in ihrem Leben, weil sie Tränen in den Augen hatte und ihr Gesicht abwandte. Sie fühlte sich so nackt und schutzlos wie noch nie. Ich versuchte, meinen Arm um sie zu legen, aber sie schüttelte ihn ab. Wahrscheinlich war es nach den ganzen Sexproblemen mit dem Kerl, mit dem sie verheiratet gewesen war, ne echte emotionale Feuerprobe, und sie brauchte Zeit für sich. Hab ich sofort geschnallt, ein Glück, daß ich so n hochsensibler Arsch bin. Okay, sagte ich sanft zu ihr, okay, ich laß dich nen Moment in Frieden. Hörte sich n bißchen dämlich an, aber mir fiel nichts besseres ein. Ich ging rüber ins Wohnzimmer und machte Scotsport an: Hibs gegen Aberdeen.

Danach war sie ein wenig distanziert und schnippisch und ging heim. Ich nehme an, sie brauchte bloß n bißchen Zeit, um alles zu verdauen. Ich stellte aus Shauns Plattensammlung ein Bobby-Womack-Tape zusammen und brachte es zu Ma und Dad.

25 Heather

Es war ein Alptraum. Unser verdammtes erstes Mal, und dann war es ein Alptraum. Das Allerschlimmste daran war, daß ich so kurz davor gewesen bin zu kommen. Mit Hugh war ich nie kurz davor gewesen, darum hat's mir nicht viel ausgemacht. Ich war so kurz davor, aber ich wußte, daß nichts daraus werden würde, darum heulte ich aus Frust, und diesem selbstsüchtigen Arsch von Lloyd fällt nichts Besseres ein als abzuspritzen und runterzurollen, um dann den ganzen Tag mit einem blöden Grinsen im Gesicht rumzulaufen, Hippiescheiße zu quatschen und sich im Fernsehen Fußball anzusehen.

Ich mußte da raus.

26 Lloyd

Diesmal war's sogar noch besser als beim ersten Mal, und zwar für mich *und* für sie. Mir war das gar nicht klar gewesen, aber beim ersten Mal hatte ich voll in die Scheiße gegriffen. Sie hat mir gesagt, wie es für sie gewesen ist. War doch ein kleiner Schock. Ich glaube, es liegt daran, daß man das erste Mal nur irgendwie hinter sich bringen will, weil zuviel auf dem Spiel steht, wenn es jemand ist, auf den man wirklich abfährt. Der erste Fick steht wie ein Fragezeichen neben deiner jungen Beziehung, wenn es jemand ist, den du wirklich gern hast, wirklich liebst. Ist die Sache erstmal angeschoben, kann man sich aufs Liebemachen konzentrieren. Dann kommen auch so Sachen wie Vorspiel zu ihrem Recht. Ist schon komisch, daß man nicht die kleinste Hemmung hat, den Schwanz in ein fremdes Mädchen zu stecken, aber sie zu lecken und zu streicheln beim ersten Mal so n großer Akt ist. Ich hätte E nehmen sollen, ehe ich das erstemal mit Heather Liebe machte. E macht es einfach irre für Leute, die sich nicht gut kennen, die Schranken fallen, und Sex auf E mit einer Fremden ist das Größte. Bloß müßten ja bei jemand, den man liebt, die Schranken sowieso gefallen sein, da sollte die Chemie doch keinen Unterschied mehr machen. Oder wie? Das würd ich gern mal mit Nukes besprechen, wenn er kommt.

Ich mache Tee, baue einen Joint und lasse ein Video von The Orb laufen, das mit den Delphinen. So richtig schön psychoaktiv – es gibt ein paar Sexangelegenheiten, die ich Nukes anvertrauen will. Der Joint ist gar nicht schlecht für Soapbar aus Edinburgh, und Nukes steht wie auf Kommando vor der Tür. Ich hab mein Schmusetape laufen: Marvin, Al Green, The Tops, Bobby Womack, The Isleys, Smokey, The Temptations, Otis, Aretha, Dionne und Dusty. Ich schmelze glatt dahin, Mann. Das muß man bloß auflegen, auf das eigene Leben übertragen, und man müßte schon tot und kalt sein, um dann nicht voll den Sentimentalen zu kriegen. Spitze.

– Alles klar, mein Bester? grinst Nukes.

– Schön, daß du da bist, Alter. Das gibt's was, was ich mit dir besprechen wollte.

– Ah ja?

– Ich wollt nur wissen, ob du Lust hast, morgen abend mit nach McDiarmid Park zum BP-Jugend-Spiel zu kommen. Ally fährt mit dem Wagen hin.

– Nee, nichts zu machen. Snooker-Turnier im Club... übrigens, hast du mittlerweile diese Braut gebumst, Lloyd?

Ich mag Nukes, ich könnte den Arsch knutschen, aber an einem solchen Tag? Heute wünschte ich, es wären statt dessen Ally oder Amber vorbeigekommen.

27 Heather

Als ich nach Hause komme, kann ich mir das Grinsen kaum verkneifen.

– Und, wie war's? fragt Marie, während sie an einem Joint zieht.

Ich sehe mich in der Wohnung um. Sie sieht wie ein Schlachtfeld aus. Die Aschenbecher übervoll, die Vorhänge noch zugezogen, die Kassetten und Schallplatten nicht in ihren Hüllen und Covern. Hier muß ja schwer was los gewesen sein letzte Nacht.

– Laß mich doch erstmal den Mantel ausziehen! grinse ich.

– Scheiß auf den Mantel. Wie war's denn nun? löchert sie mich.

– Er ist der absolute Fickgott, habe ich ihr gesagt.

– Du grinst ja wie ein Honigkuchenpferd, sagt Marie lächelnd.

– Tja, Schatz, wenn du an einem süßen Schwanz gelutscht hättest, würdest du auch so grinsen, sage ich zu ihr.

– Na schön, jetzt will ich alle Einzelheiten hören.

– Tja, er ist absolut scharf mit den Fingern und der Zunge, nachdem er erstmal lockerer war und mich nicht mehr unbedingt befriedigen wollte, nicht mehr so...

– Leistungsorientiert war?

– Ja, das Wort habe ich gesucht.

– Er hat dich doch wohl nicht geleckt...

Ich grinse und nicke, beiße mir auf die Lippen und erzittere in wohliger Erinnerung.

– Heather! Beim zweiten Date!

– Es war nicht das zweite Date, es war das sechste. Es war der zweite Fick, weißt du nicht mehr?

– Weiter.

– Ich bin gekommen wie wild, ich muß ganz Leith aufgeweckt haben. Es war unglaublich irre. Sogar so gut, daß ich nochmal gekommen bin. Ich hab ihn bis in meinen Bauch gespürt. Es war verrückt; ich dachte erst, das käme, weil seiner größer ist als der von Hugh, aber sie sahen ziemlich gleich groß aus. Dann wurde mir klar, daß es daran lag, daß Hugh mich immer nur mit seinem halben Schwanz gefickt hat, die arme Sau. Bei ihm war ich immer so verkrampft, daß ich ihn gar nicht richtig reingelassen habe. Und Lloyd dagegen, der macht mich einfach auf, als ob er eine verdammte Apfelsine schält. Ich war so weit offen... da hätte man mit dem LKW reinfahren können.

– Hast du ein Schwein... aber du verdienst es, altes Mädchen, tust du wirklich. Ich bin nur neidisch. Ich hab letzte Nacht mit einem Kokser gefickt. Für ihn war's schön, für mich war's scheiße. So verdammt gefühllos. Sie schüttelte bedauernd mit dem Kopf.

Ich ging zu ihr und nahm sie in den Arm. – Ist ja schon wieder gut... da muß man drüberstehen...

Sie streichelte mein Handgelenk, – Ja, beim nächsten Mal...

28 Lloyd

Ich sitz mit Ally zusammen und sag zu ihm: – Ich hab noch nie dermaßen Schiß gehabt, echt, Ally. Vielleicht muß ich den Beziehungskram erst mal auf Eis legen. Das wird mir echt zu heavy.

Ally sieht mich an und schüttelt den Kopf. – Wenn du jetzt kneifst, Lloyd, dann überleg dir gut, warum. Ich hab dich mit ihr zusammen gesehen. Ich hab gesehen, was mit dir los ist. Erzähl mir bloß nichts!

– Ja, aber...

– Nix ja, aber. Ja, aber laß jetzt nicht das Arschloch raushängen, außer, es gibt irgendwas, was ich nicht weiß. Das ist das einzige »ja, aber«, auf das du jetzt noch hören mußt. Nie vor der Liebe Angst haben, Alter. Das wollen sie ja gerade. So bringen sie uns auseinander. Nie vor der Liebe Angst haben.

– Da hast du vielleicht recht, sag ich. – Willst du auch n paar Valium?

29 Heather

Das Problem mit Lloyd war nur, daß er in der Woche nie zu sprechen war. Das machte mich langsam fertig. Die Wochenenden, die waren herrlich, wir waren auf E und liebten uns oft. Eine einzige große Party. Aber er vermied es, sich während der Woche mit mir zu treffen. Eines Tages stellte ich ihn zur Rede. Ich besuchte ihn zu Hause, ohne vorher anzurufen.

Die Wohnung war ein Saustall, als ich ankam. Schlimmer als die von Marie zu ihren schlimmsten Zeiten. – Das ist doch nur, weil ich in der Woche total anders drauf bin, Heather. Ich kenn mich doch. Ich bin dann ungenießbar, erklärte er mir. Er sah schrecklich aus: ausgepumpt, verspannt, mit dunklen Ringen unter den Augen.

– Verstehe, sagte ich zu ihm. – Erst kommst du mir mit diesem Scheiß, wie sehr du mich doch liebst, aber mit mir zusammensein willst du nur, wenn du am Wochende high bist. Na toll.

– Das ist es nicht.

– Das ist es wohl. Ich hörte meine Stimme schriller werden. – Den ganzen Tag sitzt du hier rum, deprimiert und angeödet. Wir schlafen nur am Wochenende miteinander, wenn du E geschmissen hast. Du bist eine Mogelpackung, Lloyd, eine emotionale und sexuelle Mogelpackung. Laß doch die Finger von Dingen, die du emotional nicht verkraften kannst. Nimm doch nicht Gefühle für dich in Anspruch, die du ohne Drogen gar nicht aufbringst!

Ich habe ein schlechtes Gewissen, ihn so runterzuputzen, denn er sieht ziemlich fertig aus, aber ich bin aufgebracht. Ich kann nichts dafür. Ich will, daß es vorwärts geht. Ich will mehr mit ihm zusammen sein. Ich muß es.

– Das ist kein Fake, verdammt. Auf E bin ich genau so, wie

ich mich haben will. Da kommt nicht was dazu, da fällt was weg. Nämlich der ganze Mist, der in der Welt passiert und einem auf den Geist geht. Wenn ich auf E bin, dann bin ich erst ich selbst.

– Und was bist du dann jetzt?

– Ich bin ein beschissenes emotionales Wrack, das Abfallprodukt einer Scheißwelt, die sich eine Bande Wichser auf unsere Kosten aufgebaut hat, und das Traurigste daran ist, daß sie nichtmal selber Spaß dran haben.

– Und du hast deinen Spaß daran?

– Jetzt gerade vielleicht nicht, aber ich hab wenigstens meine Momente, im Gegensatz zu diesen Wichsern...

– Ja, die Wochenenden.

– Ja, genau! Ich will das so! Ich will das! Warum zum Henker soll ich die nicht haben können?!

– Du sollst sie ja haben können. Ich will sie dir geben! Und ich brauche dich, damit du sie mir gibst! Hör zu, ruf mich einfach eine Zeitlang nicht mehr an. Du kommst nicht ohne Drogen aus. Wenn du mich sehen willst, dann ohne Drogen.

Er sah fix und fertig aus, aber er kann kaum so fix und fertig gewesen sein, wie ich war, als mein Zorn verflog und ich nach Hause kam. Ich wartete auf das Klingeln des Telefons und fuhr jedesmal hoch, sobald ich es hörte.

Aber er rief nicht mehr an, und ich konnte mich nicht überwinden, ihn anzurufen. Damals nicht und auch nicht später, nicht nachdem ich auf dieser Party gehört hatte, was man sich so erzählte.

Marie und Jane und ich auf einer Party, und mir läuft es in der Küche eiskalt den Rücken herunter, als ich paar Typen über einen Lloyd aus Leith reden höre und über das, was er gemacht haben soll und mit wem.

Ich konnte ihn nicht anrufen.

Epilog

Ich tanzte mir im Pure die Seele aus dem Leib, denn Weatherall ist aus London da, und er hat nahtlos von Ambient zu hartem Techno-Dancebeat angezogen, und die Laser haben sich eingeschaltet, und alle rasten aus, und zwischen all dem kann ich ihn im Stroboskoplicht zucken und zappeln sehen, und dann hat er mich auch gesehen und kommt rüber. Er trägt dieses Shirt. Dasselbe, das er anhatte, als wir uns kennenlernten. Das, das er mir in jener Nacht um die Schultern legte. – Was willst du? brülle ich ihm zu, ohne einen Beat auszulassen.

– Ich will dich, sagte er. – Ich liebe dich, brüllt er mir ins Ohr.

Leicht gesagt, wenn man mit E zugeknallt ist. Aber es ließ mich nicht kalt, und ich versuchte, mir nicht anmerken zu lassen, daß es mich berührte oder wie gut er in meinen Augen aussah. Es war jetzt drei Wochen her. – Schön, sag mir das am Montagmorgen, sagte ich lächelnd. Es war nicht leicht, denn ich war selbst gut auf E und empfand so viel. Aber ich würde mich nie wieder von einem Typ fertigmachen lassen. Niemals. Der Sound fing an, mir auf die Nerven zu gehen. Er war phantastisch gewesen, aber Lloyd hatte ihn mit dem Klumpen Scheiße, den seine schlichten Worte mir in den Kopf gepflanzt hatten, in nervtötendes Schnarren verwandelt.

– Ich komm vorbei, brüllte er strahlend.

– Das glaube ich erst, wenn ich's sehe, meinte ich. Für wen zum Teufel hielt der sich?

– Glaub mir, sagte er.

Oh, Batman, mein Schwarzer Fickritter, eher nicht. – Na schön, ich muß mal nach Jane sehen, sagte ich zu ihm. Ich mußte weg von ihm. Ich war auf meinem eigenen Trip, in

meiner eigenen Szene. Er ist ein Freak, ein beschissener, mieser Freak. Ich hätte es wissen müssen. Ich hätte es merken müssen. Lloyd. Weg. Ich ging nach vorne an die Bühne. Ich versuchte, wieder in die Musik reinzukommen, wild zuckend, versuchte, Lloyd zu vergessen, ihn mir aus dem Kopf zu tanzen, wieder dahin zurückzufinden, wo ich gewesen war, bevor er auftauchte. Die Menge tobt. Dieser irre Kerl steht vor Weatherall und feuert ihn an und tritt zurück und applaudiert, als der Mann drauf einsteigt und noch Tempo zulegt. Ich kam ganz schön ins Schwitzen und Japsen und mußte eine Pause einlegen. Ich bahnte mir einen Weg durch die rasende Menge und stellte mich an der Bar nach einem Mineralwasser an. Dann sah ich Ally, Lloyds Freund.
– Na, auf was ist Lloyd denn heute abend drauf? fragte ich ihn. Ich hätte nicht fragen sollen. Lloyd interessiert mich nicht.

– Auf nichts, sagte Ally. Er schwitzte, als hätte er ordentlich abgetanzt. – Hatte bloß n paar Drinks. Wollte keine Pille, echt nicht. Meint, er wollte sechs Monate die Finger von dem Scheiß lassen. Wollte sich seine Wahrnehmung nicht kaputtmachen lassen, hat der blöde Arsch gemeint. Hör mal, Heather, Mädchen, sagte er in vertraulichem Ton, – ich hoffe, du machst ihn nicht noch zum Spießer.

Lloyd nicht auf E. Tausend Gedanken schießen mir zusammen mit dem MDMA durch den Kopf. Wetherall schaltete runter, und mir wurde ein bißchen schummrig.

– Hör mal, Ally, ich möchte dich was fragen, sage ich und berühre ihn leicht am Arm. – Was wegen Lloyd. Ich erzählte ihm, was ich auf dieser Party gehört hatte. Er brüllte nur vor Lachen und klatschte sich auf die Schenkel, ehe er sich einkriegte und mir die wahre Geschichte erzählte.

Danach kam ich mir ein bißchen dämlich vor. Ich tastete nach meiner zweiten Pille, die ich aus dem BH genommen und in die Uhrentasche meiner Jeans geschoben hatte. Es war soweit. Nein, doch nicht. Ich sah Lloyd mit diesem Typ und diesen Mädchen reden. Ich nickte ihm zu, und er kam rüber. – Sprichst du mit jemand Besonderem? fragte ich und erschrak vor meiner eigenen Stimme: gehässig, eifersüchtig, sarkastisch.

Er lächelte nur und sah mir weiter tief in die Augen, – Jetzt schon, sagte er.

– Sollen wir gehen? fragte ich.

Ich spürte, wie sein Arm um meine Taille glitt, und wie sich seine feuchten Lippen auf meinen Hals preßten. Er drückte mich an sich, und ich erwiderte, auf Zehenspitzen stehend, seine Umarmung, spürte, wie ich meine Titten an seiner Brust flachdrückte. Nach einer Weile ließ er mich los und strich mir das Haar aus den Augen. – Holen wir unsere Mäntel, sagte er lächelnd.

Wir kehrten dem Chaos den Rücken und machten uns auf den Weg nach unten.

Fortune's Always Hiding

Eine Risiken-und-Nebenwirkungen-Romanze

Für Kenny Macmillan

Prolog

Stoldorf war ein überaus hübsches Fleckchen, eine baye-
rische Ansichtskartenidylle. Es lag ungefähr achtzig Meilen
nordöstlich von München an den Rand des majestätischen
Bayerischen Walds gekauert. Das heutige Dorf war eigentlich das zweite Stoldorf; die mittelalterlichen Ruinen des ersten lagen fast zwei Kilometer die Straße hinunter, dort, wo
vor langer Zeit die Donau über die Ufer getreten war und
Teile der ursprünglichen Siedlung fortgeschwemmt hatte.
Um dem Risiko einer weiteren Überschwemmung zu ent-
gehen, war das Dorf weg von dem mächtigen Strom an die
Ausläufer des Bergwalds verlegt worden, der in schroff auf-
ragenden Stufen zur tschechischen Grenze anstieg.

Gunther Emmerich, der Verwandte in der Gegend hatte,
hatte in diesem idyllischen und unverdorbenen kleinen Dorf
eine Heimat gefunden. Die Apotheke am Ort war frei geworden, und Emmerich hatte sich vor sechs Jahren entschlossen, sie zu übernehmen und sein Angestelltendasein
und die damit verbundenen Belastungen hinter sich zu
lassen.

Es war ein guter Entschluß gewesen. Gunther Emmerich
war ein zufriedener Mann, der fand, er könne sich nicht be-
klagen. Dazu kam die stille Genugtuung über das Bild, das
er den anderen bot: ein älterer Mann mit einer jungen Frau,
einem reizenden Baby, gesund und wohlhabend. Als Dorf-
apotheker von Stoldorf gehörte Emmerich zudem zu den
ersten Bürgern, und durch seine familiären Bindungen
hatte er sich leichter in die Dorfgemeinschaft eingliedern
können als jemand, dem der Vorteil eines solchen Hinter-
grunds fehlte. Emmerich war von Natur aus viel zu bescheiden, um mit seinem Glück zu prahlen, und daher nicht der
Mensch, der sich Neider machte. Während seiner Zeit in sei-

ner früheren Firma war das ein Nachteil, kleinere Lichter hatten allein dank ihrer Gabe, sich besser in Szene zu setzen, schneller Karriere gemacht. Hier in Stoldorf jedoch war diese Eigenschaft ein entschiedener Vorteil. Die Einheimischen respektierten diesen stillen, höflichen und fleißigen Mann und verehrten seine hübsche junge Frau und ihr gemeinsames Baby. Gunther Emmerich hatte also allen Grund, zufrieden zu sein, und trotzdem begleitete ihn stets ein vages fatalistisches Unbehagen; es war fast, als wisse er, daß ihm alles, was er besaß, eines Tages genommen werden konnte und vielleicht genommen werden würde. Gunther Emmerich hatte begriffen, wie fragil das Leben war.

Brigitte Emmerich war, sofern das überhaupt ging, noch mehr mit sich und der Welt zufrieden als ihr Ehemann. Nach einer verkorksten Jugend mit Drogen- und schweren seelischen Problemen erschien ihr die Heirat mit dem alten Apotheker als die klügste Entscheidung ihres Lebens. Oft mußte sie an ihre Zeit in München-Neuperlach denken, als sie Amphetamine konsumiert und verdealt hatte. Welche Ironie, daß sie einen Apotheker geheiratet hatte! Sie wußte, daß ihre Beziehung nicht auf Liebe aufgebaut war, aber zwischen ihnen bestand eine tiefe Zuneigung, die während der vier Jahre, die sie zusammen waren, gewachsen und durch die Geburt ihres Sohnes noch weiter gefestigt worden war.

Die Bilderbuchidylle von Stoldorf war, wie einnehmend sie sich auch darstellte, ganz und gar oberflächlich: wie die meisten Orte hatte das Dorf mehrere Gesichter. Stoldorf lag in einer Region, die sich entlang der alten Ost-West-Grenze des Eisernen Vorhangs erstreckte und die bis vor kurzem zu den unzugänglichsten in ganz Europa gehört hatte. Im Dunkel der Nacht ging vom Wald, der drohend das Dorf überschattete, eine düstere Aura aus, welche die uralten Mythen von dem Ungeheuer nährte, das in seinen Tiefen lauern sollte. Gunther Emmerich war ein religiöser

Mensch, aber auch ein Mann der Wissenschaft. Er glaubte nicht daran, daß ein Ungeheuer durch den Wald schlich und die Dorfbewohner aus sicherer Entfernung belauerte – obwohl er manchmal das Gefühl hatte, daß er selbst belauert, bespitzelt und aufs Korn genommen würde. Gunther wußte mehr als genug über die Untaten, zu denen Menschen, und nicht Ungeheuer, fähig waren. Bayern hatte bei Entstehung und Aufstieg des Nationalsozialismus eine Schlüsselrolle gespielt. Viele der älteren Einwohner von Stoldorf hatten ihre Geheimnisse, und sie stellten nie zu viele Fragen über die Vergangenheit. Die örtlichen Gepflogenheiten kamen Gunther Emmerich sehr gelegen. Mit Geheimnissen kannte er sich aus.

An einem kalten Morgen im Dezember hatte Brigitte ihren kleinen Sohn Dieter mit nach München genommen, um Weihnachtseinkäufe zu machen. Als guter Christ lehnte Gunther Emmerich die Kommerzialisierung des Weihnachtsfestes ab, doch er hatte Freude an der Feier und am Schenken. Da das Kind erst kurz vor dem letzten Weihnachtsfest zur Welt gekommen war, würde dies ihr erstes gemeinsames Weihnachten als richtige Familie werden. Im letzten Jahr hatte es Probleme gegeben. Nach der Geburt des Kindes bekam Brigitte Depressionen. Gunther hatte sie aufgebaut und inständig mit ihr gebetet. Das war ein festes Bollwerk in ihrem Leben: sie hatten sich kennengelernt, als sie beide in einer kirchlichen Einrichtung in München als freiwillige Helfer arbeiteten. Brigitte hatte sich schließlich wieder völlig gefangen und schwelgte nun in den Festvorbereitungen.

Das alles änderte sich innerhalb weniger Minuten.

Sie ließ das Kind nur für einen Moment vor einer Geschenkboutique in Münchens Fußgängerzone stehen, um schnell reinzuspringen und für Gunther eine Krawattennadel zu kaufen, die es ihr angetan hatte. Als sie herauskam, war das Kind mitsamt Buggy verschwunden: an deren Stelle nur entsetzliche Leere. Ein stechendes, eisiges Gefühl schoß von der Wurzel ihres Rückgrats hoch durch jeden einzelnen Wirbel und pulverisierte einen nach dem anderen. Die lähmende Furcht abschüttelnd, sah sie sich verzweifelt um: nichts, nur Scharen von Kauflustigen. Buggys standen da, aber nicht ihr Buggy, nicht ihr Baby. Als hätte die ätzende Spur der Furcht das Gerüst zerfressen, das sie aufrecht erhielt, konnte Brigitte Emmerich nur noch laut aufstöhnen, krümmte sich und sackte ans Schaufenster des Geschäfts gelehnt zusammen.

– Was ist los? Sind Sie krank? fragte eine ältere Frau.

Brigitte schrie nur noch; die Köpfe aller Kauflustigen drehten sich nach ihr um.

Die Polizei hatte kaum einen Anhaltspunkt. Ein junges Paar war ungefähr zu der Zeit, zu der Brigittes Baby verschwunden war, dabei beobachtet worden, wie es ein Kind in einem Buggy von dem Geschäft davonschob. Niemand konnte sich so richtig erinnern, wie sie eigentlich ausgesehen hatten. Niemand hatte ihnen besondere Beachtung geschenkt: ein normales junges Paar mit einem Baby eben. Dennoch hatten die Augenzeugen den Eindruck, daß dieses junge Paar irgend etwas an sich gehabt hatte. Etwas schwer zu Beschreibendes. Vielleicht war es die Art, wie sie gingen.

Acht Tage darauf erhielten die verzweifelten Emmerichs ein Paket ohne Absender aus Berlin. Es enthielt zwei in Plastikfolie gewickelte blaue, geschwollene, mollige Ärmchen. Beide wußten auf der Stelle, was es war und was es zu bedeuten hatte: aber nur Gunther wußte, warum.

Die Gerichtsmediziner erklärten, es sei ausgeschlossen, daß das Kind eine solche Amputation überlebt haben konnte, die mit einem groben Werkzeug, einer Säge vielleicht, vorgenommen worden war. Spuren oberhalb der Ellbogengelenke verrieten, daß die Arme in einem Schraubstock eingespannt gewesen sein mußten. Falls der Schock Dieter Emmerich nicht getötet hatte, mußte das Kind innerhalb von Minuten verblutet sein.

Gunther Emmerich wußte, daß seine eigene Vergangenheit ihn unbarmherzig eingeholt hatte. Er ging in die Garage und schoß sich mit einer Schrotflinte, von deren Existenz seine Frau nicht einmal gewußt hatte, den Schädel weg. Brigitte Emmerich wurde von Nachbarn mit Drogen vollgepumpt und mit aufgeschnittenen Pulsadern in einer Blutlache gefunden. Sie wurde in eine Nervenklinik am Stadtrand von München gebracht und lebt dort seit sechs Jahren in vollkommener Katatonie.

Ärger

Nee, ehrlich, echt, auf den Scheißärger kann ich gut verzichten, wenn ich an den kleinen Job denke, der für heute abend geplant ist. Tja, muß leider. Hier hat keiner so großkotzig aufzulaufen. Nich in unserem eigenen verfickten Wohnzimmer, nee, echt nich.

– Wir sind hier, um mal n paar Dinge klarzustellen, meint so ne freche Ilford-Fotze doch glatt.

Ich sah Bal an und dann wieder das Arschgesicht aus Ilford mit der dicken Lippe, – Klar, von mir aus gern. Draußen.

Ich hab gleich gesehen, daß das dem Scheißer ganz schön den Wind aus den Segeln genommen hat, weil der Typ mit der großen Fresse und sein Kumpel, der nen verdammt linken Eindruck machte, na, die sahen in dem Moment ganz schön alt aus, ohne Scheiß.

Les von den Ilfordern, ganz reeller Typ, der Mann, der sagt also, – Hört mal, Jungs, der ganze Ärger ist doch Blödsinn. Komm schon, Dave, meinte er zu mir.

Aber nee, hier reißt keiner einfach so das Maul auf. Is nich. Ich hör nicht auf die Fotze; ich nicke Bal zu, und wir gehen zur Tür.

Ihr da, zeigt Bal auf diesen Hypo-Fritzen und seinen Kumpel, den mit der großen Fresse, – dann mal raus mit euch, ihr Scheißer!

Sie kommen hinter uns her, aber ich schätze, die haben die Hosen gestrichen voll. Ein paar von den Ilford-Fotzen wollen ihnen nach, aber Riggsie sagt, – Alle wieder hinsetzen, und sauft euer Scheißbier aus. Das regeln wir allein.

Bal und ich also direkt rauf auf die Schwuchteln aus Ilford, und die Fotzen wissen nicht wohin, die stehen da wie die Schafe vor der Schlachtbank. Aber dann seh ich, daß die eine Sau bewaffnet ist; er zieht n Messer, und damit steht's zwischen Bal und ihm wieder unentschieden. Das macht den anderen Kerl wieder munter; ich dachte nämlich erst, der würde einfach dastehen und sich plattmachen lassen, aber der langt richtig hin, die Fotze. Er kann n paar ganz elegante Schwinger plazieren und so, bloß schnallt der nicht richtig, daß ich n Schwergewicht bin und er nur n Leichtgewicht und es mir deshalb nichts ausmacht, n bißchen was einzustecken, um dann in den Mann gehen zu können – was ich auch tue –, und dann ist ruckzuck alles gegessen. Ich treff ihn am Kinn und stiefel ihn n paarmal und er landet auf dem geteerten Kneipenparkplatz. – Nenn mich Rembrandt, Fotze! Immer voll auf die Palette! brülle ich dem Arsch zu, der mit der Zunge am Boden klebt, jetzt ist er nicht mehr so großspurig. Mein Schuh knallt an seine Kehle, und er gibt einen quiekenden, würgenden Laut von sich. Ich trete noch n paarmal nach. Ziemlich mau das Ganze, der ist bedient, also rausche ich rüber, um Bal Rückendeckung zu geben.

Das Blöde ist nur, von Bal ist erst nichts zu sehen, dann kommt er zurück, total glasige Augen, Hand am bluten. Sieht ziemlich übel aus. Die Fotze hat ihn aufgeschlitzt und ist abgehauen, die dreckige linke kleine Pißnelke.

– Die Sau hat mich an der Hand erwischt! Bewaffnet, das Schwein! War als fairer Kampf gedacht! Die Sau ist so gut wie tot! Verdammter Scheißer! schnaubt Bal, dann blitzen seine Augen auf, als er den Kerl sieht, den ich abgefrühstückt hab, der bloß daliegt und sich stöhnend auf dem Boden wälzt.

– FIIICKFREEEESSEN! BESCHISSENE ILFORDWICHSER! Dann fängt er an, dem Ilfordsack, der sich einrollt, um sein Gesicht zu schützen, die Scheiße aus dem Leib zu stiefeln. – Moment mal, Bal, ich knack die Fotze für dich auf, sag ich und fang an, dem Arsch tief unten ins Kreuz zu treten, dadurch bäumt er sich auf und Bal kann die Rübe von dem Scheißer besser treffen. – EUCH FOTZEN WERD ICHS ZEIGEN, IN NEM FAIREN KAMPF N BESCHISSENES MESSER ZU ZIEHN, IHR WICHSER!

Wir lassen die Ilford-Fotze da liegen. Der würde noch anders aussehen, wär er nicht einer von uns gewesen, ich mein, nicht Mile End, sondern selbe Firma halt. Na ja, was sich so Firma nennt, aber die echte Firma sind die nicht. Das haben wir ja wohl klargestellt. Fußtruppen, die Fotzen da. Mit Rosinen im Kopf.

Egal, wir lassen den Arsch aufm Parkplatz liegen und gehen wieder ins Grapes, um unsere Gläser auszutrinken. Bal zog sich sein T-Shirt aus und wickelte es um seine Hand. Stand da wie Tarzan, der Mann. Sah echt böse aus, die Hand und so, brauchte dringend n paar Stiche in der Ambulanz im London Hospital am Ende der Straße. Das mußte aber noch warten: jetzt war erstmal Show angesagt, Triumph.

Denn es war ein geiles Gefühl, da in die Bar reinzuspazieren: wie die Honigkuchenpferde grinsten wir. Unsere Jungs applaudierten, als wir reinkamen; ein paar von den Ilford-Fotzen verdrückten sich hier und da durch die Tür. Les aus ihrem Mob kam rüber.

– Schön, das wär ja jetzt geklärt, offen und ehrlich, Kumpels, meinte er. Kein schlechter Kerl, der Les: ganz reeller Typ, wenn ihr wißt, was ich meine.

Aber Bal ist nicht richtig glücklich. Kein Wunder bei der aufgeschlitzten Flosse. – Offen und ehrlich, von wegen, du Arsch. Irgendso n Pisser hat Hypo n Messer zugesteckt!

Les zuckt bloß mit den Schultern, als wüßte er von nichts. Stimmt vielleicht. Kein übler Kerl, der Les. – Davon weiß ich nichts, Bal. Wo stecken die denn, Greenie und Hypo?

– Das Großmaul ist Greenie, oder? Letzter bekannter Aufenthaltsort in Einzelteile zerlegt aufm Parkplatz. Die Sau von Hypo ist zur U-Bahn gerannt. Hat wahrscheinlich die East London Line über den verdammten Fluß genommen. Der kann nächste Saison bei Millwall mitmachen!

– Komm schon, Bal, wir sind alle West Ham. Da gibt's doch kein Vertun, meinte Les. Les war okay, aber irgendwas an dem Sack ging mir auf den Senkel. Ich nahm meinen Kopf zurück und knallte ihm eins auf die Nase. Ich hörte es knacken und sah ihn zurücktaumeln, bemüht, mit der Hand das rausschießende Blut zu stoppen.

– Scheiße nochmal, Thorny... wir stehen doch auf der selben beschissenen Seite... wir sollten uns nicht unternander schlagen... sagt er, total am japsen, während sein Blut auf den Boden spritzt. Hört gar nicht mehr auf zu laufen. Das hat gesessen. Aber das ganze Blut. Der blöde Spinner sollte seinen Kopf in den Nacken legen. Jemand könnte dem Wichser mal n Taschentuch geben.

– Und vergeßt das ja nicht, ihr Ilforder Fotzen, rief Bal und nickte mir zu. Er sah rüber zu Shorthand und Riggsie. – Na los, Kollegen, mal ne Runde für Les und die Jungs da drüben. Schließlich gehören wir alle zur Firma!

– Oi! rufe ich zu den Ilfords rüber, – Einer von euch Säcken soll Les jetzt mal n Taschentuch holen, oder n Handtuch vom Scheißhaus oder sowas! Oder soll der hier verbluten, ey?

Jetzt spuren sie aber, die Scheißer.

Ich sah rüber zu Chris, dem Wirt, der n paar Gläser spülte. Sah aus, als wär er genervt. – Tschuldigung, Chris, rief ich, – hier ist nur einer, der mal ein, zwei Sachen erklärt bekommen muß. Kein Haß oder so. Er nickte bloß. Brauchbarer Typ, der Chris.

Die Fotzen aus Ilford bleiben noch ne Weile, sind aber nicht richtig in Stimmung, und dann stellen sie sich an, um sich zu entschuldigen und abzudackeln. Bal mußte die Stellung halten, bis der letzte raus war: mußte wegen der Hand den Harten markieren. Nicht daß die Sau von Hypo damit rumtönt, wie er Barry Leitch aufgeschlitzt hat.

Als sie alle weg sind, meint Riggsie zu mir, – Bißchen daneben, Thorny, Les so ne Kopfnuß zu verpassen. Der ist doch ganz in Ordnung. Scheiße, wir stehen doch alle auf derselben Seite.

Ja, und Riggsie ist plemplem von Ecstasy, die blöde Schwuchtel. Hat keinen Zweck, mit ihm zu reden.

– Arschlecken, meint Bal, – Thorny hatte recht. Du bist mir zuvorgekommen, Dave. Klar, wir brauchen diese Pisser, aber nicht halb so viel, wie die glauben.

– Mir hat das Auftreten von der Fotze nicht gepaßt, erkläre ich ihnen. – Er hat's an Respekt fehlen lassen, versteht ihr?

Riggsie schüttelt den Kopf, total angenervt und so, das heißt, er bleibt nicht allzu lange, was ganz gut so ist, denn nachdem wir Bal rüber in die Notaufnahme gebracht haben, um ihn zusammenflicken zu lassen, sind ich, er und Shorthand direkt rauf in seine Bude, um das Ding für heute nacht zu planen, was ja eigentlich anlag, bevor diese Ilford-wichser aufkreuzten und Chaos machten.

Oben bei ihm also sind wir alle verdammt zufrieden mit uns; na ja, Bal ist n bißchen mürrisch, wegen seiner Hand, nehm ich an. Ich betrachte mich in seinem mannshohen Spiegel: hart wie Stahl. Ich hab ganz schön Eisen gepumpt im Studio. Ich hab ja auch noch n paar Rechnungen zu begleichen.

Ich seh meine Kumpels an; manchmal können sie echte Arschgeigen sein, aber bessere Kumpels kann man sich nicht wünschen.

Bal ist nen Kopf kleiner als ich, n echter Schläger. Shorthand ist n bißchen ein Weichei, aber er ist der Joker im Team, wa? Manchmal geht er einem tierisch auf den Keks, aber er ist in Ordnung. Riggsie sehen wir nicht mehr so oft. Früher waren wir immer zu viert, jetzt sind es nur noch wir drei. Er kommt nicht mehr mit, aber er ist immer bei uns, falls ihr versteht, was ich meine.

– Riggsie, höhnt Bal, – neuerdings n beschissener Frie-
densengel, wie?

Wir lachten uns schlapp über die Fotze.

London, 1961

Bruce Sturgess war, wie es seine Gewohnheit war, bereits fünfzehn Minuten vor Beginn des Meetings im Konferenzzimmer. Er kontrollierte seine Dias und testete, ob die Bilder, die der Projektor auf die Leinwand warf, von allen Sitzplätzen in dem muffigen, holzgetäfelten Raum aus scharf und deutlich zu sehen waren. Als er zufrieden war, schlenderte Sturgess ans Fenster und blickte auf das neue Bürogebäude, das gegenüber errichtet wurde. Sie schienen schon eine Ewigkeit an dem Fundament zu arbeiten, doch sobald die erst fertig waren, würde das Gebäude zügig in den Himmel wachsen und die Skyline der Stadt zumindest für einige Generationen verändern. Sturgess beneidete die Architekten, die Planer. Sie setzen sich ihre Denkmäler selbst, dachte er.

Die Ankunft der anderen lenkte seine Gedanken auf andere Dinge. Mike Horton trat zuerst ein, gefolgt von dem schwungvollen Barney Drysdale, mit dem er gestern einen ordentlichen Sauf- und Intrigenabend in der Bar des White Horse-Restaurants, direkt am Trafalgar Square, verbracht hatte. In der engen, überfüllten Bar, in der sich vornehmlich Mitarbeiter der nahegelegenen südafrikanischen Botschaft tummelten, hatten er und Barney dieses Meeting ausführlich diskutiert. Barney winkte ihm zu und begann dann leutselig, die anderen eintretenden Manager zu begrüßen, die nach und nach ihre Plätze rund um den großen, polierten Eichentisch einnahmen.

Wie immer erschien Sir Alfred Woodcock als letzter und setzte sich lässig an seinen Platz am Kopfende des Tischs. Bruce Sturgess dachte das, was er immer dachte, wenn Sir Alfred Platz nahm: ICH WILL DAHIN, WO DU JETZT BIST.

Das Stimmengewirr verebbte sofort, nur Barneys dröhnendes Organ hallte noch in der plötzlichen Stille. – Oh... Verzeihung, Sir Alfred, entschuldigte er sich knapp.

Sir Alfreds Lächeln war ungeduldig, enthielt aber eine absolutierende Dosis väterlicher Nachsicht, die ausschließlich für Barney reserviert zu sein schien. – Guten Morgen, Gentlemen... wir sind heute hier zusammengekommen, um ausführlich über Tenazadrin zu sprechen, unseren mutmaßlichen neuen Verkaufsschlager... oder vielmehr wird Bruce uns genau darlegen, warum es unser neuer Verkaufsschlager werden soll. Bruce, erteilte ihm Sir Alfred mit einem Nicken das Wort.

Sturgess erhob sich, und Entschlossenheit durchströmte ihn. Mit betont energischem Schwung, als Reaktion auf einen eisigen Blick von Mike Horton, schaltete er den Projektor an. Der verdammte Horton, der die Werbetrommel für eine nutzlose, bescheuerte Gurgellösung rührte. Egal, Tenazadrin würde das alles hinwegfegen. Bruce Sturgess glaubte an dieses Produkt, aber noch fester glaubte er an Bruce Sturgess. – Vielen Dank, Sir Alfred. Gentlemen, ich werde Ihnen deutlich machen, warum wir, wenn wir mit diesem Mittel nicht auf den Markt gehen, eine Gelegenheit verpassen werden, wie sie sich in der Pharmaindustrie vielleicht nur zwei- oder dreimal im Leben bietet.

Und genau das tat Bruce Sturgess während seiner Tenazadrin-Präsentation. Horton konnte spüren, wie die kühle Zurückhaltung im Raum auftaute. Er registrierte zustimmendes Kopfnicken und schließlich die wachsende Begeisterung. Sein Mund wurde trocken, und er wünschte sich schon bald einen Schluck von seiner hochgepriesenen Gurgellösung: ein Produkt, das, begriff er jetzt, noch sehr, sehr lange auf sich warten lassen würde.

Suburbia

Unter der Scheißskimaske schwitzt man sich tot, nee, immer dasselbe mit den Dingern. Gar nicht erst dran denken. Aber die hier war echt zum Kotzen. Wir hatten die Hütte gut ausgecheckt und kannten den Tagesablauf der ganzen Familie in– und auswendig. Eins muß man Shorthand lassen: im Observieren ist er Spitze. Allerdings machen es einem diese Vorortfritzen auch nicht gerade schwer. Mann, sind das Gewohnheitstiere. Und meinetwegen darf's so bleiben, denn das ist gut fürs Geschäft, und, wie Maggie höchstpersönlich einmal sagte, was gut fürs Geschäft ist, ist gut für England oder sowas in der Art.

Der einzige kleine Schönheitsfehler dabei war, daß ausgerechnet die verdammte Torte an die Tür kam. Tja, ich war nun mal die Sturmspitze, also kriegte sie von mir voll eins auf die Freßleiste, daß sie ins Haus zurückflog, lang hinschlug und irgendwie nur noch zuckend am Boden rumlag, als hätte sie nen Anfall. Sie gab keinen Ton von sich, kein Heulen oder sowas. Ich ging rein und schloß die Tür. Jämmerlich, wie die da rumlag; das machte mich irgendwie sauer auf sie, wa? Bal bückt sich und hält ihr n Messer an den Hals. Als es näherkommt und sie sieht, was es ist, springen ihr die Augen aus ihrem blöden Schädel. Dann drückt sie ihr Kleid eng an die Oberschenkel. Davon krieg ich nen totalen Hals, ehrlich; als ob wir was von ihr wollten, die dreiste Schlampe, als wären wir pervers oder sowas.

Bal schnurrt sie mit seiner getürkten Niggerstimme an, so ne Art Westindisch, – Du hals dein Maul, wenn de leben bleiben wills. Mach du Ärger, Frau, un dein weisse Arsch is Geschichte.

Echter Vollprofi, unser Bal, das muß man ihm lassen. Er hat sich sogar Augen und Mund unter der Skimaske geschwärzt. Die Torte glotzt ihn bloß an; mit Riesenpupillen, als hätte ihr einer Ecstasy in den Tee getan.

Dann kommt dieser Typ, der Ehemann, an. – Jackie... um Himmels willen...

– MAUL HALTEN, ARSCHLOCH! schnauze ich ihn in meinem schönsten Schottisch an. – WENNDE DEINE FRAU IN NEM STÜCK ZURÜCKHABEN WILLST, HALT DEN RAND! KAPIERT? Er nickt total kleinlaut und sagt, – Bitte, nehmen Sie, was Sie wollen, nur...

Ich geh hin und klatsche seinen Kopf hart gegen die Wand. Das mach ich dreimal: einmal aus beruflichen Gründen, einmal zum Spaß – weil ich Penner wie den hasse – und dann nochmal, weil aller guten Dinge drei sind. Dann ramme ich ihm das Knie in die Eier. Er rutscht stöhnend die Scheißwand runter, die Flasche. – Ich sag, halt die Fresse! Ich sag doch, halt's Maul und mach nur das, was wir sagen, dann passiert keinem was, klar? Er nickt voll verschüchtert und kriecht fast in die Scheißwand rein, der erbärmliche Wichser. – Ein linkes Ding von dir, Freundchen, und deine Lady hier is nich mal mehr zum Organspenden zu gebrauchen. Kapiert?

Er nickte bestätigend und schiß sich vor Angst fast in die Hose.

Schon komisch, aber als ich noch ne Kröte war, sagten die Leute, Leute, wie der kriecherische Schleimscheißer hier, immer zu meinem alten Herrn – der Schotte ist –, sie könnten den schottischen Akzent so schlecht verstehen. Ist nur komisch, daß sie, wenn ich diese kleine Jobs mache, immer jedes Wort verstehen, aber echt.

– Schön, so haben wir das gern, meint Shorthand und klingt genau wie n verdammter Ire. – Schön. Un nu, Sir, wennse denn so freundlich wern, alles Cheld und allen Schmuck, den se im Haus ham, herzuschaffen. Fein. Tunse alles in die Reisetasche hier, verstanden? Wennse schön ruhich und friedlich sin, dann wird es char nich nötich tun, die Görn da om im ersten Stock zu wecken, nech? Schön.

Das mit dem Akzent ist ne Spitzenmasche: Taktik, um die Bullen von der Spur abzubringen. Dank meiner alten Dame und meinem alten Herrn geb ich nen ganz guten Schotten ab. Shorthands Irisch ist passabel, nur manchmal n bißchen dick aufgetragen, aber Bals Jamaika-Dread ist echt die Krönung.

Die Memmensau von Ehemann zieht mit Shorthand los, während Bal die Lady mit dem Messer an der Kehle fest im Griff hält; n bißchen zu fest für meinen Geschmack, der versaute Sack. Ich mach uns allen mal ne schöne Tasse Tee, was gar nicht so einfach ist, mit den Handschuhen an und so.

– Nix zu Knabbern im Haus, altes Mädchen? frag ich sie, aber die arme blöde Kuh kriegt kein Wort raus. Sie zeigt auf nen Hängeschrank über der Arbeitsplatte. Ich seh nach. – Leck mich am Arsch, ne ganze Packung KitKat. Das ist ja absolut begnadet, ist es wirklich, nebenbei bemerkt.

Gott, die Scheißskimaske ist ja vielleicht heiß.

– Pflanz dich aufs Sofa, altes Mädchen, sag ich zu ihr. Sie rührt sich nicht. – Setz sie auf ihren Arsch, Bobby, sag ich zu Bal. Er schleppt sie zum Sofa, den Arm um sie gelegt, als wär er ihr beschissener Lover oder sowas.

Ich stell ihr den Tee hin. – Komm bloß nicht auf die Idee, den heißen Tee irgendwem ins Gesicht zu schütten, altes Mädchen, rate ich ihr, – sonst kannst du für die Blagen oben auch direkt nen Kranz bestellen!

– Ich wollte nicht... stammelte sie. Arme, blöde Torte. Sitzt zuhaus vorm Fernseher, und dann kommt sowas. Darf man gar nicht drüber nachdenken.

Bal paßt das gar nicht. – Du trink jetzt de Scheißtee, Frau. Mein Freund Hursty da hat schöne Tee für dich gemacht. Trink Hursty seine Tee. Sin wir deine Scheißsklaven, oder was? Weiße Nutte!

– Na, na, komm schon. Das Mädel will keinen Tee, dann

muß das Mädel auch keinen Tee trinken, meinte ich zu Bal, oder Bobby, wie ich ihn nannte.

Bei solchen Jobs nannten wir uns immer Hursty, Bobby und Martin. Nach Bobby Moore, Geoff Hurst und Martin Peters, den Hammers, die 1966 für uns die Weltmeisterschaft geholt hatten. Barry war Bobby, der Mannschaftskapitän; ich war Hursty, die Sturmspitze. Shorthand – na ja, er sah sich selbst als Martin Peters, den genialen Mittelfeldstrategen: seiner Zeit zehn Jahre voraus und was nich noch fürn Scheiß.

Es war nicht besonders viel Schotter im Haus, typisch: wir kassierten nur um die zweihundert. In den Scheißhütten ist nie ordentlich Kohle zu holen. Wir machen das eigentlich nur, weil's so leicht geht und n kleiner Nervenkitzel ist. Außerdem bleibt man in Übung mit der ganzen Planerei und allem. Man darf nicht zulassen, daß man total einrostet. Deswegen sind wir ja die führende Firma im Lande: die Planung macht's, wa. Blind losprügeln kann jeder; Planung und Organisation, das unterscheidet die echten Profis vom beschissenen Mob. Wie auch immer, Shorthand kriegt von dieser Flasche von Ehemann die Geheimnummer, macht die Runde zu n paar Geldautomaten und kommt mit sechshundert Eiern zurück. Diese Scheißautomaten mit ihren abgefuckten Limits. Am besten wartet man bis Mitternacht, dann zieht man einmal um 23.56 oder so zweihundert und dann nochmal zweihundert um 0.01. Jetzt ist es erst 23.25, da müßte man zu lange warten. Man muß immer n bißchen Extrazeit einkalkulieren, für den Fall, daß sich jemand wehrt. Aber diesmal war's echt zu einfach.

Wir verschnüren sie schön, und Bal kappt das Telefonkabel. Shorthand legt dem Typen die Hand auf die Schulter. – Schön. Daß se mir chetz bloß nich hingehn un bei den Herren Polizisten plaudern, hörn se? Ham da zwei süße Kinder oben, Andy und Jessica, wenn mich nich alles täuscht?

Sie nicken entsetzt.

– Se wolln doch nich, daß wir wechen denen nochmal wiederkommn, wollnse? Na bitte.

Sie sehen ihn panisch an, die feigen Fotzen. Ich sag: – Wir wissen, wo die Blagen zur Schule gehen, wir kennen die Pfadfindergruppe, wir wissen alles. Aber wenn ihr uns vergeßt, dann vergessen wir euch auch, klar? Damit seid ihr gut bedient.

– Also nix is mit die Bullen, sagt Bal sanft und berührt dabei das Gesicht von der Alten mit der flachen Messerklinge.

Die Schnalle hat auf einer Seite n total geschwollenes Gesicht. Da kriege ich ein komisches Gefühl bei. Ich halt nicht viel davon, Weiber zu schlagen: anders als mein alter Herr. Obwohl er meine Mum jetzt nicht mehr schlägt, nicht, seit ich dem Arsch erklärt hab, das soll er besser bleibenlassen. Weiber schlagen ist sowas, das mach ich einfach nicht. Heut abend, tja, das zählt nicht, gehört halt zum Geschäft, sonst nichts. Da ist man numal Sturmspitze, und kann die Leute auf den Flügeln nicht hängen lassen. Der erste Arsch, der an die Tür kommt, kriegt eins drauf, Torte oder nicht, und zwar so hart, wie's eben geht. Und ich kann verdammt hart austeilen. Ist irgendwie so, als würde alles davon abhängen, und man kann die Leute auf den Flügeln doch nicht hängen lassen. Profi muß man sein, wa. Ich sag ja, es ist n Geschäft, und was gut für's Geschäft ist, ist gut für England, und was tut man nicht alles für den Union Jack. Persönliche Vorlieben und Abneigungen muß man da außen vor lassen, die zählen dabei nicht. Aber ne Braut zu schlagen, da bin ich irgendwie nicht scharf drauf: bringt mir persönlich nichts. Ich will nicht behaupten, es wär absolut falsch, denn ich kenne n paar Weiber, denen ne saubere Tracht Prügel verdammt nicht schaden könnte; ich sag nur, daß es nicht direkt befriedigend ist.

– Fein, es is n Verchnüchen, Geschäfte mit so feine Leute

zu machen, sagt Shorthand, und wir verpissen uns und lassen der Familie ihren Frieden, während wir nen netten kleinen Adrenalinkick genießen. Ich bin bloß froh, daß wir keins von den Kindern aufwecken mußten. Ich hab selber eins, und der Gedanke, daß irgendso n Arsch sowas mit ihm anstellen könnte... na ja, das wird sich keiner trauen, Scheiße auch. Trotzdem macht mich die Vorstellung nachdenklich, bringt mich irgendwie auf die Idee, mal nach dem Kurzen zu sehen. Vielleicht morgen früh mal da vorbeizuschauen, oder so.

Wolverhampton, 1963

Spike lachte, hob sein Glas Bank's Bitter und hielt es einen Zentimeter vor seinem Mund in der Schwebe. – Prost, Bob, grinste er und zog dabei seine tiefliegenden Augen zu einem schmalen Schlitz zusammen, der wie ein Mund aussah, – mögen alle deine Sorgen nur Kinderkram sein.

Bob zwinkerte ihm zu und trank einen Schluck von seinem Pint ab. Er strahlte seine Arbeitskollegen am Tisch an. Er konnte sie alle gut leiden, selbst Spike. Spike war gar nicht übel. Wenn er nicht vorankommen wollte, dann war das seine Sache. Spike würde mit Freuden für den Rest seines Lebens im The Scotlands hängenbleiben und keinen größeren Ehrgeiz entwickeln als den, eine Gehaltserhöhung rauszuschlagen, die er für noch mehr Bier und noch mehr lahme Gäule verpulvern konnte. Er hatte gespürt, wie die Kluft zwischen ihnen sich vertiefte, seit er die Koffer gepackt hatte, und das hing nicht nur mit seinem realen Umzug in die Ford-Siedlung zusammen. Er erinnerte sich daran, was Spike gesagt hatte: Ihr solltet nicht da rausziehen und den ganzen Schotter für so n dämliches Haus rausschmeißen, wo die Sozialmieten so niedrig sind. Ihr müßt das Leben genießen!

Und das war Spikes Vorstellung vom Genießen: sich Bank's hinter die Binde kippen. Molyneux's North Bank am Samstag, nachdem er beim Buchmacher war. Das war seine Welt, aber er trat auf der Stelle. Bob kam aus der Arbeiterklasse und war stolz darauf, aber er hatte eine solide Ausbildung. Er wollte das Beste für seine Familie.

Seine Familie. Das erste war unterwegs. Der Gedanke daran ließ es ihm mindestens so warm ums Herz werden, wie der Rum, den er zu seinem Pint trank.

– Noch eins, Bob? drängte Spike.

– Ach, weiß nicht. Ich muß heute abend ins Krankenhaus.
Könnte jeden Augenblick soweit sein, haben sie gesagt.

– Firlefanz! Die ersten kommen immer mit Verspätung,
das weiß doch jeder! tönte Spike, während Tony und Clem
anfeuernd mit ihren leeren Gläsern auf den Tisch trommel-
ten.

Bob stand trotzdem auf und ging. Er wußte, daß sie über
ihn reden würden, und was sie sagen würden: daß er langsam weich würde und daß er ihnen die gute Gelegenheit zu
einem Besäufnis verdorben hätte, aber das war ihm egal. Er
wollte einfach nur zu Mary.

Draußen regnete es, ein trübes, langweiliges Nieseln. Obwohl immer noch Nachmittag war, senkte sich schon die
Winterdämmerung herab, und Bob schlug den Kragen gegen den peitschenden Wind hoch. Ein Bus von Midland
Red tauchte auf, war bald auf seiner Höhe, und dann brau-
ste er an seiner ausgestreckten Hand vorbei. Der Bus war
nur halbvoll, er stand hier an einer Haltestelle, und der Bus
war vorbeigefahren. Diese stupide Ungerechtigkeit irritierte
und ärgerte ihn. – Blöde Sau von Midland Red! brüllte er
dem aufreizend schwankenden Hinterteil des Fahrzeugs
nach, während es davonfuhr. Er trottete weiter.

Er spürte, daß etwas nicht in Ordnung war, als er im
Krankenhaus eintraf. Es war nur ein kurzes Aufflackern,
diese flüchtige Empfindung, daß irgend etwas nicht stimmte.
Jeder werdende Vater wird das wohl empfinden, sagte er
sich. Dann fühlte er es wieder.

Irgend etwas war schiefgegangen. Aber was konnte das
sein? Er lebte im zwanzigsten Jahrhundert. Heute ging
nichts mehr schief. Er war hier in England.

Bob blieb fast der Atem stehen, als er seine Frau in ihrem
Bett liegen sah, heulend, wenn sie auch offensichtlich unter
Beruhigungsmitteln stand. Sie sah entsetzlich aus. – Bob…
wimmerte sie.

– Mary... was ist passiert... du hast es bekommen... ist es gesund... wo ist das Baby!?

– Sie haben ein kleines Mädchen bekommen, ein gesundes kleines Mädchen, beruhigte ihn eine Schwester halbherzig und wenig überzeugend.

– Sie lassen es mich nicht sehen, Bob, ich darf mein Baby nicht in den Arm nehmen, winselte Mary.

– Was geht hier vor?! brüllte Bob.

Eine zweite Krankenschwester war hinter ihn getreten. Sie zog ein langes, gequältes Gesicht. Sie sah aus wie jemand, der etwas gesehen hatte, das ebenso erschreckend wie unbegreiflich ist. Sie trug ihr professionelles Auftreten, wie ein Pennbruder einen neuen Smoking trägt. – Es gibt da ein oder zwei kleine Auffälligkeiten... sagte sie langsam.

Schlampenalltag

Sie hat das Scheißschloß noch nicht ausgewechselt; sie weiß, was los ist, wenn sie mir damit kommt. Ich hatte meine Schlüssel für dieses Dreckloch behalten, nachdem ich ausgezogen bin. Ich hatte ihr erklärt, ich bräuchte meine eigenen vier Wände. War für alle das Beste so. Aber trotzdem, ich hatte immer noch die Schlüssel für die Bude hier, damit ich vorbeikommen und den Kurzen sehen konnte; immer angenommen, ich hab Lust dazu, natürlich. Sie hört meinen Schlüssel im Schloß und guckt mich ganz komisch an, als ich reinkomme. Immerhin ist der kleine Kerl da, er kommt hinter ihrem Rücken vor.

Sie raucht vor seinen Augen und alles. Bestimmt vierzig Stück am Tag. Typisch Schlampe eben. Ich kann's nicht haben, wenn Ischen rauchen. Ist was anderes bei Typen, aber echt ordinär bei Ischen, besonders bei jungen Ischen. Ich mein, bei meiner alten Dame will ich nichts gesagt haben. Ich mein, die hat eh nicht viel vom Leben, so wie's aussieht, da will ich ihr nicht ihre Fluppen madig machen. Aber bei jungen Ischen ist sowas doch voll asi. Und dann noch der Gesundheitsaspekt. Genau das habe ich ihr gesagt, als ich letztesmal hier war. Ich hab die Schlampe gewarnt, zu qualmen, wenn der Kurze dabei ist. Scheiße, du mußt auch mal den Gesundheitsaspekt sehen, hab ich zu ihr gesagt. Man darf ja gar nicht dran denken.

– Er braucht neue Schuhe, Dave, sagt sie.

– So? Dann kauf ich ihm halt welche, kein Problem, sag ich zu ihr. Scheiße, ich geb der doch keine Kohle mehr. Da gäb's das billigste Paar, und das meiste würd für Kippen für die Schlampe draufgehen. Ich bin doch nicht weich.

Der Kurze guckt mich an.

– Und wie geht's meinem Jungen?

– Prima, sagt er.

– Prima? frage ich, – Was heißt hier ›prima‹? Kriegt der alte Papa keinen Kuß, hä? Er kommt rüber und gibt mir nen anständigen, nassen Schmatz auf die Backe. – So kenn ich meinen Jungen, lobe ich ihn und zerzause ihm die Haare. Trotzdem muß ich diese Knutscherei mal abstellen, dafür wird er langsam verdammt zu groß. Am Ende wird er noch n Schwächling von dem ganzen Theater; oder noch schlimmer, eine von den Tunten, die man überall sieht. Ist doch nicht normal sowas. Ich frage sie, – Oi, hängt dieser schwule Kinderficker immer noch an der Schule rum, oder was?

– Nee, hab ich nichts mehr von gehört.

– Schön, aber wenn doch, sag mir sofort Bescheid. Keine perverse Sau faßt meinen Jungen an, richtig so, mein Sohn? Weißt du noch, was ich dir gesagt hab, falls dir einer an der Schule komisch kommt?

– Tritt ihm in die Eier! sagt er. Ich lache und mach mit ihm n bißchen Schattenboxen. Kräftige Hände für n kleines Kind; ganz der Vater, der Knabe, falls die Schlampe ihn vernünftig großzieht, heißt das.

Die Schlampe. Heute sieht sie allerdings ziemlich appetitlich aus, angemalt und alles. – Hast du eigentlich was laufen, Süße? frag ich sie.

– Zur Zeit nicht, sagt sie, ganz schön schnippisch die Kleine.

– Dann zieh den verfickten Slip aus.

– Dave! Red nicht so. Nicht vor Gary, sagt sie und zeigt auf den kleinen Bengel.

– Ja, klar. Hör mal, Kleiner, nimm die Kohle und hol dir was Süßes. Hier sind die Autoschlüssel, der hier ist für die Tür. Wart im Wagen auf mich, klar? Dauert nur n paar Minuten. Muß mit deiner Mama was besprechen, Erwachsenenzeug.

Der kleine Fratz trollt sich mit der Kohle, und sie fängt an rumzunölen.

– Ich will aber nicht, meint sie.

– Mir scheißegal, was du willst oder nicht, sag ich zu ihr. Keinen verdammten Respekt, das war schon immer das Problem mit der Schlampe, ne Art persönliche Marotte. Sie zieht ihr gottverdammtes Gesicht, aber sie weiß, wie der Hase läuft, läßt die Klamotten fallen und geht nach hinten ins Schlafzimmer. Ich packe sie aufs Bett und fang an, sie zu küssen; meine Zunge in diesem widerlichen Aschenbechermund. Ich mach ihre Beine breit und kann ihn leicht reinstecken, die dreckige Schlampe ist wie n beschissener triefnasser Schwamm da unten, und ich fang an, es ihr zu besorgen. Ich will nur meine Ladung abspritzen und schnell wieder raus da, runter zu dem verfickten Auto. Das Problem ist, immer wenn ich in ihr drin bin, kann ich nicht kommen, aber ums Verrecken nicht... und natürlich ist es wieder so, ich hätt's mir denken können. Sie dreht komplett durch; sie, die gar nicht wollte und so, wird total wild, und ich kann scheißnochmal nicht kommen.

WIE ICH DIE FOTZE HASSE DIE BESCHISSENE GEILE KUH UND ICH KANN NICHT KOMMEN.

Ich will ihr die verfickte stinkende Fotze aufreißen, der Drecksau richtig wehtun, aber je härter ich rangehe, desto besser kommt sie drauf, ja, die genießt jede einzelne Minute, die beschissene, dreckige, abartige, miese, blöde Schlampe... so hab ich mir das nicht gedacht... ich seh ihn immer noch, Lyonsy von denen von Millwall, ständig hab ich ihn vor Augen. Ich versuch's Lyonsy statt ihr zu besorgen. Die Klatscherei, die wir unten im Rotherhite Tunnel hatten, wo ich den ersten Schlag gelandet hab und dem großen Arsch drei verpaßte, und er stand bloß da und hat's weggesteckt, mit diesem Scheißblick, als wäre ich nur n kleines, dämliches Spielzeug.

Dann schlug er mich.

– DAAAVEEE! DAAAVEE! sie brüllt die ganze Nachbarschaft zusammen, gibt's das, – BLEIB, BLEIB FÜR IM-MER, WIR SCHAFFEN ES, OH DAVE... OH DAAA-VEEE! Sie bäumt sich auf wie n beschissener Mustang, ich kann ihre Energie unter mir spüren und ihren Körper an meinem und alles und fühl mich innerlich wie tot, als sie endlich Ruhe gibt, und ich zieh ihn raus, noch immer hart wie ein Ziegelstein, und ich muß zusehen, daß ich von der verdammten Schlampe wegkomm, andernfalls kann ich für nichts mehr garantieren.

Ich zieh mich wieder an, und sie grinst wie n Honig-kuchenpferd und kommt mir damit, daß ich immer der Alte bleiben werd, und wenn sie das früher sagte, war ich mir immer wie was Besonderes vorgekommen, ist schon wahr, aber jetzt komm ich mir vor wie n saublöder Riesentrottel, über den die ganze scheißverdammte Welt sich kaputtlacht.

– Klar, meine ich und seh zu, daß ich raus und runter zum Auto komme, aber jetzt bin ich nicht mehr in der Stimmung für das blöde Balg. Nicht jetzt: jetzt, wo die Scheißschlampe alles vermiest hat. Ich lad ihn bei meiner Schwester ab: da hat er mehr Spaß, wenn er mit ihren Kleinen spielt. Mit Kindern kann ich irgendwie nicht viel anfangen, wenn ich ehr-lich bin.

Ich geh zurück in meine Wohnung und hol mir nen Play-boy raus, den mit dieser Schlampe Opal Ronson. Ich hab die Heftklammern rausgenommen, damit ich die Schnalle mit den Magneten an den Kühlschrank heften kann. Nicht daß ich regelmäßig Tittenhefte kaufe, nur wenn ein Star sich aus den Klamotten pellt. Es ist toll, wenn man die verfickten Stars nackt sieht, irgendwie so, als säh man jemand, den man kennt. Nimmt ihnen ihre blöde Aura, läßt sie irgendwie we-niger unnahbar erscheinen. Ich hab ne frische Melone im Kühlschrank und schon drei Löcher in Umfang und Länge meiner Erektion reingebohrt, zwei auf der einen Seite und eins auf der anderen, für Opals Fotze, Arschloch und Mund.

Ich male n bißchen Lippenstift um das für den Mund. Dann drücke ich n bißchen Pond's Handcreme in die anderen, und schon ist alles klar Fick... wo willst du's hinhaben, Mädchen, in die Schnauze oder n Arsch oder in die Fotze... ich konzentrier mich auf die Vorstellung, wie Opal sich vornüberbeugt, den Rücken rundgemacht, und kann nicht verstehen, was sie antwortet, ob sie's jetzt in die Fotze oder den Arsch haben will oder nicht, und irgendwas in ihren dunklen Augen sagt mir, daß Opal möglicherweise nicht der Typ von Mädchen ist, der's beim ersten Mal gleich übern Lieferanteneingang will; ich stell sie mir in diesem Film *Seductive Affairs* vor... nee... aber dann in *Paranoid*, astrein; aber dann denk ich, scheiß drauf, die Schlampe braucht vielleicht mal ne Lektion, und dann nichts wie rein... puuh, das reißt dich mitten durch, Süße... puuh... KWWWA-AWWW!

Mir ist total schummerig, während meine Suppe ohne Ende in die Melone spritzt. Ein paar imaginäre Sekunden in Opals Kackloch reichen mir. Gott segne dich, mein Mädchen.

Ich mach ein Nickerchen auf meiner Couch und als ich wieder wach bin, versuch ich, in die Glotze zu gucken, aber ich bin zu zapplig. Ich trainiere n bißchen mit den Hanteln und seh mir meine Muckis an. Die Konturen werden so langsam, aber es sieht immer noch n bißchen schwuchtelig aus, wie bei den affigen Homogockeln im Club. Muskelmasse will ich, für die Schlagkraft. Nach ner Weile gehe ich runter zum Blind Beggar. Kein Arsch da, also probier ich's mal im Grave Maurice. Da sind sie alle versammelt: Bal, Riggsie, Shorthand, Roj, John und alle. Ich hol mir ein Glas Brown und Bitter und gehe rüber. Ist ne nette Lästerrunde, und ich fang gerade an, mich zu entspannen und einzuklinken, als ich den Radau aus Richtung Tresen hör.

– HEEEYYYGGGHHHH!

Ich dreh mich um und seh ihn. Diesen armseligen alten Scheißer, meinen bekloppten alten Herrn. Jetzt sieh sich einer an, wie er total ab von allem rumwankt und die Leute nervt. Ne Witzfigur, das ist er, und das ist er schon immer gewesen. Jetzt hat die Pestbeule uns anvisiert und kommt rüber. Bal, Riggsie und Shorthand, tja, die Brüder weiden sich an jeder beschissenen Minute meiner Erniedrigung, aber echt.

– Auf, mein Junge! Hol deinem alten Herrn ein Bier, woll? Eh! sagt er. Ist total knülle, der Sack.

– Ich versuch hier gerade n verdammtes Gespräch zu führen, sag ich zu ihm.

Er zieht die Brauen hoch und starrt mich an, als wär ich n Arschloch oder so. Dann stemmt er die Hände in die Hüften. – Ach so, ein Gespräch, nee wirklich...

– Schon gut, Mr. T., bin schon unterwegs, meint Bal und geht zur Theke. Er kommt mit nem Pint und einem großen Scotch für den alten Sack zurück.

– Dasn Kerl, zeigt er auf Bal. – Der junge Barry da... Barry Leitch... dasn echter Kerl! grinst er und prostet Bal zu, der zurückprostet. Dann blickt er, wie ich ihn anstarre. – He, was issn mit dir?

Ich könnte der alten Sau den Hals umdrehen.

– Wassn looooos...

– Nix! schnauze ich. Dann legt die alte Sau nen Arm um mich und wendet sich an Bal und Riggsie. Gleich hau ich dem alten Scheißer eins in die Freßleiste, darauf kann er einen lassen...

– Mein Junge is das. Un er issn blödes Arschloch. EIN BLÖDER AAARRRSCH! Aber bleibt doch mein Junge, sagt er. Und dann: – Hallo, Sohnemann, pumpste mir mal was? Ich warte aufn fetten Scheck vonner Versicherung, Junge. Sollte jetz schon da sein, ham sie gesagt, ich also letzte Nacht auf Sauftour, weil ich dachte, heut morgen wär ich wieder flüssig un alles im Lack... du verstehs schon, oder, David... hä, Junge?

Ich blätterte ein paar Zehner hin. Alles, Hauptsache, ich werd diesen dämlichen alten Scheißer los.

– Du bis n guter Junge, Sohn. N guter PRODDESDANDISCHER Junge!

Er sah sich in der Runde um und rollte dann nen Ärmel hoch. – Mein Blut, sagt er zu Riggsie, – PRODDESDANDN-Blut.

– Hundert pro, davon bin ich überzeugt, Mr. T., sagt Riggsie, und Bal, Shorthand, Roj, Johnny und alle lachen sich schlapp, und ich auch voll mit, aber mir paßt Riggsies große Fresse nicht. Arschloch hin, Arschloch her, ist immer noch mein alter Herr, über den wir hier reden. Da kann man ja wohl n bißchen verschissenen Respekt verlangen.

– Genau so, mein Junge. Hunnertprozent proddesdandisch! sagt der alte Witzbold. Dann dreht er sich Gott sei Dank um und sieht nen anderen alten Suffkopp in die Bar torkeln. – Jetzt muß ich los un euch verlassen, Jungs. Drüben anner Theke, guter Freund von mir, wißter... schön, paßt auf euch auf, Jungs. Kein Krawall beim Fußball! Ich verlaß mich drauf, daß ihr Jungs die Typen fertigmacht. Is der Killerinstinkt! Interfickicityfirma!... Scheiseee! Die Billy-Boys... wir hätten euch noch was beibringen könn... das warn noch echt harte Kerle... die Bricktin Billy Boys, und ich red von den originalen Bricktin Billy Boys! Denkt immer dran, Jungs: sofort drauf und keine Gefangenen machen. Der Killerinstinkt, da komms drauf an!

– So sind die Regeln, Mr. T., meint Bal.

Der alte Arsch steht auf und schlurft rüber zu dem anderen traurigen alten Pisser an der Theke.

– KILLERINSTINKT! brüllt er nochmal zu uns rüber.

Jetzt bin ich total fickrig. Da gibt's nur einen Ort, wo man hingehen kann, wenn man so drauf ist. Ich wende mich an

197

Bal. – Ich hätt Lust auf nen kleinen Trip über den Fluß. Mit dem Bus zur London Bridge und ein netter Spaziergang zur Tooley Street, die Jamaica Road lang und dann mit der U-Bahn von Rotherhithe zurück nach Haus. Nur wir sechs.

Bal grinst, – Ich bin dabei. Machen wir die Schweine naß.

Riggsie zuckt die Schultern, Shorthand und die anderen auch. Sie kommen mit, richtig Bock haben sie aber nicht.

Ich aber. Ich trink mein Glas aus, indem ich meine Kehle entspanne und es in einem Schluck runterkippe, und dann spüre ich die Kohlensäureblase, die meinen Magen aufbläht. Wird Zeit zum Aufbruch.

Toronto, 1967

Bob betrachtete den Kleinen in den Armen seiner Frau. Einen Sekundenbruchteil lang dachte er an ein anderes Land, eine andere Frau und ein anderes Kind... nein, halt. Er rief sich selbst zur Ordnung, während er das warme, rosige Bäckchen des Babys streichelte. Das war eine andere Zeit, ein anderer Ort gewesen. Das war Bob Worthington aus Wolverhampton. *Dieser* Bob Worthington hier hatte sich ein neues Leben in Toronto aufgebaut.

Er blieb einige Stunden im Krankenhaus und machte sich dann erschöpft, aber auch in Hochstimmung, nachdem er die ganze Nacht lang wachgesessen hatte, auf die lange Fahrt nach Hause in die Suburbs. In seiner Straße sahen die Häuser alle ganz verschieden aus, nicht wie in den lieblos hochgezogenen Slums aus rotem Backstein, aus denen er stammte, und doch herrschte in seinem Viertel eine seltsame Atmosphäre der Uniformität. Er stellte den Wagen auf der schmalen Einfahrt vor der Garage ab.

Bob sah zu dem Basketballkorb hoch, der korrekte zehn Fuß über der Garagentür angebracht war, und stellte sich vor, wie sein Sohn heranwuchs – sah ihn schon als jungen Mann, der wie ein Lachs hochschnellt, um den Ball zu versenken. Dieses Kind würde alle Chancen haben, die ihm die Umstände verwehrt hatten. Dafür würde er sorgen. Morgen würde er sich wieder an die Arbeit machen; das mußte man, wenn man sein eigener Chef war. Jetzt aber war er erledigt. Als er zu Bett ging, betete Bob um einen tiefen Schlaf mit Träumen, die von den wundervollen Ereignissen dieses Tages erfüllt waren. Er hoffte, die Dämonen würden fernbleiben. Das hoffte er mehr als alles andere.

Eine ganz süße Braut

Jetzt sitzen wir hier blöd auf dem Parkplatz rum, hinten im Bus. Keine Sau will unseren beschissenen Stoff haben; alles nur verdammte Zeitverschwendung. Tja, ich schätze, wenn sich hier nich bald was tut, nehm ich schön mein Ecstasy und stürz mich ins rauschende Fest. Bal hockt mit ein paar Typen in der anderen Karre und hat keinen Bock, reinzugehen. Na, soll er machen, was er will, ich sitz mir hier jedenfalls nicht den Arsch platt; massenhaft Wahnsinnsbräute da drin.

– War ne geile Klatscherei letzte Woche, in dem Pub, mein ich, sagt Shorthand.

– Ja, nachdem ich dich unter dem Typ rausgezogen hab, erwiderte ich. Hätt ich das nicht, wär der Mann erledigt gewesen. – Sonst aber Sense, wa.

– Ja, ich hab erst schon gedacht, ich bin im Arsch. Aber als ich erstmal die Gläser gekrallt hatte, boh ey... Ich hab die ganzen Fotzen plattgemacht: links, rechts und gradeaus.

– Das fette Schwein hinter der Theke, wirft Johnny ein, – der war nicht von schlechten Eltern.

Ich: – Ja, war er, bis ich ihn mit dem stählernen Barhocker erwischt hab. Das war genial. Ich seh's direkt noch: echt einmalig, wie dem Sack voll die Augenbraue aufgeplatzt ist.

Ich seh, wie Shorthand in der Plastiktüte nach Bier wühlt. – Oi, Shorthand! Gib mir ne Dose, du Fotze, ruf ich zu ihm rüber. Er reicht mir ein Lager. McEwan's.

– Elende Schottenpisse, meint er, dann: – tschuldige, Alter, hab ganz vergessen.

– Schon gut, was soll's.

– Ich mein, ist ja auch nicht so, als wärst du wirklich n dreckiger Schotte und so. Wie bei meinem Alten, der ist Ire, und meine Ma ist Polin, wa? Macht aus mir doch noch lange keinen Dreckspolacken, oder?

Ich zuck bloß mit den Schultern. – Wir sind alle gottverdammte Promenadenmischungen, Alter.

– Ja, meint Shorthand, – aber immerhin sind wir alle
Weiße, wa? Rassisch rein und so.

– Tja, da ist wohl was dran, Kumpel, sag ich.

– Ich mein, ich will ja nicht sagen, daß Hitler richtig lag,
von wegen. Nicht sein Fehler, daß er kein Engländer war.

– Ja, Hitler war n ganz schöner Wichser, erkläre ich ihm,
– zwei Weltkriege und ne Weltmeisterschaft, Kumpel. Rot-
Blau hat alles abgeräumt.

Shorthand fängt an zu singen. Da ist er nicht mehr zu
bremsen, wenn er mit nem alten West-Ham-Klassiker los-
legt. – *No re-li-ga-shin for the claret n blue, just ju-bi-la-shin,
for the claret n blue* ...

Riggsie klettert in den Bus. Hinter ihm kommt Bal mit
dieser Fotze Rodger reingekrochen. – Kommt doch mit
rein, ihr Wichser! meint Riggsie, – Total geil da drin! Ich
kann euch sagen, der Sound stellt einem die Nackenhaare
auf.

– Ich werd dir sagen, was mir die Scheißnackenhaare auf-
stellt, sag ich.

– Dudelsäcke, meint Shorthand.

– Nee. Da drinnen sind Fotzen am Dealen, die nicht zur
verdammten Firma gehören, erkläre ich Riggsie.

Bal meint, – Ja, da hast du verdammt recht, Thorny. Da
drin ist einer fällig.

Das stopft Riggsie gehörig das Maul. Der ist n echtes
Weichei, die blöde Sau. Diese schleimigen Idioten, die
schmalen Hemden mit den dicken Tüten voller Pillen, tanzen ihm auf der Nase rum. Scheiße, da ist es ja kein Wunder,
daß wir unsere Paracetamols und unser Backpulver nicht
loswerden.

– Nee, stimmt gar nicht, fängt Riggsie an, – ist nur so, daß
die ganzen Scheißer sich anscheinend eingedeckt haben, eh

sie heut abend gekommen sind. Er gibt Bal ne Pille, – Hier, nimm eine.

– Verpiß dich, schnaubt Bal. Er hat noch immer keinen Bock. Scheißegal, ich schluck ne E und geh mit Riggsie rein. Shorthand hat auch eine geschmissen und kommt direkt hinter uns her.

Drinnen gucke ich mir n Trüppchen Weiber aus, die an der Wand stehen. Eine davon muß ich dauernd ansehen. Ich fühl mich irgendwie mau, als müßte ich tierisch scheißen, aber dann merke ich, daß ich bloß voll unterwegs bin von der Pille und dem gottverdammten Sound.

– Was gibt's denn zu glotzen? Sie ist einfach rübergekommen und hat mich angesprochen. Eigentlich starre ich ja Ischen nicht an. Ich mein, so wie ich das sehe, ist das ne Frage der Manieren. Shorthand, ja der, der bringt ne Doris total aus der Fassung. Starrt sie voll an; wahrscheinlich denken die, sie würden gleich vergewaltigt oder sowas. Ich hab ihm deswegen schon Bescheid gestoßen. Komm bloß nicht auf die Idee, ne Doris unverschämt anzustarren. Wenn du unbedingt wen unverschämt anglotzen mußt, dann geh die Old Kent Road lang und probier das mit irgendwelchen Millwall-Schlägern. Torten muß man mit Respekt behandeln, hab ich ihm gesagt. Wie fändest du's denn, wenn irgendne Pimmelfresse oder geile Sau deine Schwester so frech anglotzt?

Aber jetzt steh ich hier und starre n Mädchen an. Und nicht nur, weil sie so hübsch ist, denn das ist sie, Scheiße, sie ist ne Schönheit. Ich bin halt auf Ecstasy und ich starre dieses Mädchen an, das keine Arme hat.

– Kenn ich dich nicht aus m Fernsehen? ist alles, was mir einfällt.

– Nee, ich war nicht im Fernsehen und auch nicht bei der Krüppel-Olympiade.

– So hab ich das nicht...

– Verpiß dich bloß, giftet sie und dreht sich weg. Ihre Freundin legt ihr einen Arm um die Schultern. Ich steh da wie die letzte Flasche. Ich mein, keiner steht auf Schlampen mit frechem Maul; da sind wir uns wohl einig, aber was sagst du zu nem Mädchen, das keine verdammten Arme hat?

– Oi, Dave, du läßt dir sowas doch nicht von ner hergelaufenen Krüppelbraut bieten, oder? Shorthand grinst mich mit gebleckten faulen Zähnen an.

Zähne, die nur darauf warten, eingeschlagen zu werden.

– Du hältst jetzt mal die blöde Fresse, Wichser, oder muß ich nachhelfen. Keine Frage, der Pisser steht mir bis hier; so n hübsches Mädchen, und dann keine Arme; das muß doch jeden fertigmachen, ist doch wahr. Ihre Freundin kommt zu mir rüber, auch nicht übel, Riesenpupillen, gut auf E.

– Tut mir leid wegen gerade. Ist irgendwie schlecht drauf.

– Was ist denn mit ihren Armen, hä? Das hätt ich eigentlich nicht fragen sollen, aber manchmal rutschen einem so Sachen einfach raus. Ich schätze, am besten sagt man einfach das, was einem durch den Kopf geht.

– Tenazadrin.

Shorthand muß natürlich seinen Senf dazugeben. – Wie heißt die schmalste Pinte der Welt? Das Tenazadrin Arms.

– Fresse, du Laberarsch! schnauze ich den Wichser an, und er begreift, was der Blick zu bedeuten hat, den ich ihm zuwerfe, und verpißt sich. Kumpel oder nicht Kumpel, der Blödmann fängt sich gleich eine. Ich dreh mich wieder zu der Doris um. – Sag deiner Freundin, daß ich sie nicht beleidigen wollte.

Sie grinst mich an, – Komm rüber und sag's ihr selber.

Jetzt hat sie mich kalt erwischt, denn ich werd immer total schüchtern bei nem Mädchen, das mir wirklich gefällt. Wir reden hier nicht über Schlampen, die gibt's im Dutzend billiger, aber bei nem Mädchen, das ich mag, ist es echt ganz anders. Immerhin hilft das Ecstasy. Ich geh rüber.

– Oi, äh, tut mir leid von wegen anglotzen und alles.

– Das bin ich gewohnt, meint sie.

– Normalerweise starre ich Leute nicht an...

– Nur welche ohne Arme.

– Das war nicht wegen der Arme... es war nur, weil ich gerade so nen Kick von dem E hatte und mich so toll fühlte... und du... du siehst einfach verdammt schön aus. Jetzt ließ ich einfach alles raus. – Ich bin übrigens Dave.

– Samantha. Und nenn mich nie Sam. Niemals. Mein Name ist Samantha, sagt sie, schon fast lächelnd.

Mit fast bin ich schon mehr als zufrieden. – Samantha, wiederhole ich, – schön, nenn mich nie David. Es heißt Dave.

Darüber muß sie dann grinsen, und irgendwas passiert in mir. Die Kleine ist wie ne White Dove mit mehr MDMA drin, als mir je in meinem Scheißleben untergekommen ist.

London, 1979

Sie saß mit ihrem Schokoladenmilkshake in der Filiale der Fast-Food-Kette auf der Oxford Street und nuckelte die zuckrige Flüssigkeit durch einen Strohhalm. Sie hatte sich entschieden, mit der U-Bahn in die Stadt zu fahren, nachdem sie unten in Hammersmith Stütze beantragt hatte. Sie hielt es in der Wohnung, die sie besetzt hatten, nicht mehr aus; kürzlich waren ein paar junge Schotten eingezogen und saßen jetzt den größten Teil des Tages rum, tranken flaschenweise Cider und stritten sich mit blindem Dogmatismus über ihre Lieblingsbands. Das Westend war ihr an diesem heißen Tag als die bessere Wahl erschienen, aber ihr Kopf war eine vernebelte Leere, eine Opiumparty, in die gelegentlich ein ungebetener Gedanke hineinplatzte. Sie dachte an noch einen Gig, noch eine Band, noch ein Gesicht, noch einen Fick; den nächsten mechanischen, lieblosen Fick. Sie spannte ihre Scheidenmuskeln an und ließ ein Zittern durch ihren Körper fahren. Als der Selbstekel einsetzte, zwang sie sich, ihren Gedanken eine weniger ungute Richtung zu geben, indem sie das banale Schauspiel der Kauflustigen beobachtete, die in das lächerlich überfüllte Restaurant strömten.

In diesem Moment spürte sie seinen Blick auf sich ruhen.

Sie wußte nicht, wie lange er sie schon anstarrte. Es war sein Lächeln, das sie zuerst bemerkte, aber sie war entschlossen, es nicht zu erwidern. Schon wieder so ein Ekelpaket. Die, die über ihre Behinderung reden wollten, das waren immer die schlimmsten. Wie dieser alte Scheißer, der erzählt hatte, er wäre Pfarrer der Church of England. Im Moment hatte sie von diesem Mist die Nase voll.

Als er rüberkam und sich neben sie setzte, empfand sie den vertrauten Schock des Wiedererkennens. Auch ein

Punk. Sein Haar war knallpink, und er trug eine Lederjacke, die äußerst unoriginell mit Sicherheitsnadeln zusammengehalten wurde. Seine Aufmachung hatte etwas Steriles: zu makellos, zu durchgestylt. Der totale Poser. – Darf ich dir Gesellschaft leisten? fragte er. Er sprach mit ausländischem Akzent, wahrscheinlich ein Deutscher. Sie registrierte das, registrierte die Klamotten. Weil er seine Jacke über den Schultern hängen hatte, dauerte es etwas länger, bis sie begriff, daß sie mehr gemeinsam hatten, als ihr zuerst aufgefallen war.

– Ich heiße Andreas. Ich würde dir ja die Hand geben, sagte er lachend, – aber irgendwie habe ich das Gefühl, daß das nicht ganz angebracht wäre. Er schüttelte seine Jacke ab, um die Stummel zu zeigen, die, wie bei ihr, aus seinen Schultern wuchsen. – Vielleicht, grinste er, – küssen wir uns statt dessen.

Samantha fühlte ihre Kiefer aggressiv mahlen, aber sie merkte, daß diese Reaktion mit einer anderen im Widerstreit lag: den widerlichen, nervösen, flauen Anflug eines unwillkürlichen Interesses. – Ich will dich aber nicht küssen, verdammt nochmal, fuhr sie ihn mit klischeehafter Punk-Rotzigkeit an. Das klang genauso künstlich, wie Andreas' Aufmachung aussah.

– Das macht mich aber traurig, meinte Andreas, und er sah auch traurig aus. – Ich spüre, daß du ein sehr zorniger Mensch bist, ja?

– Du tust *was*? fragte sie, wirklich getroffen und auch wieder fasziniert von seiner hartnäckigen Aufdringlichkeit.

– Wie ich mir gedacht habe. Das ist richtig so. Zorn ist richtig. Aber wenn er zu lange anhält, kann er schlecht werden, ja? Das Schlechte in einem drin. Ich weiß alles darüber. Aber wie heißt es doch: nicht ärgern, heimzahlen. Kennst du das?

– Ja.

Samantha hatte schon früher andere Tenazadrinkinder

getroffen. Es war jedesmal grenzenlos peinlich gewesen. Ein Gesprächsthema – ihre Deformation – drängte sich auf. Wie hätte man sie ignorieren können, wie hätte man sie nicht ignorieren können? Sie hing wie eine schwarze Wolke über jedem harmlosen Gespräch. Aber noch schlimmer: ein Teil von ihr haßte die anderen. Sie erinnerten sie daran, wie sie selbst aussah, und wie der Rest der Welt sie wahrnehmen mußte. Jemand mit einem Defizit: einem Defizit an Armen. Und wenn die Leute einem erst das Etikett »behindert« verpaßt hatten, verallgemeinerten sie es gern und bezogen es auf alle Bereiche: Intellekt, Glück, Hoffnung. Andreas allerdings flößte ihr nicht dieses Gefühl von Unbehagen oder Abscheu ein. Von einem Defizit war bei ihm nichts zu spüren, von seiner körperlichen Erscheinung abgesehen. Im Gegenteil, er schien eher von allem zuviel zu haben: er floß förmlich über vor Selbstbewußtsein. Während sie gelernt hatte, ihre Ängste mit Gehässigkeiten zu tarnen, sah sie in ihm jemanden, der es mit der Welt aufnahm, ohne sich von ihr die Regeln diktieren zu lassen.

– Gehst du heute abend ins Vortex?

– Vielleicht, hörte sie sich antworten. Sie mochte das Vortex nicht und haßte das Publikum dort. Sie wußte nicht mal, wer heute dort spielen würde.

– 999 spielen. Ist eine ziemlich lausige Band, aber wenn du voll mit Speed und Bier bist, ist eine wie die andere, ja?

– Tja, stimmt schon.

– Ich heiße Andreas.

– Ja, antwortete sie schroff, dann kapitulierte sie vor seinen fragend hochgezogenen Augenbrauen, die ihm ein leicht bizarres Aussehen gaben, – Sam. Nicht Samantha, verstanden? Sam.

– Samantha ist besser. Sam ist ein Name für Männer, nicht für hübsche Mädchen. Laß dir nichts wegnehmen, Samantha. Nicht schon wieder.

Ein Anflug von Ärger durchzuckte sie. Für wen hielt der sich? Sie wollte gerade antworten, als er sagte: – Samantha... du bist sehr nett. Wir müssen uns unbedingt um acht im Ship in der Wardour Street treffen. Ja?

– Na, mal sehen, meinte Samantha, obwohl sie wußte, daß sie da sein würde. Sie blickte in seine Augen. Was sie darin sah, wirkte stark und warm auf sie. Dann fand sie, daß sie gegen sein pinkfarbenes Haar geradezu lächerlich blau aussahen.

– Bist du im Londoner Zoo eingebrochen oder sowas? Was machst du mit dem beschissenen Flamingo auf dem Kopf?

Andreas sah sie fragend an. Samantha meinte kurz eine Andeutung wilden Zorns auf seinem Gesicht zu sehen, ehe es wieder zu so völligem Gleichmut zurückfand, daß sie glaubte, sie müsse es sich eingebildet haben. – Ich verstehe... ein Flamingo. Samantha hat einen Witz gemacht, ja?

– Verstehst du keinen Spaß, oder was?

– Du bist sehr jung, Samantha, sehr jung, stellte Andreas fest.

– Wovon redest du? Ich bin genauso alt wie du. Wir können nur ein paar Wochen auseinander sein.

– Ich bin auch sehr jung. Ich rede aber von Reife.

Sie wollte wieder der Wut nachgeben, die in ihr hochstieg, aber da stand Andreas auf. – Jetzt gehe ich. Aber vorher bekomme ich meinen Kuß, ja?

Samantha rührte sich nicht, als er sich vorbeugte und sie auf den Mund küßte. Es war ein zärtlicher Kuß. Er verharrte kurz so, und sie fühlte, wie sie ihn zaghaft erwiderte. Dann löste er sich. – Acht ist gut, ja?

– Ja, sagte sie, und dann war er fort. Sie blieb mit sich alleine und war sich dessen schmerzhaft bewußt. Sie wußte, was alle anderen dachten: Zwei Tenazadrinis, die sich küssen.

Na ja, dachte Samantha, wenigstens wird er kaum hinter meinem Schmerzensgeld her sein.

Kurz darauf ging sie, schlenderte ziellos die Charing Cross Road entlang, bog ab zum Soho Square und legte sich wie die Büroangestellten in die Sonne. Dann lief sie durch die Straßen von Soho, ging die Carnaby Street zweimal rauf und runter, bis Frustration einsetzte, und nahm dann die U-Bahn zurück zu dem besetzten Haus in Sheperd's Bush, das sie sich mit einer Gruppe anderer junger Punks teilte, deren personelle Besetzung regelmäßig wechselte.

In der Küche aß ein unglaublich dünner, rothaariger junger Punk aus Schottland mit böser Akne Speck, Eier und Bohnen direkt aus der Pfanne. – Alles klar, Samantha? grinste er, – Haste Speed dabei?

– Nein, sagte sie knapp.

– Matty und Spud sind los in die Stadt. Ich bin heute morgen nicht rausgekommen. Total hacke gewesen letzte Nacht. Ich mach mir grad mein Frühstück. Haste Hunger? Er wies mit einem Nicken auf das Essen, das in dem Fett starr wurde.

– Nein... nein danke, Mark, rang sich Samantha ein Lächeln ab. Sie spürte schon die Pickel auf ihrem Gesicht sprießen, wenn sie nur in die Nähe von Marks Bratpfanne kam. Die schottischen Typen in der Wohnung waren erst sechzehn, aber sie waren die reine Pest: dreckig, laut und extrem naive Vorstellungen von Musik. Freundlich waren sie ja; das Problem war sogar, daß sie zu freundlich waren: sie dackelten wie ein Wurf junger Hündchen hinter einem her. Sie ging nach hinten in das Zimmer, das sie sich mit zwei anderen Mädchen, Julie und Linda, teilte, machte den Schwarzweißfernseher an und starrte unentwegt auf die Uhr, bis es wieder Zeit zum Ausgehen war.

Sie kam mit zehn Minuten Verspätung im Ship an. Da saß er schon, in der Ecke. Sie ging an die Theke und holte sich ein Glas Cider. Dann setzte sie sich neben ihn. Der Weg bis zu ihrem Platz kam ihr endlos weit vor, und alle Augen im Pub schienen ihr zu folgen. Nachdem sie sein Lächeln erwidert und sich nervös umgeschaut hatte, stellte sie zu ihrer Überraschung fest, daß anscheinend niemand von ihnen Notiz genommen hatte. Sie tranken zügig und namen unauffällig etwas von dem Speed, das sie dabeihatte, auch wenn sie Schotten-Mark etwas anderes erzählt hatte.

Im Club knüppelte sich die Band an diesem Abend durch ihren Set, während Andreas und Samantha Pogo tanzten bis zum Umfallen. Samantha fühlte sich so frei und ungehemmt, wie sie es nie zuvor erlebt hatte. Das kam nicht nur von den Drogen und dem Alkohol: es lag an Andreas und seinem befreienden und ansteckenden Selbstvertrauen und Überschwang.

Sie wußte, daß sie mit ihm nach Hause gehen würde. Sie wollte nicht, daß der Gig endete und wollte es wieder doch.

Als sie die Straße entlanggingen, wurde Samantha klar, daß ihr Paradies zum Teufel ging, als sie plötzlich einem Trio betrunkener und johlender Skinheads gegenüberstanden.

– Jetzt guck dir die Krüppelparade an! gröhlte einer.

– Laß die in Ruhe, sagte ein anderer, – ist ja ne Affenschande. Da hast du nichts von.

– Aber süße Titten hat die! Laß ma fühlen, Schätzchen! Der erste junge Skin kam auf Samantha zu.

– Verpiß dich! schnauzte sie. Dann stand Andreas vor ihr und schnitt dem Kerl den Weg ab.

Das Gesicht des jungen Skins nahm für einen Moment einen unsicheren und zweifelnden Ausdruck an, und für ein paar entscheidende Augenblicke sah es aus, als sei ihm erschreckend bewußt, daß die Dinge für ihn weder erwartungs– noch wunschgemäß laufen würden. – Aus dem Weg, du beschissener Freak! fauchte er Andreas an.

– Hau ab, sagte Samantha, – ich brauche keinen, der meine Kämpfe für mich austrägt!

Doch Andreas rührte sich nicht. Er blickte seinem Möchtegern-Peiniger fest in die Augen. Er schob langsam und gemächlich seine Kinnlade vor. Es sah beinahe aus, als würde er den unangenehmen Zwischenfall genießen; er schien die Lage völlig zu beherrschen. Offenbar hatte er es mit dem Sprechen nicht eilig, aber als er es tat, tat er es mit langsamer, monotoner Stimme. – Wenn du uns nicht in Ruhe läßt, werde ich dir dein dreckiges Gesicht wegbeißen. Mach dir das klar: du wirst kein Gesicht mehr haben.

Sein Blick blieb fest. Die Augen des kahlrasierten Jugendlichen tränten und begannen dann zu flackern. Er motzte los, dabei schien ihm aber nur teilweise bewußt zu sein, daß er gleichzeitig zurückwich.

– Komm schon, Tony, scheiß auf den Krautfreak, hauen wir ab, ehe hier noch Bullen aufkreuzen, sagte sein Freund.

Im Weggehen hetzten sie weiter, aber sie taten es in der manischen, trotzig-verzweifelten Weise der Gedemütigten und Besiegten.

Samantha war beeindruckt. Sie kämpfte dagegen an, aber dieser Deutsche beeindruckte sie mehr und mehr. – Du hast vielleicht Nerven.

Andreas neigte den Kopf. Ein Finger des Stummels, den er als Hand hatte, tippte an seine Schläfe. – Ich bin kein Schläger. Dazu fehlt mir die Reichweite, grinste er, – und deswegen muß man seinen Kopf benutzen. Damit gewinne und verliere ich meine Kämpfe. Manchmal klappt es, manchmal . . . geht es nicht so gut, verstehst du? Er schüttelte mit einem »C'est la vie«-Lächeln den Kopf.

– Schon, aber die Schweine hast du echt beeindruckt, meinte Samantha. Dann merkte sie, daß nicht nur die Skinheads beindruckt waren.

Sie merkte, daß sie sich in Andreas verliebt hatte.

Großschnauzen

Wir laberten stundenlang, laberten einfach nur. Noch nie im Leben hatte ich soviel gequasselt, auf jeden Fall mit ner Schnitte nicht. Tatsache ist, ich war nicht mal verlegen. War gar nicht, wie mit ner Ische zu reden, jedenfalls nicht Ische im gängigen Sinn, was ich so normalerweise unter Ische versteh. Ich erzählte von mir, von Bal und der Werkstatt, von meiner Mum und dem alten Sack, von der Schlampe und dem Kleinen, aber hauptsächlich von der Firma, von den Schlachten, die wir uns geliefert hatten, und denen, die wir noch planten, und wie ich diesen Lyonsy von den Milwallern aufschlagen würde. Die Fotze ein für alle Mal plattmachen.

Aber ich konnte die Augen nicht von ihrem Gesicht lassen. Ich quatschte schon wie ne Schwuchtel. – Stört es dich, wenn ich dein Gesicht berühre? fragte ich.

– Nein, meinte sie.

Und dann konnte ich nicht aufhören, ihr Gesicht zu berühren. Ich wollte gar nichts anderes mehr tun, na ja, sie vielleicht n bißchen drücken. Also nicht ficken oder sowas in der Richtung, halt nur mit ihr zusammensein. Ich dachte schon wie die letzte Tuntensau. Es war nicht, ich meine, es war wie ... Liebe oder sowas, wa?

Als die Musik aufhörte, mußte ich sie einfach bitten, mit mir in die Stadt zu kommen. Das Ding an ihr war, daß sie das Ganze interessierte, daß ich sie interessierte. Selbst als ich über die ganzen Klatschereien und all sowas redete, sah sie echt interessiert aus.

Ich lieh mir die Karre von einem der Ordnerfritzen, den ich kannte, und wir fuhren nach Bournemouth, wo wir den ganzen Tag zusammen verbrachten. Ich hatte noch niemals sowas gefühlt. Ich fühlte mich, als stände ich neben mir. Wie ein anderer Mensch.

Dann waren wir in diesem Cafe und hatten immer noch n supergutes Gespräch, echt, und dann, als wir rauskamen, standen da plötzlich diese drei Typen dumm rum, starrten Samantha an und kicherten über sie. Über meine Samantha.

– Was zum Henker gibt's hier zu glotzen? sage ich. Einer von den Typen scheißt sich gleich in die Hose.

– Nichts, nichts.

– Komm schon, Dave, sagt Samantha, – sie haben doch nichts getan.

– Oi, hast du n Problem, hä? fragte dieser andere Sack, der mit der großen Fresse. Tja, die wollen's nicht anders.

In solchen Momenten erinnere ich mich immer an diese alten Bruce-Lee-Filme. Das ganze Kung-Fu-Zeug ist nichts als Schwachsinn, aber diese eine Sache, die Bruce Lee mal gesagt hat, der kleine Tip, den ich von ihm hab, der ist mir immer nützlich gewesen. Er sagt: du darfst so ne Fotze nicht einfach schlagen, du mußt durch sie durchschlagen. Dieser Kerl mit der dicken Lippe; alles, was ich sehen konnte, war die rostrote Ziegelmauer hinter seinem Gesicht. Das war es, worauf ich zielte, was ich umnieten wollte.

Das nächste, woran ich mich erinnere, ist, wie ich mir den anderen Sack vorknöpfe und frage: – Wer will der nächste sein?

Sie standen da wie angewurzelt und starrten den Arsch am Boden an, der übel zugerichtet war. Ein paar lästige Gaffer waren aufmerksam geworden, also dachte ich, wir fahren lieber zurück ins gute alte London, weil Samantha in Islington wohnte, ganz bei mir in der Nähe, worüber ich mich freute wie ein Schneekönig. Aber trotzdem, der kleine Zwischenfall hat uns richtig den Tag versaut, echt.

– Warum hast du das getan? fragte sie mich im Auto, als wir auf die Schnellstraße fuhren.

Sie wirkte nicht allzu sauer, eher n bißchen neugierig. Sie ist so verdammt schön, ich darf gar nicht daran denken. Ich konnte meine Scheißaugen kaum auf der Straße halten. Ich hatte jedesmal das Gefühl, ich würd meine Zeit verschwenden, wenn ich nicht ihr Gesicht ansah.

– Die haben's doch drauf angelegt, so respektlos, wie die zu dir waren.

– Das ist wichtig für dich, oder? Daß Leute mich nicht belästigen, mich nicht verletzen?

– Das ist für mich das Wichtigste auf der Welt, sagte ich zu ihr. – Sowas hab ich noch nie empfunden.

Sie schaute mich an, ganz nachdenklich irgendwie, sagte aber kein Wort. Ich hab eh schon viel zuviel gesagt. Ist die Chemie, weiß ich ja, aber es ist nur das, was in mir drin ist, und es ist mir scheißegal.

Wir fuhren zu ihrer Hütte. Ich kam mir n bißchen blöd vor, als wir da waren, denn da war so n Foto von ihr und nem Kerl. Wo sie noch jünger waren. Das Ding war, er war wie sie, keine verdammten Arme.

– Ist wohl dein Freund, wa? fragte ich sie. Ich konnte nicht anders.

Sie lachte mich aus. – Bloß weil er keine Arme hat, muß er mein Freund sein?

– Ne, so hab ich das nicht gemeint...

– Das ist ein Deutscher, den ich kenne, meinte sie.

Ein bescheuerter Kraut. Zwei Weltkriege und ne Weltmeisterschaft, du Arschgesicht. – Also, ist er's nun? Dein Freund?

– Nein, ist er nicht. Er ist nur ein guter Bekannter, mehr nicht.

Ich fühlte, wie mir warm ums Herz wurde, und fing sogar an, den Scheißkraut zu mögen. Ich meine, arme Sau, keine Arme und so, kann ja nicht gerade n Vergnügen sein, wie?

Also redeten wir noch ne Weile, und Samantha erzählte mir n paar Sachen. Sachen über ihre Vergangenheit. Sachen, die mich verdammt in Rage brachten.

New York City, 1982

Für jemanden, der genau da war, wo er sein wollte, nämlich in einem repräsentativen Büro in Midtown-Manhattan, verfolgten Bruce Sturgess ausgesprochen hartnäckige, unangenehme Gedanken. Er blickte aus dem Fenster nach Norden auf das herrliche Panorama des Central Parks. Die prachtvollen Türme des Chrysler und des Empire State Building überragten alles und blickten noch auf seine beträchtliche Höhe verächtlich hinab wie zwei mißbilligende Nachtclub-Türsteher. Es gab immer noch jemanden, der auf einen herabsah, dachte er mit bitterem Lächeln, egal wie weit nach oben man es gebracht hatte. Sie waren schon außergewöhnlich, diese Gebäude, vor allem das Chrysler im Art-Deco-Stil. Er dachte an Frank Sinatra und Gene Kelly und wie sie die Stadt in *On The Town* in eine einzige große Theaterkulisse verwandelt hatten. Freiheit, das war es, was New York für ihn verkörperte. Das war abgegriffen und banal, dachte er, aber darum nicht weniger wahr. Nur konnte das Panorama die peinigenden Bilder von Mißbildungen nicht vergessen machen, die ihm unerbittlich auf der Seele brannten. So schlimm war es noch nie gewesen. Es trieb ihn dazu, Barney Drysdales Nummer in London zu wählen. Barneys Stimme hatte etwas an sich, eine ungerührte, barsche Unbeirrbarkeit, die Bruce stets beruhigte, wenn ihn solche Sorgen quälten.

Barney Drysdale war in seiner Wohnung in Holland Park mit Packen beschäftigt und nicht gerade begeistert, als er das Telefon klingeln hörte. – Was denn nun schon wieder? stöhnte er gereizt. Barney war mitten im Aufbruch zu einem langen Wochenende in seinem Cottage in Wales, mit dem er den großen, semipermanenten Umzug der ganzen Familie dorthin im nächsten Monat vorbereiten wollte.

– Ja, bitte...

– Alter Knabe! grüßte Bruce beinahe spöttisch.

– Bruce! Barney lachte, und seine Laune hob sich beim Klang der Stimme seines alten Freunds. – Alter Schwede! Wie behandeln sie dich in Yankeeland?

Sturgess ließ ein paar Banalitäten ab. Ja, es war gut, Barneys Stimme zu hören. Nur als sein alter Freund Philippa und die Jungen erwähnte, schwang leichte Frostigkeit in seiner Stimme mit. Er kam mit Philippa nicht gut aus. Die Jungs hatten sich in ihrem neuen Heim in Long Island gut eingelebt, aber sie haßte Amerika. Ihre anfallartigen Einkaufsexpeditionen zu Bloomingdale's oder Macy's konnten ihre wachsende Unzufriedenheit nicht mildern. Sturgess dagegen liebte New York. Er liebte die Anonymität, die er genoß, solange er noch nicht zu viele Kontakte geknüpft hatte, was sich bald ändern würde. Er liebte die Clubs. Er dachte an den Jungen, den er letzte Nacht auf dem Klo dieses herrlich verrufenen Clubs im East Village gefickt hatte...

– Du hast mich in einem schlechten Moment erwischt, alter Knabe, erklärte Barney, – ich will dieses Wochenende mal so richtig Männerurlaub machen.

Genau das, mein Lieber, sinnierte Sturgess und rieb sich den Unterleib, während er aus dem Bürofenster auf die aufragende Skyline Manhattans blickte, habe ich auch vor.

– Ist ja großartig, sagte er.

Ist ja großartig, dachte er. Aber er war beunruhigt. Mißbildungen und die Leidenschaft für kleine Jungs: Er würde sich in acht nehmen müssen. Wie leicht konnte er alles zunichte machen, was er sich erarbeitet hatte. Es war gut, mit Barney zu reden. Dem Himmel sei Dank für Barney.

Ungerechtigkeit

Ich treffe mich immer öfter mit Samantha. Blöd ist nur, es ist noch nichts gelaufen. Ich wünschte, ich wüßte, woran zum Teufel ich mit ihr bin. Als wenn es mir was ausmachen würde, daß sie keine Arme hat. Wir reden immer bloß, wenn wir zusammen sind, blöd ist nur, daß mir die Richtung nicht besonders gefällt, die unsere Gespräche nehmen. Sie ist dauernd von ihren Armen dran und von den Typen, die das Zeug verkauft haben, das sie zu dem gemacht hat, was sie ist. Ich will von all dem nichts hören: Ich will sie nur angucken.

Das Blöde ist nur, ich kann gar nicht anders, als zu allem Ja und Amen sagen, weil mir, ehrlich gesagt, an nichts mehr was liegt, als daran, mit ihr zusammenzusein.

– Du schaust mich an, und du willst mit mir schlafen. Du willst mich ficken, sagt sie. Sowas sagt sie aus heiterem Himmel.

– Und wenn? Gibt's da n Gesetz gegen? Gibt doch kein Gesetz dagegen, auf jemand zu stehen, sag ich zu ihr. Dann krieg ich ne kleine Panikattacke, denn wir sind bei mir, und ich bin sicher, sie war am Kühlschrank. Ich hoffe, sie hat die verfickte Melone und die Creme nicht gesehen. Scheiße, ein Glück, daß ich das Opal-Poster abgehängt hab.

– Du verstehst nicht, wie das für mich ist. Für einen Freak, eine unvollständige Frau. Sie haben mir etwas weggenommen. Ich bin nicht komplett, und dafür sollen sie mir bezahlen. Nicht die paar Pfund auf der Bank, ich will Gerechtigkeit. Ich will Bruce Sturgess, das Schwein, das das Medikament auf den Markt gebracht hat, das uns zu Krüppeln gemacht hat.

– Du willst, daß ich dir helfe, diesen Sturgess-Fritzen fertigzumachen? Schön, mach ich.

– Du verstehst das nicht! Ich will nicht, daß du ihn zusammenschlägst. Das ist kein x-beliebiger Wichser, der zum Fußball geht oder in den Pub auf der Ecke. Ich will diesem Scheißkerl keinen Schreck einjagen! Ich will seine Arme. Ich will, daß ihm die Gliedmaßen abgehackt werden. Ich will, daß er am eigenen Leib spürt, wie sich das anfühlt!

– Sowas kannst du nicht machen ... dafür gehst du in den Bau ...

– Was ist los mit dir, du knallharter Schläger? Hast du Schiß? hänselte sie mich, und ihr Gesicht wurde ganz anders, sie sah gar nicht mehr wie sie selbst aus.

– Nee, ich ...

– Ich kaufe mir das Dreckschwein, mit deiner Hilfe oder ohne. Ich will, daß der Wichser erfährt, wie es ist, zum Freak gemacht zu werden. Er hat mein Wesen verändert. Und jetzt will ich ihn verändern. Verstehst du? Ich will deren Scheißgeld nicht. Ich will ihnen das wegnehmen, was sie mir weggenommen haben, und ihnen zeigen, zu was ihr Scheißgeld dann noch gut ist. Ich will sie spüren lassen, was es bedeutet, wenn jemand, den man nicht kennt, einen kaputtmacht, wie man sich fühlt, wenn man verändert wird ... wenn einem sein Platz in der Welt streitig gemacht wird. Schweine wie er tun das unentwegt: sie zerstören Arbeitsplätze, Wohnraum, Existenzen durch die Entscheidungen, die sie treffen, und nie bekommen sie den Schaden zu sehen, den sie anrichten, niemals werden sie zur Rechenschaft gezogen. Ich will, daß er es selbst sieht, aber auch, daß er es spürt. Ich will, daß er merkt, wie es sich anfühlt, ein Freak zu sein.

– Du bist kein Freak! Du bist wunderschön! Ich liebe dich!

Ihr Gesicht leuchtete auf, wie ich es noch nie gesehen hatte, als würde sie das gleiche empfinden wie ich. – Schon mal mit dem Fuß einen runtergeholt bekommen? fragte sie mich.

Pembrokeshire, 1982

Barney Drysdale überkam stets eine Welle der Zufriedenheit, wenn er den Land Rover den steilen Pfad zum Cottage hochquälte. Beim Aussteigen sah er zu dem alten Steinhaus hinüber, atmete tief die frische Luft ein und ließ den Blick über die umliegende Landschaft schweifen. Nichts als Hügel, Bachläufe, ein paar kleine Bauernhöfe und Schafe. Genau das, was er brauchte.

Morgen würde er Gesellschaft haben, dann kamen Beth und Gillian aus London nach. Es gehörte zum Familienritual, daß Barney immer zum Cottage vorausfuhr, um »den Kamin zu stochen«, wie er es nannte. Er hatte Freude daran, das Haus alleine zu begutachten und sich anzusehen, welche Fortschritte er bei der Renovierung gemacht hatte. In Wirklichkeit hatten die Handwerker die Fortschritte gemacht und einen verfallenen Steinhaufen in ein Traumhaus verwandelt. Barney war gelegentlich rausgefahren, hatte getan, als würde er mit anpacken, viel Wind gemacht und versucht, sich wie einer von ihnen zu geben, aber dennoch die mißtrauischen Handwerker nie für sich gewinnen können – nichtmal dann, wenn er Bier mitbrachte oder darauf bestand, früher Feierabend zu machen, um im Dorfpub noch einen zu trinken. Er hielt sie nur für etwas schüchtern, diese Provinzler, und verlegen. Er begriff nicht, daß er sie in Verlegenheit brachte. Im Pub entschuldigte sich einer nach dem anderen und ging. Dann riefen sie im Pub an, um nachzufragen, ob Barney schon gegangen war, und kamen zurück, um ohne ihn weiterzutrinken.

Im Cottage war es feucht-kalt, und Barney machte sich daran, das Kohlefeuer anzufachen. In der kurzen Zeit, in der er trödelnd durch sein Feriendomizil geschlendert war, war die Nacht hereingebrochen. Barney ging hinaus, um

Kohlen aus dem Schuppen zu holen, der in fast völliger Dunkelheit lag, außerhalb des Lichtscheins aus dem Haus. Es war ein gutes Gefühl, durch die Dunkelheit zu stapfen und die eisige Nachtluft auf der Haut zu genießen.

Als er mit vorsichtigen Schritten über den Schotterweg knirschte, meinte Barney, ein Geräusch zu hören, sowas wie ein Husten. Plötzlich durchzuckte ihn Angst, aber sie ging sofort vorüber, und Barney lachte über seine Schreckhaftigkeit. Er machte sich mit der Kohle und den Holzscheiten auf den Rückweg.

Zu seinem Ärger bemerkte Barney erst jetzt, daß er keine Feueranzünder mehr hatte. Der Laden im Dorf dürfte mittlerweile geschlossen haben.

– Verflixt, sagte er.

Er schichtete ein paar zerknüllte Zeitungen auf, darüber das Anmachholz und darauf kleine Kohlestückchen. Es war eine knifflige Angelegenheit und erforderte Geduld, aber dann sah er zufrieden ein schönes Feuerchen auflodern.

Er blieb eine Weile davor sitzen und fuhr dann, rastlos geworden, hinunter ins Dorf, wo er sich im Pub ein paar einsame Drinks genehmigte und im *Telegraph* blätterte. Er war enttäuscht, kein bekanntes Gesicht zu sehen: weder Handwerker aus dem Ort noch andere Besitzer von Wochenendhäusern. Nach einer Weile überkam ihn jene leichte Melancholie, wie sie nur die Einsamkeit hervorrufen kann, und er fuhr nach Hause.

Als er wieder im Cottage war, setzte sich Barney in den Sessel vor dem Feuer und sah zur Entspannung ein wenig fern, schlürfte an einem Glas Port und mümmelte ein Stückchen von dem Stilton, den er mitgebracht hatte. Das Ofenfeuer hatte das Haus schnell erwärmt, und Barney fühlte sich schläfrig und ging zu Bett.

Im Erdgeschoß des Cottage war noch jemand.

Die Gestalt bewegte sich mit großer Anmut und Geschicklichkeit durch die Dunkelheit. Von der Schulter des Schattens, dort, wo eigentlich der Arm hätte sein müssen, baumelte ein großer Kanister. Der Inhalt dieses Kanisters diente dazu, den Teppich und die Vorhänge mit Paraffin zu tränken.

Draußen war jemand, der einen Pinsel im Mund hielt. Unglaublich flink und geschickt schrieb die dunkle Gestalt mit vor- und zurückschnellendem Kopf Parolen auf die Wand des Cottage:

CYMRU I'R CYMRU
LLOEGR I'R MOCH

Heilige Kühe

Wir fahren mit dem Lieferwagen nach Romford rauf, wo so'n Dorftrottel seinen alten Aston Martin aufgebockt vorm Haus rumstehen hat. – Fünfzig Eier, und er gehört euch, sagt er, der bekloppte Sack, – ich komm nicht dazu, noch länger dran rumzubasteln. Ich hab schon einiges dran machen lassen; den bekommt ihr leicht wieder ans laufen. Ich hab nur keinen Nerv mehr.

Ich mache die Motorhaube auf und seh mir alles an. Sieht gar nicht mal übel aus. Bal guckt auch mal rein und nickt mir zu.

– Nee... der ist hin, Kollege. Wir können ihn dir für nen Zehner zum Schrottwert abnehmen.

– Jetzt hör aber auf. Ich hab Unsummen für die Karre bezahlt. Und nochmal soviel reingesteckt, meint die Pflaume.

– Meinetwegen, aber es kostet dich mindestens nochmal zweihundert, die Kiste wieder in Gang zu bringen. Erstmal scheint mir das Getriebe auch im Arsch zu sein. Da zahlst du bloß drauf, kannst du mir glauben.

– Wie wär's mit vierzig? sagt er.

– Wir sind Geschäftsleute, Kumpel. Wir müssen auch sehen, wo wir bleiben, sagt Bal achselzuckend.

Der Depp zieht ein Gesicht und nimmt den Zehner. Das kleine Schmuckstück hab ich im Handumdrehen wieder fit. Wir nehmen es an den Haken und schleppen es ab zu unserer Werkstatt.

Irgendwas an unserer Scheißwerkstatt zieht mich immer total runter. Vor allem, wenn man an so nem heißen Sommertag wie heute hier ist. Ich glaub, es liegt daran, daß sie anscheinend nie was von der Sonnenwärme abkriegt, immer liegt sie im Schatten, wegen der hohen Gebäude drumherum. Hier drinnen gibt's kein natürliches Licht, nur diese alten Scheißlampen. Ich schwöre, eines Tages hacke ich n verdammtes Loch ins Dach und bring sowas wie n Oberlicht an. Der Gestank vom Paraffin aus dem Heizgerät und von dem Öl der rumfliegenden Teile kann einem ganz schön auf den Zeiger gehen. Dazu kommt, daß ich immer total stinkend hier rauskomme. Die ganzen Ersatzteile, die auf dem Boden und auf dem beschissenen großen Tisch rumfliegen. Und diese riesige blöde Schwingtür, die nicht mal mehr nen Riegel hat. Wir müssen das Drecksding jedesmal mit nem Vorhängeschloß zumachen. Morgens krieg ich meistens nen Anfall, wenn ich das Scheißding aufzukriegen versuche.

Aber Bal fühlt sich sauwohl hier drinnen. Er hat sein ganzes Scheißwerkzeug hier, sogar die große verdammte Kettensäge, die er letzten Winter gebraucht hat, als er mit den Bäumen, die er im Epping Forest gefällt hat und im *Advertiser* als Feuerholz anbot, ein kleines Nebengeschäft aufgezogen hatte.

Doch, heute ist es zu heiß für die Werkstatt.

– Doofe sterben nicht aus, was, Junge? lacht Bal und tätschelt die Motorhaube des Wagens.

– Ja, was für'n armer Irrer. Herrgott, ist das beschissen heiß heute. Hör mal, Alter, meine Kehle will mir was mitteilen. Lust auf n Bier?

– Klar, in Ordnung. Ich seh dich dann im Grave Maurice. Aber ich will erstmal n bißchen hierdran rumfummeln, meint er und tätschelt wieder die Motorhaube, als wär es der Arsch oder die Titten von ner Ische oder sowas. Schön, soll er: ein Autonarr, der verrückte Hund. Ich stehe da mehr auf Samanthas Titten und Arsch. Boah. Diese Scheißhitze macht mich total geil. Manchmal frag ich mich, ob's dafür ne wissenschaftliche Erklärung gibt, oder ob das nur daran liegt, daß die ganzen Schnallen in dieser Jahreszeit halbnackt rumlaufen. Egal, ich kann's kaum erwarten, sie zwischen die Finger zu kriegen, aber bis dahin tut's auch n schönes, kühles Lager. Ich mach die Fliege.

Mann, diese Scheiß-Präventivüberwachung. Ich bin ganze fünf beschissene Minuten im Pub und hab grad mal zwei Schluck trinken können, da kommt diese Nesbitt-Fotze von der Bullerei einfach in die Bar vom Maurice reinmarschiert, als ob der Scheißladen ihm gehört.

– Alles klar, Thorny?

– D. C. Nesbitt. Welch angenehme Überraschung.

– Angenehm ist es nie, sich in Kriminellenkreisen zu bewegen.

– Ganz Ihrer Meinung, John. Die meide ich auch wie die Pest. Muß allerdings bei Ihrer Profession recht schwierig sein. Bleibt Ihnen wohl kaum viel anderes übrig, oder? Vielleicht wär's Zeit für nen anderen Beruf. Schonmal dran gedacht, Ihr Glück im Autohandel zu versuchen?

Der Sack steht da und läßt sich verarschen und versucht mich dabei niederzustarren, als hätte ich mich für irgendwas zu entschuldigen. Billy und die neue Perle hinter der Theke kichern sich eins. Ich proste dem Bullenarsch einfach zu, – Cheers!

– Wo steckt dein Kumpel, Leitchy?

– Barry Leitch ... hab Bal schon ne Weile nicht mehr gesehen, erkläre ich ihm. – Ich meine, klar, bei der Arbeit und so, ist ja auch kaum zu vermeiden bei nem Zwei-Mann-Betrieb, aber privat verbringen wir nicht viel Zeit zusammen. Wir bewegen uns heutzutage zunehmend in verschiedenen Kreisen, falls Sie verstehen, was ich meine.

– In welchen Kreisen bewegt er sich denn heute?

– Das müssen Sie ihn selber fragen. Wir haben zur Zeit viel zuviel Maloche am Hals, als daß wir Zeit mit Smalltalk über das Privatleben verschwenden könnten.

– Du bist nächste Woche bei Millwall, meint er.

– Wie meinen?

– Verarsch mich nicht, Thorny. Millwall gegen West Ham. Endsleigh Insurance League Division One. Nächste Woche.

– Verzeihung, Chef, aber ich interessier mich nicht mehr sonderlich für den Spielplan. Seit Bonzo auf dem Managerstuhl sitzt, hab ich das Interesse verloren. Mannschaftsdienlich auf dem Platz, aber als Manager bringt er's nicht, verstehn Sie? Traurig, wenn so was passiert, aber so spielt das Leben, nicht?

– Das höre ich mit Freuden, aber wenn ich auch nur den Schatten von deinem elenden Arsch am Samstag auf der anderen Flußseite sehe, kassiere ich dich wegen Landfriedensbruch. Selbst wenn du unten im Einkaufszentrum von Croydon mit Taschen voller Spielzeug für die hungernden Waisen des Viertels rumläufst, wirst du sofort eingelocht. Halt dich aus South London raus.

– Mit Vergnügen, Mr. N. Hat mir da eh nie so gefallen, ist nichts los da drüben.

Für Bullen hatte ich nie viel übrig. Nicht nur wegen dem Job, den sie machen, sondern auch als Menschen. Das ist ein ganz spezieller Schlag, falls ihr wißt, was ich meine. Es waren doch immer diese hinterfotzigen, feigen kleinen Kinder, die man auf der Schule immer vermöbelt hat, die dann hingingen und Bullen wurden. Als ob sie versuchen wollten, sich ne Uniform überzuziehen und sich an der Welt zu rächen. Aber das Hauptproblem mit Bullen ist, daß sie überall die Nase reinstecken, oder? Dieser Arsch von Nesbitt, wenn der sich erstmal in was verbissen hat, läßt der nie mehr los. Man muß bloß an die schwulen Kinderschänder denken, die sich auf Spielplätzen rumtreiben und kleine Kinder betatschen. Das sind perverse Typen, um die sich die Bullerei kümmern sollte, statt hart arbeitenden Leuten das Leben schwer zu machen.

Sobald sich diese Bullenfotze Nesbitt verpißt hat, rufe ich

Bal in der Werkstatt an. – Muß Millwall absagen. Nesbitt hat Wind davon bekommen. Er war hier im Maurice und hat dumme Andeutungen gemacht.

– Wenn er so früh schon auftaucht, heißt das, daß er nicht genug Leute hat, um damit fertigzuwerden. Kürzungen bei den Überstunden, wa? Steht alles im *Advertiser*. Hätte er genug Leute, würde er die Füße stillhalten und versuchen, uns in Aktion zu erwischen. Du weißt so gut wie ich, daß die Bullen nichts so sehr lieben wie richtige Krawalle: Dann können sie den Politikern erzählen, die öffentliche Ordnung wär gefährdet, und sie bräuchten mehr Geld für noch mehr Bullen.

– Genau, und wenn wir's abblasen, denken die Millwall-Fotzen, die aus East London hätten keinen Mumm mehr.

– Eins allerdings noch, meinte Bal, – Newcastle ist in ein paar Wochen.

– Ja. Trommeln wir dafür die Firma zusammen. Ist besser als Millwall; ganz schönes Stück weg, was? Kommt vielleicht in die überregionale Presse. In London haben sie alle die Nase vom Krawall voll. Können froh sein, wenn's ne Klatscherei mit Millwall in den beschissenen *Standard* schafft.

Newcastle paßte mir besser. Lyonsy lag mir noch im Magen. Ich hatte mit den Gewichten trainiert und meine Schlagkraft verbessert, bloß um auf den Arsch vorbereit zu sein. Ohne den großen Lyonsy hatte ich auch auf Millwall keinen Bock. Ich merkte gleich, daß der Gedanke an Newcastle Bal begeisterte, denn er war wie der geölte Blitz im Pub aufgetaucht und hatte mich direkt ins Hinterzimmer geschleift. Und jeden, der reinkommen wollte, hat er mit bösem Blick verscheucht.

– Weißt du, verriet er mir, – ich mach mir Sorgen wegen Riggsie und den anderen. Dieses ganze Ecstasy, Thorny, dieser ganze Love&Peace-Scheiß.

– Ja, ich weiß, meinte ich und dachte an Samantha. Ich seh

sie heute abend. Bei ihr in Islington. Was sie alles mit den Füßen anstellen kann. Die Art, wie sie meinen Schwanz einfach zwischen ihre zehn Zehen nahm und bloß ganz leicht daran zog, daß ich schon abspritzte wie n verdammter Springbrunnen, bevor ich wußte, wie mir geschah.

– Das regt mich auf, erklärt Bal, – das bringt mich echt auf die Palme, Dave.

– Ja, kann ich verstehen, meine ich.

Samantha. Mannomann. Kann nicht mehr lange dauern, bis wir es richtig treiben. Aber Bal, dieser Sack: der kann in mir lesen wie in nem Scheißbuch.

– Hör mal, Kumpel, fängt Bal an, ganz ernsthaft jetzt, – du würdest doch nie zulassen, daß irgendne Ische alles verdirbt, oder? Unser Verhältnis zum Beispiel, das Geschäft, die Firma und das alles?

– türlich nicht, beteuere ich. – So ist das nicht zwischen mir und Samantha. Mit Gewalt hat sie keine Probleme. Ich glaub, das macht sie an.

Glaub ich wirklich.

– Ja? grinst er, aber ich verrate ihm nicht mehr, nicht über Samantha. Ich hab schon genug gesagt. Er gibt sich damit zufrieden. – Ich mach mir derzeit einfach um die wichtigen Jungs Sorgen. Ich mein zum Beispiel Riggsie und Shorthand. Sie sind nicht mehr richtig bei der Sache. Ist doch total dekadent, wa? Ist wie im alten Rom mit diesen Wichsern, n einziger großer beschissener Sextrip. Kein Wunder, daß sich die Ilforder Chancen ausgerechnet haben. Wer kommt als nächster? Der Schlauscheißermob aus Basildon? Die aus East Ham? Die Gray's-Crew?

– Aber mit Handkuß! schnaubte ich. – Völlig egal, wer sich Chancen ausrechnet. Wir machen die Fotzen lang!

Er grinst, und wir stoßen mit unseren Gläsern an. Bal und ich, wir stehen uns näher als verdammte Blutsbrüder. Totale Seelenverwandte und so. Schon immer gewesen.

Jetzt ist da aber auch noch Samantha... ich muß da an diesen Song von ABC denken, einer meiner Lieblingssongs, wo es darum geht, daß die Vergangenheit für einen wie ne beschissene heilige Kuh ist, und wir uns alle scheißnochmal ändern müssen.

Da liegt Bals Problem, er versucht immer, aus der Vergangenheit irgendwie ne heilige Kuh zu machen. Ich glaub, es war die alte Maggie, die so was in der Richtung gesagt hat, daß wir uns alle erneuern müßten, um neuen Herausforderungen zu begegnen. Tut man das nicht, endet man wie die ganzen traurigen Fotzen oben im Norden, die wegen irgendner Scheißfabrik oder Zeche, die dichtgemacht wurde, in ihr Bier heulen.

Man darf aus der Vergangenheit nicht so ne verfickte heilige Kuh machen.

Die Gegenwart, das sind ich und sie: Samantha und so. Ich kann hier nicht rumsitzen und Bal zuhören, ich muß mich für unser Treffen fertigmachen. Könnte die Nacht der Nächte werden.

Als ich nach Hause komme, hab ich ne Nachricht auf dem Anrufbeantworter: ist die Stimme von der Schlampe. Ich hör mir erst gar nicht an, was sie wieder zu verzapfen hat. Vermiest mir die Laune, denn ich hab gerade an Samantha gedacht, und alles war in Ordnung, und dann muß sie mir alles versauen, indem sie sich in mein verdammtes Leben einmischt, dabei hat sie gar nichts drin zu suchen.

Samantha will ich.

Ich mach mich fertig und rase im Eiltempo zu ihr rüber. Allein beim Gedanken an sie krieg ich wieder gute Laune, denn als dieser saudumme Arsch vor mir ausschert, grinse ich bloß und winke, statt ihn anzuhupen, ihm nachzurasen und ihn zur Sau zu machen. Ist doch n zu schöner Tag, um sich wegen irgendnem Scheiß zu ärgern und aufzuregen.

Sie hatte diesen speziellen Blick. Sie verschwendete keine Zeit.

– Zieh dich aus und leg dich aufs Bett, sagte sie zu mir.

Schön, machte ich doch glatt. Ich stieg aus Jeans, Hemd und Schuhen. Ich zog Unterhose und Socken aus. Als ich aufs Bett kletterte, spürte ich den alten Kolben hart werden.

– Ich hab schon immer auf Schwänze gestanden, sagte sie, während sie sich wie ne Schlange aus ihrem Oberteil wand. Genau so bewegte sie sich, wie ne Schlange. – Ich finde alle Glieder toll. Du hast fünf, und ich nur zwei. Das heißt, du mußt mir eins abgeben, etwa nicht?

– Ja, klar ... sagte ich, während mir der Kopf zu schwirren begann und meine Stimme total heiser wurde.

Sie zog ihre Leggins aus, immer jeweils ein Bein mit dem anderen Fuß. Waren echt wie Hände, die verdammten Füße. Je mehr ich sie in Aktion sah, desto weniger konnte ich's glauben.

Ich sah sie zum erstenmal nackt. Ich hatte es mir schon vorgestellt und so, mir tagelang beim Gedanken daran einen runtergeholt. Komischerweise hatte ich danach immer irgendwie n schlechtes Gewissen. Nicht weil sie keine Arme hat, sondern eher, weil sie jemand ist, der mir wirklich was bedeutet, ist zwar ziemlich verrückt, aber ich kann schließlich nix dafür, wie ich bin oder was in mir vorgeht. Da steht sie nun vor mir. Ihre Beine sind lang und schlank, so wie sie bei Mädchen sein sollten, und sie hat diesen tollen, flachen Bauch, nen süßen Arsch, Spitzentitten und dann dieses Gesicht. Dieses gottverdammte Gesicht, total wie n Engel. Dann sah ich dahin, wo ihre Arme sein sollten, und wurde irgendwie ... traurig.

Traurig und verdammt wütend.

– Ich steh auf Ficken, sagt sie. – Ich mußte nicht erst lernen, wie's geht. Ich war ein Naturtalent. Als ich den ersten Typen hatte, war ich zwölf und er achtundzwanzig. Im

.

229

Heim. Der ist völlig abgeflogen. Kommt alles aus den Hüften, und keiner kann soviel mit den Hüften anstellen, wie jemand wie ich. Keiner kann soviel mit dem Mund anstellen wie ich. Weißt du, es gibt ne Menge Männer, die darauf abfahren. Ach ja, ich weiß, da gibt es dieses Perversending, von wegen, nen Krüppel ficken ...

– Nee, du bist kein Krüppel. Du solltest nicht so von dir selber reden ...

Sie lächelt mich bloß an. – Jedenfalls geht's immer nur darum, freie Bahn zu haben. Keine Arme, um sich die Jungs vom Leib zu halten. Sie stellen sich gern vor, daß ich nichts dagegen machen kann, keine lästigen Arme, mit denen ich sie wegstoßen kann, sie dran hindern kann, zu tun, was sie tun wollen. Das gefällt dir doch, oder? Da hast du's alles: freie Bahn zu meinen Brüsten, meiner Möse, meinem Arsch. Was du willst. Hätte ich doch auch noch keine Beine, was? Bloß ein Fickspielzeug. Du könntest mich in nem Geschirr aufhängen und mich benutzen, wie du willst, wann du willst. Du hältst mich für völlig wehrlos, als wär ich nur für dich da, um jederzeit von deinem geilen Schwanz penetriert zu werden.

Scheiße, das ist nicht richtig, wie sie da redet. Absolut nicht richtig. Ich krieg hier noch Paranoia. Sie muß damals diese Melone im Kühlschrank gefunden haben ... sie muß.

– Wenn's wegen der Melone da ist ...

– Wovon redest du? fragt sie.

Das war's nicht, Schwein gehabt. Ich kontere, – Wovon redest du denn? Hä? Ich liebe dich. Ich liebe dich, zum Henker!

– Du meinst, du willst mich ficken.

– Nee, ich liebe dich, Punkt.

– Du bist schon ne kleine Enttäuschung für mich, Mile-End-Boy. Hat dir noch nie einer gesagt, daß es auf dieser Welt keine Liebe gibt? Es geht nur um Geld und um Macht.

Das ist die eine Sache, die ich kapiert habe: Macht. Das hab ich gelernt, als ich aufgewachsen bin. Die Macht, gegen die wir kämpfen mußten, als wir unsere Entschädigungen wollten, als wir Gerechtigkeit von ihnen wollten: von den Industriellen, der Regierung, den Gerichten, von der gesamten verdammten Blase, die alles beherrscht. Wie sie die Reihen schlossen und zusammenhielten. Das wär was für dich gewesen, Dave. Geht's nicht genau darum bei dir und deiner Firma, in eurer Spielzeugwelt? Die Macht zu verletzen. Die Macht zu besitzen. Die Macht, jemand zu sein, so gefürchtet zu sein, daß einem niemals einer blödkommen kann? Niemals? Aber trotzdem liegst du damit falsch, Dave, denn es wird immer einer da sein, der dich rumschubst.

– Vielleicht hab ich früher so gedacht, aber so bin ich nicht mehr. Ich kenne meine Gefühle, sage ich zu ihr. Ich leg meine Hände schützend über die Eier. Meine Erektion macht schlapp, und ich komm mir total blöd vor, hier splitternackt mit ner Torte rumzusitzen, ohne was zu machen.

– Tja, Pech für dich, mein süßer kleiner Hool-Bubi. Denn wenn das so ist, kann ich dich nicht brauchen. Ich brauche keinen Trottel, der schlapp macht. Typisch Mann: erst groß daherreden und dann kneifen. Von Anfang an. Sogar mein eigener beschissener Vater hat gekniffen.

– Verdammt, ich mach nicht schlapp! Ich würde alles für dich tun!

– Gut. In dem Fall blase ich dir einen, bis er wieder so hart ist, wie er war, und dann kannst du dir aussuchen, was du mit mir anstellen willst. Deiner Phantasie sind, wie man so sagt, keine Grenzen gesetzt.

Genau das sagte sie, und ich konnte es nicht ändern. Ich liebte sie und wollte für sie sorgen. Ich brauchte ihre Liebe, nicht dieses Gequatsche wie von ner durchgedrehten Nutte. Ich mag's nicht, wenn Mädchen so reden. Sie muß n paar ziemlich miese Sachen gelesen oder sich mit bekloppten

Leuten rumgetrieben haben, um so n Gerede aufzuschnappen.

Ich konnte also nichts dagegen machen, und wißt ihr was? Ich wette, sie wußte, daß es so kommen würde: Ich bin mir hundert Prozent sicher, daß sie's wußte.

Sie legte sich nen Morgenmantel um die Schultern. Damit sah sie wunderschön aus, denn so, wie er runterhing, dachte ich für nen Augenblick, sie hätte Arme. Aber wenn sie Arme gehabt hätte, würde sie bestimmt nicht mit nem Typ wie mir hier sitzen. – Wann machst du Sturgess fertig? fragte sie.

– Das kann ich nicht machen. Echt nicht.

– Wenn du mich wirklich liebst, dann machst du es! *Alles*, genau das hast du gesagt! Sie schrie mich an. Sie heulte los. Scheiße, ich kann's nicht ertragen, sie weinen zu sehen.

– Es ist nicht richtig. Ich kenn den Typ doch gar nicht. So was ist Mord, ey.

Sie sah mich an und setzte sich dann neben mich aufs Bett. – Ich will dir mal ne kleine Geschichte erzählen, sagte sie. Sie schluchzte alles raus.

Als sie zur Welt kam, haute ihr alter Herr ab. Kam nicht damit klar, n Kind ohne Arme zu haben. Ihre alte Dame, die ging einfach hin und machte sich alle, wa. Also ist Samantha im Heim aufgewachsen. Die Regierung und die von den Gerichten standen hinter denen, die das Medikament hergestellt hatten, sie wollten ihr nichtmal diese Entschädigung zahlen, ihr nicht, und auch den anderen ohne Arme geborenen Kindern nicht. Das war's dann. Erst als die Zeitungen die Geschichte aufgriffen und ne Kampagne starteten, da löhnten sie schließlich. Dieser miese Sturgess, der war das Schwein, das an allem Schuld war, und der wurde zum Scheißritter geschlagen, die alte Drecksau. Er war der Hauptschuldige, aber alle beschützten ihn. Er hat das meinem Mädchen, meiner Samantha angetan, und die schlagen

232

ihn zum Scheißritter für seine Verdienste um die Wirtschaft. Da muß doch einer mal für'n bißchen Gerechtigkeit sorgen. Darf man gar nicht drüber nachdenken.

Also sagte ich ihr einfach, ich würd's machen.

Anschließend gingen Samantha und ich ins Bett und liebten uns. Es war wirklich wunderschön, nicht wie mit der Schlampe. Ich konnte sogar richtig, war einfach n Supergefühl. Und als ich fertig war, sah ich nur noch ihr Gesicht, ihr schönes Gesicht, und nicht das von der verfickten Millwall-Schwuchtel.

Orgreave, 1984

Die Bezeichnung »Terroristin« klang für Samanthas Ohren ziemlich lächerlich. Internationale Terroristin klang noch verrückter. Samantha Worthington, die in einem Heim außerhalb von Wolverhampton aufgewachsen und ein einziges Mal im Ausland gewesen war, in Deutschland. Und dann war da noch die Reise nach Wales gewesen. Zwei Reisen, bei denen die Möglichkeit, erwischt zu werden, immer gegenwärtig gewesen war. Zwei Gelegenheiten, bei denen sie sich lebendiger und befreiter gefühlt hatte als je zuvor, und die sie für die nächste motivierten. – So funktioniert das nicht, erklärte ihr Andreas. – Wir müssen erstmal längere Zeit abtauchen. Dann tauchen wir wieder auf und schlagen zu. Und danach heißt es wieder abtauchen.

Ein Teil von Samantha hatte mehr getan, als nur die Möglichkeit, erwischt zu werden, zu sehen; in einem Winkel ihres Verstands hatte sie genau das als ihre Bestimmung akzeptiert. Ihre Geschichte würde publik werden, und wenn ihre Aktionen auch Abscheu erregen würden, so würde es doch auch Verständnis geben. Es würde die ganze Sache polarisieren, und genau das war nötig. Sie wußte, daß sie entweder als kaltblütige Psychopathin, als »Rote Sam, Internationale Terroristin«, hingestellt werden würde oder aber als dummes, unschuldiges junges Mädchen, das von finsteren Hintermännern benutzt worden war. Böse Hexe oder leichtgläubiger Unschuldsengel: eine irreführende, aber unausweichliche Wahl. Welche Rolle lag ihr besser? Die verschiedenen Vorstellungen spukten ihr immer wieder im Kopf herum, während sie in Gedanken beide Rollen einübte.

Samantha wußte, daß die Wahrheit über sie unendlich viel komplizierter war. Sie sah die Kraft, die sie antrieb –

Rache, und die, die sie zog – Liebe, und folgerte, daß ihr keine Wahl blieb. Sie war eine Gefangene, aber eine willige. Andreas hatte eine Leichtigkeit an sich, die darauf hindeutete, daß er all dies vergessen könnte, wenn erst einige Ungerechtigkeiten aus der Welt geschafft waren. Es war nur eine vage Möglichkeit, und im Grunde wußte Samantha im Innersten, daß sie unwahrscheinlich war. Hatte er nicht schon davon geredet, daß man von Einzelschicksalen übergehen müsse zum Gesamtkomplex der staatlichen Unterdrückung? Ja, es war nur eine vage Möglichkeit, aber solange sie existierte, würde sie bei ihm bleiben.

Andreas seinerseits hatte begriffen, daß Disziplin alles war. Disziplin und Verschwiegenheit. Der Unterschied zwischen ihnen und den Leuten, die betont radikal oder revolutionär auftraten, lag in ihrer Unauffälligkeit. Für den Rest der Welt waren sie normale Bürger, keine Politfreaks. Samantha hatte diese Maske nur einmal fallenlassen.

Einige ihrer Londoner Freunde gehörten zu einem Miners' Support Committee und überredeten sie, mit nach Orgreave zu fahren. Der Anblick der eingekesselten Angehörigen der Arbeiterklasse im erbitterten Kampf mit den Bütteln des Systems war zuviel. Sie hatte sich in die vorderste Front vorgeschlängelt, wo die Streikposten gegen den Polizeikordon drängten, der die Streikbrecher schützte. Sie konnte nicht anders, sie mußte handeln.

Der junge Schreibtischhengst von der Metropolitan Police, den man mit der Aussicht auf eine nette, durch die Überstunden im Dienste seiner staatlichen Dienstherren besonders üppig ausfallende Lohntüte, aus London abkommandiert hatte, konnte es nicht fassen, daß dieses Mädchen ohne Arme ihm gerade einen brutalen Tritt in die Eier versetzt hatte. Während er mit tränenden Augen nach Luft rang, beobachtete er, wie sie im Mob untertauchte.

Eine in einem weißen Lieferwagen versteckt angebrachte Kamera hatte Samanthas Aktion und ihr Verschwinden ebenfalls registriert.

London, 1990

Bruce Sturgess saß in seinem großen Garten am Themse-
ufer bei Richmond im Sessel. Es war ein heißer, heiterer
Sommertag, an dem Sturgess träge auf den dahinströmen-
den Fluß hinausblickte. Das Signalhorn eines vorbeifahren-
den Boots ertönte, und einige Passagiere an Deck winkten
ihm zu, als es vorbeifuhr. Da er seine Brille nicht trug,
konnte Sturgess das Boot nicht genau erkennen, geschweige
denn die Passagiere, aber er winkte faul der Versammlung
von lächelnden Gesichtern und Sonnenbrillen zu und fühlte
sich eins mit seinem kleinen Teil der Welt. Dann zog er aus
einem Grund, über den er nicht näher nachdenken wollte,
einen Zettel aus seiner Tasche. Darauf stand in krakeliger
Handschrift:

MEIN GEHEIMNISVOLLER FREMDER, BITTE RUF
MICH AN. JONATHAN.

Dann folgte eine Nummer mit einem großen X daneben.
Diese erbärmliche kleine Gossenratte. Dachte er wirklich,
daß er, Bruce Sturgess, Sir Bruce Sturgess, sich mit einem
geldgeilen kleinen Stricher von der Frischfleischauslage
kompromittieren würde? Dort gab es genügend andere ver-
kommene Zweidollarjungs mit dem starren Ausdruck ge-
künstelter Unschuld im Gesicht, den er so liebte. Nein,
dachte Sturgess, es waren genug Filetstücke im Angebot,
unter denen man wählen konnte. Was er wirklich brauchte,
war jemand, auf dessen Diskretion er sich verlassen konnte.
Einem lustvollen Anflug von Gewaltbereitschaft nach-
gebend, zerknüllte er den Zettel in seiner Hand. Nachdem
dieser Anflug verebbt war, folgte ein flüchtiges Panik-
gefühl, woraufhin er das Papier wieder glattstrich und in

seine Tasche zurücksteckte. Bruce Sturgess brachte es nicht über sich, den Zettel wegzuwerfen. Statt dessen lehnte er sich wieder gemütlich zurück, um den Booten nachzuschauen, die träge die Themse hinunterschipperten.

Sturgess begann über sein bisheriges Leben nachzusinnen, etwas, wozu er immer häufiger neigte, seit er in den Ruhestand getreten war. Im allgemeinen zog er daraus keine geringe Befriedigung. Die angenehme Erinnerung an die Erhebung in den Ritterstand war noch nicht verblaßt. Es war angenehm, Sir Bruce genannt zu werden – nicht nur wegen der besten Tische im Restaurant, den besten Hotelsuiten, den Aufsichtsratsposten und all den anderen angenehmen Begleiterscheinungen, für ihn klang es einfach gut – eine ästhetische Wohltat für sein Ohr. – Sir Bruce, sprach er leise vor sich hin. Das tat er häufig. Und überhaupt, wenn jemand es verdient hatte, dann er, das sagten alle. Er war die Karriereleiter in der Firma beharrlich hinaufgeklettert, war von der Forschungs– und Entwicklungsabteilung hinübergewechselt ins Management und dann in den Vorstand von United Pharmacology, jenem Mischkonzern für Pharmazeutika, Nahrungsmittel und alkoholische Getränke. Tenazadrin war zweifellos ein wunder Punkt. Köpfe waren anschließend gerollt, aber für Bruce Sturgess war es nur ein weiteres Firmenfiasko, aus dem er sich wieder herausgewunden hatte. Es gab immer jemanden in untergeordneter Position und mit weniger Cleverness, der die Suppe auslöffeln mußte, und gegenüber Bruce Sturgess befanden sich viele in dieser Position. Sein kaltblütiges Vorgehen in diesem Fall hatte seinen Ruf als aalglatter Taktiker nur gefestigt.

Die Tragödie hatte für ihn rein finanzielle Dimensionen: Geld, das der Firma verlorenging. Sturgess weigerte sich, die Rührstories in den Zeitungen oder die Fernsehbilder von Tenazadrinkindern zur Kenntnis zu nehmen. Fehlende Gliedmaßen und Mißbildungen drangen nur selten in sein

238

Denken ein. Es hatte eine Zeit gegeben, da war das anders gewesen: Während seiner Zeit in New York, wo die verführerische Anonymität des Lebens in dieser Stadt ihn überwältigt hatte, war er gezwungen gewesen, sich mit einer Seite seiner Sexualität auseinanderzusetzen, die er seit seiner Schulzeit verdrängt hatte. Damals hatte er begriffen, was es bedeutete, anders zu sein, und eine Zeitlang hatte er sich beängstigend gut in andere hineinversetzen können. Glücklicherweise hatte sich das gelegt.

Er erinnerte sich noch an das erste Mal, als seine Tenazadrin-Altlast mit Macht in sein Leben eingebrochen war. Er hatte mit seinen beiden kleinen Söhnen auf dem Richmond Common Cricket spielen wollen. Die Stäbe waren bereits aufgestellt, und Sturgess war gerade am Schlag, als sein Blick auf etwas fiel. In einiger Entfernung sah er ein kleines Kind ohne Beine. Der Junge schob sich mit Hilfe seiner Arme auf einer Art Rollbrett, etwa wie ein Skateboard, voran. Es war pervers, obszön. Für einen kurzen Augenblick fühlte sich Sturgess wie Dr. Frankenstein in einem seiner schwärzesten Momente.

Er hatte das Medikament nicht erfunden, sagte er sich immer wieder, er hatte es nur den Krauts abgekauft und weiterverkauft. Ja, damals hatte es diese leisen Bedenken gegeben – mehr als nur leise Bedenken, da hatte es einen von ihm unter den Teppich gekehrten Untersuchungsbericht gegeben, der darauf hindeutete, daß die Tests nicht so streng gewesen waren, wie sie hätten sein können, und daß die schädlichen Nebenwirkungen des Medikamentes größer waren als ursprünglich angenommen. Als ehemaliger Chemiker hätte er diesen Aspekten wirklich größere Aufmerksamkeit schenken sollen. Aber schließlich ging es um Tenazadrin, das Wundermittel gegen Schmerzen. Mit vergleichbaren Produkten hatte es früher keinerlei Komplikationen gegeben. Abgesehen davon gab es Konkurrenten um die Vermarktungsrechte für das Mittel in England. Sie würden nicht lange fackeln, und Sturgess glaubte, er könne sich das ebenfalls nicht leisten. Er unterschrieb den Vertrag mit dem Deutschen, diesem merkwürdigen Knaben, in der Lounge in Heathrow. Der Kraut hatte kalte Füße bekommen, rumgedruckst, daß doch neue Testreihen nötig seien, und ihm eine Kopie dieses Untersuchungsberichtes übergeben.

Es war allerdings schon zuviel in das Medikament investiert worden, als daß man davon hätte absehen können, es auf den Markt zu bringen. Zuviel Zeit, zuviel Geld und zuviel, was den Marktwert gewisser Karrieren in der Firma betraf, seine eingeschlossen. Der Untersuchungsbericht wurde niemals weitergeleitet, er wurde im Kamin von Sturgess' Haus in West London verbrannt.

All dies stand ihm wieder vor Augen, als Sturgess das Kind sah, und zum erstenmal empfand er die erdrückende Last seiner Schuld. – Ihr Burschen spielt weiter, sagte er mit belegter Stimme zu seinen verstörten Söhnen und taumelte zurück zum Auto, wo er schwer atmend versuchte, Ruhe zu bewahren, bis die Erscheinung aus seinem Blickfeld verschwunden war. Dann beendete er die Cricketpartie. Man wird damit fertig, redete er sich ein. Das war die englische Art: die Fähigkeit, Schmerz und Schuld in einen separaten und sicheren Winkel der Seele wegzuschließen, so wie man versiegelte Fässer mit radioaktivem Abfall in Granit begrub.

Er dachte an den guten, alten Barney Drysdale; Barney, der ihm die ganze Zeit zur Seite gestanden hatte.

– Es verfolgt mich immerzu, Barney, hatte er seinem Kollegen gesagt.

– Reiß dich zusammen, alter Junge. Wir bringen ein fehlerhaftes Produkt auf den Markt, und schon haben wir ganz schlechte Publicity. Da heißt es Augen zu und durch; die Herren von der Presse werden bald was anderes finden, womit sie sich die Zeit vertreiben können. Wieviele Menschen wir durch die Fortschritte in der Pharmazeutik gerettet haben, das interessiert die einen Dreck. In Zeiten wie diesen müssen wir alle zusammenhalten. Die ganzen herumschnüffelnden Journalisten und zartfühlenden Seelen glauben, der Fortschritt sei umsonst zu haben. Tja, da haben sie sich geschnitten!

Das war damals ein gutes Gespräch gewesen, es hatte Wunder für Bruce Sturgess' Seelenruhe gewirkt. Barney war ein Kamerad, der Zuversicht verbreitete. Er lehrte ihn, sehr genau auszuwählen, worüber er sich Gedanken machte, sich auf die eigenen Tugenden zu konzentrieren und die Schuldgefühle den ausländischen Freunden zu überlassen. Ja, das war ganz die englische Art. Er vermißte Barney sehr. Sein Freund war vor ein paar Jahren in einem Feuer in seinem Cottage in Pembrokeshire umgekommen. Man machte walisische Nationalisten dafür verantwortlich. Abschaum, dachte Sturgess. Andere mochten darin ausgleichende Gerechtigkeit sehen, aber an so etwas glaubte Bruce Sturgess nicht. Es war einfach nur verdammtes Pech.

Wie hatte dieser Kraut doch gleich geheißen? überlegte er schläfrig, während er in der Sonne döste. Emmerich. Gunther Emmerich. Die Sonne im Gesicht, schlummerte Sir Bruce ein. Ich vergesse nie einen Namen, dachte er selbstgefällig.

Abgelinkt

Wir bekamen knapp über hundert von der Firma zusammen, um Newcastle plattzumachen. Langsam wurde es n bißchen eng. Nach diesem Taylor-Report und wo's demnächst nur noch reine Sitzplatzstadien geben soll, könnte das eine der letzten richtigen Klatschereien auf den Rängen werden. Sie fingen im ganzen verdammten Land schon mit den Stadionumbauten an. Die Fotzen tragen den Scheißsport noch zu Grabe.

Diesmal wußten wir, daß die Bullen in großer Stärke antreten würden und keine Chance auf nen größeren Fight bestand. Bal und ich gaben am Freitagabend im Grave Maurice strikte Anweisungen aus: Die Fotzen sollten alle unbewaffnet gehen. Heutzutage nahmen die Bullen Leute wegen jedem Scheißdreck fest. Die ganze Operation sollte ne Demonstration der Stärke sein, n bißchen PR: den abgefuckten Geordiepissern mal zeigen, daß mit den Cockneyjungs noch zu rechnen ist. Wir schmeißen mit n paar angeschliffenen Pfundmünzen, singen n paar Lieder und behandeln ihren Kohlenpottslum ganz allgemein wie das Scheißhaus, das er ist. Aber auf dem Platz selbst würden wir nichts anfangen: nichts, was Leute von der Firma in den Knast bringen konnte. Bal und ich gaben alle Befehle aus; keiner von den Ilfordern zuckte auch nur mit der Wimper, und auch keine von den anderen Flaschen.

Zweiunddreißig von uns sollten jedenfalls nen Zug von King's Cross nehmen und ne Kneipe in Geordieland ansteuern, die wir ausgesucht hatten, weil sie schon um elf aufmachte. Weitere dreißig und n paar Zerquetschte würden mit dem um neun nachkommen und in nen anderen Pub ein paar Meter weiter gehen. Der dritte Trupp würde als Kutten getarnt mit nem Fanbus rauffahren und um eins in Newcastle eintreffen. Der Plan war, daß sie sich in zwei Gruppen aufteilen und beide Pubs ansteuern würden. Sie sollten die Geordiesäcke ködern, die's drauf anlegten, und dann wollten wir rausstürmen und sie aufmischen. Zwei Späher hatten wir Freitag mittag hochgeschickt, und die hielten uns mit den Handys auf dem laufenden.

Tja, wie der alte Robert Burns schon sagte: die schönsten Pläne von Mäusen und Menschen und all so n Scheiß, denn es lief mal wieder nicht ganz so, wie wir's geplant hatten. Newcastle ist einer meiner Lieblingstrips, hat echt was. Erstmal ist es schonmal so sauweit weg, so anders. Mal ehrlich, die Arschgeigen sind mehr wie Schotten als wie echte Engländer: irgendwie total siffig und unzivilisiert. Irgendwas an der Gegend macht einem Gänsehaut. Alles so beschissen bergig, und dann hängen diese häßlichen Brücken über dem dreckigen Fluß. Die Wichser sind so typische bematschte Doofbolzen aus dem Norden, zu dämlich, um n Besäufnis in ner Brauerei zu organisieren, aber sie können ordentlich austeilen und auch was wegstecken, wenn's zu ner Klatscherei kommt. In der Regel muß man schon einiges drauf haben, um so ne Fotze naßzumachen. Egal, das geht mir am Arsch vorbei, schließlich hab ich ja einiges drauf, und normal sind solche Vibes für mich n gefundenes Fressen, aber heute ist mir einfach nicht danach. Ich wär lieber zu Haus mit ihr zusammengewesen, meilenweit weg, unten im alten grauen London. Auf E in irgendnem blöden Club oder auf nem richtig großen Rave oder sowas in der Art. Nur ich und sie.

Na jedenfalls, wir kommen am Bahnhof an. In King's Cross waren n paar Bullen gewesen. Sie kamen mit in den Zug, stiegen aber in Durham wieder aus. Ich dachte, sie würden Newcastle über Funk informieren, und rechnete mit nem Empfangskomitee der örtlichen Bullerei. Aber als wir am Bahnhof ausstiegen, war er so gut wie verwaist.

– Keine Bullen, Scheiße nochmal! Wo sind denn die ganzen verfickten Polypen geblieben? brüllte Bal.

– Was ist denn hier gebacken? fragte Riggsie.

Aber ich hörte sowas. So n Grummeln in der Ferne, dann Rufe. Und dann waren sie da und stürmten die Bahnhofshalle, n paar von ihnen mit Baseballschlägern bewaffnet.

– DAS IST NE VERDAMMTE FALLE! schrie ich.
– DIE DRECKIGEN GEORDIEWICHSER UND DIE BULLEREI! DIE HABEN UNS ABGELINKT!

– KEINER TÜRMT! MACHT DIE FOTZEN FERTIG! Bal stürmte los, und wir folgten seinem Beispiel. Ich wurde verdammt hart am Rücken getroffen, aber ich teilte weiter aus und kämpfte mich in ihre Mitte vor. Es war n gutes Gefühl. Ich vergaß alles andere. Jetzt gab's keinen Krampf mehr, nur noch den Zusammenhalt. Ich stand im Gefecht. Nur das zählte jetzt. Ich hatte vergessen, wie gut sich das anfühlt. Ich rutschte aus und knallte hin. Ich fühlte die Stiefeltritte, aber ich rollte mich nichtmal ein, ich wuselte, prügelte und trat weiter. Ich schaffte es aufzustehen, weil Riggsie Raum geschaffen hatte, er hatte sich n Absperrgitter geschnappt und drängte sie damit zurück. Ich geriet an so n mageres Kerlchen mit Einmachgläsern auf der Nase und drosch einfach drauf, so fest ich konnte. Er ließ sein Notizbuch fallen, da checkte ich erst, daß er nur ne arme kleine Sau war, die sich Züge angucken wollte und in die Randale reingeraten war.

Schließlich tauchten die Bullen auf, und das war für alle das Signal, in verschiedene Richtungen abzuhauen. Draußen auf der Straße kam n Typ mit nem zugeschwollenen Auge an. – Dreckige Cockneysau, sagte er mit nem Geordieakzent, aber die Fotze lacht dabei. Ich dann auch.

– Mann, das war nicht von schlechten Eltern, meinte er.

– Ja, hat sich gelohnt, wa, stimmte ich zu.

– Mann, Alter, ich hab zuviel E im Kopf, um jetzt was anzufangen, grinste er.

– Geht klar, nickte ich.

Er hob den Daumen und meinte, – Man sieht sich, Alter.

– Darauf kannst du einen lassen, Geordie, lachte ich, und wir gingen unserer Wege. Ich ging zum Pub, den wir besetzt hatten. Mich quatschten noch zwei andere Geordies an, und ich hatte keinen Bock auf Klatscherei, mein Adrenalinspiegel war im Keller.

– Bist du Scheiß-West-Ham? fragte der eine.

– Geh scheißen, ich bin aus Schottland, knurrte ich in meinem schottischen Akzent.

– Alles klar, Alter, nix für ungut, meinte er.

Ich ließ sie stehen und ging in den Pub. Riggsie und n paar andere Typen waren da, also gingen wir zum Stadion rüber und nahmen unsere Plätze auf den Rängen ein, mitten zwischen den Scheißgeordies. Ich dachte dran, mal hinzulangen, um zu sehen, was passiert, aber Riggsie hatte Zivilbullen entdeckt, die uns im Auge behielten. Wir sahen uns die erste Halbzeit an, aber wir langweilten uns tot, also verpißten wir uns und gingen zurück in den Pub. Ich mischte n paar Typen am Billardtisch auf, und wir zerschlugen n paar Gläser und schmissen n paar Tische um, bevor wir abhauten.

Als wir bei Spielende raus auf die Straße traten, sahen wir, wie das Hauptkontingent der Firma von den Bullen runter zum Bahnhof eskortiert wurde, hinter ihnen n kläffender Mob von Geordies. Die Bullen hatten alles im Griff, sie hatten jetzt jede Menge Pferde und Wagen am Start. Wir konnten nichts mehr machen, aber ich war froh, daß ich in den Zug und nach Haus zu Samantha kam.

In der Bimmelbahn nach Haus war Bal in Bombenstimmung. – Den Fotzen haben wir's gezeigt! tönte er.

Und es gab keine Sau, Ilford, Grays, East Ham oder

sonstwer, der ihm da widersprochen hätte. Ich ließ mir von Riggsie n Ecstasy geben und kam irgendwo bei Doncaster drauf.

Sheffield Steel

Ich seh die Drecksau. Sturgess. Das ist die Fotze, die sterben muß; für das, was er meiner Samantha angetan hat. Du entkommst mir nicht, du Sack.

Der Sack hält mit seiner Karre am Piccadilly Circus an, und so n junger Typ springt rein, dann fahren sie um den Kreisverkehr und den Dilly runter, dann rechts rein zum Hyde Park. Ich hänge mich hinten dran. Der Wagen hält an der Serpentine. In der Dunkelheit kann ich nicht viel erkennen, aber ich weiß genau, was die Schwuchtel grade treibt.

Nach ungefähr ner halben Stunde fährt der Wagen wieder los. Sie fahren wieder rauf zum Piccadilly Circus, und dieser miese kleine Schleimsack steigt aus. Nen dreckigen Schwanzlutscher wittere ich drei Meilen gegen den Wind. Ich fahr n bißchen im Kreis, und dann steht dieser Stricher wieder an seinem Stammplatz, und Sturgess ist weg. Ich halte neben dem kleinen Arschficker.

– Oi, drehen wir ne Runde? frag ich.

– Ja, klar, sagt er. Er redet mit nordenglischem Akzent, aber nicht mit dem richtigen nordenglischen Akzent, nicht so wie echte Lads aus Nordengland reden.

– Wie wär's mit nem Blowjob, Süßer? frage ich, während er einsteigt. Beschmutzt, so fühl ich mich in seiner Gesellschaft. Darf man gar nicht zuviel drüber nachdenken.

Er sieht mich prüfend an, mit diesen widerlichen Mädchenaugen. – Zwanzig Eier, Hyde Park, und ich werd wieder hierhin zurückgefahren, sagt er.

– Abgemacht, sag ich und lasse den Wagen an.

– Genau hierhin, meint er geziert.

– Ja, alles klar, du sagst an, sag ich zu ihm. Ich mach den Kassettenrekorder wieder an. ABC: *The Lexicon of Love*, mein Lieblingsalbum aller Zeiten. Die großartigste Platte, die je gemacht wurde, wa.

Wir fuhren in den Park, und ich hielt genau an der Stelle, an der die perverse kleine Sau mit Sturgess gehalten hatte.

– Du kennst dich aber aus, grinst er. – Komisch, du hast gar nicht wie n Freier ausgesehen … so jung, wie du bist. Das wird richtig schön für mich werden, lispelte er.

– Für mich auch, Mann, für mich auch. Na, von wo kommst du denn eigentlich, hm?

– Sheffield, meint er.

Ich betaste die Narbe an meinem Kinn. Die hab ich mir vor zwei Jahren in Sheffield geholt. Bramall Lane, an der Ecke, mit ner schweren Fahrradkette. Hey, ich bin echt n Poet und weiß es nichtmal. Die Typen von United waren nicht übel. Vom Wednesday-Mob hab ich allerdings nie viel gehalten: dumme Wichser.

– Und, was bist du? Owl oder Blade?

– Wie? lispelte er.

– Na, Fußball. Bist du für Wednesday oder United?

– Eigentlich interessiere ich mich nicht so für Fußball, meinte er.

– Diese Band, ABC, die war aus Sheffield. Der Kerl mit dem goldenen Anzug. Das ist er hier auf der Kassette: »Show Me«.

Dann laß ich die kleine Schwuchtel an meinem Schwanz kauen. Ich sitz mit einem Grinsen da und seh auf seinen Hinterkopf, seinen kurzgeschorenen Homoschädel. Nichts passiert.

Er hört kurz auf und guckt hoch. – Keine Sorge, sagt er, – sowas kommt schonmal vor.

– Oh, ich mach mir keine Sorgen, Kumpel, grinse ich und steck ihm nen Zwanziger zu, für die Mühe und so.

Dieser Typ von ABC schmalzt sich immer noch einen ab mit seinem »Show Me«. Scheiße, was hast du mir schon groß zu zeigen, Fickgesicht?

– Weißt du, sagt er, – einen Moment lang dachte ich schon, du wärst ein Bulle.

– Ha ha ha, ... nee, von wegen, Kumpel, ich doch nicht. Bullen sind lästig, mehr aber auch nicht. Ich, tja, ich bin eher das, was man ne verfickte Katastrophe nennen würde.

Er guckt mich kurz an, total verdattert irgendwie. Er versucht zu lächeln, aber Furcht lähmt seine Homofresse, und dann pack ich seinen dürren Nacken und knalle sein perverses Wichsgesicht vors Armaturenbrett. Die Haut platzt auf, und Blut bespritzt den ganzen verdammten Wagen. Ich hau ihn nochmal voll dagegen und nochmal und nochmal.

– DU STINKENDE HOMOSAU! ICH SCHLAG DIR DEINE SCHEISSZÄHNE EIN! ICH MACH DIR DEINEN MUND SCHÖN WEICH, WIE NE KLEINMÄDCHENMÖSE, UND DANN LUTSCHST DU MIR RICHTIG EINEN AB!

Ich sah sein Gesicht vor mir, das von dem Typ von Millwall. Lyonsy. Lyonsy den Löwen, so nennen sie ihn. Bald wird er wieder draußen sein. Jedesmal, wenn ich den Kopf von dem Arschficker runterknallte, kreischte er, und jedesmal, wenn ich ihn hochriß, flennte er: – Bitte ... ich will nicht sterben ... ich will nicht sterben ...

Jetzt hatte ich nen Harten. Ich drückte seinen Kopf runter und pumpte und pumpte, und er fing an zu würgen und zu kotzen, sein Blut und seine Kotze flossen über meine Eier und Oberschenkel ...

– MACH SCHON, DU FOTZE, BESORG'S MIR!

... viel mehr Blut, als bei der Schlampe, wenn ich's ihr besorge, solang sie ihre Tage hat ... aber jetzt komme ich, und ich kann nur an Samantha denken, nur an sie, als ich ihm die Suppe in seine Schwuchtelfresse abspritze ... das ist für dich, mein Mädchen, das ist für dich, denk ich, aber dann wird mir klar, daß ich hier ins Maul von diesem dreckigen Abartigen spritze, diesem ... diesem ...

– OOOOHHHHH VERFICKTE KRANKE KLEINE
HOMOSAU!

Dann zieh ich seinen Kopf hoch und seh mir an, wie Blut,
Wichse und Kotze aus seinem zu Brei geschlagenen Gesicht
tropfen.

Ich sollte ihn kaltmachen. Für das, wozu er mich gebracht
hatte, sollte ich ihn Scheiße nochmal alle machen.

– Ich bring dir n Lied bei, sag ich zu ihm und stelle den
Kassettenrekorder ab. – Alles klar? Wenn du nicht anständig singst, du tuntiger kleiner Yorkshirepudding, reiß ich dir
deine beschissenen Eier ab und schieb sie dir in den Hals,
kapiert?

Er nickt, die erbärmliche kleine Schwuchtel.

– *I'm forevah blowing bubbles* ... SING, DU FOTZE!

Er nuschelt irgendwas mit seinem aufgeschlagenen Maul.

– *Pretty bubbles in the ayyyyah ... they fly so high, nearly
reach the sky, then like my dreams they fade and doiii ...*
SING! ... *fortune's always hiding, I've looked ev-ary-where,
I'm forevah blowing bubbles, pretty bubbles in theee ...*

UNITED!

Hab ich echt gebrüllt, als ich meine Faust in sein Tunten-
gesicht gedonnert hab. Dann machte ich die Tür auf und
schmiß ihn in den Park raus. – Mach n Abgang, du wider-
liches, krankes kleines Monster! rief ich ihm zu, als er voll
weggetreten dalag.

Ich fuhr an und setzte dann neben ihm zurück. Ich hatte
voll die Lust, ihn zu überfahren. Aber ich bin ja nicht hinter
ihm her. – Oi, Wichsfresse, erzähl deiner verfickten alten
Sau von Freund, daß er als nächster dran ist!

Samantha hat keine Arme, hat weder Mama noch Papa,
ist in nem Scheißheim großgeworden, und das alles wegen
so ner stinkreichen alten Homosau. Na ja, ich hatte vor, das
alles ein für alle mal ins Lot zu bringen, kein Vertun.

Ich komm zurück nach Haus und hab ne dämliche Nachricht auf dem Scheißanrufbeantworter. Es ist meine Mum, die mich sonst nie anruft. Sie hört sich echt voll fertig an: – Komm schnell vorbei, Junge. Es ist was Schreckliches passiert. Ruf mich an, sobald du zu Haus bist.

Meine alte Mama; hat niemals irgendwem was Böses getan, in ihrem ganzen Leben nicht, und was hat sie nun davon? Gar nichts. Ne Homosau dagegen, die aus den ganzen Kindern Krüppel gemacht hat, so Typen kriegen alles. Dann überleg ich, was bei meiner Mum nicht stimmen könnte, und denk an den alten Sack, den versoffenen alten Penner. Wenn der meiner Mum wehgetan hat, wenn er meiner armen, alten Mutter auch nur ein Haar...

London, 1991

Drei Jahre war es her. Drei Jahre, und endlich würde er sie besuchen. Telefonate hatte es wohl gegeben, aber nun würde sie Andreas tatsächlich *sehen*. Das letzte Mal war bei ihrem einzigen gemeinsamen Wochenende in fünf Jahren gewesen. Ein einziges Wochenende seit Berlin, seit sie gemeinsam das Emmerich-Baby abgeschlachtet hatten. Damals hatte irgend etwas in ihr ausgehakt, seine Sticheleien hatten sie zu blutiger Raserei getrieben. Sie hätte alles für ihn getan. Sie hatte es getan. Das Blut des Kindes, der bittere Meßwein ihrer kranken Beziehung.

Der Witz war, daß sie sich insgeheim ausgemalt hatte, das Baby zu behalten. Gemeinsam in Berlin zu wohnen, ein Tenazadrinpaar mit Baby. Sie hätte eine der Mütter im Tiergarten in den langen, schläfrigen Sommermonaten sein können. Aber er wollte das Baby als Opfergabe, als Beweis ihrer bedingungslosen Hingabe an das, was sie vorhatten.

Als sie das Baby umbrachte, starb ein Teil von ihr mit ihm. Als sie seinen kleinen, zerstörten, armlosen Körper betrachtete, begriff sie, daß damit auch ihr Leben endgültig vorbei war. Sie fragte sich, ob es überhaupt je begonnen hatte. Sie versuchte sich an Zeiten zu erinnern, in denen sie wirklich glücklich gewesen war; sie erschienen ihr wie beschämend kleine Inseln des Friedens in einem Meer der Qual. Nein, es gab keine Aussicht auf Glück, nur die Gelegenheit zu weiterer Vergeltung. Andreas sagte stets, man müsse das Ich, das Ego überwinden. Werkzeuge des Wandels konnten nicht glücklich sein.

Samantha hatte unter Schock gestanden, war selbst fast zwei Jahre lang so gut wie katatonisch gewesen. Als sie aus dieser Trance erwachte, wurde ihr klar, daß sie Andreas nicht mehr liebte. Mehr noch, sie fand keine Liebesfähigkeit mehr in sich. Sie würde Andreas zum erstenmal seit drei Jahren wiedersehen, und alles, woran sie denken konnte, war Bruce Sturgess.

Jetzt hatten sie Sturgess aufgespürt. Er gehörte ihr. Für Andreas, gestand sie sich leidenschaftslos ein, empfand sie nichts mehr. Alles, was sie wollte, war Sturgess. Er war der letzte.

Der andere, der in dem Cottage in Wales, hatte es ihnen leicht gemacht. Er war zu sorglos gewesen. Sie hatten ihn in der Lounge Bar im Dorf gesehen. Sie hatte immer geglaubt, wenn sie durch dies Fenster klettern würde, würde sie Angst empfinden. Aber nein, nichts. Nach dieser Sache in Deutschland, nichts.

Andreas kam an die Tür. Teilnahmslos registrierte sie, daß sein Haar dünner geworden war, sein Gesicht aber hatte seine jugendliche Frische behalten. Er trug eine Brille mit Stahlfassung.

– Samantha, er küßte sie auf die Wange. Sie erstarrte.

– Hallo, sagte sie.

– Warum so traurig? fragte er lächelnd.

Sie blickte ihn einen Moment an. – Ich bin nicht traurig, sagte sie, – nur müde. Dann sagte sie ihm ohne Bitterkeit: – Weißt du, du hast mir mehr von meinem Leben genommen als diese Tenazadrin-Clique. Aber ich hasse dich nicht dafür. Es mußte so kommen. So reagiere ich nunmal auf all das, das ist meine Natur. Manche Menschen können den Schmerz vergessen, aber nicht ich. Ich will Sturgess. Danach werde ich irgendeine Art von Frieden finden.

– Es kann keinen Frieden geben, solange ein Wirtschaftssystem, das auf Ausbeutung basiert . . .

– Nein, sie hob die Hand, um ihn zum Schweigen zu bringen. – Die Verantwortung dafür kann ich nicht übernehmen, Andreas. Dazu habe ich keinen emotionalen Bezug. Ich kann keinem System die Schuld geben. Menschen kann ich die Schuld geben; ich kann nicht soweit von mir selbst abstrahieren, meinen Zorn an einem System auszulassen.

– Und genau das ist der Grund dafür, daß du immer Sklavin des Systems bleiben wirst.

– Ich will nicht mit dir diskutieren. Ich weiß, warum du hier bist. Laß die Finger von Sturgess. Er gehört mir.

– Ich fürchte, ich kann nicht riskieren...

– Ich kriege das Schwein zuerst.

– Wie du willst, sagte Andreas und verdrehte die Augen zum Himmel. – Aber eigentlich bin ich heute abend gekommen, um über Liebe zu sprechen. Morgen machen wir Pläne, aber heute gehört die Nacht der Liebe, ja?

– Es gibt keine Liebe, Andreas, die kannst du dir sonstwo hinstecken.

– Wie traurig, grinste er, – na, Schwamm drüber! Dann gehört die Nacht eben dem Biertrinken. Vielleicht gehen wir in einen Club, ja? Ich hatte noch kaum Gelegenheit, mich über diesen ganzen Acid House– und Techno-Kram schlau zu machen... natürlich hab ich das Ecstasy probiert, aber nur im Haus mit Marlene, um besser verliebt zu sein... *loved up*, meine ich...

Jetzt erstarrte sie bei der Erwähnung dieses anderen Namens und dem, was er bedeuten konnte. Er bestätigte es mit einem Foto von einer Frau mit zwei kleinen Kindern, einem Baby und einem Kleinkind. Es war ein Bild unbeschwerter Zufriedenheit. Samantha starrte auf das Foto, auf den Ausdruck von Liebe und Stolz in Andreas' Gesicht. Sie fragte sich, was ihr eigener Vater wohl für ein Gesicht gemacht haben mußte, als er sie zum erstenmal sah.

– Keine Ruhe bis zum Sturz des Systems, wie? meinte sie mit kaltem Lachen. Es war ein rauhes, abweisendes Lachen, und es schien Andreas zu verunsichern. Sie grinste befriedigt. Es war das erstemal, daß sie ihn so verstört erlebte, und sie freute sich, daß sie den Anlaß dazu geliefert hatte. – All diese kleinen Gliedmaßen... fuhr sie fort, berauscht vom Gefühl ihrer Macht über ihn.

Seine Klaue entriß ihr das Foto. Er sagte böse: – Ich bin doch hier, oder nicht? Genieße ich hier etwa mein glückliches und zufriedenes Leben? Nein. Sturgess ist hier, und ich bin hier, Samantha. Ein Teil von mir ist immer hier, immer dort, wo er ist. Du siehst, auch ich kann den Schmerz nicht vergessen.

Ficken?

Die erste, die ich seh, als ich bei meiner alten Dame ankomme, ist die Schlampe. – Was will die denn hier? frag ich.

– Sprich nicht in diesem Ton, David! Sie ist die Mutter deines kleinen Jungen, mein Gott, schimpft meine alte Dame.

– Was ist passiert? Wo ist Gal?

– Er mußte ins Krankenhaus, sagt die Schlampe, Kippe in der Hand, und pustet den ekligen Qualm durch die Nase. – Hirnhautentzündung. Aber er kommt wieder in Ordnung, Dave. Hat der Arzt gesagt. Stimmt doch, Mum, oder?

Die blöde Scheißschlampe nennt meine Mum »Mum«, als würde sie hier irgendwie dazugehören.

– Ja, wir haben nen kleinen Schreck bekommen, aber er wird wieder gesund.

– Ja, wir ham uns schrecklich aufgeregt, sagt die Schlampe.

Ich starre die Schlampe mit ihrem Kuhgesicht an, – Wo ist er jetzt?

– Station acht im Londoner...

– Wenn ihm irgendwas passiert, bist du fällig! schnauze ich, dann renne ich rüber zu ihrer Handtasche auf dem Tisch und zerre ihre Kippen raus. – Du und das hier! Den ganzen Tag kriegt er diesen Scheißqualm in die Lunge! Ich zerknülle die Zigarettenpackung. – Wenn ich dich nochmal erwische, wie du in Gegenwart meines Sohns qualmst, passiert mit dir das gleiche wie mit den verdammten Kippen hier! Was machst du überhaupt hier? Du hast hier nichts verloren! Mit dir hab ich nichts mehr zu tun, kapiert!

Ich bin direkt wieder weg, und meine Mum schreit mir nach, ich soll zurückkommen, aber ich hau ab. Mit irrem Herzrasen fahr ich zum Krankenhaus. Gerade jetzt, wo ich was zu erledigen hab, macht diese dämliche Sau ihn krank mit ihrem Gequalme. Als ich ankomme, ist der Kurze fest am schlafen. Er sieht aus wie n Engel. Sie sagen mir, er würd wieder gesund. Ich muß gehen. Ich hab ne Verabredung.

Ich bin total durch den Wind, als ich in den Scheißladen komme. Ich hab sie schon beobachtet, ich hab sie kommen und gehen sehen, aber jetzt muß ich zum erstenmal selbst reingehen.

Ich krieg das Kotzen hier. Mich macht direkt ne Schwuchtel an, die mit den Augen rollt und irgendwas von Party aufm Klo sagt. Ich sag ihm, wohin er sich seine Party stecken kann. Es ist nur einer hier, der mich interessiert, und der sitzt an der Theke. Leicht auszumachen: Er ist der älteste von den Ärschen hier drin. Ich geh rüber und setz mich neben ihn.

– Einen großen Brandy, sagt er zum Barkeeper.

– Sie sprechen aber ein sehr gepflegtes Englisch, meine ich zu ihm.

Er dreht sich zu mir um und sieht mich mit seinem typischen Arschfickergesicht an: mit hängenden Gummilippen, und dann diese toten, weibischen Augen. Da dreht sich mir voll der Magen um, wie der mich taxiert, als wär ich n Stück Fleisch.

– Reden wir nicht über mich. Reden wir über dich. Trinkst du was?

– Äh, gern. Whisky bitte.

– Tja, ich glaube, ich muß dich jetzt wohl fragen, ob du öfter hier bist oder etwas ähnlich Geistloses, sagt er lächelnd.

Versaute, dreckige alte Fotze.

– Zum ersten Mal, sag ich. – Um die Wahrheit zu sagen, ich hab schon länger mit dem Gedanken gespielt... Ich mein, tut mir leid, wenn ich das jetzt so sag, aber, na ja, ich dachte, daß Sie als älterer Kerl, vielleicht n bißchen diskreter sind. Ich hab Frau und Kind und möchte nicht, daß die erfahren, daß ich hier verkehre... in nem Lokal wie diesem... ich meine...

Er erhebt seine abartige, manikürte Hand, als ob er mich zum Schweigen bringen will. – Ich glaube, hier liegt etwas vor, was unsere Freunde aus der Wirtschaft eine zufällige Interessenüberschneidung nennen würden.

– Wie bitte?

– Ich glaube, daß wir beide ein wenig Spaß suchen, aber ganz vertraulich und mit unbedingter Diskretion.

– Ja... Diskretion. Das möchte ich. N bißchen Spaß, genau. Das würde mir gefallen.

– Hauen wir aus diesem Drecksloch ab, sagt er kurzentschlossen, – in diesem Laden wird mir schlecht.

Ich würd am liebsten zu ihm sagen, tja, Pech, wenn man ne geile alte Homosau ist, oder? aber ich verkneif's mir, und wir gehen. Samantha wartet sicher schon in unserer Werkstatt, zu der ich ihr die Schlüssel gegeben hab.

Einen Moment lang hatte ich schon Angst, das dieses Ding, diese abartige alte Sau hier, keine Lust hätte, zu der Halle ins East End zu fahren, aber anscheinend machte der Gedanke, sich mal richtig unters Volk zu mischen, die kranke Sau scharf. Gut, sehen wir mal, wie geil er gleich noch darauf ist.

Wir nehmen meine Karre, und während wir schweigend fahren, seh ich mir im Spiegel diesen verschrumpelten Schildkrötenkopf an; er erinnert mich an diese Touche–Turtle-Fotze aus dem Comic; und ich denk darüber nach, wie Samantha mich einspannt, und daß ich mich wie n Weichei aufführe, aber das ist egal, denn wenn man für jemand so empfindet, wie ich für sie, dann tut man alles, jeden verdammten Scheiß für diesen Menschen, und mehr gibt's dazu nicht zu sagen, und ich werd dieses Ding hier hundert pro ins Scheißjenseits befördern, in die Hölle für kranke und abartige Hirne...

Die Werkstatt

Ich laß im Auto ABC laufen und hör mich grade in »All Of My Heart« rein, das mich immer ganz traurig macht, wenn ich es mit meinen eigenen persönlichen Umständen vergleiche. Ich könnt heulen wie n Mädchen, und ganz offensichtlich komm ich ganz schön tuntig rüber, denn die Homosau fragt mich:

– Alles in Ordnung?

Wir sind an der Werkstatt. Ich halte an.

– Schon ... ich mein ... du kennst das doch, Mann. Ich bin nur durcheinander. Nur weil du und ich das jetzt tun wollen, ich mein, das heißt doch nicht, daß wir unsere Familien nicht lieben, oder ...

Der Arschpopper legt mir ne Hand auf den Arm. – Mach dir darum keine Sorgen. Du bist nur aufgeregt. Komm schon, meint er und klettert aus dem Wagen, – wir sind schon zu weit gegangen, um es uns jetzt noch anders zu überlegen.

Da hat er völlig recht. Ich steig aus und geh zum Eingang. Ich schließe das Vorhängeschloß auf und öffne die Torflügel. Ich mach sie wieder hinter uns zu und führe ihn nach hinten in die Werkstatt.

Samantha knipst das Licht an, und ich leg der Touche-Turtle-Fotze die Hände um den dürren Hals und hau dem kranken Schwein meine Birne vor den Schädel. Nen Glasgower Kuß, so nennt mein alter Herr das. Ich schubse ihn zu Boden und tret ihm in die Eier.

Dann kommt Samantha an und tanzt so quasi auf der Stelle rum, ihre Stummelarme zappeln wie die Dinger im Flipperautomaten, und sie freut sich wie n Kind und schnattert: – Du hast ihn, Dave! Du hast das Drecksschwein! Er gehört uns! Sie tritt dem schnaufenden Mistkerl in den

Magen. – Sturgess! Sie sind wegen Medikamentenmiß-
brauch angeklagt! Bekennen Sie sich schuldig! brüllt sie
über ihn gebeugt.

– Wer sind Sie... Ich habe Geld... Ich kann Ihnen soviel
Geld geben, wie Sie brauchen... stöhnt das japsende
Schwein.

Sie sieht ihn an, als wär er krank im Kopf. – GEEEE-
ELD... kreischt sie, – ICH BRAUCH DEIN SCHEISS-
GEEELD NICHT... was soll ich mit deinem Scheißgeld!
Ich will dich! Du bist mir wichtiger als alles Scheißgeld auf
der ganzen Welt! Ich wette, du hättest nie gedacht, daß dir
das mal einer sagen würde, was?

Ich hab uns mit dem Vorhängeschloß und der Kette eingeschlossen und geh dann zurück und verriegle die Bürotür.
Samantha hänselt immer noch den Arschficker, der wie n
kleines Mädchen um Gnade winselt.

Sie nickt mir zu, und ich schnapp mir die schwule Sau und
schleppe sie zum Tisch rüber. Aus seiner polierten Fresse
tropft Blut und Rotz, und er flennt wie ne jämmerliche
Fotze, kann seine verdammte Strafe noch nicht mal wie ein
Mann ertragen. Nicht daß ich von nem Schwuchtelarsch
was anderes erwartet hätte.

Ich zieh ihn über den großen Tisch, mit dem Gesicht nach
unten. Ich seh, wie n merkwürdiger Ausdruck in seine Augen tritt, als ob die abartige Kreatur tatsächlich annimmt,
ich würde ihm eins in den Arsch verlöten... als wär's das,
was wir mit ihm machen wollten. Ich binde seine Handge-
lenke mit Stromkabeln an die Tischbeine, und Samantha
hockt auf dem Tisch auf seinen Beinen und drückt sie runter, damit ich sie als nächstes fesseln kann.

Ich werf die Kettensäge an, und dieser Sturgess brüllt los,
aber ich hör noch andere Geräusche und n Hämmern am
Tor. Es ist die beschissene Bullerei, und es hört sich an, als
wär ne Hundertschaft da draußen.

Samantha schreit: – Laß sie nicht rein, laß sie bloß nicht rein! und versucht dabei, die Kettensäge mit ihren Füßen vor Sturgess in Position zu bringen, der total ausrastet und an seinen Fesseln zerrt. Das Vorhängeschloß und die Kette an der Tür werden nicht lange standhalten. Ich weiß nicht, was ich tun soll, aber dann seh ich die riesige Aluminiumführung für den Riegel: verdammt stabil, aber eben ohne Riegel. Ich schieb meinen Arm durch, mit dem Ellbogen bis hinter das Scharnier zwischen Wand und Tür. Ich hör die Stimme von nem Bullen durch n Megaphon, kann aber nicht verstehen, was er sagt; alles, was ich höre, ist das Stück »Poison Arrow«, das in meinem Kopf dröhnt. Weil sie es ist, die mir mein beschissenes Herz gebrochen hat, weil sie von Anfang an wußte, wie es ausgehen würde.

Und Samantha macht ihn fertig: Ich hör die Säge kreischen, und der Schmerz in meinem Arm wird unerträglich; nach dem hier wird der Arm nie wieder in der Lage sein, Lyonsy von den Millwallern eine zu verplätten, als wenn's darauf noch ankäm, und ich seh rüber zu Samantha und brülle: – Mach die Fotze fertig, Sam! Mach weiter, mein Mädchen! Mach ihn fertig!

Die Säge macht ein anderes Geräusch, als sie in das Fleisch der Homosau gleitet, knapp unterhalb der Schulter, und Blut sprüht und spritzt über den Werkstattboden. Ich muß dran denken, was für ne Schweinerei Bal vorfinden wird, der wird bestimmt nicht begeistert sein, und es ist schon echt komisch, jetzt daran zu denken, denn die Säge ist durch Sturgess' Fleisch durch und fährt jetzt in seine Knochen. Samantha da auf ihrem Po, die Säge zwischen den Füßen, wie sie dem schreienden, gefangenen Monster die Glieder abtrennt ... Gott, sie sieht so aus, wie wenn ich's ihr besorge, und ich hör's nochmal splittern, und diesmal bin ich das, es ist mein Scheißarm, und der Schmerz ist so groß, daß ich gleich ohnmächtig werd, aber ich seh, wie mich

Samantha anschaut, als ich umfalle, und sie ruft was, was ich nicht hören kann, aber ich weiß, was es heißt, ich kann's von ihren Lippen ablesen. Sie ist ganz mit seinem Blut bekleckert, das überall hinspritzt, aber sie strahlt wie n kleines Mädchen, das im Matsch spielt, und ihre Lippen sagen lautlos: Ich liebe dich... und ich genauso zurück und werd ohnmächtig, aber das ist mir egal, denn das hier ist das geilste Gefühl der Welt... *fortune's always hiding*... aber ich hab mein Glück gefunden, denn ich liebe sie und hab's geschafft... ich hab überall gesucht... die Bullen können tun, wozu sie lustig sind, jetzt ist alles aus, aber das geht mir am Arsch vorbei – – – *I'm forever blowing bubbles*...
pretty

        bubbles

                in

      the...

Lorraine geht
nach Livingston

Eine Rave-und-Regency-Romanze

Für Debbie Donovan und Gary Dunn

1 Rebeccas Pralinen

Rebecca Navarro saß in ihrem großzügig angelegten Wintergarten und blickte hinaus auf den heiteren, blühenden Garten. Perky war ganz am hinteren Ende an der alten Steinmauer und beschnitt die Rosenbüsche. Sie konnte nur vage eine Spur der vertrauten hochkonzentrierten Falte zwischen seinen Brauen ausmachen; das starke Sonnenlicht, das durch die Glasscheibe direkt auf ihr Gesicht fiel, irritierte ihre Augen. Sie fühlte sich ganz leicht, schläfrig und unkonzentriert in der Hitze. Sie kämpfte nicht länger dagegen an, sondern ließ es zu, daß ihr das schwere Manuskript aus der Hand glitt und mit einem fetten Plumps auf den gläsernen Couchtisch fiel. Die erste Seite trug die Überschrift:

OHNE TITEL – ERSTE FASSUNG
(Miss-May-Regencyroman Nr. 14)

Eine dunkle Wolke schob sich drohend vor die Sonne und löste Rebecca aus dem Zauberbann. Sie nutzte die Gelegenheit, um einen verstohlenen Seitenblick auf ihr Spiegelbild im nun verdunkelten Glas der Zwischentür zu werfen. Das löste eine kurze Welle von Selbstekel aus, ehe sie ihre Position aus dem Profil in die Frontalansicht wechselte und die Wangen einsog. Ihr neues Erscheinungsbild ließ das des unter dem Kinn hängenden, schlaffen Fleischs so gründlich vergessen, daß Rebecca es gerechtfertigt fand, sich eine kleine Belohnung zu gönnen.

Perky war ganz in seine Gartenarbeit versunken, oder tat zumindest so. Die Navarros beschäftigten einen Mann für den Garten, der seinen Pflichten gewissenhaft und professionell nachkam, aber Perky fand immer einen Vorwand, nach draußen zu gehen und ein wenig zu werkeln. Er behauptete, es helfe ihm beim Denken. Rebecca hatte sich nie, beim besten Willen nicht, vorstellen können, was ihr Ehemann zu denken haben mochte.

Obwohl Perky ganz in seine Arbeit vertieft war, ging Rebecca flink und verschlagen vor, als ihre Hand sich zur Pralinenschachtel stahl. Sie hob die obere Lage an und nahm rasch zwei Rumtrüffel aus dem unteren Teil der Schachtel. Sie stopfte sie sich in den Mund, wobei das süß-widerliche Gefühl ihr fast die Sinne schwinden ließ, und begann heftig zu kauen.

Der Trick lag darin, sie so schnell wie möglich zu verschlingen; auf diese Art konnte man sich einreden, der Körper ließe sich übertölpeln, überlisten, die Kalorien en bloc zu verdauen, als zwei kleine Posten durchrutschen zu lassen.

Der Selbstbetrug ließ sich nicht mehr aufrechterhalten, sobald die böse, süße Scheußlichkeit in ihrem Magen ankam. Sie konnte *spüren*, wie ihr Körper diese häßlichen Gifte aufbrach und eine peinlich genaue Inventur vorhandener Kalorien und Schadstoffe vornahm, ehe er sie an jene Körperstellen umverteilte, an denen sie den größten Schaden anrichten würden.

Daher glaubte Rebecca zunächst an einen ihrer nur zu vertrauten Angstzustände, als es plötzlich losging: dieser langsame, brennende Schmerz. Es dauerte einige Sekunden, ehe ihr die Möglichkeit, dann die Gewißheit dämmerte, es könne mehr als das sein. Sie konnte nicht atmen, und ihre Ohren begannen zu klingen, während die Welt sich plötzlich um sie drehte. Rebecca sackte aus ihrem Sessel auf den Boden des Wintergartens und griff sich an die Kehle, während ihr Gesicht zur Seite fiel und Schokolade und Speichel aus ihrem Mund quollen.

Wenige Meter entfernt schnippelte Perky an den Rosenbüschen. Die Biester müssen mal gespritzt werden, dachte er, als er einen Schritt zurücktrat, um sein Werk zu begutachten. Aus dem Augenwinkel sah er etwas auf dem Boden des Wintergartens zucken...

2 Yasmin geht nach Yeovil

Yvonne Croft nahm ihr Exemplar von Rebecca Navarros *Yasmin geht nach Yeovil* zur Hand. Bisher hatte sie für die Sucht ihrer Mutter nach dieser als *Die Miss-May-Regency-romane* bekannten Serie kitschiger Liebesromane nur Verachtung übrig gehabt, aber von diesem Buch konnte sie einfach nicht die Finger lassen. Zuweilen, überlegte sie, wurde es schon beängstigend, wie sehr es sie fesselte. Yvonne saß aufrecht im Lotussitz in ihrem großen Korbsessel, einem der wenigen Möbelstücke neben dem schmalen Bett, dem hölzernen Kleiderschrank, der Kommode und dem winzigen Waschbecken in ihrem kleinen, langgezogenen Zimmer im Schwesternwohnheim des St. Hubbin's Hospital in London.

Sie verschlang gierig die beiden letzten Seiten des Buchs, den dramatischen Höhepunkt dieses neuen Abenteuers. Yvonne Croft wußte, wie es kommen würde. Sie wußte, daß die listige Ehestifterin Miss May (die in allen Rebecca-Navarro-Romanen in diversen Inkarnationen auftrat) Sir Rodney de Mourney als finsteren Wüstling entlarven würde, und daß die leidenschaftliche, stürmische und unbezähmbare Yasmin Delacourt mit ihrer wahren Liebe, dem schneidigen Tom Resnick, vereint werden würde, ganz genau wie in Rebecca Navarros letztem Werk, *Lucy geht nach Liverpool*, in dem Quentin Hammond, der schneidige Ostindienfahrer, die liebreizende Heldin vor der Entführung, dem Schmugglerschiff und einem Leben als Liebessklavin in der Gewalt des schurkischen Milburn D'Arcy gerettet hatte.

Nichtsdestotrotz las Yvonne mit Begeisterung und ließ sich in eine Welt voller Romantik davontragen, eine Welt, unberührt von der Realität mit ihren acht Stunden Nachtdienst auf der Pflegestation, der Sorge für verfallende, in-

kontinente Menschen, die zu schlaffen, pfeifend keuchen-
den, vertrockneten, verschrumpelten Parodien ihrer selbst
verkommen waren, während sie dem Tod entgegensahen.

Seite 224

*Tom Resnick ritt wie der Wind. Er wußte, seine treue Stute
quälte sich, und er riskierte, daß Midnight zu lahmen begin-
nen würde, wenn er das loyale und edle Tier weiter mit solch
wilder Entschlossenheit antrieb. Und wofür? Schweren Her-
zens mußte sich Tom Resnick eingestehen, daß er Brondy
Hall niemals erreichen konnte, ehe das Band der Ehe zwischen Yasmin und dem verabscheuungswürdigen Sir Rodney
de Mornay geknüpft war, diesem Ränkeschmied, der, ohne
daß sein schöner Engel etwas ahnte, nur darauf wartete, mit
List und Tücke ihr Vermögen an sich zu bringen und diesem
wunderschönen Geschöpf die Rolle seiner Gefangenen und
Mätresse aufzuzwingen.*

*Auf dem Ball war Sir Rodney entspannt und bester Stim-
mung. Yasmin hatte niemals schöner ausgesehen. Heute
nacht würde ihre Unschuld ihm gehören, und wie Sir Rodney
es genießen würde, wenn dieses eigenwillige Füllen endlich
doch in ihm seinen Meister fand! Lord Beaumont stand neben seinem Freund. – Eure künftige Braut ist in der Tat ein
Schmuckstück. Um ehrlich zu sein, Rodney, teurer Freund,
hatte ich geglaubt, Ihr würdet nie ihr Herz gewinnen, so überzeugt war ich, daß sie in uns beiden nur eitle Gecken sah.*

*– Ihr solltet nie den wahren Jäger unterschätzen, mein
Freund, sagte Sir Rodney lächelnd. – Ich bin ein viel zu er-
fahrener Sportsmann, als daß ich mein Wild verschrecken
würde. Ich hielt mich einfach zurück und wartete den idealen
Moment ab, ehe ich zum coup de grace ausholte.*

*– Die Einschiffung des unliebsamen Resnick nach dem
Kontinent, möchte ich vermuten.*

Sir Rodney hob eine Augenbraue und senkte seine

Stimme. – Ich bitte Euch, seid doch ein wenig diskreter, lieber Freund. Er sah sich verschlagen um und fuhr dann fort, nachdem er sich vergewissert hatte, daß das Lärmen des Tanzorchesters, das gerade einen Walzer spielte, ihre Worte übertönte: – Es war in der Tat mein Werk, daß Resnick so unverhofft sein Offizierspatent erhielt, den Sussex Rangers zugeteilt und nach Belgien abkommandiert wurde. Ich wage zu hoffen, daß Boneys Scharfschützen den Burschen in diesem Moment bereits in die Hölle befördert haben!

– Und es könnte sich nicht günstiger treffen, sagte Beaumont lächelnd, – denn das Betragen der Lady Yasmin widersprach in beklagenswerter Weise dem, was einer wohlerzogenen jungen Dame zukommt. Es schien sie kaum in Verlegenheit zu bringen, als Ihr und ich ihr damals unsere Aufwartung machten und sie in die Angelegenheiten eines gemeinen Strolchs verwickelt fanden – eines Burschen, den zur Kenntnis zu nehmen weit unter der Würde einer jeden Anwärterin auf gesellschaftliche Erfolge liegen sollte! – Ja, Beaumont, und doch hat diese Neigung zum Mutwillen bei einem Füllen seinen Reiz, wenn dieser Mutwillen auch gebrochen werden muß, soll aus der Frau ein pflichtgetreues Weib werden. Heute nacht noch werde ich diesen Mutwillen brechen!

Sir Rodney hatte nicht bemerkt, daß hinter dem schweren Samtvorhang eine hochgewachsene alte Jungfer stand. Miss May hatte alles mitangehört. Sie verschwand ins Getümmel des Empfangs und überließ ihn seinen Gedanken an Yasmin. Heute nacht noch würde

Yvonne wurde von einem Klopfen an der Tür abgelenkt. Es war ihre Freundin Lorraine Gillespie. – Hast du Nachtdienst, Yvonne? fragte Lorraine mit einem Lächeln. Es war ein ungewöhnliches Lächeln, dachte Yvonne, eines, das immer auf etwas jenseits seines Adressaten gerichtet zu sein schien. Manchmal, wenn sie einen so ansah, war es, als gehöre es nicht einmal zu Lorraine.

– Ja, schöne Scheiße. Die verdammte Schwester Bruce; das ist ne echt alte Hexe.

– Da mußt du erstmal Schwester Patel sehen... die und ihr beschissenes Geplapper, sagte Lorraine und verzog gequält das Gesicht. – Und jetzt gehen Sie schööön die Bettwäsche wechseln, und wenn Sie damit soweit sind, machen Sie schööön Ihre Medikamentenrunde, und wenn Sie damit soweit sind, dann gehen Sie schööön die Temperatur messen, und wenn Sie damit soweit sind...

– Ja... Schwester Patel. Die hat sie nicht alle, die Alte.

– Yvonne, ist es okay, wenn ich mir einen Tee mache, hm?

– Ja, entschuldige... setzt du schonmal Wasser auf, machst du das, ja, Lorraine? – Tut mir leid, daß ich so ne unsoziale Kuh bin, aber ich muß noch das Buch hier auslesen.

Lorraine ging an das Waschbecken hinter Yvonne, füllte den Wasserkessel und stellte ihn an. Als sie auf dem Weg zurück an ihrer Freundin vorbeikam, beugte sie sich über deren Sessel und sog mit geweiteten Nasenflügeln den Duft von Yvonnes Parfüm und Shampoo ein. Sie ertappte sich dabei, wie sie eine Strähne von Yvonnes glänzendem blondem Haar zwischen Daumen und Zeigefinger zwirbelte.

– Gott, Yvonne, dein Haar ist wirklich wunderschön geworden. Was für Shampoo benutzt du neuerdings?

– Das ganz normale Zeug von Schwarzkopf, sagte sie, – gefällt's dir?

– Ja, sagte Lorraine mit seltsam trockener Kehle, – ja, es gefällt mir. Sie ging wieder zum Waschbecken und zog den Stecker des Wasserkessels raus.

– Und, gehst du heute abend auf die Piste? fragte Yvonne.

– Klar, zum Clubbing bin ich nie zu müde, lächelte Lorraine.

3 Freddies Kadaver

Von nichts bekam Freddy Royle so einen Steifen wie vom Anblick einer Steifen.

– Die hier sieht ganz schön mitgenommen aus, erklärte Glen, der Labortechniker, als er den Körper in die Leichenhalle des Krankenhauses schob.

Freddy konnte kaum noch ruhig atmen. Er untersuchte die Leiche. – Ist aber ne verdammt Hübsche gewesen, krächzte er in seinem schwerfälligen Somerset-Dialekt, – wohl Autounfall, nehm ich mal an?

– Ja, armes Mädel. M25. Hat zuviel Blut verloren, bis sie sie endlich aus dem Blechhaufen geschnitten hatten, murmelte Glen betreten. Ihm war ein wenig übel. Normalerweise war ein Steifer einfach ein Steifer für ihn, und er hatte sie in jeder möglichen Verfassung gesehen. Aber manchmal, wenn es ein junger Mensch war oder jemand, dessen Schönheit in der dreidimensionalen Fleischfotografie, die von ihm geblieben war, noch zu erahnen war, empfand er den Eindruck von soviel Verschwendung und Sinnlosigkeit als irritierend. Dies war eine solcher Fall.

Eins der Beine des toten Mädchens war bis auf den Knochen aufgeschlitzt. Freddy ließ seine Hand über das unversehrte gleiten. Es fühlte sich glatt an. – Ist immer noch'n bißchen warm, die, stellte er fest, – bißchen zu warm für meinen Geschmack, wenn ich ehrlich bin.

– Ehm, Freddy, fing Glen an.

– Oh, tschuldige, alter Junge, lächelte Freddy, griff in seine Brieftasche und blätterte ein paar Scheine ab, die er Glen reichte.

– Besten Dank, sagte Glen, steckte das Geld ein und machte hastig einen Abgang.

Glen befingerte die Scheine in seiner Tasche, während er

forsch durch den Krankenhausflur schritt und dann den Aufzug zur Kantine nahm. Nach diesem Teil des Rituals, der Geldübergabe, fühlte er sich immer beschwingt und zugleich beschmutzt. Er konnte nie genau sagen, welche Empfindung stärker war. Aber schließlich, sagte er sich, warum sollte er selbst nicht seinen Schnitt machen, wenn alle anderen beide Augen zudrückten? Diese Arschlöcher, die mehr hatten, als er je haben würde: die vom Krankenhausvorstand.

Ja, der Vorstand wußte alles über Freddy Royle, überlegte Glen verbittert. Sie kannten die wahren Geheimnisse des Talkmasters, des Moderators der Fernseh-Kontakt-Show *In Liebe, Freddy*, des Autors diverser Bücher, darunter *Der saß!* – *Freddy Royle über Kricket, Freddy Royles Somerset, Somerset mit großem Z: Der Humor des West Country, Spaziergänge im West Country mit Freddy Royle* und *Freddy Royles 101 Party-Zaubertricks*. Ja, diese Dreckskerle vom Vorstand wußten, was dieser distinguierte Freund, dieser mitfühlende, lakonische Lieblingsonkel der Nation mit den Kalten anstellte, die sie hier reinbekamen. Die Sache war die, daß Freddy dem Laden mit seinen Benefizaktionen Millionen von Pfund einbrachte. Das war ein Prestigegewinn für die Vorstandsmitglieder und machte das St. Hubbin's Hospital zum Flaggschiff des an allen Enden knapsenden NHS. Dafür mußten sie nichts weiter tun, als ihren Mund zu halten und Sir Freddy hier und da seine Leiche zu gönnen.

Glen dachte an Sir Freddy, der sich durch ein Stück totes Fleisch seinen Weg in ein liebloses Paradies rammelte. In der Kantine stellte er sich in der Schlange an und begutachtete das Essen in der Auslage. Glen verzichtete auf ein Brötchen mit Bacon und nahm statt dessen Schmelzkäse. Er dachte an Freddy und einen netten kleinen Nekrophilenwitz: Irgendwann sickert noch mal was durch. Aber an Glen sollte es nicht liegen: dafür zahlte Freddy zu gut. Als er an das Bare dachte und was er sich davon kaufen konnte, wanderten Glens Gedanken zum AWOL heute abend im SW1 Club. Sie würde dort sein – das war sie oft am Samstagabend – oder im Garage City in der Shaftesbury Avenue. Ray Harrow, einer der Techniker im Club, hatte es ihm erzählt. Ray stand auf Jungle; er hatte den gleichen *Modus Operandi* wie Lorraine. Ray war okay, er hatte Glen ein paar Tapes geliehen. Glen konnte mit Jungle nicht viel anfangen, aber um Lorraines willen würde er es versuchen. Lorraine. Lorraine Gillespie. Die schöne Lorraine. Lernschwester Lorraine Gillespie. Er wußte, daß sie hart arbeitete: gewissenhaft und hingebungsvoll auf der Station. Er wußte, daß sie hart ravte: AWOL, The Gallery, Garage City. Er hätte nur gerne gewußt, wie sie liebte.

Als er mit seinem Tablett in der Schlange vorgerückt war und an der Kasse zahlte, sah er die blonde Schwester an einem der Tische sitzen. Er wußte ihren Namen nicht, er wußte nur, daß sie Lorraines Freundin war. So wie es aussah, trat sie gerade ihren Dienst an. Glen dachte daran, sich zu ihr zu setzen, mit ihr zu reden, vielleicht sogar durch sie etwas über Lorraine zu erfahren. Er ging auf sie zu, aber dann, einem plötzlichen, nervösen Impuls folgend, glitt oder vielmehr plumpste er ein wenig unglücklich auf einen Platz einige Tische weiter. Während er sein Brötchen aß, verfluchte er seine eigene Schwäche. Lorraine. Wenn er nichtmal den Mumm hatte, mit ihrer Freundin zu reden, wie sollte er dann jemals den Mumm aufbringen, mit *ihr* zu reden?

Dann stand sie auf und lächelte ihm zu, als sie an ihm vorbeiging. Das gab ihm wieder Auftrieb. Das nächstemal würde er mit ihr reden, und das Mal danach würde er mit ihr reden, *wenn Lorraine dabei war.*

Als Glen in die Vorhalle zurückkam, hörte er Freddy

nebenan in der Leichenhalle. Er brachte es nicht über sich, einen Blick hineinzuwerfen, aber er lauschte an der Schwingtür. Er hörte Freddies Schnaufer, – Arf, arf, arf, arf, ja, So gefällst du mir!

4 Eine Neueinweisung

Der Krankenwagen kam rasch, aber Perky schien es endlos zu dauern. Er sah zu, wie Rebecca auf dem Boden des Wintergartens nach Luft rang und stöhnte. Unsicher packte er ihre Hand. – Kopf hoch, altes Mädchen, sie sind schon unterwegs, sagte er ein– oder zweimal.

– Bald bist du wieder putzmunter, sagte er zu ihr, als die Sanitäter sie in einen Stuhl luden, ihr eine Sauerstoffmaske aufs Gesicht setzten und sie ins Heck des Krankenwagens schoben. Es war, als würde er einen Stummfilm sehen, in dem seine eigenen aufmunternden Laute wie ein aufdringlicher eingesprochener Text wirkten. Dann bemerkte Perky Wilma und Alan Fosley, die die Szene über ihre Hecke hinweg beobachteten. – Alles in bester Ordnung, versicherte er ihnen, – in bester Ordnung.

Die Sanitäter wiederum versicherten Perky in ähnlicher Weise, daß dies tatsächlich der Fall sein würde, und deuteten an, der Schlaganfall sehe nicht allzu ernst aus. Diese Behauptung wurde mit einer Überzeugung ausgesprochen, die er höchst beunruhigend fand und die seine Laune keinesfalls besserte. Perky ertappte sich bei der inständigen Hoffnung, sie möchten unrecht haben, und daß der Arzt den Fall weitaus negativer beurteilen würde.

Ihm brach der Schweiß aus, als er in Gedanken die verschiedenen Möglichkeiten durchspielte.

Das allerbeste Szenario: sie tot und ich im Testament großzügig bedacht.

Das nächstbeste: es geht ihr besser, sie schreibt wieder und beendet in kürzester Zeit ihren neuesten Regency-Kitschroman.

Es lief ihm eiskalt den Rücken herunter, als er merkte, daß er sogar mit dem Gedanken an das schlimmstmögliche

Szenario spielte: Rebecca in irgendeiner Weise behindert, vielleicht sogar verblödet, nicht in der Lage zu schreiben, aber eine Belastung für unser Budget.

– Kommen Sie nicht mit, Mr. Navarro? fragte einer der Sanitäter in recht vorwurfsvollem Ton.

– Fahrt ihr Burschen vor, ich komme im Wagen nach, erwiderte Perky scharf. Im gesellschaftlichen Umgang war er es gewohnt, Menschen dieser Klasse Befehle zu erteilen, und daher wurmte es ihn, daß sie anzunehmen schienen, er hätte das zu tun, was *sie* für richtig hielten. Er sah zu den Rosenbüschen hin. Ja, wirklich, sie mußten dringend gespritzt werden. Im Krankenhaus wartete das ganze Trara und Palaver um die Aufnahmeformalitäten für das alte Mädchen. Ja, höchste Zeit, daß sie gespritzt wurden, unbedingt.

Dann wurde Perkys Aufmerksamkeit auf das Manuskript gelenkt, das auf dem Sofatisch lag. Auf dem Deckblatt war schokoladiges Erbrochenes. Mit einigem Widerwillen wischte er das Schlimmste mit dem Taschentuch ab und legte das gewellte, feuchte Papier darunter frei.

Er schlug die Seiten auf und begann zu lesen.

5 Ohne Titel – Erste Fassung (Miss-May-Regencyroman Nr. 14)

Es bedurfte nur des bescheidensten Feuers im Kamin, um das kleine, beengte Schulzimmer im alten Pfarrhaus von Selkirk zu heizen. Dies war ein Umstand, zu dem sich der Gemeindepfarrer, Reverend Andrew Beattie, ein Mann von ausgeprägter Genügsamkeit, stets aufs Neue beglückwünschte.

Andrews Frau, Flora, war so überschwenglich extravagant, wie er genügsam war. Sie wußte und akzeptierte, daß sie in bescheidene Verhältnisse geheiratet hatte und die Geldmittel knapp waren, aber wiewohl sie gelernt hatte, im Umgang mit den Dingen des täglichen Lebens das zu sein, was ihr Gatte stets als »praktisch« zu umschreiben pflegte, hatten diese Lebensumstände die Extravaganz des Geistes, die ihrem Wesen eigen war, nicht brechen können. Weit davon entfernt, dies zu mißbilligen, betete Andrew sie dafür um so mehr an. Allein der Gedanke, daß diese wunderbare und schöne Frau die fashionable Gesellschaft in London für ein Leben aufgegeben hatte, wie er es ihr bieten konnte. Dieser Gedanke bestärkte ihn im Glauben an die Wahrhaftigkeit seiner Berufung und die Reinheit ihrer Liebe.

Ihre beiden Töchter, die vor dem Kaminfeuer kauerten, hatten Floras extravagantes Temperament geerbt. Agnes Beattie, eine porzellanhäutige Schönheit, mit ihren siebzehn Jahren die ältere, schob ihr rabenschwarzes Haar zurück, um sich einen ungehinderten Blick auf den Inhalt des Ladies Monthly Museum zu gestatten. – Hier ist die entzückendste Abendrobe! Schau nur, Margaret, rief sie unbeherrscht und hielt ihrer ein Jahr jüngeren Schwester, die müßig in den spärlichen Kohlen im Kamin stocherte, die Abbildung hin – ein

Mieder aus blauem Satin, über der Brust von Diamantknöpfen gehalten!

Margaret sprang auf und versuchte, ihrer Schwester die Zeitschrift zu entwinden. Agnes verstärkte ihren Griff, dann machte ihr Herz einen kleinen Sprung, aus Sorge, die Zeitschrift könne zerreißen, aber ihr Tonfall blieb bewundernswert herablassend, als sie lachend sagte: – Aber, liebe Schwester, du bist viel zu jung, um dich mit Derartigem zu befassen!

– Oh, bitte, so gib doch her! bettelte Margaret ihre Schwester an, noch während sie selbst ihren Griff lockerte. In ihrer leichtfertigen Tändelei entging den beiden Mädchen das Eintreten ihrer neuen Gouvernante. Die schlanke, altjüngferliche englische Dame spitzte die Lippen und schnalzte mißbilligend. – Das also ist das Betragen, das ich von den Töchtern meiner lieben Freundin Flora Beattie zu erwarten habe! In Zukunft werde ich es mir zweimal überlegen müssen, ehe ich den Raum verlasse!

Die Mädchen blickten beschämt, aber Agnes war der neckende Tonfall in der Zurechtweisung der Gouvernante nicht entgangen. – Aber, Madam, wenn ich in die Gesellschaft eingeführt werden soll, und das in London, muß ich mir Gedanken über meine Garderobe machen!

Die Frau betrachtete sie. – Erziehung, Bildung und gefällige Umgangsformen sind wichtigere Qualitäten für eine junge Dame bei ihrem ersten Auftreten in der besseren Gesellschaft als die Einzelheiten der Toilette, die sie trägt. Hatten Sie sich vorgestellt, Ihre liebe Mama, oder Ihr Herr Vater, der gute Reverend, so nachsichtig er auch ist, würden es zulassen, daß Sie sich auf einem Londoner Ball derart zur Schau stellen? Überlassen Sie die Sorge für Ihre Garderobe nur ruhig diesen fähigen Händen, liebes Mädchen, und widmen Sie Ihre Aufmerksamkeit drängenderen Fragen!

– Ja, Miss, sagte Agnes.

Dieses Mädchen hat einen unbezähmbaren Zug an sich,

dachte Miss May, genau wie ihre liebe Mama, die der Gouvernante seit vielen Jahren eine gute Freundin war – genau gesagt, seit der Zeit, da Amanda May und Flora Kirkland gemeinsam in London debütiert hatten.

Perky schleuderte das Manuskript wieder auf den Sofatisch. – Was für ein galoppierender Schwachsinn, sagte er laut, dann – Absolut erstklassig! Die alte Kuh ist in Bestform. Damit scheffelt sie das nächste beschissene Vermögen für uns! Er rieb sich schadenfroh die Hände, als er hinaus in den Garten zu den Rosenstöcken schlenderte. Ganz plötzlich erhob sich ein Aufruhr der Angst in seiner Brust, und er hastete zurück in den Wintergarten und hob das Manuskript auf. Er blätterte es mit dem Daumen durch bis zu den letzten Seiten. Auf Seite zweiundvierzig brach es ab, und von Seite sechsundzwanzig an war es zu einer unentzifferbaren Abfolge von rohen Sätzen und abgehackten, krakeligen Randnotizen degeneriert. Es war bei weitem nicht abgeschlossen.

Ich hoffe, dem alten Mädchen geht es gut, dachte Perky. Er empfand plötzlich den dringenden Wunsch, bei seiner Frau zu sein.

6 Lorraines und Yvonnes Entdeckung

Lorraine und Yvonne machten sich fertig, um auf ihre Stationen zu gehen. Sie waren nach dem Dienst verabredet, um Klamotten zu kaufen, weil sie am Abend in einen Jungle-Club wollten, wo Goldie als Hauptact auftrat. Lorraine war leicht verärgert, Yvonne noch immer in ihr Buch vertieft zu sehen. Sie konnte sich das erlauben; sie hatte keine Schwester Patel auf ihrer Station. Sie wollte ihre Freundin gerade anpfeifen und ihr sagen, sie solle sich beeilen, als sie der Name der Autorin auf dem Umschlag ansprang. Sie sah sich das Buch und das Foto einer mondänen jungen Frau an, das die Rückseite zierte. Es war ein sehr altes Foto, und wäre der Name nicht gewesen, hätte sie Rebecca Navarro nie erkannt.

– Scheiße nochmal! Lorraine machte große Augen.
– Guck dir mal das Buch an, das du gerade liest!

– Ja? Yvonne sah auf den geprägten Hochglanzumschlag. Eine junge Frau in einem geschnürten Mieder, aufgeworfenen Lippen und einem traumverlorenen Blick.

– Weißt du, wer das geschrieben hat? Die da auf der Rückseite?

– Rebecca Navarro? fragte Yvonne und drehte das Buch um.

– Sie ist gestern beim Chefarzt, Station Sechs, eingeliefert worden. Hat nen Schlaganfall gehabt!

– Ist ja irre! Wie ist sie denn so?

– Keine Ahnung... na jedenfalls kein bißchen wie das da! Sie kommt mir n bißchen verschusselt vor, aber schließlich hatte sie ja nen Schlag, wa?

– Dann ist es ja kein Wunder, sagte Yvonne mit einem schiefen Grinsen. – Willst du ihr ein paar Freiexemplare abschnorren?

– Aye, das mach ich, sagte Lorraine. – Aye, und echt fett ist sie auch. Daher kam auch der Schlag. Sie ist jetzt ne total fette Sau!

– Iih! Stell dir mal vor, du siehst so aus und läßt dich dann so gehen!

– Stimmt schon, aber, Yvonne, Lorraine sah auf ihre Armbanduhr, – wir machen uns besser auf die Socken, wie, oder?

– Ja … gab Yvonne widerwillig nach, machte einen Knick in die Seite und stand auf, um sich fertigzumachen.

7 Perks Dilemma

Rebecca weinte. Genau wie an jedem Tag in dieser Woche, an dem er sie besucht hatte. Das machte Perky schwere Sorgen. Wenn Rebecca weinte, dann, weil sie deprimiert war. Wenn Rebecca deprimiert war, schrieb sie nicht, dann konnte sie nicht schreiben. Wenn sie nicht schrieb... tja, Rebecca überließ die geschäftliche Seite der Dinge immer Perky, der ihr zum Dank ein wesentlich rosigeres Bild ihrer finanziellen Lage malte, als es tatsächlich zutraf. Perky hatte gewisse Ausgaben, von denen Rebecca nichts ahnte. Er hatte Bedürfnisse; Bedürfnisse, überlegte er, die diese nur mit sich selbst beschäftigte und egoistische alte Hexe nie verstehen würde.

Ihre ganze Beziehung lief darauf hinaus, daß er ihrem Ego schmeichelte und seine eigenen Bedürfnisse vollkommen ihrer grenzenlosen Eitelkeit unterordnete – zumindest würde ihre Beziehung so aussehen, hätte er nicht die Möglichkeit gehabt, sein eigenes Leben zu führen. Er hatte Anspruch auf eine kleine Entschädigung, rechtfertigte er sich. Er war von Natur aus ein Mann mit kostspieligen Vorlieben, mindestens so extravagant wie ihre behämmerten Heldinnen.

Er betrachtete sie distanziert, ließ das ganze Ausmaß des Schadens auf sich wirken. Es war nicht das gewesen, was die Ärzte als einen schweren Schlag bezeichnen würden. Rebecca hatte ihr Sprachvermögen nicht verloren (schlecht, befand Perky), und ihm wurde versichert, daß ihre geistigen Fähigkeiten nicht beeinträchtigt waren (gut, dachte er). Aber auf ihn wirkte es immer noch häßlich genug. Eine Seite ihres Gesichts sah aus wie ein Stück Plastik, das zu nahe am Feuer gelegen hatte. Er hatte versucht, der selbstverliebten Kuh einen Spiegel vorzuenthalten, aber das war ein Ding der Unmöglichkeit gewesen. Sie hatte so lange darauf beharrt, bis sie ihr endlich einen besorgt hatten.

– Oh, Perky, ich sehe so schrecklich aus! winselte Rebecca, als sie ihr verfallenes Gesicht im Spiegel betrachtete.

– Unsinn, Liebling. Das ist bald wieder besser, glaub mir!

Seien wir ehrlich, altes Mädchen, mit deinem Aussehen ist es nie weit her gewesen. Zu plump, stopfst dir dauernd die beschissenen Pralinen ins Maul, dachte er bei sich. Die Ärzte hatten das gleiche gesagt. Fettleibig, so hatten sie sich ausgedrückt. Eine Frau von nur zweiundvierzig, neun Jahre jünger als ich, obwohl man es kaum glauben sollte. Vierzig Kilo Übergewicht. Es war ein phantastisches Wort: fettleibig. Wie der Arzt das gesagt hatte, nüchtern, medizinisch, im korrekten Zusammenhang. Es hatte ihr wehgetan. Das hatte er gemerkt. Das hatte ihr einen richtigen Stich gegeben.

Obwohl er die Veränderung in ihrem Gesicht wahrgenommen hatte, konnte Perky zu seinem Erstaunen keine echte ästhetische Verschlechterung in Rebeccas Aussehen seit dem Schlaganfall feststellen. Die Wahrheit war, vermutete er, daß sie ihn schon lange angewidert hatte. Vielleicht hatte sie es schon immer getan: ihre kindische Art, ihre Selbstverliebtheit, ihr albernes Getue und vor allem ihre Fettleibigkeit. Sie war ein einziger Witz.

– Oh, Perks, du Schatz, meinst du wirklich? ächzte Rebecca, mehr zu sich selbst als zu Perky, und wandte sich dann an die eintretende Schwester, Lorraine Gillespie, – Wird es wieder besser, liebes Schwesterchen?

Lorraine lächelte sie an, – Na, da bin ich ganz sicher, Mrs. Navarro.

– Siehst du? Hör auf die hübsche junge Dame, lächelte Perks, zog eine buschige Augenbraue hoch, während er Lorraine ansah, und hielt einen koketten Moment lang Blickkontakt, ehe er ihn mit einem Blinzeln beendete.

Das war eine, die man erst auftauen mußte, dachte Perky. Er hielt sich für einen Frauenkenner. Manchmal, sinnierte er, sprang einen Schönheit direkt an. Man machte nur *Wow!*, dann gewöhnte man sich daran. Aber die Besten, wie diese kleine schottische Schwester, die schlichen sich langsam, aber unaufhaltsam an einen an, zeigten einem bei jedem Mal, mit jeder Stimmung, jedem neuen Ausdruck, ein wenig mehr. Sie erlaubten es einem, sich eine vage, verschwommene, neutrale Vorstellung von ihnen zu machen, und dann sahen sie einen auf diese gewisse Art an und fickten wie die Karnickel.

– Ja, sagte Rebecca schmollend, – mein süßes kleines Schwesterchen. Sie ist so lieb und freundlich, nicht wahr, Schwesterchen?

Lorraine fühlte sich geschmeichelt und beleidigt zugleich. Sie dachte nur an ihren Feierabend. Heute abend war es soweit. Goldie!

– Und ich kann Ihnen versichern, daß Perky Sie auch mag! zwitscherte Rebecca. – Er ist ein schrecklicher Schürzenjäger, stimmt's, Perks?

Perky zwang sich zu einem Lächeln.

– Aber er ist ein solcher Schatz, so romantisch, ich weiß nicht, was ich ohne ihn anfangen würde.

Da seine Aktien bei Rebecca offensichtlich besser denn je standen, deponierte Perky instinktiv ein Diktiergerät auf ihrem Nachttisch, zusammen mit einigen Leerkassetten. Ein bißchen sehr plump, dachte er, aber er war verzweifelt. – Ein wenig Ehestifterei mit Miss May bringt dich vielleicht auf andere Gedanken, Liebling…

– Oh, Perks… ich kann jetzt unmöglich Liebesromane schreiben. Sieh mich an. Ich sehe abscheulich aus. Wie könnte ich jetzt etwas Romantisches schreiben?

Perky verspürte ein beklemmendes Angstgefühl, das ihm die Brust einschnürte.

– Unsinn. Du bist noch immer die schönste Frau der Welt, preßte er zwischen zusammengebissenen Zähnen heraus.

– Oh, Perky-Darling… setzte sie an, gerade ehe Lorraine ihr ein Thermometer in den Mund schob und sie zum Schweigen brachte.

Perks betrachtete kalt die in seinen Augen so lächerliche Figur und hatte dabei immer noch ein entspanntes Lächeln aufgesetzt. Verstellung war ihm zur zweiten Natur geworden. Dennoch blieb das nagende Problem: ohne das Manuskript für einen neuen Miss-May-Regencyroman würde Giles vom Verlag nicht die hundertachtzig Riesen Vorschuß für das nächste Buch ausspucken. Schlimmer noch, er konnte ihn auf Vertragsbruch verklagen und die neunzig Riesen vom letzten zurückfordern. Diese neunzig Riesen; mittlerweile im Besitz zahlloser Londoner Buchmacher, Bar– und Restaurantbesitzer und Prostituierter.

Rebecca nahm immer monströsere Ausmaße an, nicht nur körperlich, sondern auch als Autorin. Die *Daily Mail* hatte sie als »größte lebende Autorin von Liebesromanen« bezeichnet, während der *Standard* sie »Britanniens Prinzregentin« nannte. Das nächste Buch würde das bisher erfolgreichste werden. Perks brauchte das Manuskript, einen Nachfolger für *Yasmin geht nach Yeovil, Paula geht nach Portsmouth, Lucy geht nach Liverpool* und *Nora geht nach Norwich.*

– Ich muß unbedingt mal Ihre Bücher lesen, Mrs. Navarro. Meine Freundin ist ein Riesenfan von Ihnen. Sie hat gerade *Yasmin geht nach Yeovil* ausgelesen, sagte Lorraine zu Rebecca, als sie ihr das Thermometer aus dem Mund nahm.

– Das sollen Sie! Perks, sei ein Schatz, denk daran, für unser Schwesterchen ein paar Bücher mitzubringen… oh, und, Schwesterchen, bitte, bitte, bitte, bitte, nennen Sie mich Rebecca. Natürlich werde ich Sie weiter Schwesterchen nennen, weil ich mich schon daran gewöhnt habe, obwohl Lorraine ein entzückender Name ist. Sie sehen ganz wie eine französische Gräfin aus... ja, wissen Sie was, ich glaube, Sie sehen sogar genau aus wie ein Portrait, das ich mal von Lady Caroline Lamb gesehen habe. Das Portrait schmeichelte ihr, sie war nie so hübsch wie Sie, mein Schatz, aber sie ist meine Heldin: eine wundervoll romantische Gestalt, die sich nicht scheute, sich für die Liebe zu kompromittieren, wie die besten Frauen der Geschichte. Würden Sie sich für die Liebe kompromittieren, Schwesterchen?

Gott, die Sau grunzt wieder, dachte Perks.

– Könnte ich so nicht sagen, sagte Lorraine achselzuckend.

– Oh, ich bin sicher, das würden Sie. Sie haben so etwas Wildes, Unbezähmbares an sich. Findest du nicht, Perks?

Perky fühlte, wie sein Blutdruck stieg und salzige Perlen auf seinen Lippen kristallisierten. Diese Uniform... diese Knöpfe... einer nach dem anderen aufgeknöpft... er rang sich ein kühles Lächeln ab.

– Ja, Schwesterchen, fuhr Rebecca fort, – ich sehe Sie in Begleitung von Lady Caroline Lamb auf einem dieser großen Regency-Bälle, umlagert von Verehrern, die nur darauf warten, Sie zum Walzer zu führen... tanzen Sie Walzer, Schwesterchen?

– Nee, ich steh auf House, besonders auf Jungle und sowas. Hab auch nix gegen n bißchen Trance und Garage und Techno und so, Hauptsache, es geht ab, ne?

– Möchten Sie lernen, wie man Walzer tanzt?

– Nee, nicht so mein Ding. Ich steh mehr auf House. Jungle und so. Goldie ist der Größte, ja?

– Oh, aber Sie müssen Walzer tanzen lernen, Schwesterchen; Rebeccas verschwollenes Gesicht schmollte eigensinnig.

Lorraine war etwas unbehaglich zumute, weil sie Perkys

Blick auf sich ruhen fühlte. Sie fühlte sich seltsam nackt in ihrer Uniform, als sei sie ein exotisches Objekt, etwas, das man zur Begutachtung hochhielt. Sie mußte weiter. Schwester Patel würde bald kommen, und es würde Ärger geben, wenn sie nicht voranmachte.

– Aus welcher Ecke im schönen Schottland kommen Sie? lächelte Perks.

– Livingston, sagte Lorraine schnell.

– Livingston, sagte Rebecca, – das klingt einfach bezaubernd. Fahren Sie bald auf Besuch nach Hause?

– Aye, zu meiner Mutter und so.

Ja, diese schottische Schwester hatte etwas an sich, dachte Perks.

Sie brachte nicht nur seine Hormone in Wallung; sie tat Rebecca gut. Das Mädchen schien neues Feuer in ihr zu entfachen, ihre Lebensgeister zu wecken. Als Lorraine hinausging, verfiel seine Frau wieder in eine Litanei selbstmitleidigen Jammerns. Es wurde auch für ihn Zeit zu gehen.

8 Freddies Indiskretion

Freddy Royle hatte einen für seine Verhältnisse ermüden-
den Tag gehabt, ehe er am späten Nachmittag im St. Hubbin's Krankenhaus eintraf. Er war den ganzen Morgen im
Fernsehstudio gewesen, um eine Folge von *In Liebe, Freddy*
aufzuzeichnen. Ein kleiner Junge, den Fred dazu auser-
sehen hatte, mit den Delphinen in Morecambes Aqualand
zu schwimmen, während seinen Großeltern ein Wiedersehen mit dem Schauplatz ihrer Flitterwochen ermöglicht
wurde, war im Studio und rutschte begeistert auf seinem
Schoß herum, was Freddy erregte und so nervös machte,
daß mehrere Takes erforderlich waren. – Ich hab's lieber,
wenn sie stillhalten, sagte er – ganz, ganz still. Barry, der
Produzent, fand das ganz und gar nicht lustig. – In Gottes
Namen, Freddy, nimm dir den Rest des verfluchten Nachmittags frei, geh ins Krankenhaus und fick eine Leiche,
stöhnte er. – Vielleicht kriegen wir deine verdammte Libido
doch noch etwas gedämpft.

Die Idee war gar nicht schlecht. – Du wirst lachen, genau
das mache ich auch, alter Schlawiner, lächelte Freddy und
wies einen Portier an, ihm ein Taxi von Sheperd's Bush zum
St. Hubbin's zu rufen. Auf der Fahrt durch West-London änderte er, frustriert von dem stockend langsamen Verkehr,
seine Meinung und bat den Fahrer, ihn an einem Buchladen
in Soho abzusetzen, in dem er Stammkunde war.

Freddy zwinkerte dem Mann hinter der Ladentheke des
gut besuchten Etablissements zu, ehe er weiter ins Hinterzimmer schlenderte. Dort saß ein weiterer Mann, der eine
seltsame Hornbrille trug, Tee aus einer Gillingham-FC-
Tasse trank und Freddy zulächelte. – Na, Freddy? Wie geht's,
alter Junge?

– Nicht schlecht, Bertie, alter Schwede. Und selbst?

– Oh, kann nicht klagen. Hier, ich hab was für dich... Bertie zog eine verschlossene Schublade auf und kramte durch einige Päckchen aus braunem Packpapier, bis er eins fand, auf das mit schwarzem Filzstift FREDDY geschrieben stand.

Freddy machte es nicht auf, sondern wies statt dessen mit einem Nicken auf ein Regal mit Buchauslagen. Bertie lächelte, – Bist nicht der erste heute, und ging zur Wand. Er packte einen Griff und zog eine Tür auf. Dahinter war ein kleiner, schmaler Raum mit Metallregalen, auf denen sich Magazine und Videos stapelten. Zwei Männer stöberten darin, als Freddy eintrat und die Regaltür hinter sich zuzog. Einen davon kannte Freddy.

– Perks, alter Freund und Kupferstecher!

Perky Navarro löste seinen Blick vom Titelbild von *Langzüngige Lesbo-Love-Babes Nr. 2* und lächelte Freddy an. – Freddy, alter Junge. Wie geht's? Er riskierte einen raschen zweiten Blick ins Regal, da er sich sicher war, ein Ebenbild von Schwester Lorraine Gillespie in *Frische Fotzen 78* gesehen zu haben. Er nahm das Magazin und sah es sorgfältig durch. Nein, bloß das Haar war ähnlich.

– Mir geht's bestens, alter Schlawiner, begann Freddy, fragte dann, als ihm auffiel, daß Perks einen Moment nicht ganz bei der Sache war, – was Interessantes dabei?

– Dachte ich, aber, nein, leider nicht; Perky klang ernüchtert.

– Möchte wetten, du findest was Passendes. Und was gibt's Neues vom Engelchen, wie hält sie sich?

– Oh, ihr geht's viel besser.

– Tja, sie ist in den besten Händen. Ich schaue heute mal bei ihr rein und sage Hallo, ich muß sowieso zu einem Meeting der Freunde und Förderer ins St. Hubbin's.

– Na ja, sie ist kaum wiederzuerkennen, lächelte Perky, wieder obenauf. – Sie redet sogar schon davon, bald wieder zu schreiben.

– Saubere Leistung.

– Ja, diese junge Schwester, die sich um sie kümmert...
kleine Schottin... die hat ihr gutgetan. Ein richtig leckeres
Püppchen übrigens. Ich hab gerade das Angebot nach einer
Doppelgängerin durchstöbert...

– Irgendwas Interessantes reingekommen?

– Da ist neuer Kram, der gestern frisch aus Hamburg
gekommen ist, wie mir Bertie gesagt hat, aber der ist da drüben, dirigierte Perky Freddy zu einem der Regale.

Freddy nahm sich eins der Magazine und blätterte den
Inhalt mit dem Daumen durch. – Nicht schlecht, gaaar nicht
schlecht. Hab mir letzte Woche hier ein nettes kleines Faust-
fick-Magazin mitgenommen. Wie manche von den Jungs
und Mädels diese Fäuste in ihre Pöter kriegen, weiß ich
wirklich nicht. Mir fällt ja das Scheißen schon schwer, wenn
ich ein paar Tage nicht auf dem Häuschen war.

– Ich schätze, ein paar von denen müssen randvoll mit
diesen Muskelrelaxantien sein, sagte Perks.

Das schien Freddy auf Ideen zu bringen. – Muskelrelaxantien... dann sind sie ja schön geweitet, wie?

– Ja, damit klappt's immer. Lies es mal nach. Du hast doch
nicht etwa vor, einen Selbstversuch zu machen, oder doch?
lachte Perky.

Freddy wandte sich mit breitem Lächeln zu ihm um, und
Perky wich unwillkürlich vor dem fauligen Atem des Fern-
sehstars zurück. – Man soll nie nie sagen, Perky, mein Bester, du kennst mich ja.

Nachdem er seinem Freund einen Klaps auf den Rücken
gegeben hatte, nahm der Fernsehstar sein Päckchen und
verließ den Laden; draußen hielt er sich ein neues Taxi an.
Er war unterwegs, um Rebecca Navarro zu besuchen, eine
Frau, die er, wie es alle ihre Freunde taten, maßlos verwöhnte. Er hatte ihr scherzhaft und zu ihrer größten Freude
den Spitznamen »Engelchen« verpaßt. Aber nach seinem

Besuch bei ihr würde Freddy sehr viel mehr Zeit mit anderen Freunden verbringen, Freunden, die die meisten Menschen als »abwesend« bezeichnen würden, die für seine Zwecke jedoch anwesend genug und höchst geeignet waren.

9 Im Jungle

An dem Abend, bevor sich sein Leben änderte, mußte Glen seinen Freund Martin anbetteln: – Komm schon, Alter, du kannst es dir doch wenigstens mal ansehen. Ich hab gute Pillen, Amsterdam Playboys. Das Beste vom Besten.

– Genau, Mann, verzog Martin das Gesicht, – und die willst du auf diesen abgefuckten Jungle-Scheiß verschwenden. Den Scheiß kann ich nicht ab, Glen, ich kann da scheißnochmal nicht drauf tanzen.

– Komm, Alter, tu's für mich. Versuch's doch wenigstens.

– Für dich? Was bist du so verdammt wild drauf, ausgerechnet in den Club zu gehen? Keith und Carol und Eddie gehen alle zum Sabresonic und dann weiter ins Ministry.

– Mann, Alter, House Music ist die Speerspitze von allem, und Jungle ist die Speerspitze von House. In Musik muß Überraschungspotential drin sein, oder, sonst ist es bloß noch leeres Gewichse, sowas wie Country & Western, oder wie das, wozu Rock 'n' Roll mittlerweile verkommen ist. Jungle ist die Musik, die einen noch überraschen kann. Da werden die neuen Maßstäbe gesetzt. Wir sind es uns schuldig, das auszuchecken, drängte Glen.

Martin sah ihn forschend an. – In dem Club ist irgendwer, den du treffen willst... da geht irgendwer aus dem Krankenhaus hin... ich wette, eine von den Schwestern!

Glen zuckte mit den Schultern und lächelte, – Na ja... ja... aber...

– Okay, geht klar. Du willst Mädchen aufreißen, gehen wir Mädchen aufreißen. Gegen das Programm hab ich nichts. Bloß verschon mich mit dem Neue-Maßstäbe-Schwachsinn.

Sie kamen am Club an, und Glen verließ der Mut, als er die endlose Schlange sah. Martin spazierte frech nach vorne und sprach mit einem der Türsteher. Dann drehte er sich um und winkte Glen mit heftigen Bewegungen zu sich. Ein paar in der Schlange stöhnten neidisch und frustriert auf, als Glen und Martin durchgingen. Zuerst hatte Glen Panik gehabt, sie würden nicht reinkommen. Nachdem Martin sie so erfolgreich durchgeschummelt hatte, sorgte er sich, daß Lorraine möglicherweise draußen bleiben mußte.

Einmal im Club gingen sie direkt zur Chillout-Zone. Martin ging an die Bar und bestellte zwei Mineralwasser mit Kohlensäure. Es war dunkel, und Glen zog einen Plastikbeutel aus seinem Slip. Er enthielt vier Pillen, auf die ein Playboy-Bunny aufgeprägt war. Sie schluckten beide je eine und spülten sie mit Wasser runter.

Nach etwa zehn Minuten rächte sich die Pille bei Glen, wie üblich, und er bekam einen trockenen, galligen Schluckauf. Für ihn und Martin kein Grund zur Besorgnis; Glen hatte einfach kein Talent zum Pillenschlucken.

Drei Mädchen setzten sich direkt neben sie. Martin zog sie prompt ins Gespräch. Glen setzte sich ebenso prompt ab und ging auf die Tanzfläche. Diese E's waren gut, aber wenn man nicht gleich zu tanzen anfing, saß man am Ende die ganze Nacht lang im Chillout rum und quasselte. Glen war gekommen, um zu tanzen.

Er schob sich über die schon gut gefüllte Tanzfläche und traf bald auf Lorraine und ihre Freundin. Glen tanzte in unauffälligem Abstand. Er erkannte Murder Dem von Ninjaman, das in Wayne Marshalls G Spot überging.

Lorraine und ihre Freundin Yvonne verausgabten sich völlig, gingen unheimlich mit. Glen beobachtete, wie sie zusammen tanzten, Lorraine blendete den Rest der Welt aus, war total auf Yvonne fixiert, ging ganz in ihrer Freundin auf. Gott, wenn sie mich nur einmal so ansehen würde, dachte er. Yvonne allerdings war etwas distanzierter, losgelöster, ließ die gesamte Umgebung mehr an sich heran. So wirkte es auf Glen. Seine Pille knallte rein, und die Musik, gegen

die er sich so gesperrt hatte, drang von allen Seiten in ihn
ein, rauschte in Wellen durch seinen Körper, konturierte
seine Emotionen. Vorher war sie ihm hektisch und abgehackt erschienen und hatte ihn mit ihrem Geschubse und
Gezerre nur irritiert. Jetzt ließ er sich ganz auf sie ein, sein
Körper blubberte und wogte unter den hämmernden Bass-
linien und zerrissenen Dub-Plates in alle Richtungen. Das
volle Vergnügen der Liebe zu allem Guten erfüllte ihn, obwohl er klar und deutlich sah, was an England schlecht war;
genau genommen umriß und illustrierte dieser Urban Blues
des 20. Jahrhunderts das treffender denn je. Trotzdem
machte ihm das keine Angst, und es zog ihn auch nicht runter. Es war die Party: er spürte, daß man Party machen
mußte, kompromißloser denn je Party machen mußte. Es
war der einzige Ausweg. Man hatte die Pflicht zu zeigen, daß
man noch Leben in sich hatte. Politparolen und -posen
brachten nichts; man mußte die pure Lebensfreude feiern,
unter den Augen der ganzen grauen Mächte und toten Seelen, die alles kontrollierten, die sowieso nur darauf aus waren, einem das Hirn und die Lebenskraft abzutöten, wenn
man nicht einer von ihnen war. Man mußte ihnen zeigen,
daß man trotz ihrer immensen Anstrengungen, einen zu einem Ebenbild ihrer selbst zu machen, einen totzukriegen,
noch voller Leben steckte. Glen wußte, daß das nicht die
ganze Antwort war, weil all das immer noch da sein würde,
wenn man mal damit aufhörte, aber im Moment war es die
beste Show in der Stadt. Und ganz bestimmt die einzige, bei
der er dabei sein wollte.

Sein Blick wanderte wieder zu Lorraine und ihrer Freundin. Es war ihm erst nicht aufgefallen, aber er tanzte wie ein
Maniac, und als er zu ihnen rüberschaute, wurde es ihm klar.
Hier gab es keine Poser, alle hier spielten verrückt. Das
war kein Tanzen, tanzen war nicht das Wort für das, was hier
abging. Und da waren sie: Lorraine und ihre Freundin

Yvonne. Lorraine, die Göttin. Aber die Göttin hatte sich vervielfacht. Jetzt gab es nicht nur eine von ihnen, wie noch eben, als er hereingekommen war, als sie nur Lorraine und eine Freundin gewesen waren. Jetzt waren sie Lorraine und Yvonne, in einem Tanz voller entfesselter, selbstvergessener Emotionen, der sich, obwohl mit neunzig Kmh ausgeführt, unter dem Ansturm der pulsenden Strobes und peitschenden Breakbeats fast bis zu völligem Stillstand verlangsamte. Lorraine und Yvonne. Yvonne und Lorraine.

Ein Aufschrei ging durch die Menge, als die Musik ein Crescendo verließ und das Tempo umkippte, um das nächste aufzubauen. Die beiden Frauen kippten sich, vom Tanzen geschafft, in die Arme. In dem Moment erkannte Glen, daß mit ihrer Körpersprache irgend etwas nicht stimmte. Lorraine und Yvonne küßten sich, aber Yvonne begann sich nach einer Weile dagegen zu wehren und wich zurück. Unendlich langsam im Stroboskoplicht. Es war, als sei etwas in ihr gerissen: als hätte sie ihre emotionale Dehnfähigkeit überstrapaziert. Sie riß sich mit einer Heftigkeit, über die auch die Strobes nicht hinwegtäuschen konnten, aus dieser zunächst so symbiotisch wirkenden Umklammerung los und stand peinlich berührt und wie erstarrt da, während Lorraine sie kurz mit eigentümlicher Verachtung anzusehen schien und dann ignorierte.

Yvonne verließ die Tanzfläche und arbeitete sich an die Bar vor. Glen sah ihr nach, dann sah er zu Lorraine. Lorraine. Yvonne. Er ging Yvonne nach. Sie stand an der Bar und trank Mineralwasser. In der Nacht, in der sich sein Leben änderte, klopfte er ihr auf die Schulter.

– Yvonne, oder?

– Ja ... sagte sie langsam, dann, – du bist Glen, oder? Aus dem Krankenhaus.

– Ja, lächelte Glen. Sie war schön. Es war Yvonne. Yvonne war die Richtige. Yvonne, Yvonne, Yvonne.

– Wußte gar nicht, daß du auf sowas stehst, sagte sie lächelnd. Es war, als würde sie ihre großen weißen Zähne in sein Brustbein schlagen und ein Loch in sein Herz reißen. Sie ist so gottverdammt schön, entschied Glen. Eine Frau, für die es sich zu sterben lohnte.

– Na klar, sagte Glen. – Total.

– Und, gut drauf? fragte sie. Er war umwerfend, fand Yvonne. Ein richtiges Stück Mann. Der fährt ja voll auf mich ab.

– Ich war noch nie so geil drauf, und was ist mit dir?

– Es wird langsam besser, lächelte sie. Auch Yvonnes Leben änderte sich in dieser Nacht.

10 Rebeccas Genesung

Lorraine maß gerade Rebeccas Temperatur, als der vornehme Besuch ihrer illustren Patientin erschien. – Engelchen! rief Freddy aus, – Wie isses uns! Ich wollte gestern schon reinkommen und dich besuchen, aber dieses Treffen mit dem Förderverein fand und fand kein Ende. Wie fühlst du dich?

– Mrmrmh, machte Rebecca, und Lorraine nahm ihr mit zitternder, unsicherer Hand das Thermometer heraus. – Freddy! Schatz! Rebecca streckte ihre Arme aus und umarmte Freddy theatralisch.

– Der Schatz sind Sie, Rebecca; Lorraine zwang sich zu einem Lächeln. Sie hing ziemlich durch, und Yvonne war sauer auf sie. Sie hatte eine dumme Sache geschehen lassen und dann nicht mehr in den Griff bekommen. Nein, sie hatte *sich* nicht im Griff gehabt. Sie unterband bewußt diese psychische Selbstzerfleischung, ehe sie sich verselbständigen konnte. Jetzt war nicht der Zeitpunkt dazu.

– Danke, Lorraine, Darling... kennen Sie Freddy-Darling schon?

– Nee, sagte Lorraine. Sie ging ihm die Hand schütteln. Freddy gab ihr einen lüsternen Händedruck, gefolgt von einem Kuß auf die Wange. Lorraine zuckte unter dem kalten, feuchten Eindruck des zähen Speichels zusammen, den Freddies Lippen auf ihrer Wange zurückließen.

– Hab nur das Beste von Ihnen gehört, daß Sie sich rührend um unser Engelchen kümmern, sagte Freddy lächelnd.

Lorraine zuckte die Achseln.

– Oh, Freddy, Lorraine war ein absoluter Schatz, nicht wahr, du süßes Kind?

– Schon gut, ist halt mein Job, ne.

– Aber Sie tun ihn mit so viel Stil, solchem *savoir faire*.
Ich muß absolut darauf bestehen, Freddy-Darling, daß du
deinen gesamten nicht unbeträchtlichen Einfluß geltend
machst, um Lorraines Karriere im Gesundheitswesen zu
fördern.

– Ich glaube, da überschätzt du den Einfluß eines ein-
fachen Bauernburschen aus Somerset, Engelchen, aber ich
kann gerne mal an ein paar Rädchen drehen, wie man so
sagt.

– Oh, aber das mußt du. Nur meinem Schwesterchen
habe ich es zu verdanken, daß ich nächste Woche entlassen
werde. Und ich habe über sechs Kilo abgenommen. Oh,
Freddy-Darling, ich *habe* in den letzten Jahren wirklich
nicht auf mich achtgegeben. Du mußt mir versprechen, daß
du mir sagst, wenn ich Übergewicht habe, und nicht so nachsichtig mit mir bist. Bitte, Schatz, versprich es mir!

– Was immer du willst, Engelchen. Aber hör mal, es freut
mich zu hören, daß du entlassen wirst, lächelte Freddy.

– Ja, und Lorraine wird vorbeikommen und mich besuchen, nicht wahr, Schätzchen?

– Ehm, na ja... murmelte Lorraine. Das war im Moment
das letzte, was sie wollte. Ihre Beine schmerzten; sie würden
noch mehr schmerzen, bis ihr Dienst zu Ende war. Sie hatte
müde Augen. Sie sah die Betten, die sie noch zu machen
hatte, während sie sich so danach sehnte, sich auf einem
dieser Betten langzulegen.

– Oh, bitte, sagen Sie doch ja, sagte Rebecca schmollend.

Rebecca hatte eine eigenartige Wirkung auf Lorraine.
Ein Teil von ihr verabscheute deren gönnerhaftes und
idiotisches Getue. Ein Teil von ihr hatte gute Lust, diese
dumme, aufgedunsene, naive und maßlos verwöhnte Frau
durchzuschütteln, ihr zu sagen, sie sei verboten dämlich
gewesen, sie solle sich zusammenreißen, ihre kindische
Phantasiewelt verlassen. Doch ein Teil von ihr hatte Mit-

leid mit Rebecca, entwickelte ihr gegenüber Beschützer-
instinkte.

Lorraine erkannte, daß Rebecca, trotz ihrer nervenden
Angewohnheiten und bemitleidenswerten Defizite, in ihrem Wesen ein guter, warmherziger und ehrlicher Mensch
war, – Aye, na schön, sagte sie ihrer Patientin.

– Wundervoll! Weißt du, Freddy, Lorraine hat mich inspi-
riert, wieder zu schreiben. Sie wird das Vorbild für meine
neue Heldin sein. Ich werde sie sogar Lorraine nennen. Sie
sollte eigentlich Agnes heißen, aber ich glaube, ich kann
einen französisch klingenden Namen riskieren. Ich denke,
Flora könnte einen französischen Geliebten gehabt haben,
ehe sie den Reverend kennenlernte. Die klassische Allianz,
verstehst du. Gott, ich sprudele wieder über vor Ideen. Dieses Buch werde ich definitiv Ihnen widmen, mein liebes,
liebes Schwesterchen, Lorraine, Sie Schatz.

In Lorraine zog sich alles zusammen.

– Das ist ja wunderbar, sagte Freddy, der es kaum erwarten konnte, runter ins Pathologielabor zu kommen, – aber
ich muß jetzt los. Nur eins noch, Engelchen, die Frau ein
Zimmer weiter, was ist los mit der?

– Oh, sie ist sehr schwer krank. Es ist nur noch eine Frage
von Tagen, seufzte Rebecca.

– Schrecklich, sagte Freddy, und versuchte seine Ge-
sichtszüge zu beherrschen, damit sie nicht zu einem Grinsen
hämischer Vorfreude verrutschten. Sie war eine ganz Feiste.
Die Art von Körper, in dem Freddy sich freudig verlieren
konnte. Soviel Fleisch zu bezwingen. – Wird wie die Bestei-
gung des Everest, sagte er, glücklich, versonnen, mit unter-
drückter Stimme.

11 Ohne Titel – Erste Fassung

Letzten Endes wurde es doch beinahe April, bis Lorraine und Miss May die lange, beschwerliche Reise nach London antraten. Für ein junges Mädchen von der schottischen Grenze, das niemals weiter als bis Edinburgh gekommen war, war jeder neue Anblick am Weg ein Gegenstand lebhaften Interesses. Doch der Zustand ekstatischer Begeisterung, in dem sich Lorraine bei Beginn ihrer Reise befand, hatte ebensoviel mit dem kleinen Vermögen von sechzig Pfund zu tun, mit dem ihr Vater, der langmütige Reverend, sie kurz vor der Abreise überrascht hatte.

Sie reisten in einer alten Kutsche, die von zwei stämmigen Pferden gezogen und von Tam Greig, einem Mann aus Selkirk, gelenkt wurde, der diese Reise in der Vergangenheit schon viele Male unternommen hatte. Wer an die Geschwindigkeit gewöhnt war, welche die Postchaisen boten, dem konnte eine Reise in einem von nur zwei Pferden gezogenen schwerfälligen, knarrenden Gefährt nur quälend langsam erscheinen. Daher war das, was für Lorraine ein großes Abenteuer bedeutete, für ihre Reisebegleiterin, Miss May, eine einzige Geduldsprobe – für die einzig der überlegene Komfort entschädigte.

Jedenfalls nahmen sie die exzellenten Erfrischungen, die ihnen an den meisten Zwischenstationen angeboten wurden, dankbar an, und die Betten in den Poststationen waren zumeist von annehmbarer Qualität. Lorraine kam ein dreitägiger Aufenthalt in York sehr gelegen. Man legte ihn auf den Rat von Tam Greig ein, der bei einem der Pferde schwerste Ermüdungserscheinungen festgestellt hatte. So bezaubert von der Stadt war Lorraine, daß sie bettelte, man möge noch einen, nur einen, weiteren Tag bleiben, aber der mürrische schottische Kutscher berichtete, die Pferde seien genügend ausgeruht, und Miss May hatte, wie immer, das letzte Wort. – Ich habe die Pflicht, Sie zu Lady Huntingdon zu bringen, liebes Mädchen. Es wurde zwar keine genaue Zeit für Ihre Ankunft genannt, aber ich würde meinen Pflichten doch alles andere als gewissenhaft nachkommen, ließe ich zeitraubende Besichtigungen an jedem interessanten Ort, den wir passieren, zu! Wer rastet, der rostet!

Und damit machten sie sich auf den Weg.

Der Rest der Reise verlief ereignislos, bis sie Grantham erreichten. Es hatte den größten Teil des Tages stark geregnet, als sie sich dem Gonerby Moor näherten, und die Lincolnshirelandschaft war aufgeweicht. Wie aus dem Nichts schoß plötzlich eine Postchaise mit Vierergespann in solchem Tempo vorbei, daß die sanfteren Pferde, welche die Kutsche zogen, darauf äußerst gereizt reagierten und das Gefährt in den Graben beförderten. Der Wagen kippte, und Miss May stieß sich den Kopf an. – Was…?

– Miss May, Lorraine hielt ihre Hand, – geht es Ihnen gut?

– Ja, ja, ja, Mädchen… ich glaubte schon, der Wagen würde sich überschlagen… was, um Himmels willen, ist geschehen?

Lorraine blickte aus dem Fenster und sah, wie Tam Greig seine Faust schüttelte und in einem gutturalen Schottisch, wie sie es noch nie gehört hatte, losfluchte. – Ihr Deibels, ihr! Euch dreh ich euren dreckjen englischen Hals rum!

– Mister Greig! sagte Miss May scharf.

– 'zeihung, Ma'am, aber die Frechheit der Männer in der Kutsche läßt mir die Galle hochkommen. Offiziere waren's auch noch. Offiziere, aber keine Gentlemen, wenn ich so sagen darf.

– Vielleicht waren sie in Eile, um eine Verabredung einzuhalten, sagte Miss May. – Wir sollten ebenfalls keine Zeit verlieren.

– Es tut mir leid, Ma'am, aber eins der Pferde lahmt. Wir müssen es in Grantham auswechseln, und ich würde sagen, es wird seine Zeit dauern, bis alles gerichtet ist.

– Na schön, seufzte Miss May. – Oh, Lorraine, wie bin ich dieser Reise überdrüssig!

Da das zweite Kutschpferd lahmte, brauchten sie bis Grantham länger, als erwartet. Im Blue Inn war kein Zimmer zu bekommen, also sahen sie sich gezwungen, in einer weitaus weniger gediegenen Herberge abzusteigen. Beim Aussteigen aus der Kutsche fluchte Tam, der Kutscher, als er vier Offiziere, die Insassen jener Postchaise, die an ihrem Unbill schuld war, auf dem Weg zu einem Gasthof an ihnen vorbeischlendern sah.

Einer der Soldaten, ein dunkler, gutaussehender Kerl mit einem arroganten Zug um den Mund, grüßte Lorraine, indem er eine Augenbraue anzüglich hob, was sie die Augen niederschlagen und erröten ließ. Miss May bemerkte die Geste des Offiziers und nickte beifällig zu Lorraines Reaktion.

Der Zwischenstop in Grantham hielt sie weitere zwei Tage auf, aber die letzte Etappe der Reise nach London verlief ereignislos, und sie erreichten das imposante Stadthaus von Earl Denby und Lady Huntingdon, Radcombe House in Kensington, in bester Stimmung.

Lorraine war von London überwältigt; die Größe und Ausdehnung der Stadt überstiegen alles, was sie sich je hatte vorstellen können. Lady Huntingdon, eine auffallend aparte Frau, und sehr viel jünger aussehend als ihre sechsunddreißig Jahre (denn Lorraines Mutter Flora war im selben Alter wie ihre Freundin), erwies sich als höchst liebenswürdige Gastgeberin. Außerdem hielt auch Miss May, die nur von Lady Huntingdon bei ihrem Vornamen, Amanda, gerufen wurde, bei Lorraines Einführung in die Gesellschaft ein wachsames Auge auf ihren Schützling. Der Earl of Denby war ein schneidiger, gutaussehender Mann, und er und seine Frau schienen ihr ungeheure Vitalität und Lebensfreude auszustrahlen.

Die Dinnergesellschaften in Radcombe House waren mit großem Aufwand verbunden, selbst bei Anlässen, bei denen nur wenige Gäste zugegen waren. – Ist das nicht wundervoll? sagte Lorraine zu Miss May, die nicht von der Seite der jungen schottischen Schönheit wich.

– Das ist noch sehr bescheiden. Warten Sie, bis Sie erst Thorndyke Hall sehen, liebes Mädchen, lächelte sie. Das war der Familiensitz in Wiltshire, und Lorraine konnte es kaum erwarten, endlich dorthin mitgenommen zu werden.

Bei einer der kleineren Dinnergesellschaften in Radcombe House, zu der nur wenige Gäste geladen waren, erweckte eines Abends der kecke Blick eines gutaussehenden jungen Mannes Lorraines Aufmerksamkeit. Er wirkte seltsam vertraut, und sie glaubte, sie müsse ihn an einem der früheren Dinnerabende gesehen haben. Dieser Mann, ein launischer junger Stutzer, faßte seinen Freund und Gastgeber, den Earl of Denby, spöttisch ins Auge und forderte in theatralischem, neckendem Tonfall: – Nun, Denby, alter Schurke, Ihr habt mir für dieses Wochenende ein erstklassiges Jagderlebnis unten in Wiltshire versprochen, aber, sagt an, welche Vergnügungen haltet Ihr heute abend für mich bereit? Der junge Adlige lächelte Lorraine zu, und sie erinnerte sich sofort, wo sie ihn schon gesehen hatte: er war einer der Offiziere in der Postchaise gewesen, die ihre Reise nach London so plötzlich unterbrochen hatte, jener Offizier, der sie so anzüglich gemustert hatte.

– Meine Köchin, sagte Denby ein wenig nervös, – gilt allgemein als Künstlerin ihres Fachs...

– Aber, unterbrach ihn der junge Mann selbstgefällig, während er Lorraine einen weiteren kecken Blick zuwarf, die daraufhin spürte, daß sie, wie schon zuvor, errötete, – mit einer Köchin werde ich mich nicht abspeisen lassen! Ich kam her in freudiger Erwartung schockierender Orgien! posaunte er. Lord Harcourt, der nicht weit von ihm saß, verschluckte sich an seinem Wein und schüttelte gereizt den Kopf.

– Lieber Marcus! Ihr seid so schockierend! sagte Lady Huntingdon mit einem nachsichtigen Lächeln.

– Meine liebe Lady, sagte Lord Harcourt, – Ihr seid ebenso schlimm wie dieser verabscheuungswürdige junge Hund, wenn Ihr seinen kindischen und amoralischen Reden mit solcher Nachsicht begegnet!

– Das ist der beklagenswerte Einfluß des Lord Byron und seiner Spießgesellen auf die Gesellschaft! sagte Denby mit einem leicht verächtlichen Lächeln.

– Ja, dieser verdammte Dichterling hat ungeheuren Staub aufgewirbelt! rief Harcourt aus.

– Aber mein Einwand ist doch, fuhr der junge Mann fort, – wie kann ich Ende des Monats gegen Boney ins Feld ziehen, ohne mich mit ein wenig belebenderen Zerstreuungen gestählt zu haben?

– Die Art der Zerstreuung, die Euch vorzuschweben scheint, wird unter meinem Dach nicht stattfinden, Marcus! grollte Denby.

– Marcus, seid ein Schatz und dämpft Euren feurigen Kampfgeist ein wenig, solange wir essen, denn Eure Reden grenzen wirklich ans Skandalöse! Unterhaltet uns doch mit Euren Armeegeschichten, drängte Lady Huntingdon ihren rüden jungen Gast liebenswürdig.

– Ganz wie Ihr wünscht, teuerste Lady, lächelte der junge Mann, besänftigt und verführt von ihrer sanften Stimme und der beschwichtigenden klassischen Schönheit seiner Gastgeberin. Und wie gewünscht fesselte er die Tischgesellschaft für den Rest des Abends mit Erzählungen von großem Witz und Humor aus seinem Militärdienst.

– Wer ist dieser Mann? konnte sich Lorraine nicht enthalten, Lady Huntingdon zu fragen, nachdem die Gäste sich verabschiedet hatten.

– Das war Marcus Cox. Ein perfekter Schatz, und einer von Londons begehrtesten Junggesellen, aber ein unverbesserlicher Wüstling. Es gibt in dieser Stadt viele Männer von Stand, die nicht das sind, was sie zu sein scheinen, mein Engel, und Ihr solltet Ihnen mit Vorsicht begegnen. Aber das werden Euch meine Freundinnen, Eure liebe Mama und die gute Amanda, sicher bereits gesagt haben. Zu meinem Bedauern muß ich gestehen, daß viele Männer von Stand fast alles sagen und tun würden, um einer Jungfrau ihre Tugend zu rauben. Wenn ein Mann, selbst einer von Marcus Cox' Geburt, kurz davor steht, an die Front einzurücken, schleicht sich eine gewisse Rücksichtslosigkeit in seinen Ton und sein Auftreten ein. Denn die traurige Wahrheit ist, daß viele von ihnen nicht zurückkehren, eine Tatsache, der sie sich nur allzu bewußt sind.

– Ihr seid so weltgewandt und erfahren... sagte Lorraine.

– Und darum ist es meine Pflicht, Euch ein wenig von den Erfahrungen profitieren zu lassen, die ich glücklicherweise habe sammeln können, Lorraine, mein liebes Kind. Aber nun wartet Arbeit auf uns. Wir müssen uns wohl oder übel der höchst dringenden und mühevollen Aufgabe widmen, uns endlich zu entscheiden, welche Toiletten Ihr und ich auf dem morgigen Ball tragen werden.

Am folgenden Abend wurde Lorraine unter der Ägide Lady Huntingdons für den Ball angekleidet. Lorraine wußte, daß die Mühe sich ausgezahlt hatte, noch ehe sie sich selbst im Spiegel betrachtet hatte. In den Augen ihrer Gastgeberin las sie solch leuchtende Zustimmung, daß ein Spiegel in der Tat überflüssig war. Sie sah himmlisch aus in ihrem roten Kleid aus importierter indischer Seide. – Wie bezaubernd Ihr aus-

seht, mein Liebling, einfach hinreißend! gurrte Lady Huntingdon.

Lorraine ging zum Spiegel und betrachtete sich darin. – *Das kann unmöglich ich sein, ganz sicher nicht!*

– *Oh, aber Ihr seid es, Kind, ganz sicher seid Ihr es. Wie sehr Ihr Eurer lieben Mama ähnelt...*

Auf dem Ball tanzte ein gutaussehender Offizier nach dem anderen mit Lorraine; alle waren begierig, ihre Bekanntschaft zu machen. Der Walzer war der herrlichste Tanz, und Lorraine war wie berauscht von der Musik und der Bewegung.

Lady Huntingdon und Lord Denby nahmen sie nach einem Tanz mit einem besonders stattlichen Offizier beiseite.

– *Lorraine, mein Schatz, wir sind so stolz auf Euch. Wie wünschte ich, Eure Mama wäre jetzt bei uns, um all dies mitzuerleben,* flüsterte ihr die Dame des Hauses bewundernd ins Ohr.

Lorraine dachte mit zärtlicher Liebe an ihre teuren Eltern in dem fernen Pfarrhaus an der schottischen Grenze, an die Opfer, die sie gebracht hatten, damit dieser Traum sich erfüllen konnte.

– *Ja, meine Schöne, Eure Einführung in die Gesellschaft war ein größerer Erfolg, als ich zu träumen gewagt hätte! Jeder junge Offizier meines eigenen Regiments hat mich nach Euch gefragt!* merkte Lord Denby fröhlich an.

– *O weh, doch ich verblasse neben Eurer strahlend schönen Frau, Mylord,* sagte Lorraine lächelnd zu Denby. Alle in der Runde wußten, daß die Bemerkung der hübschen Debütantin nur ihre ehrliche Meinung wiedergab und nicht schmeichlerischer Ehrerbietung oder Dankbarkeit gegenüber ihrer Gastgeberin entsprang.

– *Ha! Damit schmeichelt Ihr mir! Alle Augen ruhen auf Euch, mein kleiner Liebling. Seht Euch um, beobachtet und wartet ab, mein Engel, und zügelt Eure Neigung zur Impulsivität. Der Richtige wird schon kommen, und Ihr werdet es wissen, sagte Lady Huntingdon und lächelte ihren Gatten an, der gefühlvoll ihre Hand drückte.*

Das rührte Lorraine zutiefst. Sie hatte das Gefühl, mit dem attraktivsten Mann im Saal tanzen zu müssen. – Kommt und tanzt mit mir, Mylord, bat sie Denby herzlich.

– Aber nicht doch! lachte Denby in gespielter Erschütterung.

– Ihn werdet Ihr niemals zum Walzer überreden, mein Kind; Seine Lordschaft ist strikter Gegner der Einführung derartiger Musik in diesem Land.

– Und ich muß Seiner Lordschaft Prinzipien in dieser Sache beipflichten, äußerte sich Lord Harcourt, der sich zu ihnen gesellt hatte, scharf, – denn es ist eine verdammte Kriegslist unserer ausländischen Feinde, diese dekadente Musik und Tanzerei in unser Gefilde zu bringen.

Lorraine war entsetzt, daß der kluge Lord so über diese wunderschöne Musik dachte. – Warum sagt Ihr das, Mylord? fragte sie.

Harcourt wich einen Schritt zurück, und Lorraine sah, wie er das Kinn auf die Brust senkte. – Ja nun, begann er schroff, nicht daran gewöhnt, von einer jungen Frau auf diese Art herausgefordert zu werden, – diese unziemliche Nähe eines Gentleman und einer Lady ist eine höchst skandalöse und unangebrachte Sache und kann nur ein Schachzug unserer Feinde vom Kontinent sein, um die Kampfkraft des britischen Offiziers zu schwächen, indem sie seine moralische Spannkraft zersetzt und ihn um so gewisser in die Zügellosigkeit abrutschen läßt! Dieses schandhafte Verhalten breitet sich in der besseren Gesellschaft aus wie ein Virus, und mir graut bei dem Gedanken an die unabsehbaren Folgen für die Männer im Felde, die sich solch teuflischen Praktiken hingeben!

– Oh, still, Harcourt, sagte Lady Huntingdon lächelnd und schob den braven Lord beiseite, als sie majestätisch die Treppe hinunterschwebte, unter dem wohlgefälligen Blick ihres Gatten, dem die bewundernden Blicke nicht entgingen, die seine Frau erntete.

Als Lorraine Lord Denbys Miene gewahrte, fühlte sie sich bewogen, ihn anzusprechen. – Mylord, ich bete, daß ich eines Tages ein ähnlich vornehmes Auftreten haben werde wie diese göttliche Schönheit, Eure liebe Frau, Lady Huntingdon. Wieviel Haltung und Grazie diese strahlendste und edelste aller Frauen besitzt, welch...

Lorraines Worte wurden jäh unterbrochen, als Lady Huntingdon sich unglücklich im Saum ihres Kleides verfing und die Marmorstufen hinabstürzte. Die Gäste sahen in entsetztem und angstvollem Schweigen zu, da niemand von ihnen nahe genug stand, um sie aufzufangen, und die Lady selbst ihren Fall nicht aufhalten konnte, sondern – es schien eine Ewigkeit zu währen – Stufe um Stufe hinunterfiel und dabei beängstigend an Tempo gewann, bis sie als lebloses Bündel am Fuß der Treppe liegenblieb.

Der Earl of Denby war der erste an ihrer Seite. Er hob den goldenen Lockenkopf seiner Frau an, und Tränen traten ihm in die Augen, als er Blut durch seine Hände sickern und auf den Marmorboden tropfen spürte. Denby blickte auf zum Himmel, durch die reich verzierte geschnitzte Decke des Speisesaals hindurch. Er wußte, daß ihm durch den sinnlosesten und grausamsten Unfall alles, was er hatte und was ihm lieb gewesen war, geraubt worden war. – Es gibt keinen Gott, sagte er leise, dann wiederholte er, diesmal noch sanfter, – keinen Gott.

12 Rebeccas Rückfall

Rebecca glaubte, ein weiterer Schlag würde sie treffen. Sie hatte Herzstiche, als sie das Magazin durchblätterte. Darin sah man zwei junge Frauen in verschiedensten Posen. Es sah aus, als hätte eine von ihnen – bei einem Titel wie *Feiste Faustfick-Emanzen* nicht anders zu erwarten, dachte sie sich, – ihre geballte Faust in der Vagina der anderen stecken.

Ihre Gedanken rasten zurück zum letzten Freitag, als ihre Welt zerbrochen war. Dies war schlimmer als der Schlaganfall, es kam ihr sogar noch willkürlicher, gemeiner und widerlicher vor. Darin lag eine Demütigung, wie sie die Krankheit, so sehr sie sie entstellt und beeinträchtigt hatte, niemals mit sich gebracht hatte. Am letzten Freitag hatte sie gleich nach ihrer Entlassung aus dem Krankenhaus einen Einkaufsbummel gemacht. Sie verließ Harrod's mit einem neuen, die Moral beträchtlich hebenden Outfit, eine Größe kleiner als sie sie mittlerweile zu tragen gewohnt war. Dann sah sie auf dem Nachhauseweg aus dem Taxifenster Perky, mitten auf einer belebten Straße in Kensington. Sie ließ den Taxifahrer bremsen und stieg dann aus, um ihn zu verfolgen, weil sie es für einen köstlichen Spaß hielt, ihren geliebten Perks zu beschatten.

Das Vergnügen verging ihr, als sie ihn in einer kleinen Wohnung verschwinden sah. Rebecca wurde schwer ums Herz, da sie sofort eine andere Frau vermutete. Sie kam von düsteren Ahnungen geplagt heim und widerstand dem verzweifelten Wunsch, sich mit Essen vollzustopfen, bis sie platzte. Dann verging der Heißhunger, und sie hätte selbst dann nichts herunterbringen können, wenn man sie zwangsernährt hätte. Sie wollte nur noch wissen, was gespielt wurde.

Danach folgte sie Perky noch oft, aber er ging stets

alleine in die Wohnung. Rebecca verbrachte endlose Stunden damit, zu beobachten, ob sonst jemand kam oder ging. Die Wohnung schien unbewohnt zu sein. Schließlich ging sie an die Tür und klingelte. Niemand öffnete. Auch bei allen folgenden Versuchen war niemand daheim. Sie vertraute sich Lorraine an, die auf ihren Wunsch zum Tee kam. Es war auch Lorraine, die schließlich vorschlug, sie solle in Perks Taschen nach einem Schlüssel suchen. Den fand sie, und Rebecca ließ einen Zweitschlüssel machen. Sie ging alleine hin und betrat ein kleines Studioappartement. In der Wohnung befand sich eine Pornobibliothek: Magazine, Videos und, besonders besorgniserregend, eine Videokamera auf einem Stativ. Sie war vor einem Bett aufgebaut, das neben dem Fernseher und den Regalen mit Büchern, Magazinen und Videos den Raum beherrschte.

Jetzt saß sie dort ganz alleine und sah sich dieses Ding an, *Feiste Faustfick-Emanzen*. Sie brachte es nicht über sich, sich die Videos anzusehen, die Amateuraufnahmen schon gar nicht. Jedes war auf dem Rücken mit dem Namen einer anderen Frau beschriftet. Lauter Hurennamen, dachte sie bitter: Candy, Jade, Cindy und noch andere von der Sorte. Sie spürte ihre Gesichtshälfte wieder. Sie schmerzte nicht, aber sie war feucht. Sie ließ Perkys *Feiste Faustfick-Emanzen* zu Boden fallen.

Etwas in ihr riet ihr, ihre Atemübungen zu machen. Sie begann mit gewollten, gequälten, tiefen Atemzügen, unterbrochen von Schluchzern, fand aber schließlich ihren Rhythmus. Dann sagte sie laut und kalt: – Dieses *Dreckschwein*.

Eine seltsame, eiskalte Ruhe überkam sie, als sie weiter wie unter Zwang die Wohnung durchstöberte. Dann entdeckte sie etwas, was sich als der schlimmste Fund von allen erweisen sollte. Es war ein großer Ablageschuhkasten, der alle möglichen Steuerbescheide, Quittungen und Rechnungen enthielt. Rebecca zitterte plötzlich. Sie mußte jemanden bei sich haben. Der einzige Mensch, der ihr einfiel, war Lorraine. Sie wählte die Nummer, und ihre frühere Schwester, jetzt ihre Freundin, nahm ab. – Bitte komm, sagte Rebecca leise zu ihr, – bitte komm.

Lorraine war gerade vom Dienst gekommen und dabei, ins Bett zu gehen. Im Club war es gestern abend ziemlich heftig gewesen, und sie hatte schwer zu leiden, aber als sie Rebeccas Stimme am anderen Ende der Leitung hörte, schlüpfte sie hastig in etwas Bequemes und sprang in ein Taxi nach Kensington. Soviel Schmerz und Verzweiflung hatte sie noch nie in einer menschlichen Stimme gehört.

Lorraine traf Rebecca in der Wine Bar an der U-Bahn-Station gleich um die Ecke von der Wohnung. Sie sah sofort, daß etwas Furchtbares geschehen sein mußte.

– Ich bin betrogen worden, schamlos betrogen, sagte sie mit kalter, zitternder Stimme. – Ich habe dafür bezahlt, daß er ... es war alles eine einzige Lüge ... alles eine verdammte *Lüge!* schluchzte sie.

Es machte Lorraine fertig, Rebecca so zu sehen. Sie war nicht sie selbst: das war nicht mehr die exzentrische, mal einnehmende, mal nervtötende Frau, die sie aus dem Krankenhaus kannte. Sie wirkte verletzlich und real. Diese Frau war eine Schwester in Not, keine verkalkte Tante.

– Was mache ich jetzt nur ... schluchzte sie Lorraine vor.

Lorraine sah ihr scharf ins Gesicht. – Wieso du? Frag dich lieber, was die miese Ratte, dieser beschissene Parasit jetzt macht. Du hast doch das Geld. Du kannst dich auf keinen sonst verlassen, Rebecca, besonders nicht auf irgendwelche Männerschweine. Guck dich doch mal um! Damit ist er nur durchgekommen, weil du dir viel zu lange in die Tasche gelogen hast, in deiner dämlichen Traumwelt da. Deswegen hat der dich so ausnutzen, so dermaßen abkochen können!

Rebecca war geschockt von Lorraines Ausbruch. Aber

sie spürte, daß noch mehr dahintersteckte. Durch ihren eigenen Schmerz hindurch fühlte sie etwas, das von Lorraine kam.

– Lorraine, was ist denn? Was ist los? Rebecca konnte nicht glauben, daß sie so redete. Nicht Lorraine. Nicht Schwesterchen...

– Was los ist? Daß ich Leute ins Krankenhaus kommen sehe, die nichts haben. Dann fahr ich heim, rauf nach Livi, und da haben sie nichts. Und du, ja, du hast alles. Und was fängst du damit an? Du läßt so'n Schwein alles auf den Kopf hauen!

– Ich weiß... ich weiß, ich habe nur Romantik im Kopf... ich weiß, daß ich in einer Traumwelt lebe, wie du sagst. Vielleicht habe ich diesen Blödsinn so lange geschrieben, daß ich ihn mittlerweile selbst glaube... ich weiß es nicht. Ich weiß nur, daß er immer für mich da war, Lorraine, Perky war immer für mich da.

– War immer für dich da und hat zugesehen, wie du immer fetter und lächerlicher wurdest, und hat dich nur darin bestärkt, rumzusitzen wie ein verschissenes, fettes, blödes Stück totes Fleisch. Und dich zur Idiotin zu machen, damit die anderen was zu lachen haben... weißt du, wie wir auf der Station über dich geredet haben? Wir haben gesagt: die ist so dämlich. Und dann sagt meine Freundin Yvonne: So dämlich ist die gar nicht, die macht die ganze Kohle, während wir uns hier für nen Hungerlohn den Arsch abarbeiten. Und wir: aye, klar, stimmt auch. Danach haben wir anders gedacht, wir dachten: Die hat's drauf, die spielt die Blöde, aber sie macht den Arschlöchern nur was vor. Und jetzt erzählst du mir, daß er dich die ganzen Jahre lang beschissen hat, und du hast es nichtmal gemerkt.

Rebecca spürte, wie Wut in ihr aufstieg, – Du... du... haßt einfach Männer, das ist offensichtlich. Das hätte ich merken müssen... du haßt nicht etwa Liebesromane, du haßt die Männer, oder nicht? Etwa nicht?

– Ich hasse nicht *die* Männer, bloß die Sorte, an die ich anscheinend immer gerate.

– Und welche Sorte ist das?

– Na, in der Schule zum Beispiel. Lorraine Gillesbo, so haben sie mich an der Craigshill High unten in Livi genannt. Sie haben mich Lesbe genannt, bloß weil ich ne Dreizehnjährige mit Titten war, die sich nicht von jedem Kerl ficken lassen wollte, der sie anschmachtete oder seine Wichsgriffel nicht bei sich behalten konnte. Bloß weil ich mich nicht auf diesen verdammten Scheiß mit ihnen einlassen wollte. Ich hatte acht Einser und machte die Hochschulreife, dann war ich weg zur Uni. Der neue Mann von meiner Mutter konnte nicht mal so lange die Finger von mir lassen, bis ich meine Scheine gemacht hatte. Ich mußte da raus, also bewarb ich mich hier als Lernschwester. Und jetzt nerven sie mich schon wieder damit, ich werd im Krankenhaus immer noch von miesen Säcken angemacht und rumgescheucht. Ich will bloß in Ruhe gelassen werden. Ich weiß nicht, was ich bin, ich weiß nichtmal, ob ich ne verdammte Lesbe bin oder was... ich will in Ruhe gelassen werden, um mir über alles klarzuwerden.

Jetzt heulte Lorraine, und es war Rebecca, die sie tröstete. – Ist ja schon gut, Darling... ist schon gut. Du bist noch so jung... es ist alles so verwirrend. Du wirst jemanden finden...

– Das ist es ja, schniefte Lorraine, – ich will keinen finden, jetzt schon gar nicht. Ich will erstmal mich selbst finden.

– Ich auch, sagte Rebecca leise, – und ich brauche eine Freundin, die mir dabei hilft.

– Aye, genau wie ich, lächelte Lorraine. – Also, was machen wir nun?

– Na ja, wir besaufen uns, dann gehen wir uns Perkys

Videos ansehen, damit wir wissen, was der Drecksack getrieben hat, und dann mache ich das, was ich immer mache.

– Und was ist das? fragte Lorraine.

– Ich schreibe.

13 Perks sieht das Manuskript

Es war wundervoll; diese kleine schottische Schwester war mittlerweile ein Dauergast, und das alte Mädchen schrieb wie der sprichwörtliche Teufel. Es gab Zeiten, in denen es Perky schwer fiel, sich in seine Wohnung abzusetzen, wenn seine süße kleine Lorraine anwesend war. Seine Phantasie lief heiß bei der Aussicht, Lorraine irgendwann dorthin mitzunehmen. Er *mußte* sie einfach dahinbekommen, er mußte in die Offensive gehen.

Eines Nachmittags beschloß Perky, die Gelegenheit beim Schopf zu packen. Er hatte Lorraine im Arbeitszimmer mit Rebecca lachen hören, und registrierte, daß sie aufbrechen wollte. – Ah, Lorraine, wohin soll's gehen?

– Zurück ins Krankenhaus, tja.

– Wunderbar! flötete Perks, – In die Richtung muß ich auch. Ich setze Sie ab.

– Das ist einfach wundervoll, Perky, sagte Rebecca, – siehst du, was für ein Schatz er ist, Lorraine? Was täte ich ohne ihn? Die zwei Frauen tauschten ein wissendes Lächeln, das Perks entging.

Lorraine kletterte auf den Beifahrersitz und Perky fuhr los. – Hören Sie, Lorraine, ich hoffe, Sie nehmen es mir nicht übel, sagte er, wechselte die Spur und bog in eine Seitenstraße ein, wo er den Wagen anhielt, – aber Sie und ich müssen uns über Rebecca unterhalten.

– Nee, echt?

– Tja, Sie stehen ihr so nahe, da dachte ich, ich sollte Sie für Ihren unschätzbaren Beitrag zu ihrer Genesung belohnen. Perks griff ins Handschuhfach und reichte Lorraine einen braunen Umschlag.

– Was ist das?

– Machen Sie's auf und sehen Sie nach!

Lorraine wußte, daß es Geld war. Sie sah große Scheine und schätzte, daß es etwa tausend Pfund waren. – Klasse, sagte sie und steckte den Umschlag in ihre Tasche, – nett von Ihnen.

Die kleine Schlampe ist ganz scharf auf die dicken Lappen, dachte Perks zufrieden. Er rückte etwas näher zu ihr und ließ seine Hand auf ihr Knie fallen. – Wo das herkommt, gibt's noch mehr, das kann ich dir sagen, meine Schöne... schnaufte Perks.

– Nee, echt? lächelte Lorraine. Ihre Hand glitt zwischen seine Beine. Sie öffnete seinen Reißverschluß und steckte ihre Hand hinein. Sie ertastete seine Hoden und drückte sie. Perky japste. Er war im siebten Himmel. Sie drückte etwas fester zu, dann noch ein wenig fester, und dunkle Wolken trübten den siebten Himmel. – Faß mich noch einmal an, und ich brech dir dein beschissenes Genick, grinste sie, bis sein strahlendes Lächeln verschwand und ihre Stirn mit voller Wucht auf seine Nase krachte.

Lorraine war weg, und Perks blieb zurück, mit der einen Hand ein blutiges Taschentuch an seine Nase haltend und mit der anderen seine gequetschten Weichteile massierend. Er blieb eine Weile still sitzen, um wieder zu sich zu kommen. Guter Gott, stöhnte er, als er den Wagen anließ und sich auf den Weg zur Wohnung machte. Ich mag sie ja feist, aber so verdammt feist dann doch nicht, dachte er grollend, und seine Hände am Steuer zitterten.

Eine gemütliche Sitzung vor einigen der alten Videos munterte ihn auf. Besonders das mit Candy, seiner Favoritin. Für den richtigen Preis machte sie absolut alles, und genau so mußte eine gute Hure sein. Zu viele von denen hatten vorhersehbare Hemmschwellen, eine gottverdammte Schande für den Berufsstand, sinnierte er. Nein, er würde sich sehr bald wieder mal mit Candy in Verbindung setzen müssen.

Als Perky Navarro in gehobenerer Stimmung nach Hause zurückkam, registrierte er mit hämischer Befriedigung, daß Rebeccas Manuskript immer dicker wurde. Seltsamerweise wurde Rebecca dünner. Dieses Diät-und-Gymnastikprogramm, zu dem man sie verdonnert hatte, wirkte Wunder. Die Pfunde waren gepurzelt. Sie zog sich anders an und wirkte auch auf eine viel tiefgreifendere Art verändert. Die Leute sprachen schon darüber. Sie war jetzt mehr als dreizehn Kilo leichter als sie zur Zeit des Schlaganfalls gewesen war. Ihr Gesicht sah wieder normal aus. Die Veränderungen fand Perks interessant, aber das Ungewohnte daran war ein klein wenig beunruhigend und einschüchternd. Eines Abends sah er sich sogar durch ihre Gegenwart erregt und schlug vor, sie sollten auf ihre getrennten Zimmer verzichten und zum erstenmal seit drei Jahren miteinander schlafen. – Nein, Darling, ich bin viel, viel zu müde, ich muß dieses Buch beenden, erklärte sie ihm.

Na, sei's drum, dachte er, das Manuskript entwickelte sich prächtig. Sie hatte die Worte nur so heruntergehämmert. Das gab ihm ein Gefühl der Sicherheit. Sie hatte sich angewöhnt, ihr Arbeitszimmer abzuschließen, aus irgendeinem seltsamen Grund. Aber als sie an jenem Abend sagte, sie würde ausgehen, was sie immer öfter zu tun schien, ließ sie die Tür nicht nur unverschlossen, sondern weit offen stehen. Er nahm die Blätter in die Hand und begann zu lesen.

14 Ohne Titel – Erste Fassung

Seite 56

Nach dem Tode von Lady Huntingdon war für alle in Radcombe House eine traurige Zeit angebrochen. Lorraine, die nun als Dame des Hauses fungierte, war in äußerster Sorge um den Geisteszustand des Earl of Denby, der zu trinken begonnen hatte und häufiger Gast in den Londoner Opiumhöhlen war. Der edle Lord zeigte eine solche Ermattung des Geistes, daß Lorraine glücklich war, als sie erfuhr, daß sein guter Freund Marcus Cox schon bald mit seinem Regiment nach England zurückkehren würde.

Zwar war auch Marcus bei seiner Rückkehr nicht mehr derselbe. Der Krieg hatte seinen Tribut bei diesem schneidigen Kerl gefordert, und er war mit einem Fieber zurückgekehrt. Doch als sie dem Offizier begegnete, entdeckte Lorraine zu ihrer Freude, daß Marcus überzeugt war, der Schmerz seiner Lordschaft würde sich auch lindern lassen, ohne daß er sich in Gewohnheiten flüchtete, die solch fatale Wirkungen auf den Geist hatten.

– Denby muß aus London fortgeschafft werden, sagte er zu Lorraine. – Wir sollten uns alle auf den Familiensitz Thorndyke Hall in Wiltshire zurückziehen. Er darf nicht sich selbst und seiner Melancholie überlassen werden, wenn seine Seele nicht Schaden nehmen soll.

– Ja, ein Aufenthalt in Thorndyke Hall wird dazu beitragen, seine Stimmung zu heben, pflichtete Lorraine ihm bei.

Perky legte das Manuskript aus der Hand, um sich einen großen Scotch einzuschenken. Er nickte zustimmend, als er mit dem Daumen einige weitere Seiten durchblätterte. Das war optimal. Dann schien der Text sich zu verändern. Perky traute seinen Augen nicht.

*Im Inneren des großen Schuppens einige Meilen von Thorn-
dyke Hall, an der Straße ins Dorf, hatte man dem dreizehn-
ten Earl of Denby die Augen verbunden und ihm die Hände
hinter dem Rücken gefesselt. Sein erigierter Penis stieß durch
einen Schlitz in dem langen weißen Gewand, das ihm über
Brust, Bauch und Oberschenkel fiel.*

*– Gebt mir einen Arsch, Gott verdamm euch! grölte er betrun-
ken, unter dem Johlen der im Schuppen versammelten Bande.*

*– Geduld, Denby, Ihr Draufgänger! Der Earl erkannte die
Stimme seine Freunds Harcourt. Er lechzte jetzt nach Sport,
hungrig darauf, sich in diesem Wettstreit zu beweisen.*

*Vor Denby standen drei Podeste. Auf einem kniete ein ge-
fesseltes, geknebeltes nacktes Mädchen und streckte ihren
Hintern in die Luft. Auf dem nächsten Podest ein Junge in
identischer Position. Auf der dritten war ein großes, robustes
Schwarzkopfschaf festgebunden und geknebelt. Die Podeste
waren mit Flaschenzügen versehen, die es erlaubten, die
Höhe der Teilnehmer in dem Wettstreit einzustellen. Harcourt hatte die Männer angewiesen, alles so einzurichten, daß
sich die Analöffnungen der drei Geschöpfe auf gleicher
Höhe befanden, aufgereiht, um Denbys pochende Männlich-
keit zu empfangen.*

*Harcourt flüsterte ihm ins Ohr, – Erinnert Euch, Denby:
Knabe, Mädchen und Schaf ist Unzucht nicht fremd.*

*– Ich bin mir der Umstände und der Geschichte der drei
kleinen Kreaturen wohl bewußt, Lord Harcourt. Verliert Ihr
das Vertrauen, alter Freund? spottete Denby.*

*– Tss! Nicht ein bißchen. Seht Ihr, Denby, es ist meine feste
Überzeugung, daß Ihr nichts als ein alter Hurenbock seid,
unfähig, besonders nach reichlich genossenem Wein, zu be-
stimmen, mit was genau Ihr Euch vereinigt, sagte Harcourt
mit beträchtlicher Unverfrorenheit.*

– Ich setze auf meinen Freund, den Earl, sagte Marcus Cox

unter weiterem Johlen der versammelten Stutzer und Noblen, wobei er einen Florin in die Hand des Mannes fallen ließ, der das Wettbuch führte.

Die Frau erwies sich als die Widerspenstigste. Wiewohl ein normalerweise willfähriges Dienstmädchen, dem die Aufmerksamkeiten vieler der Anwesenden durchaus nicht fremd waren, wurde sie, durch Knebel, Fesseln und Augenbinde ihrer Sinneswahrnehmungen beraubt, von Panik erfaßt.

– Schscht, meine Süße, flüsterte Harcourt, der ihre Beine spreizte und ihre Pobacken auseinanderschob, als Denbys Schwanz sich anschickte, sie zu penetrieren. Während er ihren Anus grob fettete und seinen Finger hineingleiten ließ, bemerkte er eine nervöse Verkrampfung, die er bei der jungen Magd nicht mehr erlebt hatte, seit er sie persönlich zugeritten hatte. Gewiß würden auch der Junge und das Schaf derart Nerven zeigen und der Wettstreit also gerecht zugehen.

Harcourt war erleichtert, Denbys Organ mit geringem Widerstand hineingleiten zu sehen. Er war froh, daß er sie ausgesucht hatte, der er sich seit ihrem achten Lebensjahr anal bedient hatte, denn ihr Schließmuskel weitete sich ohne Schwierigkeiten.

– Mmmh, macht Denby lächelnd, während er sich tiefer hineinschob und dann eine Weile heftig stieß.

Nach einigen weiteren Stößen zog er ihn heraus, ohne seinen Samen zu verspritzen, mit noch immer erigiertem Penis.

Harcourt beugte sich über den Knaben, hielt seine Pobacken auseinander und schmierte ihn mit mehr Sorgfalt und Zärtlichkeit ein, als er bei dem Mädchen an den Tag gelegt hatte. Dieser Knabe war sein Favorit, und er hegte die geheime Sorge, Denby könne ihn mit seinen heftigen Fickstößen eine Zeitlang aus dem Verkehr ziehen. Von seinen Lakaien eingewiesen, fand Denbys blut- und scheißeverschmierte Rute ihr Ziel. – Gott verdamm dich … schnaufte er, als der Knabe – der, wie das Mädchen, von frühester Jugend *an den analen Annäherungen ihres Meisters unterworfen worden war – unter seiner Maske aufstöhnte.*

– Und weiter! röhrte Denby, als er unter allgemeinem Johlen herauszog.

Mit einem leicht indignierten Blick spreizte Harcourt dem Schaf die Hinterbeine, die von je einem Mann gehalten wurden. Er begutachtete den glattrasierten Bereich um die Analöffnung des Tiers. Dann ließ er das Loch des Tiers von einem der Männer einfetten.

Trotz der Körperkraft der Lakaien, die das Tier hielten, gab es sich dem Earl nicht kampflos hin. Er mühte sich hinein, während die Kreatur sich wand und bockte und die Männer alle Mühe hatten, es zu bändigen. Denby stieß fester, und sein Gesicht rötete sich, während seine Schreie die Luft erfüllten. – ERGIB DICH, VERDAMMT! ... ICH BIN DER EARL OF DENBY, ICH BEFEHLE DIR, ERGIB DICH!

Das Tier ließ das Bocken nicht, und Denby konnte seiner Erregung nicht mehr Herr werden.

– ICH BIN DENBY ... rief er, als er sein Sperma in die Kreatur pumpte.

Hochrufe erklangen, als sich Denby schnaufend zurückzog und Atem schöpfte.

– Nun, Denby? sagte Marcus Cox.

Denby wartete, bis sein schwerer Atem sich beruhigt hatte. – Niemals habe ich einen solchen Wettstreit mehr genossen, Sir, und niemals hatte ich das Vergnügen eines so herrlichen Arschficks wie mit der letzten anbetungswürdigen Kreatur. Kein blind-gehorsames Weidetier, zur Schlachtung aufgezogen, hätte derart meine geheimsten Wünsche erahnen können ... nein, es war mehr als eine gewöhnliche Paarung – die spirituelle Vereinigung, die ich mit diesem köstlichen und hinreißenden Geschöpf erfahren durfte, sprengte alle Grenzen ... es war ein geistig-seelisches Zusammenspiel ... diese köstliche Vereinigung war allzu menschlich.

Die Stutzer unterdrückten ein Lachen, als Denby fortfuhr, – Dieser letzte, dieser göttliche Fick, war entweder die liebliche Magd oder der beflissene Hausbursche... nun, wie auch immer. Ich weiß, daß dieses Geschöpf mein werden muß. Ich sage hiermit, daß ich dem Meister dieses dritten Geschöpfs die Summe von einhundert Pfund für die Dienste dieses Fickwunders zahlen werde!

– Ein nobles Abgebot, Lord Denby, und eins, das ich mit Freuden annehme.

Denby erkannte auf der Stelle Harcourts Stimme. – Der Knabe! Ich wußte es! Dieser hübsche Knabe! Die hundert Pfund sind gut angelegt! sagte Denby unter großem Gelächter. – Schaf, Mädchen und Knabe, in dieser Reihenfolge! So war es, darauf wette ich!

Es gab ein kurzes Schweigen, gefolgt von einer Welle hysterischen Gelächters. Als ihm die Binde abgenommen wurde, stieß er einen sportlichen Ruf aus. – Mein Gott! Das Schaf! Ich glaube es nicht! Dieses wunderschöne, stoische Geschöpf!

– Gentlemen! hob Harcourt Stimme und Glas, – Gentlemen! Als einer, der wenig Zeit für die Salonkonversationen eitler Theoretiker erübrigen kann, ist hier auf jeden Fall ein interessantes gesellschaftliches Faktum offenbar geworden! Laßt es unsere Freunde aus der Zunft der Rechtsgelehrten wissen! Unzucht bleibt Unzucht!

Die Gutsarbeiter sangen in lüsternem Chor:

> *Der eine steigt den Frauen nach,*
> *der andere steigt auf Knaben,*
> *mein Schaf jedoch ist wollig-warm*
> *und macht nen Heidenkrach.*

Das Manuskript glitt Perks aus den Händen und fiel auf den Boden des Arbeitszimmers. Er nahm den Telefonhörer ab und setzte sich direkt mit Rebeccas Verleger in Verbindung.

– Giles, ich glaube, du solltest herkommen. Auf der Stelle.

Giles entging die Panik in Perkys Stimme nicht. – Wo brennt's? Geht es um Rebecca? Geht es ihr gut?

– Nein, blaffte Perks sauer, – Scheiße, ihr geht's nicht gut. Der geht's alles andere als gut, Scheiße nochmal.

– Ich bin gleich bei dir, sagte Giles.

15 Perks ist sauer

Giles traf unverzüglich in Perkys und Rebeccas Haus in Kensington ein. Er las das Manuskript mit Entsetzen. Es wurde immer schlimmer. Rebecca kam später am Nachmittag zurück und erwischte sie im Arbeitszimmer.

– Giles! Darling! Wie geht es dir? Oh, ich sehe, ihr habt euch das Manuskript angesehen. Was hältst du davon?

Giles hatte sich trotz seines Ärgers und seiner Befürchtungen vorgenommen, Rebecca Honig ums Maul zu schmieren. Er verabscheute Schriftsteller; sie waren allesamt prätentiöse, selbstgerechte, bescheuerte Langweiler. Die mit künstlerischen Ambitionen waren bei weitem die Unerträglichsten. Genau das ist mit der dummen Kuh passiert, überlegte er, viel zu viel Zeit zum Nachdenken in diesem Krankenhaus, und prompt geht sie hin und macht auf Kunst! Im Angesicht von Krankheit und möglichem Tod wollte sie der Welt noch ihr Vermächtnis hinterlassen, und das auf Kosten seiner Profitspanne! Trotzdem war nichts damit gewonnen, sie zu verärgern. Sie mußte verführt, umschmeichelt werden, bis sie ihren Irrtum einsah. Giles wollte eben einen »Interessante neue Richtung, Darling, aber...«-Spruch loslassen, als Perky ihm wutschnaubend zuvorkam.

– Becca, Schätzchen, sagte Perks mit zusammengebissenen Zähnen, – ich weiß nicht, was du uns da auftischen willst...

– Gefällt es dir nicht, Perky? Findest du es nicht saftiger, ein bißchen...lebensnaher?

– Es ist wohl kaum ein Miss-May-Roman, Schätzchen, näselte Giles.

– Nun, Giles, es steckt voller Realismus. Man kann sich nicht ewig, wie soll ich sagen, in die Tasche lügen, oder?

Das sind die Medikamente, dachte Perk. Das alte Mädchen hat endgültig nicht mehr alle Tassen im Schrank.

– Rebecca, Schätzchen, sagte Giles drängend, – nimm doch Vernunft an. Er begann auf und ab zu gehen und mit den Armen zu rudern. – Wer liest deine Bücher? Muttchen-Puttchen natürlich, sie, die das ganze Geflecht unserer großartigen Gesellschaft zusammenhält. Die rührend Papilein umsorgt, der zur Arbeit aus dem Haus geht, die die Kinderchen großzieht. Du kennst sie, du siehst sie dauernd in der Waschmittelwerbung. Ja, sie opfert sich auf; und wie die Sklaven auf den Baumwollfeldern tut sie es mit einem Lächeln auf den Lippen und, ja, einem Lied im Herzen! Ihr Leben ist eine trostlose, undankbare Plackerei, da braucht sie dieses kleine Trostpflaster. Oh ja, das Nachmittagsprogramm im Fernsehen hilft, natürlich, aber was ist die wahre kleine süße Pille, die sie alles ertragen läßt? Sich Rebecca Navarros Miss-May-Romane zu Gemüte zu führen und in die wunderschöne Welt der Romantik und Galanterie zu flüchten, die du so leidenschaftlich auferstehen läßt. Alle Muttis und die jungen zukünftigen Muttis brauchen das.

– Ganz genau, nickte Perky todernst, – wenn du erst Sodomie und Revolution einbaust, werden diese valiumbedröhnten, kuhäugigen Torten die Bücher voller Grausen von sich werfen – und was wird dann aus uns?

– Sag du es mir, Schatz, neckte ihn Rebecca.

– Wir sitzen auf der Straße und verkaufen *The Big Issue*, das wird dann aus uns! brüllte Perky.

16 Kleine Panne im Gedränge

Nick Armitage-Welsby nahm an der Außenreihe des Gedränges einen freien Ball an und rannte los, schlängelte sich tief ins gegnerische Territorium und wich geschickt zwei desperaten Tackles aus. Die wenigen Zuschauer in Richmond verspürten eine prickelnde Vorfreude, da Armitage-Welsby das Tempo und die Kraft hatte, bis direkt zur Mallinie vorzustoßen. Doch trotz der heillosen Verwirrung in der gegnerischen Abwehr spielte Armitage-Welsby kraftlos zu einem Teamkollegen ab und brach dann im Matsch zusammen.

Er wurde bereits tot ins St. Hubbin's Krankenhaus eingeliefert, das Opfer eines schweren Herzinfarkts.

Die Leiche lag auf einer Bahre in der Krankenhauspathologie und wurde von Freddy Royle begierig inspiziert. – Hoppla, das war aber ein ganz Strammer! Und bestückt wie ein Zuchthengst, so wie's aussieht... Er schickte sich an, ihn näher in Augenschein zu nehmen.

– Ähm, Freddy, sagte Glen vorsichtig, – wir haben da nen neuen Pathologen, nen gewissen Clements, und er... ähm, der hat noch nicht richtig spitzgekriegt, wie wir die Sache hier deichseln. Er hat später Dienst, und er wird sich unseren Freund hier ansehen wollen, also treib's nicht zu wild mit ihm.

– Ja, ich werd sanft zu dir sein, wie, Zuckerpüppchen? Freddy grinste und zwinkerte der Leiche zu. Er wandte sich an Glen: – Bist du mal ein lieber Junge und besorgst Freddy ein Stück Schnur?

Glen zierte sich ein bißchen, kramte dann aber in einer Schublade und förderte ein Knäuel Schnur zutage. Soll Freddy machen, was er will, dachte Glen. Er würde heute abend mit Yvonne ausgehen. Ins Kino, dann in den Club. Er würde ihr von Freddies Kohle was Hübsches kaufen. Parfüm. Teures Parfüm, dachte er. Um ihr Gesicht zu sehen, wenn er es ihr gab. Das würde ihn anmachen.

Freddy nahm zwei Schienen und band sie am schlaffen Penis der Leiche fest. Dann steckte er eine rechteckige Keksdose zwischen die Beine des toten Mannes und balancierte den geschienten Schwanz darauf.

– Wart's ab, bis die kleine Schönheit fest geworden ist, Rigor Mortis mit allen Schikanen, dann kann der Spaß losgehen! sagte Freddy lächelnd.

Glen entschuldigte sich und ging in die Vorhalle.

17 Lorraine und die Liebe

Lorraine hatte viel Zeit bei Rebecca verbracht. Sie hatte ihr mit dem Manuskript geholfen. Sie waren zusammen im Britischen Museum gewesen, hatten sich in den Pappkartonkolonien rumgetrieben, in U-Bahn-Stationen, in denen Mütter bettelten und unterernährte Kinder hochhielten. – Vor zehn Jahren habe ich sowas in Mexiko City gesehen, seufzte Rebecca, – und ich dachte immer: so weit kann es hier nie kommen, nicht in England. Man will nur noch wegschauen. Man würde gerne alles glauben, glauben, daß alles nur Beschiß ist, alles eine Masche ist; man möchte alles glauben, nur die Wahrheit nicht.

– Die darin besteht, daß sie kein Geld haben, um ihre Kinder zu ernähren, und die Regierung sich einen Scheißdreck darum kümmert, giftete Lorraine, – lieber sorgen sie dafür, daß die Reichen mehr haben, als sie jemals brauchen werden.

Lorraine konnte manchmal so hart sein, dachte Rebecca. Das war nicht gut. Wenn man sich von denen, die einen verrohen lassen wollten, hart machen ließ, dann hatten sie gewonnen. Hatten sie ihr Ziel erreicht. Romantik entsprang nicht nur ihrer kreativen Einbildungskraft. Sicherlich mußte es doch Raum für Romantik, für echte Romantik, geben? Romantik für jedermann, und nicht nur auf den Seiten eines Buchs.

Diese Gedanken hämmerten Rebecca im Kopf, als Lorraine zurück ins Schwesternheim ging. Sie hatte auch ihre Sorgen. Sie hatte seit Ewigkeiten kaum ein Wort mit Yvonne gewechselt. Als sie ins Wohnheim zurückkam, hörte sie Housemusik aus Yvonnes Zimmer. Es war das Slam-Tape, das sie ihr vor Ewigkeiten gegeben hatte.

Sie nahm allen Mut zusammen und klopfte an die Tür. – Ist offen, sagte Yvonne.

Sie war alleine, als Lorraine eintrat. – Na, du, sagte Lorraine.

– Hi, gab Yvonne zurück.

– Hör mal, Yvonne, fing Lorraine an und redete dann hastig weiter, – ich bin gekommen, um mich wegen neulich abend da im Club zu entschuldigen. Es ist wirklich komisch gelaufen, aber ich war so gut drauf auf E und überschwenglich und du hast so verdammt cool und spitze ausgesehen und bist meine beste Freundin und der einzige Mensch, der mich nie nervt...

– Ja, ist ja alles gut und schön, aber ich bin nicht, na du weißt schon, nicht so drauf...

– Die Sache ist, lachte Lorraine, – ich weiß auch nicht, ob ich's bin. Ich hatte nur gerade so die Schnauze voll von Männern... oh, ich weiß nicht... vielleicht bin ich's ja, scheiße, ich weiß auch nicht, was ich mir dabei gedacht hab. Als ich dich geküßt hab, hab ich dich genauso behandelt, wie die Kerle mich behandeln... es war link. War schon irgendwie verdreht, aber ich wollte wissen, was sie fühlen. Ich wollte fühlen, was sie fühlen. Ich wollte dich geil finden, aber ich konnte nicht. Ich dachte, wenn ich ne Lesbe wär, würde es einfacher werden, dann wüßte ich wenigstens etwas über mich selbst. Aber du hast mich nicht erregt.

– Ich weiß nicht, ob ich beleidigt oder erleichtert sein soll, lächelte Yvonne.

– Die Sache ist bloß, auf Typen scheine ich auch nicht zu stehen. Jedes Mal mit einem von denen war ein Reinfall. Keiner besorgt es mir so wie ich mir selber... Lorraine schlug die Hand vor den Mund, – was für ne verdammt durchgeknallte Kuh, wie.

– Du hast nur noch nicht das Richtige gefunden, Lorraine. Es kommt nicht drauf an, was es ist, Typ oder Frau, Hauptsache, es ist das Richtige.

– Da spricht die Erfahrung, wie?

– Schon möglich, lächelte Yvonne. – Warum kommst du heute abend nicht mit uns in den Club?

– Nee, ich laß ne Weile die Finger von den E's, davon wird man weich in der Birne. Erst denke ich, ich liebe die ganze Welt, und dann denke ich, ich bin unfähig, überhaupt irgendwen zu lieben. Das Runterkommen wird auch immer mieser.

– Ja, ist vielleicht vernünftiger, in den letzten paar Jahren hast du ganz schön zugeschlagen. Du bist dir nichts schuldig geblieben, Mädel, weißt du das? Yvonne lachte, stand dann auf und drückte Lorraine in einer Umarmung an sich, die beiden Frauen mehr bedeutete, als eine der anderen je gestanden hätte.

Als sie ging, dachte Lorraine über Yvonnes Liebesgeschichte mit Glen nach. Nein, sie würde nicht mit ihnen in den Club gehen. Wenn zwei Menschen verliebt waren, sollte man sie ihrer Liebe überlassen. Besonders, wenn man selbst nicht verliebt war und wünschte, man wäre es. Das konnte peinlich werden. Das konnte wehtun.

18 Ohne Titel – Erste Fassung

Seite 99

Der Niedergang des Earl of Denby schritt rapide fort. Die Diener murrten, weil Flossie, das Schaf, die Zimmer verwüstete, doch er bestand darauf, daß Flossie von einer Schar von Kammermädchen aufgewartet wurde und sie darauf achteten, daß es dem Tier an keinem Luxus fehlte, vor allem aber, daß das weiche Vlies stets gut gepflegt und makellos war.

– Flossie, mein süßer Engel, sagte Denby, der seinen erigierten Penis am Vlies des geliebten Schwarzkopfschafs rieb, – du hast mich aus einem Leben in Leere und Verzweiflung, die mich nach dem vorzeitigen Ableben meines zauberhaften Weibs umfangen hatten, gerettet... ah, Flossie, nimm mir nicht übel, wenn ich von dieser Göttin spreche. Oh, hättet ihr beide euch doch kennenlernen können! Das wäre wundervoll gewesen. Doch ach, es kann niemals sein, es gibt nur noch uns beide, mein Liebling. Wie du mich erregst und aufreizt! Ich bin behext... Der Earl spürte, wie er in das Schaf glitt. – ...o süße Wonne...

19 Der Bericht des Pathologen

Der Trustmanager, Alan Sweet, verspürte ein flaues Gefühl im Magen, genau wie er es seit einiger Zeit vorausgeahnt hatte. Irgend jemand mußte ja die Hiobsbotschaft überbringen. Sweet hatte gleich so ein dummes Gefühl gehabt bei diesem aufgeblasenen Geoffrey Clements, dem neuen Pathologen. Clements kam ohne Voranmeldung in sein Büro, setzte sich hin und knallte ihm einen getippten Bericht auf den Schreibtisch. Nachdem er Sweet Gelegenheit gegeben hatte, ihn zu überfliegen, sprach er in todernstem Tonfall. – ...und ich muß zu dem Schluß kommen, daß die beschriebenen Manipulationen an dem Körper von Mr. Armitage-Welsby vorgenommen wurden, nachdem er uns hier ins St. Hubbin's überstellt worden war.

– Hören Sie, Mr. Clements..., sagte Sweet mit Blick auf den Bericht, – ...ähm, Geoffrey... da müssen wir ganz sicher sein.

– Ich bin mir ganz sicher. Daher mein Bericht, war Clements schroffer Kommentar.

– Aber sicher gibt es da andere Faktoren zu berücksichtigen...

– Als da wären?

– Ich meine ja nur, begann Sweet und fügte ein kumpelhaftes Zwinkern an, obwohl er wußte, daß dieses Zwinkern ein schwerer Fehler gewesen war, noch ehe Clements mißbilligend sein bärtiges Gesicht verziehen konnte, – Nick Armitage-Welsby hat eine englische Public School besucht und auf höchstem Niveau Rugby gespielt. Die beiden Faktoren sollten hinreichend klarstellen, daß ihm diese Art von... ähm... Annäherungen nicht ganz fremd gewesen ist.

Clements machte ein erstauntes Gesicht.

– Ich meine, fuhr Sweet fort – könnten die Dehnungen

und Prellungen im Analbereich und die Samenspuren nicht vielleicht die Folge derber Scherze und Spielchen im Umkleideraum sein, vielleicht während der Halbzeit, kurz bevor der arme Kerl bei uns eingeliefert wurde?

– Nicht nach meiner professionellen Auffassung, konterte Clements frostig. – Und übrigens möchte ich darauf hinweisen, daß ich eine englische Public School besucht habe und begeisterter Rugbyspieler bin, wenn auch nicht annähernd auf dem Niveau wie Nick Armitage-Welsby. Ich habe ganz gewiß niemals Praktiken wie die von Ihnen angesprochenen persönlich erfahren, und möchte mir das dümmliche Kolportieren derart beleidigender Stereotypen verbitten.

– Ich bitte um Entschuldigung, falls ich Ihnen zu nahe getreten bin, Geoffrey. Dennoch müssen Sie anerkennen, daß ich als Trustmanager eine Verantwortung gegenüber der Krankenhausverwaltung habe, die für jeden vermeintlichen Verstoß gegen das Berufsethos geradestehen muß...

– Und was ist mit Ihrer Verantwortung gegenüber den Patienten und deren Angehörigen?

– Nun, das versteht sich von selbst, natürlich. Ich betrachte beide als synonym. Aber ich kann doch schließlich nicht herumlaufen und Krankenhausangestellte nekrophiler Praktiken bezichtigen. Wenn die Presse davon Wind bekäme, wäre das ein gefundenes Fressen für die! Das Vertrauen der Öffentlichkeit in das Krankenhaus und seine Leitung wäre schwer erschüttert. Der Verwaltungsrat ist für einige seiner innovativen Behandlungsmethoden, zum Beispiel die hochmoderne Screening-Ausrüstung in der neuen Abteilung für Präventivmedizin, auf das Wohlwollen seiner vielen gutbetuchten Förderer angewiesen, das sich in Geldspenden ausdrückt. Wenn ich da jetzt unnötige Panikmache betreiben würde...

– Sie als Manager und Ihr Team haben aber auch die

Pflicht gegenüber der Öffentlichkeit, dem nachzugehen, schnappte Clements.

Sweet kam zu dem Schluß, daß Clements für fast alles stand, was Sweet verabscheute, vielleicht noch mehr verabscheute als die Arbeiterklasse, der er selbst entstammte. Dieses arrogante Public-School-Getue; als hätten sie die moralische Unfehlbarkeit mit der Muttermilch eingesogen. Die Drecksäcke konnten es sich leisten; Geldsorgen kannten sie nicht. Sweet dagegen hatte seinen letzten Penny in dieses große Anwesen in Richmond an der Themse investiert, das beim Kauf kaum mehr als eine Ruine gewesen war. Jetzt wurden die Rechnungen fällig, und alles lief prächtig, dank Freddies Patronage. Und jetzt war all das bedroht, seine gesamte Existenzgrundlage, und alles nur wegen eines arroganten kleinen Unruhestifters, dem alles auf dem Silbertablett serviert worden war!

Sweet atmete tief durch und versuchte, sich wieder den Anstrich unbeteiligter Professionalität zu geben. – Natürlich wird eine umfassende Untersuchung stattfinden...

– Das will ich schwer hoffen, blaffte Clements, – und auch, daß ich auf dem laufenden gehalten werde.

– Natürlich... Geoffrey... preßte Sweet mit gezwungenem Lächeln zwischen den Zähnen vor.

– Auf Wiedersehen, *Mister Sweet*, schnappte Clements.

Sweet umklammerte einen Stift mit der Faust und ritzte das Wort WICHSER mit solcher Wut auf das linierte Papier seines Notizblocks, daß es sechs Blätter durchstieß und sich auf ein weiteres Dutzend durchdrückte. Dann hob er den Telefonhörer ab und wählte eine Nummer. – Freddy Royle?

20 Ohne Titel – Erste Fassung

Seite 156

Lorraine war dem Earl of Denby gefolgt, den ganzen Weg durch die Stadt bis zu der Opiumhöhle in Limehouse, die er häufig besuchte. In einem alten Kleid und das Gesicht mit einem Schal verhüllt, um von dem Earl nicht erkannt zu werden, sah sie für die Passanten wie ein bescheidenes Dienstmädchen aus. Die Verkleidung erwies sich als gelungen, in einigen Fällen allzu gelungen. Lorraine war wiederholten Belästigungen von seiten der buntgemischten Strolche und Tunichtgute ausgesetzt, die nach einer Nacht voller Ausschweifungen durch die dunklen Straßen der Stadt nach Hause gingen.

Sie wahrte die Contenance und schritt weiter, aber ein besonders hartnäckiges Paar, beide in Uniform, hatte anzügliche Bemerkungen gemacht, und jetzt sprangen sie vor sie und versperrten ihr den Weg.

– Ich gehe jede Wette ein, daß dieses hübsche Kind Freiwild für ein kleines Sportvergnügen ist, sagte einer der Männer trocken.

– Und ich glaube, ich kenne das Sportvergnügen, das du im Sinn hast, sagte der andere mit lüsternem Grinsen.

Lorraine erstarrte. Diese betrunkenen Soldaten hielten sie für eine Straßendirne. Sie hob gerade an zu sprechen, als sie noch jemanden hinter sich gewahr wurde.

– Ich rate euch, diese Lady nicht zu belästigen, war eine Stimme zu vernehmen.

Als Lorraine sich umwandte, sah sie einen hochgewachsenen Mann aus dem Schatten treten.

– Für wen haltet Ihr Euch? rief einer der Wüstlinge, – kümmert Euch um Eure eigenen Geschäfte!

Der Mann blieb ungerührt stehen. Lorraine erkannte das

vertraute geringschätzige Kräuseln der Lippen, obwohl die Augen durch den Hut überschattet waren. Als der Mann sich herabließ, das Wort an die jungen Soldaten zu richten, tat er es mit großer Autorität. – Ich habe Eure Saufgelage mitverfolgt, Sirs, und muß Euch sagen, daß Euer betrunkenes Gegröle einen Geschmack am Niederträchtigen beweist, der selbst die aufsässigsten Rekruten aus den Kohlengruben Lancashires beschämen würde!

Der andere Soldat, der das Auftreten eines Offizierskollegen erkannte, wirkte etwas vorsichtiger. – Und mit wem habe ich die Ehre, Sir?

– Colonel Marcus Cox, aus dem Hause Cranborough, von den 3. Sussex Rangers. Und Ihr: Wer ist der Schurke, der die Farben seines Regiments besudelt, indem er eine Dame der Gesellschaft, ein Mündel des Earl of Denby, beleidigt?

– Ihr wißt es, Sir? fragte Lorraine überrascht. Ihre Verkleidung war gut genug gewesen, den Earl zu täuschen, der nicht schnell genug von seinen Pflichten in London zu seinem dummen Schaf heimkehren konnte, aber Marcus Cox, genesen und wieder im Vollbesitz seiner geistigen und körperlichen Kräfte, hatte sie nicht täuschen können.

– Ich bitte um Verzeihung, meine teure Miss Lorraine, sagte der galante junge Colonel und wandte sich wieder den Stutzern zu, – nun, was habt Ihr zu Eurer Entschuldigung vorzubringen?

– Nun, Madam, bitte tausendfach um Verzeihung... wir hielten Euch für eine...

– Offensichtlich, sagte Marcus, – und in meiner Eigenschaft als jemand, der selbst in seinem Regiment die Disziplin zu wahren hat, frage ich mich, wie wohl mein lieber Freund, Colonel 'Sandy' Alexander reagieren würde, wenn er erfahren müßte, daß zwei seiner jungen Offiziere ein solch unziemliches Schauspiel von Sittenlosigkeit bieten?

– Sir... laßt mich meine Verhältnisse erklären... wir wer-

den bald an die Front verlegt, um Boneys Banden zurückzu-
schlagen. Uns... uns war nicht bewußt, daß die Lady von
Stand war. Meine Familie ist nicht vermögend, Sir, mein
Offizierspatent bedeutet ihr sehr viel... Ich bitte Euch in-
ständig... flehte ihn der junge Offizier, der zunächst wie der
Arrogantere erschienen war, unverblümt und mit gequältem
Gesichtsausdruck, an.

Lorraine dachte an ihre eigenen Lebensumstände und die
Opfer, die ihre Familie gebracht hatte, um sie in die Gesell-
schaft einzuführen. – Es war meine Schuld, weil ich mich so
gekleidet habe, Marcus, ich tat es nur, um unentdeckt unserem
geliebten Denby folgen zu können... schluchzte sie.

Marcus Cox drehte sich kurz zu Lorraine um, dann
blickte er wieder zu den beiden Männern. Er schob seine Un-
terlippe vor und stützte eine Hand auf die Hüfte, während er
sie von oben bis unten musterte. – Ich bin im Grunde kein un-
duldsamer Mensch, erklärte Cox den beiden jungen Offizie-
ren, – noch bin ich selbst immun gegen die Lockungen eines
kleinen Sportvergnügens, insbesondere vor den Anspannun-
gen der Schlacht, die ich nur zu gut kenne. Dennoch, wenn
ein Offizier eines britischen Regiments eine Dame von hoher
Geburt beleidigt, noch dazu eine meiner Bekanntschaft, muß
ich Satisfaktion verlangen. Alle anderen Erwägungen ver-
blassen, sagte er ominös, mit fast zu einem Flüstern gesenkter
Stimme. Dann donnerte er, – Werdet Ihr mir Satisfaktion
geben?

– Geschätzter Sir, sagte der schweigsamere der beiden Sol-
daten, der sich nun in großer Erregung befand, buchstäblich
zitternd, als stünde er schon Napoleons Gewehren gegen-
über, – wir können uns unmöglich auf ein Duell mit einem
höherrangigen Offizier einlassen! Schon gar nicht einem
Eures Standes! Das wäre barbarisch! Sich auf einen Ehren-
handel mit jemandem einzulassen, mit dem man Seite an
Seite für England kämpfen sollte, nun, das grenzt ans Per-

verse! Bitte, edler Sir, ich sehe ein, daß wir beide schwer ge-
fehlt haben, und daß wir Euch Wiedergutmachung für unser
abscheuliches Verhalten der jungen Lady gegenüber schul-
den, aber bitte, ich flehe Euch an, verlangt nicht von uns,
Euch in dieser Weise Satisfaktion zu geben!

– Und Ihr empfindet beide so? fragte Cox.

– Ja, Sir, so ist es, antwortete der andere Soldat.

– Ich werde Satisfaktion erhalten, Gott verdamm Euch!
schrie Cox in die Nacht hinaus, – Werdet Ihr mir Satisfaktion
geben?

– Sir ... ich bitte Euch ... wie könnten wir? Die beiden jun-
gen Männer schrumpften unter dem donnernden Zorn des
ranghöheren Offiziers zusammen. – Vor mir sehe ich einen
Mann ohne Haltung, ohne gesellschaftliche Umgangsformen
und ungeeignet, diese Farben zu tragen, und ein arrogantes
Milchgesicht, das seine Seele verkaufen würde, um seine
schlotternde, angstbleiche Haut zu retten!

– Bitte, Sir ... ich beschwöre Euch, im Namen Englands!
Wie können wir Euch die Art der Satisfaktion gewähren, die
Ihr vorschlagt?

– Nun gut, sagte Cox nach einem Moment nachdenklichen
Schweigens. – Da Ihr meinem Wunsch, die Angelegenheit auf
althergebrachte Weise beizulegen, nicht entsprechen wollt,
bleibt mir nur, mich von den Traditionen meines eigenen
Regiments leiten zu lassen. Nun denn, die Pflicht gebietet mir,
diese traditionellen Züchtigungen für junge Offiziere, die
sich solcher oder anderer Übertretungen schuldig gemacht
haben, durchzuführen. Laßt Eure Hosen fallen, alle beide!
Gehorcht! Marcus wandte sich an Lorraine, – Bitte, Lor-
raine, steigt in die Kutsche, dies ist nicht für die Augen einer
Lady bestimmt.

Lorraine fügte sich, aber sie konnte nicht widerstehen, die
Vorhänge der Kutsche beiseitezuschieben und zu beobach-
ten, wie die Männer sich von der Hüfte ab entkleideten und

über ein Geländer beugten. Sie konnte nichts mehr sehen, aber sie hörte die Schreie erst des einen und dann des anderen Mannes, gefolgt von Marcus' Ausruf: – Ich werde Satisfaktion erhalten!

Kurz darauf gesellte er sich, ein wenig außer Atem, zu ihr in die Kutsche. – Es tut mir leid, Lorraine, daß Ihr auf diese Weise mit der unerfreulicheren Seite militärischer Disziplin Bekanntschaft machen mußtet. Es hat mich tief geschmerzt, gezwungen zu sein, eine solche Züchtigung auszuführen, aber das Los eines vorgesetzten Offiziers ist nicht immer angenehm.

– Aber Eure Art und Weise, diese Offiziere zu züchtigen, Marcus, war die übliche?

– Marcus betrachtete Lorraine mit hochgezogener Augenbraue. – Es gibt viele Methoden, auf die man zurückgreifen kann, aber in dieser speziellen Situation fand ich diese am geeignetsten. Wenn man mit der Verantwortung betraut ist, disziplinarische Maßnahmen bei Offizierskollegen durchzuführen, ist es wichtig, sich zu erinnern, daß man zugleich die ebenso zwingend wichtige Rolle innehat, sicherzustellen, daß das Gefühl des Korpsgeistes, das Gefühl der Gemeinsamkeit und das Gefühl der Liebe, ja, Liebe, zum Regiment und den Offizierskollegen, nicht geschmälert wird. Das ist absolut unabdingbar zur Aufrechterhaltung der Moral.

Lorraine schaute zweifelnd, ließ sich jedoch von Marcus gewandten Worten bewegen zu sagen, – O weh, Sir, ich als Frau weiß so wenig über militärische Gepflogenheiten ...

– Und das ist auch gut so, nickte Marcus, – und nun, was gibt es Neues von unserem Freund, dem Earl of Denby?

– Oh, mein Lord ist immer noch in einem so beklagenswerten Zustand, Marcus! Es bricht mir das Herz! Der unmäßige Konsum von Wein und Opium, die bizarre Lebensgemeinschaft mit diesem Schaf ... es quält mich so! Er begibt sich in einigen Tagen nach Wiltshire, und dort wird er seine ganze Zeit mit diesem Tier verbringen!

– *Wir müssen ihn begleiten. Wir müssen irgend etwas unternehmen, das ihn wieder zu Verstand bringt. Es war ein Schock, der seinen Geist verdüstert hat, also bedarf es vielleicht wieder eines Schocks, ihn daraus aufzurütteln. Wir müssen nachdenken.*

– *Marcus, begann Lorraine nach einer beeindruckend kurzen Pause für einen solchen Gedanken, – ich glaube, mir fällt da etwas ein ...*

21 Der Herr der Ringe

Die Leiche war früh am Morgen aus dem brennenden Lagerhaus geborgen worden. In Glen zog sich alles zusammen, als er sie ansah; so unempfindlich er auch gegenüber toten Leichen geworden war, die sich zum Teil in unaussprechlichem Zustand befanden, war ihm doch nie eine wie diese untergekommen. Das Fleisch war vom oberen Teil des Körpers verbrannt, das Gesicht nicht zu erkennen. Unheil ahnend, da er den schweren Atem Freddy Royles hinter sich hörte, sah Glen, daß die alles verzehrenden Flammen die Arschbacken fast unversehrt gelassen hatten.

– Na, das war dann wohl n regelrechter Hinterlader, ja? somersetelte Freddy.

– Na ja, ja, ich meine, es war ein Feuer in ner Schwulendisco. Der Boyfriend von dem Kerl ist hiergewesen, um die Leiche zu identifizieren, sagte Glen mit einem Nicken zu der verkohlten Masse. – Er hat ihn nur am Ring erkannt, daran konnte er ihn identifizieren.

Freddy stieß seinen Zeigefinger ins Arschloch der Leiche. – Ja, ist so ziemlich das einzige, was unversehrt ist... weiß trotzdem nicht, woran er es erkennen konnte, für mich sehen die meisten total gleich aus. Muß wahre Liebe gewesen sein, wie?

Glen schüttelte den Kopf und deutete auf den Goldreif an einem der verkohlten Finger der Leiche. – *Dieser* Ring, Freddy, sagte er.

– Ups! Jetzt seh ich, was du meinst, alter Junge! lachte Freddy.

Glen kotzte beinahe beim widerlichen Geruch des verkohlten Fleischs. Er schien alles zu durchdringen. Er rieb sich noch eine Portion Mentholcreme unter die Nase.

Nachdem er sich mit der Leiche vergnügt hatte, goß

Freddy Feuerzeugbenzin ins Arschloch und zündete es an.

– Was soll das denn? schrie Glen auf.

– Nur ums diesem Pathologen da nicht ganz so leicht zu machen, Beweise zu finden, grinste Freddy, als Glen wieder würgen mußte.

22 Ohne Titel – Erste Fassung

Seite 204

– *Das zarteste und saftigste Lammfleisch, das ich seit Jahren gekostet habe, sagte Denby, dann erstarrte er. Das Wort »Lamm« schien in seinem Schädel widerzuhallen. Flossie. Er sah zu Harcourt auf, der seinen Pokal mit Wein füllte.*

– In der Tat, sagte Harcourt lächelnd, – Fleisch, das, wie ich höre, inwendig mit den Körpersäften eines der angesehensten englischen Aristokraten mariniert wurde.

Denby schaute zu Marcus Cox hin. Es war nicht das hämische Lächeln, das er im Gesicht seines Freundes erwartet hatte, sondern der seltsame Ausdruck von Anteilnahme und Mitleid, der ihn davon überzeugte, daß irgendeine furchtbare Tat begangen worden war. Harcourt jedoch legte kein solches Mitgefühl an den Tag. Seine Schultern begannen zu zucken, und ein Kichern ließ seine stämmige Gestalt erzittern.

– Ihr . . . Denby sprang auf und brüllte, – Verdammt sollt Ihr sein . . . wenn meiner Flossie nur das kleinste Haar gekrümmt wurde, schwöre ich bei Gott . . . er brach ab und stürmte in die Küche.

Er sah das verängstigte Gesicht der Köchin, Mrs. Hurst, ebenso wie den Kopf seines geliebten Schafs Flossie, der ihn, vom Körper abgetrennt, vom Küchentisch mit einem, wie es ihm schien, todtraurigen und strafenden Blick anstarrte.

Er knickte ein wie unter der Wucht eines Schlags, richtete sich dann rasch wieder auf und stürzte auf die zitternde alte Frau zu.

– Verdammt, du böse Hexe! Dein dürrer Körper soll ins Grab fahren, und deine schwarze Seele in die Hölle!

– Es war nicht mein Werk, Herr! schrie die Frau.

– Wer hat diese kranke, kriminelle Schlächterei veranlaßt? brüllte Denby.

344

– Es war die junge Mistress, Sir, Miss Lorraine, sie hat mir gesagt, ich soll es tun...

– LÜGNERIN! schrie Denby und griff nach einem Hackbeil auf dem Tisch.

Lorraine stand unter der Tür. – Mylord, wenn Ihr Vergeltung üben wollt, kühlt Euren Mut an mir. Denn es stimmt, ich war es, die dies veranlaßte!

Denby sah sein Mündel an. Als er ihr in die Augen blickte, sah er keine Falschheit in ihnen, nur die unbeirrbare Ergebenheit dieser jungen Frau, die in der Tat seit dem Ableben seiner Gattin die Rolle der Dame des Hauses übernommen hatte. Bei ihrem Anblick wurde der Zorn aus ihm herausgepreßt wie der Saft aus einer Orange. – Aber Lorraine, meine süße, zarte Blüte schottischen Heidekrauts... wie konntet Ihr etwas so unaussprechlich Niederträchtiges tun?

Lorraine wandte sich ab und ließ ihren Tränen freien Lauf. Dann wandte sie sich wieder Denby zu. – Ich bitte Euch, Mylord, glaubt mir, daß ich es tun mußte! Die Beziehung zwischen meinem geliebten Earl und diesem unseligen Weidetier machte ihn zum Gespött der Gesellschaft...

– Aber...

– ...es ging sogar die Rede vom zersetzenden Einfluß der Syphilis auf den Geist Ihrer Lordschaft. Euer Ruf, edler Sir, litt ernsthaften Schaden durch diesen absurden Tratsch, das eitle Geschwätz von Dummköpfen und Halunken, zugegeben, aber doch den niedersten und verabscheuungswürdigsten Zwecken dienlich...

– Mir war nicht klar... ich wußte nicht...

– Nein Sir, Ihr wußtet nichts, so behext von einem bösen Fluch wart Ihr, so von Herzweh zerrissen, daß der Teufel in Euch fuhr, während Eure Schutzwälle nach dem Tode Eurer geliebten Frau zerstört waren. Aber dieses Schaf ist kein Ersatz... nur ein Weib kann einen Mann lieben, Sir, dessen bin ich sicher.

Auf Denbys Lippen spielte ein Lächeln, als er zärtlich dieses bezaubernde junge Geschöpf musterte. – Und was, mein kleiner Liebling, wißt Ihr wohl von der Liebe?

– O weh, Sir, auch ich hege Leidenschaften, Leidenschaften, die um so stärker brennen, da sie streng gezügelt werden.

– Ein hübsches, unschuldiges junges Ding wie Ihr? sagte Denby. Und doch so verschlagen, dachte er.

– Selbst in einer durch den Wahnsinn von Männern wie Euch selbst, Mylord, verzerrten Welt, will es mir nicht gelingen, Hinterlist, Täuschung, Intrige und Verführung als angemessenes Betragen für eine junge Frau anzusehen, besonders dann nicht, wenn sie ihren Platz in der Gesellschaft einnehmen will; diese moralischen Erwägungen jedoch sind stets gefährdet von Leidenschaften ... großen Leidenschaften, die alles rechtfertigen!

– Ihr habt Euch in Marcus Cox verliebt! Lorraine, ich muß Euch wissen lassen, daß dem schneidigen Stutzer mein höchster Respekt als Soldat und Freund gilt, und mehr noch, in seiner vagabundierenden Art sehe ich ein Spiegelbild meiner eigenen Jugend. Gerade darum könnte ich niemals einer solchen Liaison mit einem Mündel von mir zustimmen. Cox ist ein wilder Hengst, dessen einziger Daseinszweck darin besteht, die Herzen und damit die Tugend unschuldiger Mädchen zu gewinnen, um sie dann, wenn sich ein neues Wild zeigt, bedenkenlos fallenzulassen!

– Nein, Sir, was Marcus Cox angeht, könnt Ihr beruhigt sein. So charmant und schneidig er auch sein mag, es ist nicht Marcus, der mein Herz gewonnen hat ... Ihr seid es, Mylord. Da. Nun ist es heraus.

Denby schaute Lorraine an. Dann wurde er sich der Anwesenheit einer weiteren Person im Raum bewußt. Er wandte sich um, in der Erwartung, Marcus Cox zu sehen. Doch es war eine weibliche Gestalt. Er erkannte die treue Freundin seiner verstorbenen Gattin, die Ehestifterin Miss May. – Miss

May. Dann haben Sie also, wie ich vermute, Ihre Hand im Spiel gehabt?

– Nicht so sehr, wie es normalerweise der Fall ist, denn Herzensangelegenheiten können nur von den beteiligten Parteien gelöst werden. Nun ist es an Euch, Euch zu erklären, Mylord. Was sagt Ihr?

Lord Denby blickte tief in die Augen der schönen Lorraine, die wie dunkle Seen waren. – Ich sage… er ging mit wankenden Schritten auf sie zu und schloß sie in die Arme, – ich liebe dich… mein Liebling, mein süßer, süßer Liebling Lorraine! Er küßte die schöne junge Frau und hörte, wie sich Hochrufe im Raum erhoben, denn Harcourt und Cox waren dazugekommen. Ohne auf sie zu achten, hielt der Lord seine Lippen fest auf die der schönen Lady gepreßt.

– Und nun, kommentierte Cox laut zu Harcourt, – kommen wir doch noch zu unserem Jagdausflug.

23 Perks Ende

Er war bei seiner dritten Flasche Wein in der Bar in Kensington angekommen, aber zwei Fingerbreit unter dem Flaschenhals konnte er nicht mehr, und er kam zu dem Schluß, daß er so betrunken war, wie es eben ging, ohne bewußtlos zu werden. Er hob müde seine Hand, um dem Barmann zu winken, und torkelte auf die Straße hinaus.

Es war noch hell, aber Perky Navarro war in seinem besoffenen Dusel nicht fähig, auf das herankommende Auto zu reagieren. Er spürte nichts, bis es ihn anfuhr und er über die Kühlerhaube flog, merkte nicht das geringste, bis er im Krankenhaus kurz zu sich kam.

In seinem bleischweren, benommenen Zustand nahm Perky die um sein Bett versammelten fremden Gesichter wahr, die Gesichter des Ärzteteams. Doch ein Gesicht wirkte vertraut, ein geiferndes Gesicht, das sich grotesk aus dem Kreis der leeren Mienen betroffener Distanz der Krankenhausleute in den Vordergrund wand.

Perks spürte, wie sein Lebenslicht verlosch, aber er sah auch das Gesicht näherkommen, und die letzten Worte, die Perky Navarro hörte, waren: – Hier bist du in guuuuten Händen, Perky, altes Haus. Wir verarzten dich schon...

Unglücklicherweise verschied Perky Navarro. An diesem Abend hatte Yvonne Croft frei, also ging sie nach unten in die Pathologie, um Glen zu besuchen. Sie hörte Laute hinter einer Tür in der Leichenhalle. – Wer ist da drin? fragte sie Glen.

– Ist bloß Freddy, lächelte Glen, – er ist ein alter Freund des Verblichenen. Ihn haben die Gefühle übermannt; er erweist ihm auf seine ganz spezielle Art den letzten Respekt.

– Oh, sagte Yvonne, – das ist nett.

– Ja, sagte Glen. – Auch nen Kaffee?

Sie lächelte, und er schob sie hinaus, rüber in die Kantine.

24 Mit pathologischen Grüßen

Zwei Männer spielten eine besonders herausragende Rolle in der Krankenhausverwaltung des St. Hubbin's. Es war für sie beide in unterschiedlicher Weise profitabel. Beide Männer hatten gleich gewußt, daß sie nicht aufgeben würden, was sie hatten, was ihnen teuer war.

Alan Sweet, einer dieser Männer, hatte um ein klärendes Gespräch mit dem zusehends aufsässiger werdenden Pathologen Geoffrey Clements gebeten, um über dessen fortgesetzte Beschwerden über ärztliches Fehlverhalten in der Abteilung zu diskutieren.

Der Pathologe hatte gerade zum Sprechen angesetzt, als er den chloroformierten Knebel auf seinem Mund spürte. Er wehrte sich, aber Freddy Royle, der zweite der beiden Männer, die von den möglichen Folgen der Entdeckungen des Pathologen am meisten betroffen waren, entstammte einer Bauernfamilie und hatte einen außergewöhnlich kräftigen Griff.

Alan Sweet war schnell an seiner Seite und half ihm, den Pathologen zu bändigen, bis er bewußtlos wurde.

Als Geoffrey Clements wieder halbwegs zu Bewußtsein kam, konnte er nur krampfhaft an seinen Fesseln zerren. Obwohl ein Mädchen namens Candy mit blondiertem Haar auf ihm ritt und der riesige Dildo, den sie sich umgeschnallt hatte, tief in seinem Anus steckte, und obwohl das andere Mädchen, Jade, ihre Möse an seinem bärtigen Gesicht rieb, fühlte er sich köstlich entspannt.

– Uhh, aaah, ja, so ist schön! rief Freddy Royle, als die Kamera in Perkys alter Wohnung die Szene aufzunehmen begann. – Ja, diese Muskelrelaxantien scheinen der Bringer zu sein, wie, Geoffrey, alter Freund und Kupferstecher?

In seinem selig-weggetretenen Zustand konnte Clements nur leise in Jades Busch seufzen.

– Eine ganze Reihe von Leuten könnte das Video sehen, Geoffrey. Natürlich wissen Sie und ich, daß es dazu nicht kommen wird, sagte Sweet lächelnd.

– Ich glaube, die kleine Angelegenheit regeln wir unter uns, lachte Freddy, – Uhh, aaah, so gefällst du mir!

25 Lorraine geht nach Livingston

Rebecca amüsierte sich im Forum wie noch nie. Die Droge hob sie mit der Musik in ungekannte Höhen. Sie entspannte sich, saß im Chill-Out-Raum, genoß die Wellen von MDMA und Musik in ihrem Inneren. Sie schaute rüber zu Lorraine, die zum verrückten, apokalyptischen Sound der plärrenden Autohupen und Sirenen abtanzte, verrückte urbane Alptraum-FX über einem lockenden, unwiderstehlichen Breakbeat. Rebecca hatte Lorraine zu einem Kurzurlaub daheim in Livingston begleitet. Lorraine tanzte mit einer Gruppe von Männern und Frauen, die sie kannte. Es war die erste Jungle-Nacht überhaupt im Forum, mit ein paar erstklassigen Londoner Jocks. Lorraine sah glücklich aus. Rebecca dachte an den Titel für ihr Buch: *Lorraine goes to Livingston*. Wahrscheinlich würde es nie veröffentlicht werden. Es kam nicht darauf an.

Und mitten im Jungle von Livingston geschah etwas mit Lorraine. Irgendwie fummelte sie plötzlich mit jemandem, saugte an Lippen in einem Gesicht, das den ganzen Abend lang nah bei ihrem gewesen war. Es fühlte sich gut an. Es fühlte sich richtig an. Sie war froh, daß sie zurück nach Livingston gekommen war. Zurück nach Hause.

Giuseppe Culicchia im dtv

»Culicchia schreibt bissig, zynisch, sarkastisch, gemein,
stellenweise bösartig, mit einem Wort: Klasse!«
Freie Presse

Knapp daneben
dtv 12616

Das Leben kann ganz schön mühsam sein, wenn man 21 ist
und Techno und Markenklamotten öde findet. Wenn man
keine Freundin hat und überhaupt alles ständig knapp daneben geht... Mit seinem jugendlichen Antihelden Walter
fängt Culicchia das Leben der heute Zwanzigjährigen mit
unverwechselbarer Lakonie ein. Dabei wird niemand
geschont, und es geht politisch höchst unkorrekt zu. »Ein
Glücksfall für fröhliche Sommerlektüre.« (Der Spiegel)

Kommt gut
dtv 12617

Mittlerweile Mitte Zwanzig, hat Walter Karriere in einer
Videothek gemacht. Sein Chef ist ein wandelndes
Marketingwörterbuch, sein fettleibiger Kollege Mario redet
nur davon, Profimodel zu werden, und auch mit den Frauen
hat es Walter nicht leicht, gerät er doch an eine deutsche
Vegetarierin mit einer Schwäche für italienische Game-
shows... Die neuen Leiden des jungen Walter: eine witzige
Schilderung des ganz normalen Alltagswahnsinns.

Bla Bla Bla
Roman · dtv 12803

Bla Bla Bla... das ständige Geplapper seiner Freundin und
die nervtötende Dauerbeschallung im Einkaufszentrum
werden ihm auf einmal zuviel. Nur noch abtauchen will er.
Irgendwo in der Peripherie der fremden Stadt mietet er deshalb ein Zimmer und läßt sich fortan ohne Ziel treiben...
Eindringlich und fesselnd erzählt Culicchia die Odyssee
eines Aussteigers durch das Labyrinth einer Großstadt.
»Culicchia ist ein Genie.« (Mitteldeutsche Zeitung)